www.tredition.de

AF204017

Tim Bäumler

Die Pitbacks

Das lodernde Feuer der Rache

www.tredition.de

© 2019 Tim Bäumler
Umschlag: Ulrike Pichl, www.wildweiss.com

Verlag und Druck: tredition GmbH, Halenreie 40-44,
22539 Hamburg

ISBN
Paperback: 978-3-7482-4812-5
Hardcover: 978-3-7482-4813-2
e-Book: 978-3-7482-4814-9

Pitbacks

Seit geraumen Zeiten schon kämpften die unterschiedlichsten Völker im Einklang gegen diese elenden Wesen, die von Tag zu Tag mehr an Masse einnahmen. Sie verschwanden genauso schnell wie sie auch aufgetaucht waren. Niemand konnte sich erklären, woher die starken Biester kamen. In allen größeren Städten der vier Kontinente gab es sogenannte Anschlagtafeln, wo Menschen, die von Monstern – auch bekannt als Mobs – tyrannisiert wurden, um Hilfe bitten konnten: Gegen Bezahlung wurden die Mobs schließlich von mutigen Weibern und Recken mit Hilfe von Magie erledigt. Es gab viele, die ihr Glück für schnelles Geld suchten und sich den Mobs entgegenstellten, um dem Land wieder den einstigen Frieden zurückzugeben. Die meisten kehrten jedoch nie wieder zurück. Doch der kleine Teil, der es schaffte, ein Monster der Stärke drei oder höher zu töten und mit einem Beweis in den Händen wiederkehrte, erhielt den Anwärtertitel „Mobjäger". Je höher und stärker die Fähigkeit eines Mobs war, desto höher war seine Stufe. Es gab insgesamt zehn Stufen. Monster des Levels eins oder zwei stellten in den meisten Fällen keine größeren Gefahren dar ... dennoch durfte man sie nicht unterschätzen. Vor allem, wenn sie im Rudel agierten, konnte es leicht zu Problemen kommen. Bei Monster-Stufe drei bis sechs sank die Chance allerdings schon auf ein Minimum. Um jene Kreaturen zu schlagen, musste man sich mit anderen Freiheitskämpfern zusammenschließen. Dieses Bündnis auf Zeit wurde 'Keim der Hoffnung' genannt. Dieser 'Keim der Hoffnung' konnte aus bis zu maximal sechs Leuten bestehen. Hatten es jedoch mehr als sechs Leute versucht, hinterließ der Mob zwar das Beweisitem, den sogenannten Drop, zur vollständigen Beendigung der Mission, aber dieser verschwand sofort, sobald man ihn in den Händen hielt. Nun wurde es fast unmöglich, an Informationen über Stufe sieben bis zehn der Kreaturen heranzukommen.

In den Büchern, in denen die Schreiber der Könige Wissen über Fähigkeit, Eigenschaften, Stärke, Schwächen, usw. von bereits getöteten Mobs eingetragen hatten, konnte man aktuell nur Informationen bis Level sieben einholen. Dann wurde es einfach zu schwer. Es war zwar nirgends bestätigt worden, dass es Mobs der Stufe zehn überhaupt gab, doch gab es immer wieder Gerüchte ganz spezieller Wesen, die die Mob-Stufe neun bei Weitem in den Schatten stellen könnten. Ich bin mir sicher, dass es eines dieser Wesen ist, welches ich suche ... warum, fragt ihr euch? Es hat meinen Vater getötet ... Es geschah vor fünf Jahren auf einer Trainingsreise ... Ich war noch ein Kind gewesen, als wir von einem riesigen Mob angegriffen wurden und mein Vater dabei zu Tode kam. Es wird zwar nicht leicht sein, ihn zu finden. Aber ich werde es schaffen und ihn zur Strecke bringen, um ein Pitback zu werden. Genau wie mein Vater. Dies ist der höchste Jagdtitel, den man erhalten kann. Nur ein Pitback ist in der Lage, selbst höherstufige Mobs alleine zu erlegen. Derzeit bin ich Anwärterin und habe noch eine lange, abenteuerliche Reise vor mir. Ich bin Svenja, Tochter des Pitbacks Toran, und ich werde nicht eher ruhen, bis dieses elende Vieh endgültig ausgelöscht ist ... Auch wenn es mein Ende bedeutet ...

Die Begegnung

Vor wenigen Stunden hatte der Zeiger der Zeit bereits den sechsten Todestag Torans eingeläutet. Dies war auch der Tag, an dem ein neunzehnjähriges blondes Mädchen, das gerade an der Schwelle zur Frau stand, sich auf eine lange und harte Reise aufmachte. In ihrem hüftlangen feinen Haar waren Dutzende Strähnen eingeflochten, die einem Trauerritual ihrer Familie zur Reinheit des Geistes dienten. Die junge Frau hatte ein schmales Gesicht mit kleiner Nase, umringt von leichten Sommersprossen. Die Augen, die die Farbe eines klaren blauen Frühlingshimmels hatten, rundeten das gesamte unschuldige Gesicht noch weiter ab. Die Statur war normal für ihr Alter, nicht zu dick, aber auch nicht dürr. Ihr Leib war unter einer grünen Tunika und einer aus Hirschleder gefertigten Hose verborgen. Auch die Stiefel waren aus demselben Leder, gut gegerbt. Alles zusammen ergab das Erscheinungsbild einer schönen und geheimnisvollen Waldläuferin. An einem alten Gürtel unter der Tunika befanden sich zwei Stoffbeutel, in denen die wichtigsten Utensilien für den langen Marsch nach Ferinstayn, der Hauptstadt des Mittleren Kontinents, verstaut waren. Ein kleines Messer, Nahrung und ein Schlauch, gefüllt mit Wasser. Zusätzlich trug sie einen kleinen Beutel aus Tierfell, in dem sie drei Goldmünzen, ihr Erspartes, verbarg. Es verging kein einziger Tag, an dem die junge Frau nicht an ihren Vater dachte. Auch nicht an diesem warmen Frühlingstag auf dem Wege Richtung Zivilisation. Während sie lief, kreisten ihre Gedanken um jenen Tag ...

Seit Svenja zehn Jahre alt geworden war, nahm Toran seine kleine Tochter gelegentlich mit auf seine Reisen, um sie vorsichtig an das Thema Mobjagd heranzuführen. Auch das Überleben in der Wildnis und allerlei Grundwissen zu verschiedenen Heilkräutern waren Teil des Unterrichts. So auch eines Tages ... Svenja, inzwischen 13 Jahre alt geworden, erinnerte sich noch daran, als sei es erst gestern gewesen, als die beiden durch ein tiefes Watt gewandert waren, das die Zungen des Mittleren und Östlichen Kontinents bei Ebbe miteinander verband. Dort sollte das schüchterne Mädchen lernen, mit Hilfe der leuchtenden Sterne ihren Orientierungssinn zu schärfen. Es war bereits Abend und die orange-rote Sonne spendete der Erde an diesem Tag die letzten warmen Strahlen. Ohne Eingreifen ihres Vaters sollte das Mädchen alleine die Führung zum Östlichen Kontinent übernehmen. Svenja war sehr nervös. Es war nicht einfach, die Orientierung dort draußen zu behalten. Ihr stetiger Feind, die Spuren der Gezeiten, hinterließen über hunderte von Jahren tiefe, in der Dunkelheit nicht sichtbare Löcher im Boden, in denen man sehr schnell den Tod finden konnte. Doch das blonde Mädchen wusste, dass ihr Vater sie nicht im Stich lassen würde, falls etwas geschehen sollte. Es dauerte eine gefühlte Ewigkeit, bis die Ebbe endlich ihre Arbeit zu Ende gebracht hatte und die Expedition nach Osten starten konnte. Mit einem letzten Stoßgebet zu den Göttern wollte Svenja gerade ihren ersten Schritt auf den grauen Sand machen, als ihr Vater sie stoppte.

„Zieh vorher noch deine Stiefel aus." Wieso das denn? Sie wusste zwar nicht, ob das nur der Fußpflege diente oder ob es einen anderen Grund hatte, gehorchte aber schließlich. Gut in einem Busch versteckt, damit die Stiefel während des Marsches nicht geklaut wurden, mit einem Trinkschlauch um die Hüften bewaffnet, ging es dann endlich los. Der erste Schritt in den weichen nassen Sand folgte, während allmählich die ersten Sterne an dem weiten Firmament erschienen. Es war komplett still; nur das schmatzende Geräusch des Sandes, der sich zwischen den Zehen des Kindes seinen Weg bahnte, war zu hören. Es war allerdings alles andere als störend. Nein, es beruhigte sogar etwas. Etliche kleine Löcher der dort lebenden Krabben und anderer Lebewesen, die ihr Zuhause in den Sand gegraben hatten, schmückten den Boden. Schritt um Schritt ging es weiter in die flache Ebene hinein, während die Füße der beiden Menschen immer tiefer in dem weichen Untergrund versanken, je weiter sie sich vom Mittleren Kontinent entfernten. Vor allem dem jugendlichen Mädchen, das nicht gerade groß war, fiel es sehr schwer, die Beine wieder frei zu bekommen. Ob sie Vater fragen sollte? ... Nein. Sie wollte es selbst schaffen. Auch die Quelle der Sonne hatte nun endgültig mit dem Mondlicht getauscht, das die Welt in einen Hauch von Silber tauchte. Vereinzelte Sternschnuppen fegten manchmal über das Himmelszelt hinweg und zogen einen langen leuchtenden Schweif hinter sich her. Es war schwer, sich nicht von dem Spektakel in die Irre führen zu lassen und mit einem falschen Tritt den Tod zu finden. Kaum zu glauben, dass all dies wieder in wenigen Stunden von Meerwasser bedeckt sein würde. Vereinzelte, feuchtkalte Böen zogen über die Landschaft hinweg und hinterließen einen Schauer auf Svenjas Haut. Sie war zu dünn angezogen. Verdammt. Erst als die Silhouette des Östlichen Kontinents in der Ferne zu sehen war, machten sich Glücksgefühle in dem jungen Herzen breit. Eine Weile ging die Reise ohne größere Komplikationen weiter, bis ihr Vater jedoch plötzlich stehen blieb. Nun blickte auch Svenja zurück, direkt in das Antlitz ihres Schöpfers.

„Was ist los, Vater?" fragte sie leicht ängstlich. Doch der Vater zeigte nur mit seiner Linken eine Geste, ruhig zu sein. Er blickte nach Süden, dann nach Norden. Sein Blick verfinsterte sich immer weiter, was bei seiner Tochter lautes Herzpochen verursachte. „Etwas nähert sich uns rasch", sagte er. Nun vernahm auch das Mädchen ein immer lauter werdendes Geräusch. Es klang fast so, als würden sich hunderte von Säbeln durch den Sand schneiden, angespornt von Hunger, Angst und Verzweiflung. In Panik geraten eilte Svenja zu ihrem Vater hinüber, um sich an seinem Ärmel festzukrallen und ihr schmales Gesicht darin tief zu vergraben.

„Vater, ich hab Angst", kam es mit leisem Ton aus ihrem Mund, da sich dieser durch den Stoff des Hemdes abschwächte. Der

Mann fuhr mit seiner warmen Hand durch das feine blonde Haar des Mädchens.

„Hab keine Angst. Beruhige dich und bleib hinter mir. Dir wird nichts geschehen." Die Wärme, die von seinen Worten ausging, machte das Kind wieder etwas sicherer. Jedoch wussten beide nicht, was sie da gleich erwarten würde. Nun wagte das junge Ding endlich einen Blick in das Gesicht ihres Vaters und wurde sogleich mit einem bezaubernden Lächeln belohnt. Mit schwer stampfenden Schritten und einigen fluchenden Worten, die ihr alles abverlangten, grub Svenja sich auf die Rückseite Torans zu. Doch das junge Mädchen wusste nicht, dass Toran ihre Flüche hörte. Erst als sie mit dem Gefühl, erwischt zu werden, erneut in sein Gesicht sah, war ihr bewusst gewesen, dass es nicht in ihrem Kopf stattgefunden hatte. „Wie war das eben?", kam es leicht gereizt hervor.

„Ich hab nur laut gedacht", antwortete Svenja und warf ihrem Vater ein breites Grinsen mit weißen Zähnen zu, in der Hoffnung ihres kindlichen Charmes. Es schien zu funktionieren, denn er bejahte es zwar, musste dabei aber auch leicht lachen.

„Das wird geklärt, wenn wir wieder festen Boden unter den Füßen haben und ..." Ein heftiges Beben erschütterte das Gebiet und unterbrach sogleich das Gespräch der beiden. Es schien bereits sehr nah zu sein. Svenja hatte ihre Gedanken gerade zu Ende gebracht, da ertönte plötzlich aus südlicher Richtung ein schriller, lauter Schrei. Beide sahen dort hin und der Ursprung des Lärms nahm endlich Gestalt an. In Sichtweite schoss ein riesiger Wattwurm, dessen Größe unbeschreiblich zu sein schien, mit einem weiteren Schrei aus dem weichen Sand. Er überragte sogar das größte Haus in Ferinstayn, das Svenja dort jemals gesehen hatte. Das, was zu sehen war, entpuppte sich schon bald als Kopf. Wer wusste schon, wie lang dieser gigantische Leib unterhalb des Meeresbodens noch weiter ging? An der Öffnung seines unglaublichen Mauls wuchsen aus dem graubraunen Zahnfleisch lange, rasiermesserscharfe Dornen, die der Mob zusammenführen und damit eine Art Bohrer entstehen lassen konnte, womit er sich selbst durch den härtesten Boden graben konnte.

„Das ist ein junger Sternenflüsterer. Ein Stufe-Sechs-Mob", flüsterte der Vater. Es war seltsam gewesen, so ein Vieh hier anzutreffen. Normalerweise lebten sie weit im Norden in kälteren Gefilden der Welt, um ein ruhiges Leben zu genießen. Hier, zwischen der Seezunge des Mittleren und Östlichen Kontinents war es für diese Wesen völlig unmöglich, zu überleben. Ein weiterer Schrei, nur dieses Mal verzweifelter, kam von dem merkwürdigen Wesen. Die schwarze Pupille des einzigen Auges fing an sich zu bewegen und es fixierte sofort die beiden Menschen. Es war sicher, dass es die kleine Familie als Überlebensbeute angesehen hatte. Rasend und voller Wut zugleich fing der Wurm plötzlich an, auf die Menschen zuzusteuern. Svenja konnte es nicht sehen, aber sie wusste, dass ihr Vater lächelte. Bei ihr jedoch wuchs die Angst ins Unermessliche. Tränen schossen dem jungen Mädchen in die Augen und die Welt verwandelte sich langsam in einen Vorhang aus verschwommenen Silhouetten, deren Farben ineinander verliefen. Würden sie nun sterben? Mit fest zusammengedrückten Lidern und immer wilder werdender Stoßatmung versuchte sie ihrer Angst Einhalt zu gebieten, welche Stück für Stück die Kontrolle übernahm. Jedoch vergebens. Die Hyperventilation war mitten im Gange, als Toran die Hände seiner Tochter packte. Svenja riss in Panik die blauen Augen auf. Sie war kreidebleich geworden.

„Kein Grund zur Angst, mein Schatz." Der Mann drückte die Hände seiner Tochter und führte sie zu ihren Ohren. „Dir wird nichts geschehen. Versprochen. Tu mir nun bitte einen Gefallen. Kannst du dich noch an das Wiegenlied erinnern, das ich dir früher immer vorgesungen habe?" Svenja versuchte auf die Frage zu antworten, doch vor Angst brachte sie kein einziges Wort heraus, darum nickte sie einfach nur. „Es war schon immer dein Lieblingslied gewesen, nicht wahr? Wenn ich dir ein Zeichen gebe, schließt du deine Augen und singst es bitte." Das Mädchen wusste nicht, was das zu bedeuten hatte, darum gehorchte sie nach kurzem Zögern. Als ihre Hände auf dem Weg waren, den Gehörgang zu verschließen, gab ihr Vater das Zeichen. Sie presste beide Hände so fest auf die Ohren bis es anfing zu schmerzen. Dasselbe Schicksal erlitten die Augen. Das kleine Herz, das tief in Svenjas Leib hämmerte, fand allmählich wieder den Rhythmus der Normalität. Die Worte ihres Vaters dienten als neuer Dünger, der die Saat aus Mut mit reichlich weiteren Kraftstoffen versorgte und sie zu einem minütlich wachsenden Keim heranwachsen ließ. Ein letztes Mal wurde das Volumen der Lunge mit dem lebensnotwendigen Sauerstoff gefüllt, der nötig war, um das Wiegenlied – das von einem jungen Haubentaucher handelte, der sich gerade in der Mauser des Schlichtkleides befand und es nun gegen sein Prachtkleid eintauschte – singen zu können. Als sie dann schließlich begann, war Toran erleichtert. Denn nun konnte er sich endlich dem anrauschenden Mob, der inzwischen schon auf etwa einhundert Schritt herangekommen war, widmen, ohne dass seine Tochter etwas davon mitbekommen würde.

„Dich mach ich fertig", flüsterte er sich selbst zu. Die Hände zu Fäusten geballt streckte er die Arme soweit es ging auseinander und fühlte richtig, wie die Magie langsam vom Torso ihren Weg durch die Adern bahnte und sich in den Fäusten sammelte. Mit halber Kraft müsste es schon gelingen, dieses Vieh zu erledigen, dachte sich der Mann. Schon wenige Sekunden nachdem Toran seine magische Kraft in seinen Fäusten gesammelt hatte, begann sich in jeder Hand ein Schwert aus reiner Energie zu bilden. Von ihnen ging ein Geräusch aus, das an die Paarungsmelodie der Zikaden erinnerte. Er musste sich beeilen. Mit diesen abgeschlossenen Worten verschwand der Mann neben der singenden Svenja und tauchte so schnell wie ein Blitz direkt neben dem Maul des Ungeheuers in der Luft wieder auf. Er war noch nicht mal eine Sekunde erschienen, da hatte das Monster schon einen tiefen, schwer blutenden Schnitt am Maul. Sofort verschwand der blitzschnelle Mann und tauchte an einer anderen Stelle wieder auf, stach zu, verschwand. Bevor der Mob überhaupt realisieren konnte, wie ihm geschah, tauchte der Mann schon wieder an einer anderen Stelle auf und stach zu. Nach nicht mal zwanzig Herzschlägen hatte das Ungeheuer schon unzählige blutende Wunden am ganzen Leib. Obwohl sich der Größenunterschied der zwei Lebewesen glich wie Tag und Nacht, war nicht zu übersehen, dass der Mensch eindeutig im Vorteil war. Wenige Herzschläge später hatte der Mob endlich begriffen, was vor sich ging und dass er sich schon bald wohl seinem Schicksal beugen musste. Doch diese Erkenntnis kam viel zu spät, denn er war inzwischen nur noch ein blutender Haufen aus Fleisch, der wohl unerträgliche Schmerzen haben musste. Der Mensch hatte in der Zwischenzeit wieder seinen ursprünglichen Platz eingenommen. Ein letzter Schrei folgte, der den Wunsch nach Erlösung mit sich trug. „ Komm schon, du Bastard, es wird Zeit, das Ganze hier zu beenden." Während dieser Worte wischte sich der Mensch mit dem Handrücken etwas Blut vom Gesicht ab und sah sein Gegenüber mit finsterer Miene an. Anfangs zögerte das Wesen noch, doch dann ließ es seinen Aggressionen freien Lauf und entschied, einen letzten Angriff mit seinem vollen Körpergewicht und weit aufgerissenen Maul zu wagen, um seine Beute mit in den Tod zu ziehen. Doch es zeigte bei dem Vater nicht die kleinste Regung. Er stand einfach nur da und grinste. Als der riesige Wurm gefallen war und es nicht geschafft hatte, den Mann unter sich zu begraben, hörte man nur noch ein Röcheln und vereinzelte Versuche, den Körper zu bewegen, was aber nicht gelang. Mit derselben Technik wie vor Kurzem beendete Toran schließlich den überlegenen Kampf mit dem dunklen Wesen.

Was nun folgte war bei der Mobjagd einer der schönsten Momente. Wenn ein Mob starb, verweste der leblose Leib nicht einfach, sondern jede einzelne Zelle seines Körpers verwandelte sich in einen grünblau leuchtenden Schmetterling. So auch dieses Mal. Anfangs waren es wenige, doch mit jeder weiteren Sekunde wurden es immer mehr. Jedoch droppte das Wesen kein Item, das man hätte verkaufen können. Durch den nun hell erleuchteten Sandboden bewegte sich der Mann wieder zu seinem Schützling herüber, der noch immer Ohren und Augen geschlossen hatte und das Lied sang. Der Mobtöter umrundete das kleine Mädchen und ging hinter ihr in die Hocke, bevor er seine Hände auf die ihren legte. Sie fuhr etwas zusammen, als die Hände von ihren Ohren entfernt wurden. Nachdem der Gesang verstummt war, öffnete Svenja ihre Augen. Die Welt war für eine Weile verschwommen, da das junge Mädchen ihre Augen so fest zusammengedrückt hatte. Erst einige Augenschläge später wurde es besser, womit ihr ein wunderschöner Anblick entgegenkam. Tausende der fliegenden Insekten schwirrten in der Landschaft umher. Doch schon wurde Svenja aus ihren Gedanken gerissen, als zwei Schmetterlinge direkt vor ihrem Gesicht herumschwirrten. Fasziniert folgten ihnen die himmelblauen Augen des Mädchens bei ihrem geschmeidigen Tanz. Einer der beiden kam immer näher, während der andere seinen Weg zurück zu dem Schwarm suchte. Der Erste jedoch landete kurz danach auf Svenjas Nasenspitze. Mit pulsierenden Flügelschlägen, jederzeit bereit, sich wieder in die Lüfte zu begeben, schauten sich die beiden direkt in die Augen. Erst aus näherer Betrachtung war zu sehen, dass drei verschiedene Grüntöne in den Flügeln der Insekten waren, nicht wie vorher angenommen nur ein Einziger. Der dünne, längliche Körper selbst war in ein dunkles Braun getaucht. Das junge Mädchen musste kichern, als das Tierchen sich leicht bewegte und sie dabei kitzelte. Als es dem Tier zu stürmisch wurde, stieg es wieder in die Lüfte auf und folgte seinem Schwarm.

Eine kurze Weile standen Vater und Tochter einfach da und sahen begeistert zu, bis schließlich Toran das Schweigen brach. „Es ist nicht mehr weit, wir sollten weiter gehen." Es dauerte nicht lange und die beiden Menschen ließen den Schwarm, der sich allmählich in alle Himmelsrichtungen verteilte, hinter sich zurück. Zwei weitere Stunden dauerte der schwere Marsch durch den tiefen Sand, bevor Svenja und ihr Vater wieder auf sicherem Boden nahe einer alten Ruine ankamen. Die Beine der Blauäugigen fühlten sich im Nachhinein der Reise an, als seien sie aus reiner Butter. Sie war am Ende. Ihr Vater wollte zwar, dass sie bei ihrem Lager ein Feuer entzünden sollte, doch sie musste sich noch kurz ausruhen. In etwa drei Stunden würde die Sonne ihren nächtlichen Begleiter ablösen und den Planeten mit Wärme füllen. Sie war so ungemein müde ... Svenja wollte sich kurz ausruhen ... nur einen Augenblick ...

Das durchsichtige Wesen

Wohltuende Wärme, die den Duft nach gebratenem Fisch mit sich trug, schlug dem blonden Mädchen entgegen, als sie ihre Augen aufschlug. Was war geschehen? Angestrengt versuchte sie das Gehirn wie ineinander liegende Zahnräder zum Laufen zu bringen. Als das junge Mädchen in das lodernde Feuer, das sich etwa zwei Armlängen entfernt befand, blickte, fiel es ihr wie Schuppen von den Augen. „Das Feuer". Svenja drehte sich auf den Rücken und legte fluchend die Hände auf die blauen Augen. Sie war eingeschlafen bevor das Feuer entzündet war. Verdammt. Das Mädchen hasste sich dafür. Vater würde bestimmt sauer sein.
Der strahlend blaue Himmel war ein Zeichen dafür gewesen, dass es inzwischen Mittag sein musste. Es war totenstill. Nur die ruhigen Wellen waren zu hören, die rauschend unten am Strand, wo sie in der Nacht angekommen waren, über den Sand fegten. Das Mädchen sah sich weiter um, während sie sich mit etwas Rückenschmerzen aufsetzte. Vater war nicht hier, nur zwei schöne, dicke Hechte, die an Holzspießen über dem Feuer brutzelten. Svenja erhob sich und holte die beiden leckeren Happen von der

Hitze weg, da sie ihren Garpunkt bereits erreicht hatten. Den einen Stab steckte das Kind in den weichen Boden. Etliche Male musste Svenja dagegen blasen, um den ersten Bissen nehmen zu können. Vorsichtig probierte die Blonde davon. Er war zwar etwas zu lange über der Wärmequelle gewesen, aber nicht ungenießbar. Ein zweiter und dritter Bissen folgte, bis ein merkwürdiges Donnern die Welt erschütterte. Was war das? Der Himmel war wolkenlos. Es konnte also kein Gewitter sein. Da! Da war es schon wieder. Das Geräusch kam dem Kind allerdings vertraut vor. Sie hatte es bereits schon mal gehört ... Zu dieser Zeit wusste das junge Ding noch nicht, was es sogleich erwarten würde.

Ein höllischer Schlag ertönte und wie das Mädchen zu der naheliegenden Ruine blickte, war klar, was es gewesen war. Das alte Gebäude war in sich eingestürzt. Eine riesige Gestalt mit durchsichtigem Leib erhob sich hinter dem Trümmerberg. Svenja blieb geschockt und regungslos stehen, als ersichtlich war, welch gigantisches Ausmaß sie hatte. Sie versuchte nach etwas in der Luft zu schlagen. Bei jeder Bewegung wallten die sichtbaren Innereien im Takt. Ihr länglicher Körper und eine Art Schlangenkopf mit leeren Augenhöhlen und drei lang geformten Antennen, die aussahen wie auf dem Kopf hängende Tropfen, gaben ihr ein unheimliches Aussehen. Auch der Schweif des Monsters war unglaublich. Schnell war klar, dass dieses "Ding" kein normaler Mob sein konnte. Nie hatte Svenja so etwas Gigantisches gesehen. Deshalb bekam es von dem Mädchen den Namen Gigantos. Aber was versuchte er dort zu erwischen? Gigantos' Ziel war zu schnell gewesen, um es identifizieren zu können. Doch dieses Donnern, jedes Mal wenn das Ding verschwand, war vertraut. Svenja riss die Augen auf. Es war Vater, der wie auch schon letzte Nacht mit seiner eigenen Kampftechnik gegen den Wurm gekämpft hatte. Svenja musste gestehen, dass sie –als sie ihr Lieblingslied singen musste – einige Male geblinzelt hatte. Was ihr Vater aber niemals wissen durfte.

16

Der Mann versuchte verzweifelt immer und immer wieder seine Klingen aus Energie tief in die merkwürdige Haut des Mobs zu stechen. Jedoch drangen sie nicht tief genug ein, um ihn massiv zu schädigen. Die Schläge wurden immer langsamer und dann traf der gigantische Mob Toran mit seiner Pranke. Der Mensch schlug mit unglaublicher Wucht auf dem Boden auf.

„Vater!", schrie Svenja mit aller Kraft und begann zu rennen. Alles war ihr nun egal. Es zählte jetzt nur noch, den Vater zu unterstützen.

Das gigantische Wesen ließ jedoch nicht locker und begann ebenso auf den schwerverletzten Mann zuzusteuern. Svenja konnte niemals schneller als dieses Ding sein. Der riesige Kopf von Gigantos senkte sich zu dem Menschen hinab, als er diesen, in für ihn gerade Mal zwei Schritten Entfernung, erreichte. Das Monster legte den Kopf schief. Es hatte den Anschein, als beschnüffle es Toran. Was war das nur für ein Mob.

Svenja rannte so schnell sie konnte, doch als Gigantos sein Maul öffnete und es fest in die Erde rammte, dort, wo sich gerade noch ihr Vater befunden hatte, erstarrte das junge Mädchen vor Angst.

„Vater!!", schrie Svenja so laut, dass man es noch in der Ferne hören konnte. Heiße Tränen, getragen von Schluchzen, stiegen in die himmelblauen Augen, bis sie sie nicht mehr halten konnte. Verzweifelt nahm das Kind den Weg wieder auf. Von Panik getrieben, lief in Svenjas Kopf ein letzter Film mit den schönsten Erinnerungen an ihren Vater ab.

Während der Mob sein Haupt erhob und eine Art Siegesheulen abgab, erreichte Svenja ihn und hämmerte mit den Fäusten gegen eins seiner vier Beine.

„Gib ihn mir zurück!", schrie das Mädchen mit jedem Schlag. Seine Haut war eiskalt wie eine arktische Böe. „Gib mir meinen Papa wieder!" Weinend, wie das Kind vorher noch nie geweint hatte, brach sie schließlich zusammen. Am Boden kauernd waren nur noch die schweren Schritte des Monsters zu hören, bis ein eiskalter Sog über das Land hereinbrach.

Plötzlich wurde es totenstill um das Kind. Nach unzähligen Herzschlägen wagte das verweinte Kind einen Blick und erkannte, dass das Monster weg war. Es war unmöglich, so schnell zu verschwinden. Allmählich verwandelte sich ihre Trauer in reinen Hass gegen Gigantos.

Hölle auf Erden

„Herzlichen Glückwunsch zu deinem elften Geburtstag, mein Schatz." Die silberhaarige Frau, die am anderen Ende des Eichenholztisches saß, auf dem noch die leeren Teller des Mittagessens standen, strahlte sie mit ihrem schönsten Lächeln an, bei dem jeder Mann sofort dahinschmelzen würde. Ihre tiefschwarzen, runden Augen, in denen man sich verlieren konnte, waren hinter wunderschönen silbernen Strähnen verborgen, die ihr weit bis in das Gesicht reichten. Sie hatte eine Stimme, die eines Engels würdig war. „Es ist zwar nichts Großes, aber ich hoffe, dir gefällt es dennoch."
Die Frau holte eine kleine schwarze Holzkiste unter dem Tisch hervor und hielt diese ihrer Tochter entgegen. Was das wohl sein könnte?, fragte sich das Kind. Vorsichtig, als ob es kaputt gehen könnte, nahm die Tochter das Geschenk in ihre kleinen Hände. Sofort stellte sie die Kiste vor sich auf den Tisch und hob den Deckel langsam mit beiden Daumen an. Erst jetzt war zu erkennen, dass zwei Scharniere in die kurzen Seiten der Box eingearbeitet worden waren, und sie somit leicht zum Aufklappen war. Als sie offen war, zeigte sich das Geschenk in seiner vollen Pracht. Das Staunen des Mädchens wurde immer größer. Auf einem roten Stück Samt lag es. Ein kleines Messer, welches nicht

hätte schöner sein können. Der Griff der Waffe war aus reinstem Elfenbein, dessen Ende gebogen war, damit es besser in der Hand lag. Als das Kind den Gegenstand herausholte und in der Hand drehte, setzte ihr Herz einen Moment aus. Ihr Name war darin in geschwungenen Linien eingraviert ... *Syrenia*.

Mit großen Augen sah sie in Mutters Gesicht, bevor sie wieder Worte über die Lippen bekam. „Es ist wunderschön. Vielen Dank."

Die Frau stützte ihren Kopf auf die Hände. „Es hat fast drei Jahre gedauert, bis dein Vater die Zutaten für das Rezept zusammen hatte."

Syrenia verstand nicht. „Was meinst du mit 'Rezept'?"

Ihre Mutter überlegte einen Moment, bevor sie fortfuhr: „Es ist ganz einfach. Du weißt ja, dass Mobs, nachdem man sie getötet hat, ab und an Items hinterlassen."

Die Tochter nickte aufmerksam.

„Manchmal besteht aber auch die Chance, dass die Ungeheuer ein Stück Papier, auf dem einige Items aufgelistet sind, droppen. Mit diesem Papier und den darauf stehenden Items ist es dann möglich, ein komplett neues und wertvolleres Item herzustellen. Nehmen wir beispielsweise dein Messer." Sie zeigte mit einem Finger auf den Gegenstand in Syrenias Händen.

„Das Rezept selber hat dein Vater bei einem fahrenden Händler vor einigen Jahren beim Spielen erworben. Bei den Zutaten war es allerdings schon schwieriger. Man brauchte zwar nur ein kleines Stück Elfenbein und ein wenig Eisenerz von Mobs, die auf dem Berg Rough, der weit im Süden liegt, leben, aber beides ist sehr selten und teuer. Doch eines Tages, als mein Mann nach Dannad reiste, um die Erzeugnisse unserer Tiere zu verkaufen, bekam er von einem vertrauten Freund die Information, dass ein Händler ganz in seiner Nähe sehr seltene Items verkaufte. Ich frage mich, woher er sie alle hatte ... Aber ich schweife ab. Jedenfalls war die Neugierde deines Vaters zu groß und er beschloss sofort nachzusehen. Als er dort ankam, fand er einen ganzen Tresen mit Items vor. Eines seltener als das andere."

Die Frau breitete ihre Arme aus, um ihrer Tochter ein Ausmaß der Größe des Tresens zu demonstrieren.

„Darunter befanden sich auch die beiden für das Rezept. Dein Vater und der Händler hatten eine ganze Stunde damit verbracht, um sich auf einen Preis zu einigen. Schließlich hatte es geklappt und er kam einen Tag später wieder nach Hause. Zum Glück waren die Items recht klein, so dass er sie an dir vorbeischaffen konnte, ohne dass du etwas merktest. Am darauffolgenden Abend, als du längst schliefst, gingen wir ein Stück in den Wald vorm Haus. Um mit der Magie anzufangen, legt man das Rezept auf den Boden und die Zutaten direkt darüber. Am Ende sagt man nur noch die jeweilige Zauberformel, die sich auf jedem Rezept oben befindet, und nach kurzer Zeit verschmelzen sich die Zutaten zu dem neuen Item. Zum Schluss hab ich noch deinen Namen darin eingraviert."

Die Frau strahlte nun über das ganze Gesicht. Wenn sie einmal mit ihren Geschichten anfing, vermochte sie so schnell keiner mehr zu stoppen. Doch genau das war es, was Syrenia so sehr an ihr liebte. „Aber warte mal, können wie uns denn überhaupt so teure Items leisten? Ich meine ... wir verdienen ja so schon zu wenig, um richtig über die Runden zu kommen." Syrenia hatte Angst, dass die drei sonst nicht genug zu essen hatten. Sie wusste zwar, dass eher ihre Eltern weniger aßen als die Portion ihrer Tochter zu kürzen, aber auch das wollte sie nicht. Das Mädchen war so tief in ihre Gedanken gesunken, dass sie nicht mal merkte, wie ihre Mutter aufstand und zu ihr hinüberging. Erst als die warme Hand von ihrer Mutter durch die purpurroten Haare des Mädchens fuhr war sie wieder gänzlich im Hier und Jetzt.

„Mach dir bitte keine Sorgen, mein Liebling. Wir haben die letzten Jahre etwas sparen können. Es war zwar nicht viel, aber es hatte gereicht." Sie sahen einander ins Gesicht. „Du siehst damit so schön aus."

Es war Syrenia peinlich. Aber vielleicht hatte sie recht, scherzte das Mädchen innerlich. Sie entschied, es genauer in einer Scherbe in ihrem Zimmer anzusehen. Einen Spiegel konnten sie sich leider nicht leisten. Einst, als Syrenia mit ihren Eltern nach Dannad gereist war, um wie jeden Monat einmal die Erzeugnisse der Tiere zu verkaufen, fand sie auf einem Haufen Schrott einer reichen Familie einige Glasscherben. Davon hatte sich das Mädchen die größte Scherbe herausgesucht und sie unter ihrer Kleidung gut versteckt. Denn wenn Vater mitbekommen würde, dass das Kind sinnlosen Müll mit nach Hause brachte, endete es nur wieder in Ärger, und dies wollte sie unbedingt vermeiden. Dennoch hatte das Kind die Vermutung, dass ihre Eltern das Geheimnis längst kannten. Doch darüber konnte sie sich auch später noch den Kopf zerbrechen. Nun war es erst einmal wichtig, in ihr Zimmer zu laufen, um zu sehen, wie sie mit dem Messer in der Hand aussah. Vielleicht würde sie so endlich Freunde finden können und wäre nicht länger wie ein einsamer, verstoßener Wolf, der sein Glück in einer weit entfernten Steppe suchte ... Es machte das Mädchen traurig, daran zu denken, dass sie nie Freundschaft kennenlernen durfte oder wie andere Kinder die Schule in einer der größeren Städte besuchen durfte. Dies blieb ihr alles verwehrt. Stattdessen erhielt sie Unterricht von den Eltern. Und alles nur wegen des blöden Geldes ... Aber dennoch wusste sie, dass ihre Eltern sie liebten.

Währenddessen begann Mutter das schmutzige Geschirr vom Tisch zu nehmen und in Richtung Küche zu verschwinden. Syrenia zögerte nicht länger. Sie steckte das Messer in den Gürtel der Hose und schnappte sich ebenfalls ihren Teller und tat es ihrer Mutter gleich. Es drückte etwas an der Hüfte. Später musste das Kind ein breiteres Loch weiter am Gürtelende stechen, damit es sie nicht so sehr beim Laufen behinderte. Als sich das Kind gerade umdrehen und in Richtung Gemach aufmachen wollte, durchdrang die warme, wohlige Stimme von Mutter den Raum:

„Könntest du deinem Vater bitte sein Mittagessen bringen?"

Auf einem kleinen eckigen Tisch, der an der Wand stand, war ein großer Holzteller mit saftig gebratenem Rind darin. Sie gehorchte, nahm den Teller vom Tisch und verließ die Küche in Richtung Eingangsbereich. Die für sie schwere Eingangstüre quietschte laut bei dem Versuch, sie mit der Schulter aufzubekommen. Vater musste unbedingt mal die Scharniere mit Tierfett ölen, dachte sich das junge Mädchen.

Als die Türe einen Spalt offen war, schlug ihr eine Welle aus heißer Luft entgegen. Für einen Frühlingsmorgen war es schon sehr heiß geworden. Der erste Schritt in die pure Natur war wie der erste Schritt in die Freiheit. Der ganze Ballast fiel von Syrenias Schultern, als sie die flauschig weißen Schäfchenwolken sah, die langsam über den weiten Himmel zogen und schließlich hinter den Baumkronen des umliegenden Waldes verschwanden.

Sie blickte in Richtung des frisch reparierten Stalles, der etwa einhundert Schritt entfernt vom Wohnhaus gebaut worden war. Auf dem Weg dorthin überlegte das Kind, was sie sonst noch so mit diesem Tag anfangen könnte. Gut, sie müsste Mutter später etwas im Haushalt helfen, aber bis es soweit war, vergingen noch zwei, drei Stunden. Sollte sie sich noch hinlegen? Sie konnte zwar wegen der Aufregung ihres Geburtstages kaum ein Auge zumachen, aber das wäre wohl fatal, da sie morgen wieder sehr früh aus den Federn müssten, um wie jeden Monat nach Dannad zu reisen. Das Kind mochte diese Tage, an denen die ganze Familie zusammen verreiste, auch wenn es nur geschäftlich sei. Dennoch war sie glücklich darüber.

Das Mädchen überlegte weiter, während sie mit der freien Hand den Türknauf des Stalls herumdrehte. Sie durfte nicht vergessen, ihre selbst geschnitzten Talismane zu holen, die verborgen in einer hohlen Linde lagerten. Es war zwar selten für ein Mädchen, dass es Gefallen am Schnitzen fand, aber Syrenia liebte es. Und außerdem wollte das Kind einen Teil der Einnahmen beisteuern, indem sie ihre Werke verkaufte. Das würde sie auf jeden Fall machen.

Wieder in der Realität zurück fand sich das Kind im Inneren des Gebäudes wieder. Hier herrschte, trotz des relativ warmen Wetters, eine angenehme Luftzirkulation. Der Duft nach frischem Stroh nahm das komplette Gebäude ein, das in drei Bereiche unterteilt war. Links befand sich das Gehege für ihre drei Hühner. An der rechten Seite lag der Platz für Elsa, ihre Milchkuh. Und zu guter Letzt das Nachtlager für ihre beiden Stuten und die beiden Schafe Lolli und Molli. Im Geheimen hatte sich das Mädchen Namen für die Tiere ausgedacht. Für die Hühner waren es Leyla, Finchen und die fette Trautl, die nicht nur die Dickste war, sondern als einziges Huhn einen schwarzen Punkt auf der Brust trug. Den Schimmel taufte sie zusammen mit Vater auf den Namen Wolkenreiter. Er war ein wunderschönes Tier. Auch Windsegen war etwas ganz Besonderes, dessen Geschwindigkeit im Galopp so schnell kein anderes Pferd nachahmen konnte. Das dachte Syrenia zumindest.

Verschiedene Tierlaute waren die Begrüßung. Als sich das Kind umsah, entdeckte sie ihren Vater bei Wolkenreiter stehen. Er bürstete gerade das kurze, harte Stoppelfell des Tieres. Anscheinend hatte der Mann sein Kind nicht hereinkommen hören. Syrenia musste jeder Menge Kisten ausweichen, die überall herumstanden. Wollte Vater wirklich all diese Waren mitnehmen? Sie hatten ja eine ziemlich große Kutsche, aber diese Menge ließ das Kind dann doch stutzig werden.

Als sie sich hindurch kämpfen konnte und schließlich an der Zelle ankam, stellte Syrenia den Teller auf einer der Kisten ab, bevor sie eintrat. Windsegen, die neugierig mit Heu im Maul den neuen Besucher begutachtete, näherte sich dem Kind schon nach kurzer Zeit und hieß es herzlich willkommen in ihrem Reich. Zur Begrüßung streichelte Syrenia der großen Stute über die breiten Nüstern, die anschließend dankbar schnaubte und ihr den Kopf leicht gegen die Brust stieß. Das Kind musste kichern. „Hey, nicht so stürmisch, das kitzelt."

Am liebsten hätte sie den ganzen Tag bei ihren geliebten Tieren verbracht, da sie hier so schön ihren Gedanken nachgehen konnte. Aber dies blieb ihr leider verwehrt. Sie spürte regelrecht den Blick des Vaters, trotz Windsegens Sichtschutz davor. Sofort verblasste das Lachen in Syrenias Gesicht und sie ließ mit einem kleinen Klaps von dem Pferd ab. Sie kam dem Mann näher. Er hatte schwarzes, kurz geschorenes Haar. Auf seiner Stirn bildeten sich vereinzelte Schweißtropfen, die langsam an seiner hellen Haut in Richtung Gesicht liefen. Seine hellgrünen Augen waren wie ein Leuchtfeuer, das ein verlorenes Schiff bei Sturm sicher in den Hafen leitete. Syrenia war froh, dass sie die schwarzen Augen von Mutter hatte, doch auch dies behielt sie für sich. Der Mann trug einen Drei-Tage Bart, der farblich zu seiner schwarzen Weste passte, die er über dem Hemd trug.

„Mutter bat mich, dir Essen zu bringen." Sie zeigte auf die Kiste, auf der der Teller stand. Er bedankte sich knapp und ging zu der Kiste, bevor er dort Platz nahm. Das Mädchen verließ ebenfalls die Zelle und gesellte sich zu Vater.

„Wie läuft es mit den Vorbereitungen für die Reise?", wollte das Mädchen wissen. Sie klemmte sich eine große purpurrote Strähne hinter das Ohr, die sie am Hals leicht kitzelte. Sollte sie sich am Morgen der Abreise vielleicht einen Zopf binden? Ihr Pony war kurz geschnitten. Nur vor und hinter den Ohren hatte sie langes Haar, das ihr bis zum Hals ging. Die hinteren Haare gingen ihr bis kurz über den Nacken, damit sie sich einen kurzen Zopf binden konnte.

„Naja, es könnte schneller voran gehen. Aber bis heute Abend müsste es geschafft sein." Er schnitt sich ein mundgerechtes Stück Fleisch herunter und ließ es im Munde zergehen. „Wenn dich deine Mutter nicht braucht, dann geh mir etwas zur Hand."

„Sie meinte, ich solle ihr, sobald du dein Essen bekommen hast, weiter im Haushalt helfen", log das Mädchen. Oder? War das eine Lüge? Es stimmte zwar, aber sie sollte erst in wenigen Stunden wieder helfen. Syrenia entschied, es als kleine Notlüge abzulegen. Vater wäre eh noch den ganzen Tag im Stall beschäftigt und würde es nicht herausfinden. Das ginge schon in Ordnung. Sie musste sich schließlich ja auch auf die Reise vorbereiten.

Schweigend ging das Verzehren weiter. Nur das Kratzen des Messers, das beim Schneiden des Fleisches über das billige Holz kratzte, durchdrang die nach frischer Ernte riechende Strohluft. Selbst die Tiere schienen so ruhig wie nur möglich zu sein. Es verging einige Zeit, bis das Geräusch wieder verstummte und der Vater den leeren Teller erneut auf einer Kiste abstellte. Kurz darauf erhob er sich leise stöhnend wieder und fand den Weg zu seiner Arbeit zurück. Diese Arbeit musste ihm sehr auf die Knochen schlagen.

Auch das Kind tat es ihm gleich und bewegte sich wieder in Richtung Türe. Als sie dort ankam und gerade den Türknauf drehen wollte, drangen noch weitere Worte des Vaters in ihre Ohren.

„Pass bitte auf dich auf." Mit diesen Worten gab sich der Mann wieder seiner Arbeit hin.

Was sollte dies nun wieder bedeuten? Manchmal verstand Syrenia ihren Vater einfach nicht. Mit nachdenklichem Kopf verließ das Mädchen den Stall. Nun wollte sie sich aber auf den Weg zu ihrem geheimen Platz in dem Wäldchen aufmachen. Dieses Ziel verfolgte sie dann auch. Auf dem Weg dorthin schossen dem Mädchen tausende weitere Gedanken durch den Kopf. Ob sie ihre Schnitzerei wohl heute noch fertig bekommen würde? Und wenn ja, für wie viel konnte man es verkaufen? Hoffentlich kam ein guter Preis dabei heraus.

Sie durchstreifte die Schwelle zwischen spürbar warmen Sonnenstrahlen auf der Haut hin zu einem wilden Tanz aus Licht und Schatten im Mischwald. Der Temperaturunterschied überraschte Syrenia. Es war angenehm kühl im Wald. Bevor sie komplett in den Wald eintrat und darin verschwand, sah das Kind noch einmal zurück zu dem Stall und dem Wohngebäude. Ihr wollten die Worte ihres Vaters einfach nicht mehr aus dem Kopf gehen. Kurz überlegte die purpurrote Schönheit, ob sie nochmals zurück zu ihm gehen sollte ... entschied sich allerdings nach kurzer Zeit dagegen, da sie sowieso keine gescheite Antwort bekäme. Und außerdem konnte ihr Versuch, sich vor der Arbeit zu drücken, auffliegen.

Schnell ging sie tiefer und tiefer in den Wald hinein. Erst als das Kind an einem alten Lindenbaum ankam, war das Ziel endlich erreicht. Die Linde war mindestens zweihundert Jahre alt. Selbst wenn Syrenia die Arme so weit spreizte bis es schmerzte, gelang es ihr nicht, sie zu umarmen. Ein faustgroßes Loch, das wohl einst einem Vogel als Nistplatz gedient hatte, befand sich in der Mitte des Baumes. Das Mädchen näherte sich dem Loch und langte mit der Linken hinein. Ihre Hand umschloss einen harten Gegenstand, den sie gerade herausnehmen wollte, als plötzlich ein Quaken neben ihr ihre volle Aufmerksamkeit erhielt.

Interessiert wanderte der Blick zur Seite und fing nach kurzem Suchen einen gut im Moos versteckten Jadefrosch ein. Der Gesichtsausdruck des Mädchens verriet, dass der Anblick eines Tieres eine Art Glücksgefühl in ihr auslöste. Beide sahen einander an. „Hey, mein Kleiner." Mit einem weiteren Quaken schien der Frosch zu antworten. Das Mädchen ging in die Hocke und legte die Hände flach auf den Boden vor sich. Sie versuchte ihren neuen tierischen Freund zu imitieren. „Quak, quak." Sie blähte ebenfalls die Backen auf, um ihn im Ton nachzuahmen. Das Kind sprang auf allen Vieren ein wenig näher an den Frosch heran, der bewegungslos an Ort und Stelle ausharrte und die Situation zu studieren schien. Erst als das Mädchen mit einem weiteren Satz näher heranhüpfte, bekam er es wohl mit der Angst zu tun. Mit schnellen, weiten Sätzen sprang der neue Freund von Syrenia davon und verschwand im Untergrund des Waldes. Nur noch das immer leiser werdende Quaken erinnerte an die Begegnung der beiden Lebewesen.

Syrenia war etwas traurig, dass das Treffen so schnell geendet hatte. Sie stand wieder auf, klopfte sich die Erdreste von den Klamotten und ging wieder zu dem geheimnisvollen Baum zurück. Dort steckte sie ihre Linke erneut hinein und holte eine halbfertig geschnitzte Holzfigur und ein kleines Messer heraus. Die Figur zeigte den Kopf und Torso eines alten Schäfers. Der Rest des Mannes war noch ein glattes, unbearbeitetes Stück. Die Beine würde sie, wenn sie noch einige Stunden daran arbeiten würde, sicherlich heute fertig bekommen.

Das Kind machte es sich mit dem Baum im Rücken bequem und fing vorsichtig an, grob die Beine einzuarbeiten. Erste Holzschnipsel fielen zu Boden. Es ging recht schwierig. War die Klinge etwa stumpf? Verdammt. Und ausgerechnet heute hatte sie ihren Wetzstein im Zimmer liegen gelassen! Das Mädchen kaute nachdenklich an ihrem Fingernagel. Es blieb ihr wohl nichts anderes übrig als noch mal nach Hause zu laufen, wenn sie damit heute noch fertig werden wollte.

Schwer seufzend erhob sich Syrenia wieder. Aber da fiel ihr etwas ein. Abrupt blieb sie stehen. Sie hatte ja noch das Geburtstagsgeschenk ihrer Eltern dabei ... Nein. Es wäre viel zu schade, um es für Schnitzereien zu nehmen. Die Hand fuhr zu ihrem Gürtel, in dem das Messer steckte. Der Gedanke kam erneut zurück, bis er schließlich gänzlich verworfen wurde. Ohne sich weiter darüber Gedanken zu machen ging sie denselben Weg wieder zurück zu der alten Hütte.

Ob es hier in der Gegend wohl noch mehr Jadefrösche gab? Einst ... weit vor Syrenias Geburt, als die Kontinente noch nicht von Mobs befallen waren, hausten Jadefrösche nur auf dem Mittleren Kontinent. Erst als die Menschen anfingen, sich auch auf den anderen Inseln auszubreiten und sich dort ebenfalls niederließen, fanden auch immer mehr Tiere den Weg über das Meer. Dort vermehrten sie sich dann rasch. Fast schon grenzte es an eine Plage. Dies ging einige Jahrhunderte so weiter, bis eines Tages plötzlich die Mobs auf unerklärliche Weise erschienen und ihr Territorium für sich beanspruchten. Deshalb fanden immer mehr Jadefrösche den Weg auf die Speisekarte vieler Mobs und passten somit das Gleichgewicht der Welt wieder ihrem Ursprung an. Das war allerdings ein hoher Preis. Syrenia wäre es lieber gewesen, diese furchtbaren Mobs hätten nie den Weg hierher gefunden. Lieber ein Dutzend Jadefrösche als einen Mob. Bestärkt nickte das Mädchen sich selbst zu.

Als Syrenia wieder an dem Waldrand ankam und ihren Geburtsort, an dem sie Gutes, aber auch Schlechtes erlebt hatte, erblickte, genoss die zur Frau Heranwachsende noch einige Herzschläge diesen Anblick. Doch dieses Mal war irgendetwas anders. Lautes Wiehern der Pferde kam aus dem Stall und wurde mit Hilfe des leichten Windes durch die Luft zu Syrenias Ohren getragen. Als ob die Tiere vor irgendetwas Angst hatten. Nur wieso? Vater müsste doch noch bei ihnen sein. So laut schreiend hatte das Mädchen die Tiere nur ein einziges Mal gehört, als vor fast einem Jahr ein herumstreunender und von Hunger geplagter Fuchs seinen Weg in den Stall fand und einige Hühner riss. Damals war es Syrenia, die Schuld an jener Tragödie gehabt hatte. Es war bereits Abend gewesen, als sie endlich mit der Stallarbeit fertig gewesen war und wieder Richtung Hütte zum Abendessen gehen wollte. Wieder von Gedanken verführt vergaß das Mädchen, die Türe bis auf einen kleinen Spalt zu schließen. Einige Zeit geschah nichts. Doch im Morgengrauen, als die ersten Sonnenstrahlen die Welt erhellten, nutzte der Fuchs die Dummheit des Kindes aus und holte sich sein Morgenmahl. Vater wurde damals als Erstes durch den Lärm aus dem Schlaf gerissen. Als er dann im Stall ankam, war es jedoch schon längst zu spät. Die herumliegenden Federn und das Stroh-Blut-Gemisch waren die einzigen Beweise für die schreckliche Tat. Als dann nach und nach die Familienmitglieder dort eintrafen, war schnell klar, wer dafür verantwortlich war. Noch nie im Leben hatte Syrenia solchen Ärger von ihren Eltern bekommen wie an diesem Morgen. Vater war sogar kurz davor gewesen, sie zu schlagen. Doch dank der Mutter und der Schwester des Kindes blieb es nur bei einer Standpauke und etlichen kleinen Wutausbrüchen. Verständlich, denn schließlich stand hier die Existenz der Familie auf dem Spiel. Seit diesem Tag war

Vater ziemlich kalt zu dem Mädchen gewesen. Sie glaubte, dass er ihr bis heute noch nicht verziehen hatte. Damals hatte sie sogar den Wunsch gehabt, er solle sterben. Doch dieser Wunsch legte sich schon bald wieder. Nie war dieser Morgen aus dem Kopf des Kindes verschwunden.

Das Herz von Syrenia klopfte mit jedem Schritt zur Hütte schneller. Nichtsahnend, was sie im trauten Heim erwartete, steuerten sie ihre Füße weiter in Richtung Türe, die etwas offen stand. Eine komische Flüssigkeit, die aussah wie rote Farbe, kroch unter der Tür hervor. Ein lauter Frauenschrei riss das Kind aus den Gedanken ... Das war Mutters Stimme. Ein stechender Schmerz der Erschrockenheit durchfuhr das Herz von Syrenia. Auch ihr Atem verwandelte sich in mehrere panische Hechler. Was geschah hier nur? Das Mädchen begann zu rennen. Mit vollem Schwung stemmte sie sich gegen die Eingangstüre, die nun scheinbar noch schwerer aufging als sonst. Als die Türe soweit offen war, dass sich das Kind hindurchzwängen konnte, gab sie nicht weiter acht und lief eilig ins Ungewisse. Nach nicht mal zwei Schritten spürte das Mädchen, wie ihre Füße gegen etwas Weiches, doch zugleich Festes stießen. Zu spät. Ehe es ihr bewusst war, war sie schon hingefallen. Der Aufprall schmerzte sehr. Wo war Mutter? Von Angst getrieben versuchte das Mädchen wieder aufzustehen, knickte allerdings gleich wieder ein, so sehr schmerzte der Knöchel. Ein Stück weiter vorne, etwas vom Esstisch verdeckt, fing ihr Blick schließlich das verweinte und blau geschlagene Gesicht von Mutter ein. Über ihr kniete ein piratenähnlicher Mann, der die Frau an den Haaren zog. Der Kerl trug ein dreieckiges Kopftuch, das seine weißen Tage längst hinter sich gelassen hatte. Dazu trug er einen langen, schwarzen Mantel, an dem die goldverzierten Knöpfe offen standen und somit seine starke Brustbehaarung offenbarten. Das Ganze wurde von einer einfachen Leinenhose, die von einer dunkelroten Schärpe gehalten wurde, und einem Krummsäbel abgerundet. Seine Haarfarbe konnte Syrenia nur erahnen. Als der Mann aufsah und das Kind bemerkte, schlugen ihr solch gelbe Zähne entgegen, wie sie es vorher noch nie gesehen hatte.

„Na, wen haben wir denn da?" Sofort ließ er von seinem bisherigen Opfer ab und hatte nur noch Augen für Syrenia.

„Macht mit mir, was ihr wollt, aber verschont mein Kind." Verzweifelt klammerte sich die Frau fest an die Beine ihres Peinigers.

„Lauf, Kind!", schrie ihr Mutter entgegen. Mit einem festen Tritt ins Gesicht, der Knochen brach, befreite er sich mit Leichtigkeit. Von Angst getrieben biss das Mädchen die Zähne zusammen, um den schmerzenden Knöchel im Kopf auszuschalten, bevor sie sich ruckartig erhob. Zittrig dachte das Kind nur noch an Flucht. Bei der Wendung in Richtung Türe folgte schon gleich das nächste Unglück. Sie hatte nicht bemerkt, wie ein weiterer Mann sich direkt hinter ihr platziert hatte und nur darauf gewartet hatte, zuzuschnappen. Nun war alles vorbei. Syrenia wusste, dass sie gleich sterben würde. Dies musste ein beschissener Albtraum sein, der einfach nicht wahr sein konnte. Bevor Syrenia reagieren konnte, packte der zweite Mann ihren Arm und machte somit eine Flucht unmöglich. Erst jetzt, als das Mädchen realisierte, dass es unmöglich ein Traum sein konnte, liefen ihr massenhaft heiße Tränen die Wangen herunter.

„Lass los!" Sie zog und riss, um irgendwie wieder freizukommen. Jedoch ohne Erfolg.

„Was ist mit der Frau?", fragte der zweite Mann seinen piratenähnlichen Kumpanen.

„Sieht nicht gut aus, scheint wohl ohnmächtig zu sein."

Der Mann, der Syrenia hielt, seufzte. „Ich sagte, du sollst es nicht übertreiben. Höchstens ein Toter."

„Tschuldige „, antwortete der andere knapp. Wie war das? Ein Toter? Das Mädchen plagte eine schlimme Vorahnung. Die Türe, die noch schwerer aufging als sonst, die Tatsache, dass Vater nicht hier war ... Vorsichtig versuchte sie den Kopf etwas zu neigen, um an dem Mann vorbeizusehen. Ihr Herz schlug Sturm. Denn was Syrenia gerade noch im Kopf hatte, war nun wahr geworden. Hinter der Türe, durch die sie gerade getreten war, lag der Körper ihres Vaters in einer riesigen Lache aus rotem Blut, die sich in den feinen Fugen der Holzbrettern des Bodens immer weiter ausbreitete. Seine toten, glänzenden, leeren Augen starrten in Syrenias Richtung, fast so als würde er immer noch das Geschehen mit verfolgen und jeden Moment aufstehen, um seine Tochter zu beschützen. Doch sie wusste, dass er tot war. Eine neue Welle aus Tränen schoss in die Augen des jungen Kindes und tauchte die Welt in ein Netz aus Tränen. Das konnte nicht wahr sein, versuchte sie sich immer wieder im Kopf zu beruhigen. Der Mann, den sie als Erstes im Haus vorgefunden hatte, war inzwischen neben sie getreten. Syrenia hatte es aufgegeben, sich zu wehren. Ein erwachsener Mann war einfach zu stark für ein schwaches Kind.

„Was machen wir nun?", fragte der erste Mann.

Sein Kumpan überlegte eine Weile, bis er fortfuhr. „Töte die Frau, das Kind nehmen wir mit."

Nein. Nein! Ungläubig schüttelte Syrenia den Kopf. „Nein!", schrie sie die beiden Männer immer wieder an, während sie dem Kerl, der sie festhielt, mit der freien Hand auf die Brust schlug.

Der Pirat zog seinen mit Blut belleckten Krummsäbel aus seiner roten Schärpe hervor und ging wieder zu der Frau. In diesem Moment begann der andere damit, Syrenia in Richtung Ausgang zu schleifen. Sie zog, riss, versuchte alles, um den Peiniger auf irgendeine Weise aufzuhalten, doch was ihr blieb, war nur das einzige Wort, welches ihr immer wieder über die Lippen kam. „Mama ... Mama ... Mama ..."

Der Mann schob die Leiche mit dem Bein etwas von der Türe weg und zog Syrenia ins Freie. Dort warf er sie mit einem Ruck auf den Boden. Sofort wollte das Kind aufstehen, um wieder in das Haus zurückzukehren, doch der Mann über ihr drückte seine Schwertspitze auf die Kehle des Kindes. Würde sie nun auch sterben? Vielleicht sollte sie dazu provozieren. Dann würde sie zusammen mit ihren Eltern gen Himmel aufsteigen und wäre nicht völlig allein auf dieser Welt.

„Zieh dich aus", befahl der Mann. Das war ein schlechter Scherz, dachte Syrenia. Wollte er ihr jetzt auch noch Gewalt antun? „Na, mach schon." Das Kind schluckte, befolgte aber schließlich die Anweisung. Langsam knöpfte sie die einfache Bluse auf und streifte diese vorsichtig ab. Sie lockerte die Gürtelschnalle und machte dasselbe mit der Hose. Nun saß sie nur noch in Unterwäsche da. Das Kind sah wütend zu dem Mann empor.

„Du sollst alles ausziehen." Damit hatte Syrenia gerechnet.

In dem Augenblick, in dem auch ihr letztes Kleidungsstück auf dem Boden lag und sie nur noch im Evakostüm dasaß, trat auch der andere Mann aus der Hütte heraus. Schnell verdeckte Syrenia mit beiden Armen Brust und Scham. Die beiden sprachen sich nicht weiter ab, sondern wussten wohl genau, was zu tun war. Der Pirat durchsuchte die Klamotten des Kindes, während sein Kumpan immer noch Syrenia bewachte.

„Konntest du etwas Wertvolles in dem Haus finden?"

„Nein, nichts, was sich verkaufen ließe. Die sind arm wie Kirchenmäuse ..." Abrupt beendete er seinen Satz. „Na, was ist das denn?" Beim Durchsuchen der Kleider fand der Mann das Messer, das sie vorhin erst bekommen hatte. Der Kerl pfiff überrascht. „Welch schönes Stück für so arme Leute." Er drehte es und fand die Inschrift.

„Hey Corondal, hier steht etwas."

„Du Bastard, nenne nicht meinen Namen!" keifte er seinen Kumpanen an.

„Tschuldige, aber sag schon, was steht da?"

Konnte der Kerl etwa nicht lesen?, ging es durch den Kopf des Mädchens. Der Pirat hielt Corondal das Messer mit der Inschrift voraus hin.

„Syrenia." sagte er mit tonloser Stimme, bevor er das Mädchen wieder voll im Blick hatte.

„Ob das die Frau im Haus war? Was meinst du?"

„Ist mir scheißegal. Das Mädchen wird in wenigen Tagen verkauft sein und dann sehen wir sie eh nie wieder." Corondal sagte es mit kaltherziger Stimme.

„Ihr ... wollt mich verkaufen?", waren die fassungslosen ersten Worte des Mädchens. Syrenias Stimme zitterte vor Angst. Würde sie schlussendlich doch in die Hände eines Perverslings kommen? Der Pirat war es, der ihr antwortete: „Wir werden für dich ein schönes Sümmchen erhalten. Schade ist nur, dass ich vorher nicht meinen Spaß mit dir haben kann." Da war das eklige Grinsen wieder.

„Genug jetzt!" Mit einem scharfen Blick forderte der Mann seinen Kumpan zum Schweigen auf.

„Aber Corondal, sieh dir doch diesen schönen makellosen Körper an. Unberührt. Die schlanke Figur, diese zierlich geformten Brüste ..." Der Kerl stöhnte lüstern. „Und zwischen ihren Schenkeln ..."

„Torm!!", schrie Corondal wütend. „Es genügt! Geh zurück ins Haus und such einen alten Sack oder ähnliches."

Torm sah seinen Kumpanen ebenfalls wütend an. Es hatte jedoch den Anschein, als hätte er Angst vor Corondal, da er das Messer in die Schärpe packte und schweigend abzog.

Das Schwert immer noch an die Kehle des Mädchens gerichtet sahen die beiden schweigend einander in die Augen. Er hatte genauso intensiv schwarze Augen und Haare wie das Federkleid einer Krähe. Er trug eine kurzgeschorene Frisur und Drei-Tage-Bart. Um die Hüften lag ein brauner Gürtel, an dem einige Schlaufen eingearbeitet waren. Er war muskulös. Im Gesamtbild war Corondal ein attraktiver Mann. Wäre er nicht gewesen, hätte sich der andere Kerl sicher an ihr vergangen.

Während sie abwechselnd in beide Pupillen ihres Gegenübers sah, brachte sie ein knappes „Danke" heraus. Kopfschüttelnd gab er ein Zeichen, was wohl so viel wie "Ist schon gut" bedeuten sollte. Syrenia wusste, dass der Mann netter als Torm war. Sie hielt zwar immer noch die Arme an gewisse Stellen, aber konnte sich wieder ein wenig aus der Versteifung lösen. „Warum tut ihr so etwas?" brachte Syrenia fragend und zittrig hervor.

„Der Plan war eigentlich, deine Mutter zu verschleppen. Aber da der Hohlkopf sie unbedingt verschandeln musste, bleibst eben nur noch du übrig. Für dich bekommen wir zwar wahrscheinlich nicht ganz so viel wie für die Frau, aber immerhin besser als nichts."

„Bitte, ich flehe euch an ... bitte, lasst mich laufen. Wer kauft denn schon ein Kind. Das ist einfach krank." Die Tränen wollten nicht versiegen.

„Wir finden schon einen Interessenten, der dich versklavt oder verhurt." Das letzte Wort stach richtig in dem Herzen des Kindes. Sie spürte, wie kalter Angstschweiß zwischen ihren Schulterblättern hinunterrann. Syrenia musste einige Male würgen. Der Gedanke schon alleine, dass sie von fremden Männern genommen würde, trug viel dazu bei. Sie hatte doch noch nie einen Freund ... geschweige denn Sex gehabt.

„Kotz dich bloß nicht voll", sagte der Mann mit wütendem Blick. Doch es war schon zu spät. Einige kleine Schwalle aus Erbrochenem fanden den Weg aus dem Leib des Kindes. Landeten aber glücklicherweise im Gras vor ihr. Lediglich kleine Spritzer gerieten an ihre Beine.

In dem Moment kam Torm mit einem hellbraunen Leinensack und einem Stück Seil wieder aus dem Haus. Als er bei den beiden anderen Menschen war, ließ er das Seil fallen und breitete den Sack, in dem normalerweise Kartoffeln aufbewahrt wurden, aus. An dem geschlossenen Ende war ein kleines Loch rein geschnitten und auf den Seiten jeweils ein weiteres.

„Das Ding schneidet gut", sagte Torm und holte Syrenias Geburtstagsgeschenk heraus. Wollte die Schmach denn nie enden? Torm zog das Kind an den purpurroten Haaren nach oben und drückte ihr den Leinensack gegen die Brust. „Los, anziehen," bellte er.

Syrenia wusste erst nicht, was er meinte, doch dann begriff sie, dass die drei Löcher für Kopf und Arme gedacht waren. Sie sollte das alte Ding anziehen?... aber immerhin besser als nackt in der Gegend herum zu laufen. Deshalb befolgte sie den Befehl. Der Sack war ihr etwas zu klein. Er reichte ihr nicht mal bis zu den Knien, nur an den Schultern war jede Menge Spielraum. Die feinen Fasern des Sackes juckten und rieben schon jetzt. Verzweifelt versuchte Syrenia kratzend dagegen anzukämpfen. Bis Torm ihre Hände auf den Rücken packte und sie ihr mit dem Seil zusammen band. Beim Festziehen erschrak das Kind etwas von dem Druck. Was sie wohl noch alles erwartete ...

Die Engelstafeln

Seit jenem Tag am Waldesrand mit ihrem Mann hatte die engelsgleiche Frau Schreiben, die sie "Engelstafeln" nannte, für ihre Tochter angefertigt. Etliche waren bereits geschrieben, um dem schönen purpurnen Mädchen die Welt besser zu erklären. Die Frau wollte die Engelstafeln ihrem Heiligtum am 15. Geburtstag als eine Art Schatzsuche übergeben. Weit, weit in den Wäldern, nahe einer alten zerfallenen Hütte, in deren Mitte ein riesiger Baum wuchs, vergrub die edle Bauersfrau ihre Engelstafeln. Dort würden sie nun verrotten, ohne je gelesen zu werden. Am Tag des 15. Geburtstags ihres Schatzes hätte die Frau ihr eine Karte gezeichnet, um den Fundort des Wissens ausfindig zu machen. Doch nun war der Engel fort. Und nur das Engelskind blieb zurück ...

Die Lehre der Magie

„Passagierschein und Aufenthaltsgrund, bitte." Eine heisere Männerstimme riss das wandernde Mädchen aus ihren traurigen Erinnerungen. Svenja war nun endlich auf der tiefbraunen Fichtenholzbrücke, die nach Ferinstayn hineinführte, angekommen. Mauern aus glattgeschliffenen Steinen schützten die Hauptstadt des Mittleren Kontinents vor jeglichen Mobangriffen. Fünf Tage war sie inzwischen auf Wanderschaft und nun wollte sich wirklich ein Soldat der Stadt ihr in den Weg stellen? Der Schützer der Bevölkerung war in leichte Rüstung gehüllt, die sein Ansehen positiv verstärkte. Rote Strähnen lugten unter seinem Metallhelm hervor und rückten seine bleiche Gesichtsfarbe in den Vordergrund. Graue Augen mit leichten Fältchen schmückten das Gesicht des Kriegers. Er musterte die bereits sowieso schon schlecht gelaunte Svenja von oben bis unten.

„Ich befinde mich nur für kurze Dauer in Ferinstayn." Die blauäugige Frau versuchte trotz schlechter Stimmung freundlich zu klingen.

Der Griff des Soldaten umschloss sich sichtbar fester um seine Hellebarde an der rechten Hand. Er schien ebenfalls einen miesen Tag zu haben. „Ohne Passagierschein darf niemand die Stadt betreten", sagte er nun ernster, während hinter ihm eine weitere Wache, die zuvor auf einem kleinen Schemel ein Nickerchen gehalten hatte, zu ihnen stieß.

„Vor mir sind etliche Menschen in die Stadt gereist und haben nichts vorzeigen müssen." Svenjas Herz begann zu rasen. Sie war noch nie eine gute Rednerin gewesen und vermied dies, aus Angst, Konsequenzen daraus ziehen zu müssen, eher.

„Lass sie durch, Unar. Das ist nur ein nichtsnutziges Bauernmädchen aus den Slums. Was kann die schon anrichten." Der bärtige Mann war gekleidet wie sein Mitstreiter, der über dessen Worte lachte.

„Ich bin ..." waren die einzigen Worte, die Svenja heraus brachte, bis ihre Stimme versagte und sie traurig zu Boden blickte. Beide Wachen brachen nun in schallendes Gelächter aus und machten weiter Witze über die Blonde. Mit Trauer, Beschämtheit, Wut und etwas Tränen in den Augen marschierte das Mädchen an den beiden Wärtern vorbei. Bastarde, Vollidioten. Sie konnte doch auch nichts dafür, dass das Leben so mit ihr spielte. Svenja war es leid, für alle nur das schüchterne, freundlose und zurückhaltende Mädchen zu sein. Während ihrer pessimistischen Gedankengänge lief das junge Ding ziellos geradeaus. Fast so, als ob sie dadurch ihrem Schicksal entkommen konnte. Sie wusste, dass es sich niemals ändern würde, solange das Mädchen keine Taten folgen ließ ... jedoch davor hatte Svenja zu viel Angst. Ob sich das noch eines Tages regeln ließ? Das blonde Mädchen war zwar schon immer so gewesen, doch seit dem Tag, an dem Vater von Gigantos verschlungen worden war, war es viel schlimmer geworden. Dafür hasste sie sich. Hatte es überhaupt Sinn so weiter zu leb...

Ein plötzlicher Schmerz, der ihr funkelnde Punkte vor die Augen trieb, setzte ein, und ehe sie sich versah fand sich Svenja auf dem kalten Pflasterstein Ferinstayns wieder. Das Mädchen presste beide Hände an den schmerzenden Kopf. Was war das schon wieder?

„Tut mir leid. Ich hab nicht auf den Weg geachtet." Als die junge Frau emporblickte – es dauerte etwas, bis die Punkte vor den Augen verschwanden – reichte ihr ein Mann mit haselnussbraunen Haaren und rotem Stirnband lächelnd seine Rechte zur Hilfe. Svenja nahm sie mit einem knappen „Danke" an. Ein dreizügig gespannter Ochsenkarren, der mit Heu beladen war, fuhr an den beiden vorbei, während sich die blauäugige Frau die Hose vom Staub abklopfte. Feine Heureste flogen hinter dem Ochsenkarren herum und tanzten im leichten Wind.

„Dieser Steckbrief lenkte mich unglücklicherweise ab, bevor das Missgeschick passierte." Der seltsame Mann hielt der Blonden einen Zettel so nahe vor die Augen, dass er schon nicht mehr zu entziffern war. Dachte der blöde Kerl, sie sei blind? Svenja ging ein wenig auf Abstand und begann zu lesen.

Name des Mobs:	Glibberich *****
Fundort:	Kalykawald
Auftraggeber:	Arabella (Schweinezüchterin im Süden)
Belohnung:	100 Goldmünzen

So sah also ein Steckbrief aus. Interessant. Sobald das blonde Mädchen eine Waffe gekauft hatte, auf die sie so viele Jahre schon gespart hatte, konnte diese auch endlich auf ihr Ziel hinarbeiten.

„Du kommst nicht von hier, oder?", fragte der mysteriöse Mann. Jetzt erst erkannte Svenja, dass sich zwei Knaufe hinter seinen breiten Schultern, die wohl zu Doppelschwertern gehörten, befanden.

„Was geht Euch das an? Wenn ihr versucht, mich auf irgendeine Weise zu erniedrigen, könnt ihr euch verpissen." Das blonde Mädchen erschrak selber über diese barsche Antwort, die ihr gerade über die Lippen gekommen war. „Tut mir leid. Ich steh gerade nur neben mir."

Der samuraiähnliche Krieger hob lächelnd abwehrend die Hände. „Ach, schon gut. In dieser Großstadt herrscht täglich ein Wechselbad der Gefühle." Zwei Herzschläge vergingen. „Es würde mich aber dennoch interessieren, was so ein zierliches Mädchen wie du in einer Großstadt wie dieser, so weit weg von Zuhause, sucht."

Das Mädchen war verwirrt. Woher wusste der Kerl, dass sie keine gebürtige Ferinstaynianerin war? Sie wollte dem definitiv auf den Grund gehen. „Wer sagt, dass meine Wurzeln nicht tief mit dem Boden Ferinstayns verankert sind?"

Der Stirnbandmann atmete tief ein, als würde er Svenjas Begriffsstutzigkeit betonen wollen. „Deine Kleidung verrät dich." Dieser Kerl war der Blonden ein Schloss mit sieben Siegeln. Was meinte er denn nun schon wieder?

Fast so, als könne der rätselhafte Mann ihre Gedanken hören, klärte er das Mysterium auf. „Du trägst Kleidung, die es vermehrt nur im nördlichen Teil des Mittleren Kontinents gibt. Von daher konnte man mit etwas Glück leicht schlussfolgern, dass du, wie gerade erwähnt, aus dem Norden des Landes stammen könntest." Der Kerl war gut, das musste man ihm lassen. Es stimmte, sie und Vater hatten abgeschottet von jeglicher Bevölkerung gelebt, abseits in einer kleinen gemütlichen Hütte. „Du hast gewonnen, ich geb mich geschlagen. Es stimmt."

Siegesbewusst strich sich der Krieger über sein Stoppelkinn. „Was hoffst du hier zu finden?"

Da war wieder diese Frage, die dem Mädchen Angst machte. „Verzeih bitte, aber das ist etwas Privates." Es tat Svenja in der Seele weh, nicht darüber zu reden. Was war, wenn er über ihr Ziel nur lachte, wie die beiden Männer am Tor? Nein. Sie konnte nicht darüber reden. Die Blauäugige versuchte das Gespräch, auch wenn sie nicht gut darin war, in eine andere Richtung zu lenken, bevor noch weitere Fragen über ihr Ziel auftauchten. Sofern der Mann darauf ansprang.

„Mal angenommen, ich würde mich für die Mobjagd interessieren. An wen müsste ich mich wenden, um die Jagd zu beginnen?" Svenja versuchte so ernst wie möglich zu klingen.

„Frag das lieber jemanden dort drinnen. Da wird dir alles erklärt." Der junge Mann zeigte auf ein großes, helles Gebäude hinter ihm. „Es hingen bis vor wenigen Minuten noch dutzende Aufträge drin."

Svenja begutachtete das große Bauwerk, an dessen Türe ein stetiges Kommen und Gehen herrschte. Zehn aus glattem Marmor geschliffene Treppenstufen ragten bis zu einer kleinen Kirschholztüre empor. Ein immer spitzer werdendes Vordach, das von dicken Marmorsäulen getragen wurde, schützte die weiße Treppe vor Wind und Wetter. Einige unterschiedliche Menschen saßen darauf und spielten verschiedene Glücksspiele, aßen ihr Mittagessen oder vertrieben sich einfach wartend die Zeit.

„Was für ein riesiges Gebäude."

Der Krieger nickte daraufhin. „Als ich zum allerersten Mal in Ferinstayn war, ging es mir genauso. Diese Stadt ist so gigantisch, dass man sich sehr leicht verirren kann." Um wieder der eigenen Mobjagd entgegenzustreben, folgte schon bald die Verabschiedung zwischen den beiden.

„Vielleicht sehen wir uns ja auf einer Jagd mal wieder." Winkend ging der Mann an Svenja vorbei und folgte wieder seinen eigenen Wegen. Auch das Mädchen lief weiter, um das große Gebäude zu erkunden, als plötzlich der Mann von eben ihr etwas hinterherrief.

„Wie heißt du eigentlich?"

Das blonde Mädchen blieb stehen und sprach gerade so laut, dass es nicht im Lärm des Alltags unterging. „Svenja."

„Schöner Name. Wir sehen uns, Svenja." Ohne weitere Worte oder Beachtung schritt der Krieger von dannen.

Svenja blickte erst ein letztes Mal zurück, als die zweite Stufe der Marmortreppe erreicht war. Doch der Krieger war bereits in der Menschenmasse verschwunden. Nun stieg sie die letzten Stufen empor. Svenja blieb stehen, bis sich die Kirschholztüre ein weiteres Mal öffnete. Eilig schlüpfte sie hindurch und eine angenehme, wohltuende Kühle erwartete das Mädchen. Es war ein Gasthof. Ein Treffpunkt für Säufer und Zechpreller. Svenja hatte niemals erwartet, hier den Beginn ihrer Jagd zu finden. Oder hatte der Kriegertyp sie verarscht? Aber nun, da sie eh bereits eingetreten war, konnte sie auch an so einem Ort nach Informationen suchen. Die blonde Frau stellte sich gedanklich vor, wie sie irgendeinem besoffenen Kerl mit ihren weiblichen Reizen schöne Augen machte, um so an Informationen über Gigantos zu gelangen. Eben so, wie man es aus Büchern kannte. Doch bei ihr würde es sicher nicht funktionieren. Schon alleine wegen der Schüchternheit, die sie plagte.

Ein sinnlicher Duft nach gebratenem Fleisch schwebte in der Luft und spielte mit den Geschmacksnerven des Mädchens, der sie schließlich zum Tresen der Gaststube führte. Ein langer dunkler Tresen, der nahtlos in eine große, etwas höher gelegene Bühne überging, war der Blickfang des gesamten Raumes. Allerlei Spirituosen standen auf einem Regal, das an der Wand befestigt war. Hüfthohe grüne Barhocker luden dazu ein, seinen Allerwertesten darauf zu betten, während man auf Speis und Trank wartete. Svenja wollte unbedingt einen dieser Samthocker ausprobieren. Sie wählte einen, der etwas abseits der Menschen stand. Mit einem Hopps landete sie darauf. Wie weich das war. Unglaublich. Nun schrie auch der Magen der Blonden nach Nahrung.

„Was darf es sein?"

Erschrocken fuhr Svenja hoch. Eine schöne blonde Frau mit grünen Augen, so grün wie eine Frühlingswiese, begrüßte ihr Gegenüber.

Das blauäugige Mädchen überlegte. Für eine Magiewaffe brauchte sie noch Geld, also lieber etwas Kleines essen.

„Ein gemischter Salat, falls Ihr habt, genügt."

Die Kellnerin gab ein „Verstanden" zum Ausdruck, bevor sie in einen kleinen Gang verschwand. Es dauerte nicht lange, und sie war wieder bei Svenja. „Es dauert leider etwas."

Dieses Mal war es die Blauäugige, die nickte. Dann herrschte Schweigen zwischen ihnen. Die Kellnerin winkte einigen Männern zu. Sie war bestimmt beliebt bei dem anderen Geschlecht. Svenja sollte versuchen, mit ihr in Kontakt zu kommen. Aber wie?

„Schöner Tag, nicht?" Die Kellnerin lachte leicht nickend. Verflixt. War das ihr Ernst? Nun hatte sie endlich die Gelegenheit und ihr fiel keine bessere Frage als übers Wetter ein? Svenja könnte sich ohrfeigen.

„Öhm, heute ist aber einiges los bei euch." Diese Frage war schon besser. Weiter so, Svenja, ermutigte sie sich selbst.

„Ja, da hast du recht. Eine unserer Küchenkräfte ist nun seit Kurzem ausgefallen, und hier häuft sich nur so die Arbeit."

Das Klingeln einer kleinen Glocke unterbrach das Gespräch der beiden. Die Frau ging erneut in den kleinen Gang und brachte nach wenigen Minuten einen Teller mit Salat, der vor Svenja abgestellt wurde. „Lass es dir schmecken."

Danach ging die blonde Kellnerin einen Tisch nach dem anderen ab und brachte Essen und Trinken, leerte oder reinigte die Tische. Svenja entschied derweil, sobald der Salat im Magen verschwunden war, einen Waffenladen aufzusuchen, bevor ihr Weg in eines der vielen Wissenshäuser Ferinstayns führte. Doch welch magische Waffe würde sie sich auswählen? Einen Stab mit Kristallkugel am oberen Ende? Oder gar eine verzauberte Harfe, wie im Märchen? Das Mädchen freute sich schon richtig darauf, während das erste Salatblatt verschwand.

„Wie ist es so im Norden des Landes?" Die Kellnerin war ein weiteres Mal an Svenja herangetreten. Sie bewegte sich lautlos wie eine Katze. Oder lag es eher am Lärm, der in der Stube herrschte? Das wohl eher.

„Was meinst du?", fragte Svenja vorsichtig, um nichts Falsches zu sagen.

„Du stammst doch aus dem Norden des Mittleren Kontinents. Wegen deiner ..."

„Wegen der Kleidung, ich weiß", unterbrach Svenja die Kellnerin scharf. Mist. Sie wollte doch solch Worte unterlassen. Verdammt.

„Entschuldige." Svenja war beschämt.

„Ach, schon gut. Ich heiße Annemarie."

Svenja stellte sich ebenfalls, dieses Mal freundlicher, vor. „Um auf deine Frage von vorhin zurückzukommen. Ich hatte nicht viel Kontakt zu Menschen, da wir ... Ich meine, da ich abseits von jeglicher Zivilisation in einer kleinen Hütte lebte. Dort war das reinste Paradies." Hatte Svenja wirklich gerade so viel erzählt? Wow. Es überraschte sie sehr.

„Leider ergab es sich für mich, dank der vielen Arbeit des Gasthofes, nicht, viel zu reisen. Darf ich fragen, was dich zu uns in die Mitte führt?"

Warum wollte jeder wissen, was die Ziele des Mädchens waren? Sie brauchte dringend eine Antwort. „Ich interessiere mich für die Mobjagd und wollte Informationen deswegen sammeln."

Die Kellnerin schien überrascht zu sein. „Da bist du bei mir an der richtigen Adresse." Die Kellnerin zwinkerte Svenja zu. „Wenn du erlaubst, erkläre ich dir alles."

„Ginge das wirklich? Aber was ist mit deinen Gästen?", fragte Svenja ängstlich.

„Mia kümmert sich derweil um die Gäste. Wir schließen sowieso gleich. Komm, ich zeig dir was."

Die Kellnerin packte Svenja an der Rechten und holte sie von dem grünen Hocker herunter. Sie führte sie zu der kleinen Kirschholztüre, durch die das Mädchen vor Kurzem eingetreten war. Links daneben war eine mit Kork bestickte Tafel an der Wand. Etliche weiße und vergilbte Zettel waren daran geheftet.

„Jeder dieser unzähligen Zettel, die du dort siehst, beinhaltet eine Monsterjagd oder anderweitige Aufgaben des Fußvolkes. Sieh sie dir doch mal näher an, und wenn eine Jagd vielleicht gleich in dein Auge springen sollte, komm einfach wieder zu mir, dann machen wir das mit dem Vertrag." Die Kellnerin schien Spaß daran zu haben, Leuten Anweisungen zum Thema Mobjagd zu geben.

Svenja konnte noch nicht mal mit Magie umgehen ... Egal. Moment, was sagte die Kellnerin? Vertrag? „Ich muss einen Vertrag unterzeichnen?" Die Blonde konnte ihren Ohren nicht trauen.

„Ja, das ist Pflicht, damit kein anderer die Mission annehmen kann. Zumindest solange du nicht aufgibst, tot bist oder erfolgreich zurück kehrst."

Die Blauäugige hob entsetzt eine Braue empor. „Ach, das ist ja sehr beruhigend."

„Keine Angst, solange die Jagd nicht mehr als drei Sterne hat, ist es unwahrscheinlich, dass du stirbst. Zeige mir dann bitte die Jagd, denn es passiert auch regelmäßig, dass Menschenhändler gefälschte Missionen unter die Originalen mischen. Sobald die jemand annimmt und an jenen Ort reist, schlagen sie zu. Hier ist es allerdings sehr unwahrscheinlich, dass es zu solch einem Fall kommen würde, da ich jede Jagd vorher mit der königlichen Armee überprüfe. Aber man weiß ja nie." Annemarie verschwand nach diesen Worten an einen runden, vollbesetzten Tisch.

Svenja näherte sich der Tafel und begann die dort hängenden Zettel zu lesen. Einen nach dem anderen schied das Mädchen aus, da sie entweder zu schwer oder zu weit weg waren. Es waren nur sehr wenig leichte Missionen dort.

„Entschuldigung? Ich würde gerne eine Jagd aufgeben." Ein Bauer mittleren Alters war an Annemarie, die inzwischen wieder hinter Svenja stand, herangetreten.

„Kein Problem, der Herr. Ich hole schnell einen Antrag." Die Frau verschwand ein weiteres Mal hinter dem Tresen und wühlte in einer Schublade. Mit einem Zettel kam sie wieder. „Hier, bitte ausfüllen, dann wird Ihr Auftrag in wenigen Tagen ausgehangen." Die Frau sah Svenja an. „Hey Mädchen, willst du vielleicht zusehen?" Das wollte die Blonde unbedingt. Darum nickte sie. Zu dritt liefen sie zu dem langen Tresen.

Svenja versuchte währenddessen über die Schultern des Mannes zu lugen, um den Zettel besser lesen zu können. Es gestaltete sich im Laufen als eher schwieriges Unterfangen. Erst als die Gruppe am Tresen ankam, konnte sie einen Blick darauf werfen. Es standen einige Fragen auf dem Papier. Svenja begann sie sich durchzulesen:

Name, Fundort des Auftraggebers (bitte einen Ort angeben, an dem man Sie antrifft)

Ziel der Mission (wovon handelt die Mission? Mobjagd, anderweitige Erledigungen etc.)

Welche Zeitspanne hat der Auftragnehmer? (von 1-10 -- 1 nicht eilig, 10 eilig)

Achtung! Sollte es sich um einen Fall der Dringlichkeit 9-10 handeln, fallen zusätzliche Kosten für den Auftraggeber an. Weitere Informationen finden Sie bei Ihrem Mobjagdbeauftragten im Ort.

Welche Belohnung erhält der Auftragnehmer beim Vollenden der Mission?

Sollte es sich um eine Mobjagd handeln, beschreiben Sie bitte den Mob so genau wie möglich.

Es dauerte etwas, bis der Mann fertig war, um die für Svenja schwer zu beantwortenden Fragen auszufüllen. Anschließend übergab er den Zettel Annemarie, die das Stück genau begutachtete, um festzustellen, dass alles seine Richtigkeit hatte.

„Danke für den Auftrag, mein Herr, er wird so schnell wie möglich bearbeitet. Wenn ich Euch dann noch zehn Silbermünzen als Gebühr berechnen dürfte."

Ohne Fragen zu stellen bezahlte der Mann. Es schien fast so, als würde dies nicht sein erster erstellter Auftrag sein. Nachdem die Geldangelegenheit geklärt war, ging der Mann ohne große Worte wieder seiner Wege.

Die fröhliche Kellnerin wandte sich, als sie dann wieder Svenja ins Gespräch einschloss, zum Gehen um.

„Willst du dir vielleicht ansehen, wie es nun damit weitergeht? Es ist noch ein weiter Weg, bis der fertige Auftrag seinen Weg an die Anschlagtafel findet."

Svenja interessierte es sehr. Sie willigte schließlich ein.

„Dann folge mir bitte." Gemeinsam gingen sie in den schmalen Gang, in dem Annemarie zuvor einige Male verschwunden war, vorbei an der notbesetzten Küche, aus der ein intensiver Duft strömte, über eine schmale Treppe in den oberen Stock. Eine Ebene weiter oben bogen die zwei nach rechts in einen kleinen

Raum. Selbst hier oben roch man die Braten, die in den heißen Öfen brutzelten.

Beim Eintreten in den Raum fixierten sich Svenjas Augen auf zwei goldfarbene Kerzenständer an der Wand, in denen weiße Leuchtmittel steckten. Auch hier standen zwei Regale an der Wand. Jedes war in drei Fächer unterteilt, in denen mehrere Stapel Papier lagen. Waren das etwa alles Aufträge? Die Wände des kleinen Zimmers waren schlicht in Weiß gehalten, die jedoch, dank der Kerzen, in ein warmes Gelb getaucht wurden.

Noch während sich Svenja in dem kleinen, unspektakulärem Raum umsah, eilte Annemarie bereits dem linken der beiden Regale entgegen.

„Hier werden die unbearbeiteten Aufträge solange gelagert, bis sie zu einer bestimmten Zeit von einem Boten der königlichen Armee abgeholt und zu einer Sammelstelle gebracht werden. Dort wird dann alles Notwendige überprüft, ein gültiger Stempel unten rechts gesetzt und sobald das erledigt ist, werden sie wieder zurück an den Ort, an dem sie aufgegeben wurden, geschickt. Ach, es ist schon in wenigen Minuten soweit." Svenja verstand, wie so oft, nicht, was sie meinte. Plötzlich klopfte es hinter dem jungen Mädchen. Erschrocken fuhr Svenja herum und blickte in die grauen Augen eines Soldaten. Anstatt eines Helms trug dieser Schützer des Volkes einen schlichten Dreieckshut mit schwarzer Befederung darauf. Das war dann wohl das Erkennungszeichen der Boten. Beim genaueren Hinsehen waren kleine, nur sehr schwer erkennbare Zeichen, die das Wappen der Königsfamilie des Mittleren Kontinents trugen, auf den Rabenfedern eingearbeitet.

„Hallo meine Schöne, sind die Aufträge bereits fertig?" Er zog belustigend die Mundwinkel nach oben.

„Klar, komm rein", antwortete Annemarie fröhlich, während sie einen dicken Stapel aus dem Regal nahm und zwischen ihren Händen sorgfältig ordnete.

„Wie laufen die Geschäfte?" Der Mann nahm die Aufträge entgegen und holte schließlich eine breite Tasche hinter seinem Rücken hervor.

„Ganz gut soweit. Kandho ist nun leider ebenfalls ausgefallen, was den Arbeitsalltag sehr erschwert". Während die beiden Menschen redeten, steckte der Bote die Zettel in seine Tasche, die kurz darauf wieder hinter seinem Rücken verschwand. „Wer ist das?", fragte der Bote, der nun Svenja endlich wahrnahm.

„Das ist eine Dame, die mehr über die Mobjagd in Erfahrung bringen möchte."

Der Mann nickte. „Das Land braucht dringend Nachwuchs in diesen schweren Zeiten." Als sich der Bote nach einem weiteren kleinen Smalltalk wieder seiner Arbeit widmete, reichte er Annemarie aus einer weiteren Tasche ebenfalls einen Stapel. Ob das wohl die überprüften Aufträge waren? Die Kellnerin nahm eilig die Schriftstücke und drückte sie fest mit verschränkten Armen vor die Brust. So fest, als gäbe es einen kleinen Diebeskobold in dem Raum, der das Papier alleine für sich haben wollte.

Dann war es an der Zeit für den Mann, weitere Gaststätten, Schenken und andere Orte aufzusuchen. Er verabschiedete sich und nur der zarte Duft nach frischem Papier, der an ihm haftete, erinnerte eine Zeitlang an ihn.

„Was war das denn für ein Typ?", fragte Svenja, woraufhin Annemarie zu kichern begann.

„Ich weiß was du meinst, es dauert einige Zeit, bis man ihn richtig einschätzen lernt. Doch er ist kein falscher Kerl."

Nach einer kurzen Weile, als auch der Duft verschwunden war, schenkten die beiden Frauen dem Boten keinen weiteren Gedanken mehr.

„Hilfst du mir dabei, die Steckbriefe unten an die Wand zu heften?", wollte die Kellnerin wissen. Und Svenja nickte. Zusammen gingen sie die Treppe hinab und zur Pinnwand. Dort angekommen befüllten die beiden Mädchen die Wand mit neuen Aufträgen.

„Diese Missionen dort hängen schon seit Tagen. Siehst du diese Sterne dort unten?" Annemarie zeigte auf eine der Missionen. „Das ist ein Mob der Stufe fünf. Alleine unmöglich zu besiegen." Die Frau sah irgendwie traurig aus, dachte Svenja.

„Jedoch erst heute kam ein junger braunhaariger Mann mit Doppelschwertern zu mir, der unbedingt einen Fünf-Sterne-Mob alleine töten wollte. Er sprach von einer großen Herausforderung für Ruhm und Ehre. Ich schaffte es nicht, ihn davon abzuhalten, Glibberich zu jagen, darum willigte ich nach einiger Zeit ein. Hoffentlich wird es gut ausgehen ... In letzter Zeit gab es viele Jagden in diesem Gebiet. Darum bete ich, dass jemand dem Krieger rechtzeitig zur Hilfe eilen wird."

Während die beiden die Missionen an der Tafel befestigten, lauschte die Blauäugige weiter den Worten der Kellnerin.

„ Sieh mal da." Annemarie hatte während ihrer Ansprache alle Aufträge ausgehangen ... bis auf den einen, den sie in der Hand hielt und anblickte. Die Frau zeigte das Daraufstehende ihrem Gegenüber. Annemaries Augen leuchteten vor Freude. „Wie wäre es mit dieser Jagd für dich?" Es war ein Mob der Stufe drei. Ein Mob namens ... Butterfly. „Er soll ebenfalls im Süden hausen. Es stehen zwar einige Infos darauf, aber ich würde dir dennoch empfehlen, dich in der Bibliothek nebenan etwas schlauer darüber zu machen."

Es klang sinnvoll, was die Kellnerin sagte. Diese Jagd wäre optimal für Svenja, die keinerlei Erfahrungen hatte. Die blauäugige Frau nahm den Auftrag nun selbst in die Hand und entschied sich schließlich dazu, es zu versuchen.

„Willst du nicht heute hier übernachten, damit du morgen fit für die Jagd bist?" Nach einem Geschäft witternd streckte die Kellnerin die Zunge heraus. „Kostet auch nur eine Silbermünze pro Nacht." Es war ihr anzusehen, dass es wohl eher als Scherz gemeint sein sollte, oder nicht? Verdammt. Svenja war nicht gut darin, so etwas zu erkennen. Jedoch konnte es nicht schaden. Es war ja immerhin nur eine Nacht. Svenja nickte ihrem Gegenüber mit einem inzwischen müden Lächeln zu.

„Ich geb dir den Auftrag frei. Warte bitte hier." Mit diesen Worten verließ die Kellnerin das Mädchen, das in der Zeit ihre Gedanken neu sortieren konnte. Eine blonde Strähne fiel in Svenjas Gesicht, als sie bemerkte, dass unter ihren Füßen ein kleiner weißer Teppich den Boden zierte. Er war schön.

Eine Weile verging. Dann kam die Frau schließlich zurück und überreichte den offiziellen Auftrag ihrer Freundin. Ohne weitere Worte zu verschwenden las sich Svenja stichpunktartig den Auftrag nochmal durch. Sie musste also ebenfalls, wie auch schon der Krieger zuvor, nach Süden. Ob es zu einem erneuten Aufeinandertreffen der beiden kam? Das würde jedoch nur alleine die Zeit wissen.

Was wichtiger war ... Sollte Svenja zuerst Informationen in einem Wissenshaus über den Mob sammeln oder doch erst eine mächtige Waffe ihr eigen nennen? Der ursprüngliche Plan war eigentlich gewesen, eine Waffe zu kaufen und danach sofort auf die Suche nach Gigantos zu gehen. Wie dumm sie doch war. Als könnte man ohne jegliche Kampferfahrung einen legendären Mob töten. Nun sah es Svenja ein. Also doch erst Infos einholen und trainieren.

Fest entschlossen endete schließlich die gemeinsame Zeit mit der Kellnerin. Der Abschied fiel Svenja sichtlich schwer. Als alle Formalitäten erledigt waren, ging das blonde Mädchen zu derselben Türe, durch die sie auch in das schöne Gebäude eingetreten war. Draußen siegte allmählich die Dämmerung über den Tag. Die ersten Fackeln, die sich an Sockeln neben der Treppe befanden, wurden bereits von Soldaten entzündet und läuteten langsam die Nachtruhe ein. Schon bald würden nur noch Trunkenbolde, Zechpreller und Freier durch die Straßen der Stadt wandern.

Langsam, um nicht die Stufen hinunterzufallen, bewegte sich Svenja weiter und weiter. Nicht weit entfernt vom Gasthof, versteckt in einer verwinkelten Gasse, lag ihr neues Ziel. Eine riesige Eisentüre zog das Mädchen, wie eine Kerze die Motten, an. Fest auf die Türe fixiert bewegten sich die Füße der Blonden von alleine, bis zu dem ersten Schritt ins Innere. Die verlorene Kontrolle über die Beine wurde dann durch Erstaunen ersetzt. Sie war inmitten einer Halle mit hunderten von Regalen, die alle wiederum mit unzähligen Büchern gefüllt waren. Über jedem einzelnen Regal waren Schilder mit eingravierten Buchstaben, die Aufschluss über die jeweiligen Bücher darunter gaben. Sollten diese Bücher wirklich alle von der Mobjagd handeln, hatte das Mädchen heute Nacht viel zu lesen. Es war so viel Wissensliteratur, dass man nicht wusste, wo man beginnen sollte. Doch nach einer kurzen Weile entschloss sich Svenja, bei dem Buchstaben B anzufangen, da ihr momentanes Mobziel Butterfly hieß. Was wohl darin stand? Sie näherte sich der Reihe mit dem zuvor genannten Buchstaben und begann die genaueren Überschriften des Inhalts der Bücher zu lesen. Nicht alle Wissenspapiere handelten nur alleine von Mobjagd. Nein, auch die verschiedensten Legenden und Theorien über die Länder bis hin zu politischen Themen, die allerdings für Svenja irrelevant waren, informierten darüber. Doch die Bücher, die die blauäugige Dame suchte, lagen in einer speziell dafür angelegten Reihe. Die Bücher der Jagd waren alle in grünen Samt gebunden worden, um den Lesern eine weitere Besonderheit der Jagd zu suggerieren. Es stimmte, eine Mobjagd war etwas Besonderes ... Sie schien im ersten Moment Freude im Herzen zu säen, doch war man ihr schließlich verfallen, riss man sich von der unsichtbaren Gier und dem Verlangen nicht mehr so schnell los. Doch zum Schluss fanden die meisten nur den kalten Tod und die letzten verzweifelten Schreie wurden dem weiten Wind übergeben.

Unbewusst nahm die Blonde das Erste der vielen Bücher und blätterte es ohne zu lesen durch. Die leichte Brise, die ihr dabei ins Gesicht blies, trug den lieblichen Duft nach Papier, den Svenja so liebte, in ihre Nase. Sie hatte ihn schon als Kind gemocht. Früher schon hatte Svenja, bevor sie ein Buch gelesen hatte, an dessen Seiten geschnuppert. Bis heute war dies nicht in Vergessenheit geraten. Als sich der Duft in ihrer Nase breit machte, löste er ein Lächeln in ihr aus. Sie hatte schon so lange kein Buch mehr in den Händen gehabt. Dann endlich schlug sie die erste Seite auf. Diese handelte von einem blumenähnlichen Mob namens Blauer Findling. Svenja las einige Zeilen über ihn, entschied sich dann jedoch, weiterzublättern. Dies machte das Mädchen einige Male so, bis schließlich der von ihr gesuchte Mob gefunden war.

Eine Zeichnung am oberen Rand des Textes verriet, dass es sich um eine Art übergroßen Schmetterling handelte. Der Körper war in dunkles Schwarz getaucht, das ihn mit der Nacht verschmelzen ließ. Nur die Flügel des Tieres waren weiß. Lila Kreise dekorierten die Mitte der Schwingen, die ihn über den Boden trugen. Die Zeichnung war so detailliert, dass Svenja befürchtete, er könne jeden Augenblick aus dem Buch auftauchen.

Die Augen des Mädchens glitten weiter hinab, auf einen Text, der Informationen zu dem Wesen preisgab. Dort stand geschrieben, was die Blonde bereits schon dem Aushang entnommen hatte. Dass er im Süden des Mittleren Kontinents lebte, Einzelgänger und nachtaktiv war. Der Mob hatte eine Flügelspannweite, die ein Erwachsener mit beiden ausgestreckten Armen erreichte. Svenja versuchte zu erahnen, wie weit das wohl war und streckte beide Arme soweit sie konnte auseinander. Faszinierend, dachte sie sich. Nach den ersten interessanten Informationen wollte sie noch mehr in Erfahrung bringen. Jedoch nicht im Stehen. Nach einem kurzen Blick entdeckte Svenja eine Tischreihe an der kahlen Wand der Bibliothek. Eine einzelne Kerze auf einer silbernen Schale brannte darauf. Alle Stühle waren frei. Svenja war es ein Rätsel, warum sich so wenige Leute für Bücher interessierten. Näher an einem Platz abseits der Regale zog die junge Frau den knirschenden Holzstuhl heraus und bettete ihr Gesäß darauf. Es war etwas hart, ein Kissen wäre nicht fehl am Platz gewesen. Aber egal. Die Gedanken daran waren schnell wieder vergessen, als die Zeilen weiter gelesen wurden. Als Svenja alles nötige Wissen über Butterfly gesammelt hatte, stand sie auf und ging wieder die Regalreihen entlang. Ob sie hier wohl auch etwas über den Mob, den sie Gigantos nannte, in Erfahrung bringen konnte? Sie holte verschiedene Bücher aus den Regalen, blätterte darin, doch Svenja wurde enttäuscht. Es standen keine genauen Informationen über das durchsichtige Wesen in den Wissensschreiben. Einzig und allein, was sie selbst schon wusste, war darin vermerkt. Es gab wohl tatsächlich noch nicht viele Sichtungen von dem Mörder ihres Vaters. Das Mädchen würde ihre Informationen sicher auf ihren Reisen erhalten.

Als sie sich schon auf den Weg nach draußen machen wollte, siegte doch noch die Neugier über das Monster, das der junge Krieger schlagen wollte. Doch wie hieß es noch mal? Annemarie hatte den Namen der Bestie genannt ... Glibberich. Der Gedanke kam von einer Sekunde auf die nächste. Schnell war auch das richtige Buch gefunden, in dem alles über das Mistvieh stand. Annemarie hatte recht gehabt. Der Krieger hätte sich lieber erst Informationen darüber holen sollen. Es war ein Fehler, alleine, oder zumindest ohne Heiler, gegen das Ding zu kämpfen. Denn der letzte Satz, der darin geschrieben worden war, ließ das Herz von Svenja kurz stoppen. Dort stand: 'Jede kleinste Berührung mit diesem Mob führt zu starken Vergiftungen im Körper, die man sofort behandeln muss, da man sonst nach wenigen Stunden daran stirbt.' Kam jede Hilfe bereits zu spät? Wohl kaum. Es würde noch einige Zeit verstreichen, bis der Mann überhaupt sein Ziel gefunden hatte. Und bis dahin würde er ganz bestimmt auf eine Person treffen, die ihm die Flausen aus dem Kopf schlug.

Svenja entschied, die Gelegenheit zu nutzen, wenn sie schon mal da war, und sich noch weiteren Büchern zu widmen. Stunden vergingen, in denen einige dicke Schwarten gelesen wurden. Erst als der Mond schon hoch am Firmament stand und durch die hohen Fenster der Bibliothek schien wurden die blauen Augen beim Lesen immer schwerer, bis die junge Frau dabei einschlief ...

Engelstafel Nr. 1

Mobjagd und das Militär:

Sollte sich ein Bürger entschließen, einen höherrangigen Mob vom Militär des jeweiligen Kontinents jagen zu lassen, muss der Auftraggeber alleine für die Kosten aufkommen. Die Grundkosten belegen sich wie folgt:

- Level des Mobs (pro Stern)   50 Goldmünzen
- Suche des Mobs   ca. 100 Goldmünzen
- Unterhalt (Verpflegung, Medizin,...)
  pro Soldat   50 Goldmünzen
- Gefahrenzuschlag pro Soldat   150 Goldmünzen
- Bearbeitungsgebühr   50 Goldmünzen

durchschnittlich zu bezahlender Preis (bei einem Zehn-Sterne-Mob + 6 Soldaten im Zusammenschluss "Keim der Hoffnung")
1850 Goldmünzen
+ evtl. Nebenkosten

Nebenkosten:
- Reisekosten (falls sich der Mob auf einem anderen Kontinent befindet oder flüchtet)

Eine schlichte Jagd beträgt deshalb in vielen Fällen über 2000 Goldmünzen (pro Mob). Zuviel für das ärmliche Volk. Weswegen vor etlichen Jahren die bürgerliche Mobjagd geboren und eingeführt würde. Die Kosten wurden so auf ein Minimum gesenkt, jedoch nahm die Todesrate der Jäger zu ...

Der Einklang von Fauna und Flora

Eine warme, aber frische Brise blies dem jungen Krieger ins Gesicht, die zugleich mit beiden Enden seines roten Stirnbands spielte. Bei jeder Bewegung war ein metallisches Klappern zu hören, das von den neuen, in Ferinstayn erworbenen Doppelschwertern ausging. Er war nun auf dem Weg gen Süden, um seine Jagd mit Glibberich zu bestreiten. Zuvor, es mochten inzwischen vielleicht drei oder vier Stunden vergangen sein, traf er sich mit seiner Auftraggeberin, die ihn in die dichten Wälder von Kalyka schickte, um dort die Spur des Mobs aufzusuchen. Etliche Hügel und Äcker musste er überqueren, um in diese grüne Hölle aus Bäumen, Wurzeln und Steinen zu gelangen. Über eine Stunde irrte der Krieger nun schon orientierungslos umher, wobei nichts außer Grün seine Blicke streifte. Das fiese Monster war definitiv hier gewesen, das wusste Levan, denn einige Male waren Schleimreste, die an Wurzelenden und Sträuchern hingen, Teil der Natur gewesen, an denen der junge Mann vorbei kam. Es blieb nichts anderes übrig als weiter zu suchen. Ein Specht, der irgendwo in der Ferne mit seinem Schnabel im schnellen Rhythmus gegen einen Baum hämmerte, um an seine Beute zu kommen, erinnerte den Krieger daran, wie er vor nicht allzu langer Zeit selbst mit diesem Mädchen zusammenstoßen war. Wie hieß sie noch mal …? Ach ja, Svenja. Sie war ein merkwürdiges Mädel gewesen. Interessierte sich für die Mobjagd. Sie machte auf ihn den Eindruck, als könne sie nicht mal einen Ein-Sterne-Mob besiegen. Was wohl ihr wahres Ziel gewesen war, nach Ferinstayn zu kommen? Jedoch war dies ein Thema, das auch später geklärt werden konnte. Ein schwerer Seufzer folgte im Nachhinein. Durch den nächsten Busch kriechend gelangte der Mann endlich auf eine kleine Lichtung, in dessen Mitte ein großer grauer Felsbrocken stand und offenbar den Mittelpunkt des Ortes darstellte. Umherblickend ging Levan langsam auf den Brocken zu.

Ein kleiner Bach, gerade mal breit genug, um einen Fuß darin einzutauchen, schmückte den von Menschen jungfräulichen Ort. Hier herrschte Einklang von Fauna und Flora. Es war beruhigend, dem Flüstern des Baches zuzuhören. Sollte er eine kurze Rast einlegen? Mit dem großen Felsen im Rücken setzte sich der Krieger auf den harten Boden, nahm den Waffengurt ab, legte ihn neben sich in das saftige Grün und holte aus einem Stück Papier ein Brot mit Butter und Fleisch heraus. Anschließend biss er herzhaft hinein. Es war köstlich. Der Verkäufer, der ihm dieses Fleisch verkauft hatte, hatte gesagt, dass es ein Dropitem von irgendeinem Hasenmob war. Levan war gerne bereit, etwas Neues auszuprobieren, vor allem, wenn es etwas mit Essen zu tun hatte. Es war ein Gaumenschmaus der Sinne. Das beste Fleisch, das er je gegessen hatte. Es zerfiel richtig auf der Zunge, so zart war es. Hungrig biss der Krieger erneut hinein, als er plötzlich hinter dem massiven Felsen etwas schlurfen hörte. Erst ignorierte der Mann das Geräusch, da er es für ein umherstreunendes Tier gehalten hatte. Doch als es immer näher kam, machte sich doch Misstrauen in dem jungen Kriegerherzen breit. Mit der Rechten griff er zu den beiden Schwertern namens Finstere Seele und Blender neben sich und nahm sie fest in beide Hände. Vorsichtig, um kein Geräusch von sich zu geben, erhob er sich und presste sich, so gut es ging, gegen den massiven Felsen. Das Schlurfen war nun nicht mehr weit entfernt. Nach wenigen Herzschlägen war es dann soweit und der Schuldige betrat die Bühne. Es war ein hellgrünes, oval geformtes Schleimwesen, das weder Augen, Arme noch andere Körperteile hatte. Das Schlurfen entstand, da es seinen schleimigen Körper zur Fortbewegung nutzte. Da war Glibberich ja endlich. Levan lachte innerlich über diesen Triumph, den ihm sein Schicksal bot. Das unwissende Wesen ahnte noch nichts und folgte weiter seinem Weg in Richtung dichtem Wald. Der Krieger machte sich bereit, seinen vorteilhaften ersten Schlag auszuführen. Dann ging es los. Der Mann preschte voran, holte mit Blender aus und ließ die Klinge mit voller Wucht sinken. Als die Waffe ihr Ziel fand, erwartete den Mann eine unerwartete Federung. Die Haut des Mobs war elastisch, so dass sie allen Hieben ihre Schlagkraft entzog. Verflucht. Mit einem weiten Sprung nach hinten versuchte der Mann Abstand zwischen sich und den Mob zu bekommen, um auf den ersten Zug seines Gegenübers zu warten. Starr wie die großen Marmorstatuen aus der großen Stadt im Norden der Welt verharrte der Mob. Warum bewegte er sich nicht? Der junge Krieger senkte seine beiden Waffen etwas, als das grüne Wesen plötzlich in sich zusammensackte wie eine Feder auf Spannung. Levan war verwirrt. Was sollte das? Kalte Adrenalin-Schweißperlen rannen den menschlichen Körper hinunter. Dann schoss Glibberich mit einer unglaublichen Geschwindigkeit auf seinen Angreifer zu. Er war wirklich wie eine Feder, die man zwischen den Fingern spannte und dann schnell losließ. In letzter Sekunde konnte der Krieger gerade noch ausweichen, doch er spürte, dass der Mob ihn dennoch leicht gestreift hatte. Das Herz des Mannes beschleunigte auf die Geschwindigkeit eines dahin preschenden Pferdes, als sich der Mob erneut bereit machte, nach seiner Landung in sich zusammenzusacken. Wenn ihn solch ein Stoß traf, würde der Krieger das mit Knochenbrüchen oder gar dem Leben bezahlen. Wenn doch nur finstere Seele dieses ... in diesem Moment schoss der grüne Schleim erneut auf Levan zu, der ebenfalls wie zuvor nur knapp ausweichen konnte. Einige Male blockte Levan den Wutangriff des Mobs ein wenig ab, doch auf längere Zeit würde es kein gutes Ende nehmen. Es wiederholte sich weitere Male, bis eine glorreiche Idee in dem Gehirn des Menschen seinen Triumph feierte. Mit finsterer Seele konnte in diesem Kampf kein Schaden angerichtet werden, der reichte, um den Mob niederzustrecken. Bei Blender jedoch konnte, dank des Feuerattributs, das darin eingeschmiedet worden war, das Blatt eventuell gewendet werden. Levan musste nur versuchen, einen kurzen Abstand zwischen sich und Glibberich zu bekommen. Endlich war er groß genug. Nach einem weiteren Angriff des Schleimwesens witterte der Krieger, wie ein Jagdhund, der die Spur eines alten Keilers aufnahm, seine Chance. Er preschte bis zu der ersten Baumreihe der Lichtung herüber und wartete darauf, dass der Mob ein weiteres Mal seinen geleeartigen Körper durch die Luft schleuderte. Der Krieger versuchte so viel Abstand wie möglich zu bekommen, um die Reaktionszeit weit genug auszubauen. Wenige Herzschläge vergingen, bevor das Glibberwesen erneut ansetzte und losschoss. Im letzten Augenblick, als der Mob kurz davor war, seinen Feind mit all seinem Gewicht zu zerquetschen, schlug Levan mit Blender, das umrandet von hellroten Flammen war, zu und durchschnitt damit den Geleekörper in zwei Teile. Beide Teile sausten knapp an dem Gesicht des Kriegers vorbei und landeten irgendwo hinter ihm im Wald. Schwer hechelnd stand Levan noch eine Weile mit gesunkenem Schwert da, bis er sich dazu entschied, nach dem Opfer zu sehen. Der Krieger begann sich durch eine Reihe aus verschiedenen Farnen hindurch zu arbeiten. Und da lagen nun die beiden Hälften etwas voneinander entfernt. Doch irgendetwas war seltsam. Warum löste der Mob sich nicht auf? Lebte er etwa noch? Levan ging näher an eine der beiden Hälften heran, während Blender erneut erhoben wurde und kurz davor stand, in sein Ziel einzudringen. In diesem Augenblick gab es eine Explosion und grüne Glibberfetzen durchzogen die Gegend.

Schmied, Waffen und der erste Kampf

Schmerzerfüllt wachte Svenja, mit dem Kopf auf den Armen liegend, wieder auf. Sie war wohl während des Lesens eingeschlafen. Und das war nun der Preis dafür. Als sie versuchte, den Kopf zu heben, wurde sie mit einem stechenden Schmerz im Nacken belohnt. Stöhnend erhob die junge Frau langsam ihren Oberkörper, während der restliche Schlaf blinzelnd aus den Augen getrieben wurde. Mit einem letzten Gähnen verabschiedete sie ihn nun endgültig. Warmes Sonnenlicht drang durch das als Mosaik angeordnete Deckenfenster. Es tat gut, die Wärme der Sonne zu spüren. Wie spät es wohl bereits war? Und was wichtiger war ... warum hatte sie niemand vom Personal in der Nacht geweckt? Ob die Leute dachten, sie sei ein dahergelaufener Penner, der zu tief in die Flasche gesehen hatte, und nun eine Bleibe für die Nacht suchte? Das wäre Svenja peinlich gewesen. Es war wohl besser, schnell zu verschwinden. Aber vielleicht war sie auch nur paranoid und reimte sich nur eine Geschichte zusammen. Egal, es war sowieso an der Zeit, mit den nun erworbenen Informationen weiterzuziehen. Svenja packte das Buch, das nun von den verschiedensten existierenden Items handelte, zurück an den ursprünglichen Ort und verließ rasch das Wissenshaus.
Eine angenehme Morgenbrise pfiff der Blonden entgegen, woraufhin sie kurz die Augen schloss und sie genoss. Kurz darauf trat die Frau auf die sonnenbeschienene Straße. Dank eines Wegweisers, der etwas am Rand verborgen stand, war eine Schmiede schnell aufgefunden. Ob sie an diesem Ort eine geeignete Waffe fand, war nicht ausschlaggebend. Das wussten nur die Götter. Aber umsehen konnte Svenja sich. Bevor die Blauäugige an die Stelle kam, an der sich Mineralien und Feuer guten Tag sagten, musste sie einige Male an Kreuzungen abbiegen, bevor der Weg in einer kleinen Gasse endete. Eine kleine Treppe führte zu der einzig existierenden Türe wenige Schritte hinab. Bei jeder be-

zwungenen Stufe erklang ein metallenes, hohles Klopfen. Auch die Türe selbst knirschte beim Öffnen, bevor Svenja eine unerträgliche Hitze entgegenschlug. Es schien, als stünde der komplette Kellerraum in lodernden Flammen. Das Rot des Feuers wurde von den Wänden reflektiert und tauchte den Raum in ein Spiel aus Licht und Schatten. Inmitten des Kellers, nicht weit vom Schmelzofen entfernt, kehrte eine Person Svenja den Rücken zu. Die Person schlug mit einem dicken Hammer ein Stück glühendes Mineral auf einem schwarzen Amboss flach. Fast schon im pulsierenden Rhythmus waren die Schläge zu hören. Etliche weitere Schmiedeelemente zierten den Raum.

Als Svenja eintrat und die Türe hinter sich schloss, um nicht der Grund zu sein, dass die Hitze verloren ging, trat sie auf eine kleine Brüstung, die aus demselben Metall war wie auch schon die Treppe zuvor. Svenja stand etwas höher gelegen als die Einrichtung und hatte deshalb einen guten Überblick darüber. Stufen führten die Blonde weiter hinab, und als der Rhythmus der Schläge aufhörte, war klar, dass das Eindringen in die Behausung bemerkt worden war. Doch die Person am Amboss drehte sich nicht um. Dachte sie etwa, dass die Ohren des Schmieds sie zu täuschen versuchten?

„Ich sagte doch, du bekommst nächste Woche ..." Noch während der Worte drehte sie sich plötzlich um und Svenja sah in zwei verwunderte onyxfarbene Augen. Nun war zu erkennen, dass es sich um eine Schmiedin handelte. Dass eine Frau in diesem Gewerbe arbeitete, sah Svenja zum ersten Mal. Ihr Leib wurde von einer dicken, hellbraunen Schürze gegen die enorme Hitze des Schmelzofens geschützt. Auch ihr Haar, das vor kurzer Zeit noch nicht sichtbar gewesen war, wurde durch ein Tuch geschützt. Doch welche Haarfarbe sie schließlich hatte konnte die Blauäugige nur erahnen.

„Entschuldigung für die Störung, aber Ihr verkauft nicht zufällig Waffen?" Es schien bei der Schmiedin eine Weile zu dauern, oder hatte sie durch den Lärm des Feuers und der Blasebälge ihre Frage nicht gehört. „Entschuldigung ..." Svenja sprach dieses Mal lauter als zuvor, wurde aber nach dem ersten Wort mit einer Handbewegung der Schmiedin unterbrochen. Sie bewegte zwar ihre Lippen, doch konnte Svenja nur die Worte „dort hoch" verstehen. Der Rest erlag den lauten Geräuschen des Ofens. Sie zeigte allerdings auf eine Treppe am anderen Ende des Raumes, die wiederum zu einer Türe führte.

Ohne weitere Worte versuchte die blonde Frau den Raum zu durchqueren. Es hätte sowieso keinerlei Sinn gehabt, sich mit der Frau zu unterhalten. Während Svenja die nun dritte Treppe bis zur Hälfte emporstieg, ging ein vorerst letzter Blick zu der Schmiedin hinab. Diese tauchte gerade das rotglühende Metall in eine Wanne, die mit irgendeiner Flüssigkeit gefüllt war. Beim Eintauchen gab es ein ohrenbetäubendes langes Zischen, das das Mädchen zusammenzucken ließ. Schnell folgte die zweite Hälfte der Treppe, mit dem Gefühl, es würde immer heißer werden. Wie konnte man nur unter solch Bedingungen arbeiten? Oben angekommen schritt Svenja eilig durch die Türe. um endlich der heißen Luft entkommen zu können. Eine etwas bessere Luft erwartete die Blonde dort. Bereits schon nach den wenigen Minuten in dem Schmiedekeller rannen Svenja Schweißperlen den Leib hinab. Die erste Aktion in dem neuen Raum bestand darin, die nun kühlere Luft unter die grüne Tunika zu wedeln, während sich Svenja bereits in dem Verkaufsraum umsah.

Der Raum war voller gläserner Schaukästen, in denen die verschiedensten Waffen und Rüstungen eingeschlossen waren. Gänge, in denen zwei ausgewachsene Pferde nebeneinander hätten gehen können, durchzogen wie ein Labyrinth das Geschäft. Ein für das Mädchen übertriebener Kronleuchter betonte mit dessen Licht die Ware darunter.

Langsam und mit Adleraugen begutachtete Svenja jedes einzelne Teil des Inventars. Wirklich alles war hier vertreten. Von Schwertern bis Äxten, Hellebarden und Stäben. Doch all dies war nicht das, was sich die Blonde vorstellen konnte, bis ein Gegenstand auf einem verzierten Granitsockel ihren Blick einfing. Dort lag genau das, was sie suchte. Ein in Leder gebundenes Buch, das ihr noch einen weiteren Hauch des Aussehens einer Waldläuferin geben würde. Svenja mochte den Gedanken sehr, als eine wilde, egoistische, aber freie Waldläuferin gesehen zu werden. Auch wenn es nicht wirklich auf sie zutraf. Svenja, die Jägerin. Die blauäugige Frau schmunzelte in sich hinein, während sie Schritt für Schritt auf das Buch zuging. Dort angekommen war zu erkennen, dass feine Linien in das Leder geschlagen worden waren, die eine Art Blume ergaben. Es war wunderschön.

„Du hast also den Staubfänger gefunden." Lachend drang nun auch die Schmiedin in den Verkaufsraum ein.

„Sagt so etwas nicht. Es ist wunderschön", antwortete Svenja liebevoll. Hätte sie das nicht sagen sollen? Würde die Frau nun den Preis dafür um ein Vielfaches erhöhen, da sie nun wusste, dass Svenja daran Interesse hatte?

„Ach, findest du? Nur wenige ziehen mit so einer Waffe in den Kampf, da weder Effekte noch großer Schaden auf diese Dinger gelegt werden kann." Sie schloss die Türe hinter sich. „Echt ein Jammer."

Effekte? Was meinte sie damit? Svenja wollte es unbedingt wissen. „Was sind Effekte? „

Die Schmiedin sah sie an, als hätte die Frau noch nie solch eine Frage gehört. Bis die Schmiedin in ihre Rechte schlug. „Ach, jetzt versteh ich. Du bist neu in der Mobjagd." Bei dem Wort Mobjagd machte die Frau eine Bewegung mit dem Zeige- und Mittelfinger, die an die Ohren von Hasen erinnerten. „Viele Waffen und Rüstungen können, nachdem sie geschmiedet wurden, noch mit weiterem Zauber verstärkt werden. Die sogenannten Effekte. Man kann auch sagen, das Herz der Waffen. Wie viel es von diesem Zauber gibt, vermag ich allerdings nicht zu sagen. Jedoch muss es gut überlegt sein, da man pro Gegenstand nur ein Herz darin verpflanzen kann. Wenn du also ein Wasserherz in die Waffe hineingibst und gegen einen Feuermob kämpfst, ist der dadurch entstehende Schaden größer. Legst du dich aber mit einem Mob der Kategorie Pflanze an, verringert sich der Schaden um die Hälfte." Es war merkwürdig, aber Svenja verstand, was die Frau ihr sagen wollte. Jeder Mob hatte Stärken und Schwächen. „Und wie kann man an solch Zauber kommen?", wollte Svenja wissen.

„Es gibt mehrere Möglichkeiten. Entweder man kauft sie überteuert bei Händlern oder ersteigert sie bei Auktionen. Dann können sie noch von Mobs gedroppt werden, also nachdem sie erschlagen wurden. Die Chancen dafür sind aber sehr gering."

Das klang sehr interessant. Jedoch würde Svenja nie in den Genuss solcher Effekte kommen, wenn sie sich für dieses Buch entschied.

„Was wiederum der Vorteil von Büchern ist. Da sie nicht mit Effekten belegt werden können, ist es bei ihnen möglich, mehrere Zauber anzuwenden. Bei geschmiedeten Waffen geht also, um es kurz zu machen, ein fester, aber starker Effekt, während man mit Büchern mehrere Zauber, aber dafür nicht so effektive Zauber, lernen kann. Ich hoffe, das war für dich verständlich."

Svenja verstand es und nickte schließlich, bevor ihr Blick erneut von dem Gegenstand auf dem Granitsockel eingefangen wurde.

„Was würde dieses Buch kosten?", versuchte die Blonde vorsichtig, ohne großes Interesse daran zu zeigen, zu fragen.

„Da es eh schon eine lange Zeit in der Ecke verstaubt ... bekommst du es für zweieinhalb Goldmünzen." Obwohl es lange herumgelegen hatte, war das ein saftiger Preis.

„Bist du dir sicher mit dem Buch? Ich hätte noch viel bessere Waffen im Angebot. Schwerter und Äxte sind momentan schwer gefragt ..."

Nein. Svenja wollte unbedingt dieses haben und schlug deshalb den Vorschlag der Schmiedin aus. Auch wenn es ziemlich teuer war – dies würde schließlich ihre Waffe werden. Lange hatte Svenja dafür gespart, seit Vater von diesem riesigen Vieh gefressen worden war. Und nun war es endlich soweit. Schnell öffnete die Blauäugige ihr Geldsäckchen und drückte der freundlichen Schmiedin ihre drei Goldmünzen in die Hand. Einerseits war Svenja froh, nun endlich einen Anfang zur Jagd gesetzt zu haben, doch auf der anderen Seite waren diese gerade abgegebenen Münzen all ihr Reichtum gewesen. Nie war der Gedanke da gewesen, dass Waffen so teuer sein würden.

Nachdem die junge Frau ihr Wechselgeld bekommen hatte, konnte sie das in Leder geschlagene Buch endlich ihr Eigen nennen. Es fühlte sich herrlich an.

„Warte kurz", sagte die Schmiedin und holte unter einer an der Wand hängenden Schürze eine Rolle und ein Stück Lederband hervor. Das Lederband entpuppte sich schließlich als eine Art Tasche, in die das neue Arsenal von Svenja genau hineinpasste. Doch was war das für eine Rolle? Als die Schmiedin näher kam, bat sie ihr Gegenüber, die Arme mit dem Buch auszustrecken. Als sie es tat, legte die Schmiedin die Schriftrolle ungeöffnet darauf und murmelte irgendwelche unverständlichen Worte. Plötzlich erschien ein flacher grüner Kreis zwischen beiden Gegenständen und tauchte den vom Kronleuchter beschienenen Raum in ein grelles Licht. Nun begann auch die Rolle selbst zu leuchten, bevor sie langsam in das Buch eintauchte und vollständig darin verschwand. Und mit einem Mal war alles vorbei.

Mit fragendem Blick sah Svenja die andere Frau an, bevor ihr ein „Was war das?" über die Lippen kam.

„Das war ein Geschenk des Hauses. Deine erste Magieformel für das Stück da." Sie zeigte auf das Buch. „Nur mit solchen Schriftrollen ist es überhaupt möglich, neue Zauber für diese Art von Waffen erlernen zu können. Solltest du mal eine ergattern können, bring sie einfach zu einem Schmied und er wird sie dir, gegen einen kleinen Betrag natürlich, in das Buch einlassen."

Eilig blätternd suchte das blonde Mädchen ihre erste Magie darin. Und da waren sie! Svenjas allerersten magischen Worte. Sofort wollte sie sie versuchen, doch die Schmiedin hatte etwas dagegen, in ihren Räumlichkeiten mit Magie um sich zu schießen. Nach einer kleinen Standpauke erklärte die Frau, wie die Blonde ihre erste Magie, die das Element Feuer beinhaltete, anwenden konnte. Es klang nicht sonderlich schwer. Arm auf das Ziel richten, auf die Magie konzentrieren und die Formel flüstern. Als dann schließlich alles gesagt worden war, gingen beide Frauen nach der Verabschiedung ihre eigenen Wege.

Svenja trat voller Tatendrang wieder auf die inzwischen lebhaftere Straße, die in Richtung Stadttor des Südens führte. Nun würden auch die Wachposten dort den Blick mit den blauen Augen kreuzen. Svenja entschied, sie – falls auch sie mit blöden Kommentaren in den Ring stiegen – einfach völlig zu ignorieren. Doch konnte sie das? Als es dann soweit war und die Pforte zwischen Wildnis und Zivilisation kurz bevorstand, durchschritten zu werden, fing das Herz der Menschentochter wie die Hämmer der Schmiedin an zu klopfen. Wenige Herzschläge später stand sie am Tor, doch von irgendwelchen widerlichen Soldaten fehlte jede Spur. Eilig, um ihnen nicht doch noch in letzter Sekunde in die Arme zu rennen, wurde das Tor überwunden und das weibliche Wesen verschmolz schon bald mit dem Horizont in Richtung Süden.

Sie konnte es kaum mehr erwarten, endlich die Feuermagie auszuprobieren. Ihre Füße trugen die Blonde schließlich bis zu einem gigantischen Blumenfeld aus verschiedensten Frühlingsgewächsen. Etwas abseits von dem Wunder der Natur lagen einige längst abgestorbene Bäume, bei denen ein kleiner, niedlicher Hasenmob fröhlich herumhoppelte. Svenja grinste schelmisch in sich hinein. Ein Stufe-eins-Mob. Genau das richtige Ziel, um die Lehren der Magie zu erproben. Auch wenn es schade um den kleinen süßen Wuschelhasen war. Aus einer gewissen Distanz, um nicht die volle Aufmerksamkeit des Hasen auf sich zu ziehen, aber um ihn noch mit der Magie verbrennen zu können, machte sich Svenja bereit. Sie holte mit der einen Hand das Buch heraus, schlug es bis zu der Seite, in der der Zauber ruhte, auf und fixierte mit der Rechten das süße Ziel an. Um sich besser konzentrieren zu können, schloss die junge Frau ihre Augen und stellte sich vor, wie die Magie im Leib den Weg durch die Adern in Richtung Handfläche strömte und sich dort sammelte. Svenja spürte, wie es mehr und mehr wurde. Es wurde angenehm warm. Als würde sie ihre kalten Glieder an einem fremden Feuer wärmen. Es wurde heiß. Doch dann erlosch plötzlich unerwartet die Wärme aus der Hand wieder. Was war passiert? Das Menschenkind schaute fragend drein. Sie hatte sich wohl zu sehr von der Wärme ablenken lassen. Noch ein Versuch. Doch auch dieses Mal kam nicht mehr zustande. Erst bei dem dritten Versuch, als das Gehirn mit neuem Sauerstoff gefüllt war und Svenja sich auf ihren Herzschlag konzentrierte, wurde die Kugel aus Feuer größer und größer. Dann, in dem Moment, als der Hase die Gefahr erkannt und einen weiteren Sprung zur Flucht machen wollte, stoppte das weibliche Wesen den Fluss aus Magie und die Feuerkugel begann mit unglaublicher Geschwindigkeit auf den Mob zu fliegen. Das Tier hob seinen Kopf und erblickte, was das Schicksal für es bereithielt. Er war starr vor Schreck, bevor die Kugel ihr Ziel fand und mit einer Explosion das Leben des Hasen beendete. Nichts, kein Laut war zu hören, nur das Tosen der Flammen. Die Hitze, die davon ausging, war sogar noch bis zu Svenja zu spüren. Was für eine starke Magie! Svenja war stolz auf sich, solch eine Leistung vollbracht zu haben. Als sich das Feuer verzogen hatte, war der komplett verkohlte Leib des einst so süßen Hasens zu sehen. Kurz darauf bildete sich über dem Tier eine geschlossene tiefrote Rosenknospe. Was war das? Sie war nicht groß, aber von unglaublicher Schönheit. Die Frau näherte sich ihr und als sie bei dem Mob ankam, begann sich die Knospe Blatt für Blatt zu öffnen. Darin lag ein Item, ein wenig Geld und ein weißes Blütenblatt, das wohl als Gegengift fungierte. So sah es also aus, wenn ein Mob Gegenstände droppte. Als der Hase seiner Items beraubt war, verschwand die Rose wieder und der Mob verwandelte sich in hunderte grüne Schmetterlinge, die in alle Windrichtungen davonflogen.

Nun war es also soweit, auch Butterfly gegenüberzutreten. Sie fühlte sich bereit dazu. Als sie schließlich wieder zu dem großen Blumenfeld und dann auf den Weg gen Süden ging, war es eine Sekunde des Unterbewusstseins, dass ihr Blick den leicht schrägen Hügel hinabging und das Blut in ihren Adern gefrieren ließ. Dort unten im Gras lag jemand. Wer war das? Eine Person mit ... Doppelschwertern auf dem Rücken. Dann schoss plötzlich der Krieger von gestern wieder in das junge Mädchenherz. Das war er. Hastig rannte Svenja hinunter zu dem bewegungslosen Mann und kniete sich neben ihn. Mit aller Kraft versuchte sie ihn auf den Rücken zu drehen. Doch er war schwerer als er aussah. Schließlich schaffte sie es. Durch diese Tat war zu erkennen, dass er in Erbrochenem lag. Auch war die Haut des Kriegers gerötet und seine Atmung ging flach. Svenja erkannte diese Symptome sofort. Es musste sich um eine Vergiftung handeln. Wie war das noch? Er wollte gegen ... Glibberich kämpfen. Gegen einen Mob, der hochgiftig war. Dort musste es geschehen sein. Aber wie lange war das bereits her? War der Krieger noch zu retten? Dann fiel der Blonden das frisch gedroppte Item, das sie dem Hasenmob hatte entlocken können, wieder ein. Es handelte sich zwar um ein Gegenmittel für Gift, jedoch in dieser geringen Menge fast nutzlos. Es konnte den Tod höchstens ein wenig länger hinauszögern. Wenn es nicht schon zu lange her war. Egal, sie musste es probieren. Svenja holte das Blütenblatt heraus und legte es unter die Zunge des Mannes, damit die feuchte Schleimhaut den Wirkstoff absorbieren konnte. Hoffentlich war es noch nicht zu spät. Svenja musste sich beeilen und ihn zu einem Heiler bringen. Doch wo war einer zu finden? Verdammt, denk nach, ermahnte sie sich. Ferinstayn. Dort würde sich ganz bestimmt jemand finden lassen. Das schmächtige Mädchen versuchte den Mann mit irgendeiner Technik auf ihren Rücken zu wuchten, was mit ziemlich viel Mühe auch endlich gelang. Das Aufstehen erforderte alle Kraft des Mädchens. Svenjas Schenkel brannten schon nach wenigen

Schritten wie das Höllenfeuer selbst. Auch die Atmung des Kriegers beschleunigte sich unnatürlich. Halte durch ...

Engelstafel Nr. 2

Dropitems:

Es kann ab und an vorkommen, dass ein gerade erlegter Mob wertvolle Items hinterlässt. In solchen Situationen bildet sich die Knospe einer Rose über dem Mob, die sich Blatt für Blatt öffnet. Darin verborgen schlummern die wartenden Items. Doch woher sie stammen ist ungewiss. Manche sagen, die Blüte sei ein Tor zu einer anderen Zeit. Nachdem die Items aufgenommen wurden oder wenn zu lange damit gewartet wurde, verblüht sie, bis nichts mehr von ihr übrig ist.

Die Gilde Abendblau

Es war mühsam gewesen, alleine den schweren Krieger in die weit entfernte Stadt zurückzubringen, doch irgendwie war es ihr gelungen. Erst auf den letzten Metern fanden sich zwei junge Recken, die ihr den kranken Krieger abnahmen. Svenja schmerzte so sehr der Rücken, als sie in Ferinstayn ankamen, dass sie sich wie eine alte Frau vorkam. Sofort folgte die Suche nach einem erfahrenen Heiler mitten auf dem Platz, an dem sie das erste Mal mit Levan zusammengestoßen war. Dies gestaltete sich allerdings unter den ganzen Gaffern als schwierig. Das Mädchen bettelte regelrecht um Hilfe, bis nach einer gefühlten Ewigkeit endlich ein bereits vollkommen ergrauter Mann wie aus dem Nichts auftauchte und seine Hilfe anbot. Es war schwer zu beschreiben, was danach passierte. Der Mann schloss die Augen und fuhr wenige Zentimeter über dem Körper des Kriegers mit flachen Händen auf und ab. Eine wohltuende Wärme ging von seinen Händen aus, die noch im Umkreis von drei Ellenlängen zu spüren war. Interessiert begutachtete Svenja das Spektakel mit offenem Mund. Schon nach kurzer Zeit wurde die Atmung des Kriegers wieder ruhig und gleichmäßig. Dies erleichterte Svenja. Nur noch das Fieber erinnerte daran, dass er unter einer schweren Vergiftung litt. Es würde allerdings noch einige Tage dauern, bis er völlig genesen war.

Die beiden Männer trugen ihn zu dem Gasthof, in dem Svenja vor Kurzem Annemarie kennengelernt hatte, und buchten dort zwei Zimmer. Die meiste Zeit verbrachte Svenja an der Bettkante des Kriegers. Es hatte sehr lange gedauert, bis der Mann endlich Schlaf fand. Als er es dann glücklicherweise tat, entschied sich Svenja dazu, noch ein wenig nach unten zu Annemarie zu gehen. Vielleicht trank sie auch etwas, um das Geschehen besser verarbeiten zu können. Die junge Frau trank zwar so gut wie nie Alkohol, doch heute brauchte sie etwas zum Runterspülen. An Schlaf war zurzeit eh nicht zu denken. Unten angekommen gesellte sich Svenja wieder an denselben Platz wie auch schon beim ersten Mal. Dies würde in Zukunft wohl ihr Stammplatz werden. Als schließlich Annemarie Svenjas Bestellung entgegennahm, fiel ihr erst auf, wie voll das Haus in dieser Nacht war. Dutzende Menschen lachten und stießen die vollen Bierkrüge so fest gegeneinander, dass die Schaumkrone und ein Teil des Gebräus auf die Tische und Stühle schwappte. Oder aber sie prosteten sich einfach nur gut gelaunt zu. Sie sollte nachher die Kellnerin nach dem Anliegen der Feiernden fragen.

Vereinzelt fanden auch einige angetrunkene Männer den Weg zu Svenja, um ihre Flirtkenntnisse an ihr zu testen. Doch das Mädchen war dafür nicht im Geringsten empfänglich und ignorierte sie einfach. Schon nach kurzer Zeit verschwanden sie wieder genauso schnell wie sie aufgetaucht waren zu den Feiernden. Einen kurzen Augenblick überlegte Svenja, ob sie vielleicht doch zu grob war. Doch würden sich die Kerle schon morgen nicht mehr an sie erinnern. Ein klimperndes Geräusch ließ die in ihre Gedanken Versunkene aufschrecken. Es war Annemarie, die ein sechseckiges Glas Honigwein vor der jungen Frau abstellte.

„Entschuldige, ich wollte dich nicht erschrecken."

Svenja winkte ab. „Bei euch ist heute aber viel los."

„Die Gilde Abendblau hat vor wenigen Tagen einen Stufe-acht-Mob, der im Osten des Mittleren Kontinents eine Stadt terrorisiert hatte, erlegt." Annemarie beugte sich etwas über den Tresen, um näher an Svenjas Ohr zu sein. „Angeblich soll er ein sehr seltenes Item gedroppt haben, das der Gilde einen Berg voll Gold einbrachte." Wieso flüsterte die Frau? Bei dem Lärm würde sie sowieso niemand verstehen können.

„Was meinst du mit Gilde?", fragte Svenja nichtsahnend.

„Achso, auf den weiten Landen ist so etwas wohl nicht bekannt. Eine Gilde ist ein Zusammenschluss vieler Leute, die sich im Team zusammenfügen und gemeinsam gegen Mobs in den Kampf ziehen. Oder anders gesagt, eine Gilde ist wie eine große Familie."

„Man kann es also als eine Art Keim der Hoffnung sehen", versuchte Svenja zu verstehen.

„Nicht ganz, Keim der Hoffnung kann nur aus maximal sechs Mitgliedern bestehen, während eine Gilde unbegrenzt Personen aufnehmen kann", sagte die Frau gut gelaunt.

„Aber warte, wie kann es dann sein, dass der Mob ein Item droppte? Ich dachte immer, wenn mehr als sechs Personen auf einen Mob gehen, verschwindet das Item sofort." Svenja war irritiert.

„Damit liegst du schon richtig. Ich gehe davon aus, dass die Gilde ihre sechs stärksten Leute losschickte, um ihn zu töten." Der Blick der Frau wanderte durch den gesamten Raum, bevor er sich auf einem Punkt fixierte. „Siehst du diesen Kerl dort?" Annemarie beugte sich etwas zu dem Mädchen herüber, während sie schüchtern auf einen kräftigen Mann in der Nähe einer Ecke zeigte. Der etwa Dreißigjährige hatte braune Haare, die er sich am Hinterkopf zu einer Art Dutt zusammengebunden hatte. Sein eckiges Gesicht war, bis auf die beiden breiten Koteletten, makellos glatt rasiert. Er trug ein rotes Wams, das vorne mit Lederbändchen x-förmig zusammengeschnürt war. Darunter hatte er nichts an. Alleine das Wams kam Svenja viel zu warm für die Temperatur hier drin vor. Dass der Kerl nicht schwitzte, war ein Rätsel. Selbst in ihrer grünen Tunika fand es Svenja extrem heiß in dem Gebäude. Der Kerl war übersät mit Muskeln, was ihre Theorie nur noch weiter bestätigte und ihn eher als ausgewachsenen Bullen darstellte.

„Das ist Skax, der Meister der Gilde. Man munkelt, er hätte einst einem Drachenmob mit bloßen Händen das Genick gebrochen." Was die Frau erzählte, schien Svenja sehr unwahrscheinlich zu sein.

„War wohl in der Größe einer Libelle gewesen", versuchte das blonde Mädchen zu scherzen. Ihr Gegenüber verzog allerdings keine Miene. Svenja seufzte. Wieso wollte es bei ihr nicht funktionieren, zu scherzen? Bei anderen sah es so einfach aus. Schlagartig und zugleich deprimiert wurde sie wieder ernst. „Das ist doch Humbug", erwiderte die junge Frau scharf.

Annemarie hob beide Schultern. „Ob Wahrheit oder Fiktion bleibt jedem selbst zu entscheiden. Jedoch kursieren eine Menge Gerüchte über ihn. Und soll ich dir was sagen? Das kommt sehr gut bei dem Weibervolk an. Angeblich soll er sogar einen ganzen

Harem voll mit Frauen, eine schöner als die andere, besitzen, die er mehrmals beglückte und ..."

Svenja riss schlagartig die Hände abwehrend nach oben, um die Frau mitten im Satz zu stoppen. Nun ging das Gespräch in eine Richtung, die ihr Interesse nicht im Geringsten weckte. „Habe verstanden. Er ist gut im Bett. Was weißt du noch über ihn?"

Verlegen hustete Annemarie in ihre Hand, bevor sie weiter fortfuhr: „Das ist schwer zu beantworten bei den Haufen Mythen. Er ist ein geheimnisvoller Mann. Doch was den Zusammenhalt der Gilde angeht, reicht ihnen so schnell keine andere Gilde das Wasser. Jeder einzelne ihrer Member ist wie ein Familienmitglied. Man legt sich besser mit keinem von ihnen an ... sofern man an seinem Leben hängt."

Ob er etwas über Gigantos wissen konnte? „Weißt du, ob er schon einmal etwas über einen Stufe-zehn-Mob namens Gigantos erzählt hatte?"

„Nicht dass ich wüsste. Wieso fragst du?"

Svenja schüttelte den Kopf. Sie bekam etwas Kopfschmerzen. Lag das an der Wärme? Vielleicht sollte sie etwas an die frische Luft raus. Die junge Frau stand auf. „Ich werde noch etwas spazieren gehen und nachher ein weiteres Mal nach Levan schauen."

„Wenn etwas geschehen sollte, werde ich nach dir rufen lassen."

Schnell bezahlte Svenja den unberührten Honigwein vor ihr und ging schließlich hinaus. Das Hämmern in ihrem Kopf wurde nun schlimmer. Erst als sie draußen ankam und sich auf der Treppe etwas ausruhte, nahm der Schmerz etwas ab. Ein Blick in den Himmel verriet, dass es nun bereits abends war. Helle, leuchtend funkelnde Sterne zeichneten sich hoch am schwarzen Firmament ab. Der füllige Mond, an dem man heute Nacht die Krater der Einschläge längst vergessener Allgesteine sah, tauchte die gesamte Gegend in ein helles, warmes, silbernes Licht.

Der Trubel des Tages war allerdings noch längst nicht vorbei. Sollte sie ein weiteres Mal in das Wissenshaus gehen? Dort wäre die Stille, die sie nun brauchte. Die ersten Schritte fielen noch schwer, doch mit jeder weiteren Stufe nach unten löste sich das Mädchen etwas von der Anspannung. Doch dann kam das Stechen im Kopf zurück ... stärker denn je. Svenja befürchtete jeden Moment zusammenzubrechen, so sehr hämmerte es dieses Mal. Schwer atmend musste sie sich an der Fassade eines Gebäudes abstützen. Was geschah hier nur? Solch schlimme Kopfschmerzen hatte sie noch nie zuvor gehabt. Hatte sie etwa auch etwas von dem Gift im Körper? Aber wie konnte das sein? Das Mädchen hatte keinerlei Berührungen mit Glibberich gehabt. Konnte es sein, dass – als sie Levan nach Ferinstayn getragen hatte – sich das Gift übertragen hatte? Dies wäre nicht ausgeschlossen. Inzwischen lehnte sich Svenja mit dem kompletten Oberkörper gegen die Wand. In dem verzweifelten Versuch, sich auf irgendeine Weise von den Schmerzen zu befreien, verlor sich ihr Blick in der sternenklaren Nacht. Vater hatte ihr einst als kleines Mädchen die Geschichte des Sternenmagiers erzählt, der von Planet zu Planet zog, um mit der Magie der Sterne eine jede Krankheit, egal wie weit sie fortgeschritten war, zu heilen.

„Warum gibt es diese Magie bloß nicht", flüsterte sie sich selber zu. Doch dann fingen ihre Augen ein unglaublich faszinierendes Objekt ein. Dort oben zog ein dunkelblaues geflügeltes Einhorn, das fast mit der Dunkelheit des Nachthimmels verschmolz, seine Runden. War sie nun völlig verrückt geworden? Aber ... sie sah es doch ganz klar und deutlich. Die junge Frau spürte regelrecht, wie das Fabelwesen auf sie herabstarrte. Warum sprach keiner der umherlaufenden Personen die junge Frau an? Es war doch zu sehen, dass es ihr schlecht ging. Bei der Gelegenheit konnte sie gleich fragen, ob sich dort oben wirklich ein Einhorn befand oder ob sich das alles nur in ihrem Kopf abspielte. Doch als sie sich umblickte, war der komplette Platz leer. Das war unmöglich ... Vor wenigen Minuten war es hier noch belebt gewesen. Würde sie nun sterben? Oder war dieses Wesen daran schuld? Die junge Frau wandte sich wieder dem Einhorn zu. Seine schwarze Mähne tanzte trotz Windstillstand gleichmäßig wie Wellen über das

Meer durch die Luft. Ohne Schmerzen wäre es ein schöner Anblick gewesen. Doch nun stellte sich das Wesen auf seine Hinterläufe und stieß ein lautes Wiehern aus, bevor es in vollem Galopp wie auf einem unsichtbaren Pfad davon eilte.

Svenja verfolgte es noch kurz, bis ein hohes Haus ihr die Sicht versperrte. Bewies das die Existenz von Einhörnern? Svenja wusste es nicht. Nun, als das Fabelwesen verschwunden war, füllte sich auch die Umgebung wieder mit den wohlklingenden Stimmen der Händler und Bewohner Ferinstayns. Wie zum Teufel konnten Menschen einfach so verschwinden und Augenblicke später wieder erscheinen? Diese Frage würde die blauäugige Frau noch lange begleiten. Doch Gott sei Dank nahmen die Kopfschmerzen nun wieder ab. Eine Weile blieb Svenja noch an die Wand gelehnt, bevor sie entschied, sich wieder auf den Weg zur Bibliothek zu machen. Zurück zur Schänke wollte sie nicht. Sie brauchte ihre Ruhe, um sich von den kräftezehrenden Strapazen etwas zu erholen. Wie ferngesteuert führten Svenjas Füße sie nun in die kleine Gasse, in der sich das Wissenshaus befand. Ihre Beine waren weich wie Butter. Ohne sich abzustützen wäre sie wohl zusammengebrochen. Svenja entschied, sich einen Stuhl zu suchen, um wieder zu Kräften zu kommen, sobald sie in der Bibliothek angekommen war.

Es dauerte eine Weile, bis sich die Augen der Frau an die unbeleuchtete Nebenstraße gewöhnten. Als es soweit war, erhaschte Svenja eine weitere Szene: Drei Kerle, die scheinbar lachend auf einen schwarzen Klumpen auf dem Boden eintraten. Doch um was es sich genau handelte, blieb Svenja verborgen, da einer der Männer direkt davor stand. „Komm schon, du Töle, willst uns doch jetzt nicht verrecken." Ein leises, hilfloses Wimmern ging von dem Haufen aus. Es bewegte sich ... und als das Ding versuchte, sich aufzurichten, erwies es sich als dreibeiniger Hund. Ein weiterer Tritt in die Rippen folgte und der Hund fand mit einem kläglichen Winseln wieder den Weg gen Boden. „Drecksköter", mischte sich nun auch der andere Mann ein.

Svenja musste etwas unternehmen, da der Hund bereits in schlechtem Zustand war und nicht mehr lange zu leben hatte. Doch drei ausgewachsene Männer konnte sie niemals mit ihrer Magie bezwingen, vor allem nicht so ausgezehrt. Aber egal. „Lasst ... den Hund ... gehen!" Ruckartig blickten sich die drei Männer um. Sie musste lächerlich aussehen. Nach Luft hechelnd, an die Wand gestützt und verschwitzt. Zwei der Männer lachten, während der Dritte keine Miene zu verziehen schien. Zumindest nahm Svenja dies an. Es war verdammt dunkel hier.

„Sieh an, was für ein schönes Vögelchen dort angeflogen kommt."

Endlich von dem Hund ablassend kamen die drei Kameraden in Svenjas Richtung. Zum Glück befassten sie sich nicht mehr mit dem Wesen. In Gedanken bettelte die junge Frau den Hund an, sich aus dem Staub zu machen. Doch er war schon zu sehr verletzt als dass er sich hätte bewegen können.

Erst als die drei Männer näherkamen, erkannte Svenja, dass es sich um drei zum Verwechseln ähnlich aussehende junge Rotschöpfe handelte. Es mussten Drillinge sein. Nur an den Augen waren kleine Abweichungen zu erkennen. Wenige Herzschläge später war der Erste bei Svenja und streichelte den verschwitzten Hals der blonden Frau. Svenja versuchte dem Recken die Hand von ihrem Leib wegzuschlagen, allerdings ohne Erfolg. Die Kerle werden über mich herfallen, schoss es Svenja sofort durch den Kopf. Mit der Hoffnung, dass es damit schneller vorbeiging, schloss die junge Frau ihre blauen Augen. Doch ob das half?

Genau in diesem Moment spürte Svenja einen schnellen Luftzug neben sich. Sie dachte sich erst mal nichts weiter, bis laute Schläge und Stöhnen zu hören war. Benommen öffnete sie wieder die Augen und sah einen weiteren Schatten, der auf den jungen Mann, der sie gerade noch berührt hatte, einschlug. Sie hörte, wie dessen Nase brach. Als der Erste am Boden lag, wandte er sich dem Nächsten der Drillinge zu. Wer war das? Konnte es sein ...? Das Mädchen war sich fast sicher, dass es sich bei dem mysteriösen

Mann um den Gildenleader von Abendblau handelte. Wie hieß er ...? Skax. Während Svenja ihre Gedanken um Skax kreisen ließ, duckte der sich unter dem Schlag des zweiten Drillings hinweg und riss ihn mit einem gekonnten Kick gegen die Füße von den Beinen. Mit einer leichten Drehung stand der Gildenmeister wieder und provozierte den Dritten der Brüder mit einer Handbewegung zum Angriff. Der Kerl verstand es zu kämpfen ... Nun war auch der mit der gebrochenen Nase wieder oben und beschimpfte den Krieger aufs Äußerste.

Die Geschwister sahen sich an, nickten zustimmend und griffen beide gleichzeitig an, um die Chance zu erhöhen, den Krieger zu besiegen. Der Mann mit der gebrochenen Nase war sich sicher gewesen, ihn erledigen zu können, da er ihn von hinten würgen konnte. Doch als er losstürmte, packte Skax sein Gegenüber an beiden Schultern, machte mit ihm eine halbe Drehung und schleuderte den Mann mit voller Wucht auf den Kerl mit der kaputten Nase. Stöhnend und benommen lagen die beiden quer übereinander.

„Nun verpisst euch und wagt es nicht noch einmal, ein Member meiner Gilde anzufassen!"

Ziemlich verkeilt kamen die beiden hoch. Sie packten ihren dritten Bruder unter den Achseln und humpelten schweigend davon. Eine Weile sah der Krieger den dreien nach, bevor er sich Svenja zuwandte.

„Die Kerle sollten dich nun in Ruhe lassen. Aber tu dir selber 'nen Gefallen und besuch nich so spät noch dunkle Gassen." Svenja nickte leicht, bevor sie sich knapp bedankte. Doch Skax merkte, dass mit ihr etwas nicht stimmte. „Was is 'n mit dir?"

Ein Bündel blonder Strähnen fielen der jungen Frau vor die blauen Augen. „Du würdest mir doch eh nicht glauben, wenn ich dir von einem fliegenden Einhorn erzählen würde." Warum war sie nur so erschöpft?

„Du bist wirklich Vollvox begegnet?" Der Mann schien überrascht zu sein.

Wenn sie doch nur richtig sprechen könnte. „Was … ist … Vollvox?" Ihr war wieder übel.

„Ne, das kann nich sein, dass es Vollvox war. Du wärst sonst nich mehr am Leben." Er machte eine Pause und legte nachdenklich die Hand ans Kinn. „Aber andererseits weisen die Statuseffekte von dir darauf hin."

Was erzählt der Mann da? Es hörte sich für Svenja an wie Kauderwelsch. Als ob er ihre Gedanken lesen könnte, fuhr er fort: „Du bist von dem Mob paralysiert worden. Doch das ist das kleinere Übel. Wahrscheinlich wurdest du dazu noch mit einem Fluchzauber belegt, den nur wenige Mobs beherrschen und der langsam zu einem schmerzhaften Tod führt." Svenja hatte panische Angst. Würde sie nun jämmerlich verrecken, ohne Gigantos auch nur unter die Augen getreten zu sein? Es konnte doch nicht so enden. Erste Tränen liefen der Frau herunter. Hilfesuchend blickte sie flehend in das eckige Männergesicht von Skax. Der schien mit sich selbst aus irgendeinem Grund zu kämpfen. Nach wenigen Sekunden jedoch griff er zu einer marineblauen Kette um seinem Hals, die Svenja erst jetzt bemerkte. Der Anhänger hatte eine runde Form. In die obere Hälfte war ein runder Mond mit leuchtenden Sternen an einem blauen, wolkenbehangenen Abendhimmel eingezeichnet. Die untere Hälfte zeigte eine strahlende, untergehende Sonne. Er umschloss den Gegenstand fest mit der Faust, bis blaues Licht zwischen seinen Fingern hervor leuchtete. Als er sie wieder öffnete, lag ein kleines, graues Fläschchen, das zur Öffnung hin immer spitzer wurde, in der Hand des Kriegers. Er nahm den Korken heraus und führte es an Svenjas Lippen. „Trink das. Das is ein arschteures Allheilmittel." Die junge blonde Frau spürte, wie sich eine leicht bittere Flüssigkeit in ihrem Mund ausbreitete. Als es zu viel wurde, kam sie nicht daran vorbei, dem Schluckreflex nachzugeben, und das Heilmittel fand den Weg in ihren Körper. Es fühlte sich warm an, bevor ihre komplette Speiseröhre höllisch brannte. Ihre Linke bohrte sich tief in ihre Tunika, während sie mit schmerzverzerrtem Gesicht gegen die Ohnmacht ankämpfte.

„Der Fluch wird gerade aus deinem Körper gebrannt, halt es aus, es dauert nich mehr lange."

Leichter gesagt als getan. Es fühlte sich so an, als würde jedes einzelne Organ in Kürze zerbersten. Mit einem kräftigen Stoß war plötzlich alles vorbei. Svenja riss die Augen weit auf, da sie mit einer weiteren Schmerzwelle rechnete, doch diese blieb aus. Sie tastete ungläubig ihren Körper ab, um sich zu vergewissern, ob noch alles dran war.

„Hast Glück gehabt, das war mein letzter Trank."

Erst jetzt kam ihr der eigentliche Grund, weshalb sie in diese Situation geraten war, wieder in den Sinn. Die Frau preschte nach vorne, dicht an Skax vorbei und warf sich vor dem schwarzen Hund auf die Knie. Sie legte ihre Hände auf dessen Brust, doch sie erhob sich nicht mehr. Seine leeren toten Augen starrten die Wand eines Gebäudes an. Sie war so erbärmlich. Nicht mal ein verletztes Tier konnte die Frau beschützen. Heiße Tränen rannen aus ihren blauen Augen.

„Es tut mir so leid." Svenja spürte die große Pranke des Mannes auf der Schulter. Sie schüttelte den Kopf und stand auf, drehte sich zu dem Mann um und blickte entschlossen in seine Augen.

„Nein, das zeigt mir, dass ich einfach noch viel stärker werden muss, damit so etwas nicht noch einmal geschieht und ich mein Ziel erreichen kann."

„Wie heißt du?", fragte er ruhig.

„Svenja", gab die Frau knapp zurück.

Der Mann nickte zweimal. „Was meinst du mit 'Ziel'?"

Svenja wusste nicht ob sie ihm von ihrer Vergangenheit erzählen konnte ... aber andererseits konnte sie es nicht für ewig geheim halten. Sie entschied, es ihm zu erzählen. Sie wusste zwar nicht warum, aber ihm konnte man offensichtlich vertrauen. „Kurz gesagt, ich will mich an einem Mob für den Tod meines Vaters rächen."

Er zog die buschigen Brauen zusammen. „Ich würde gerne deine ganze Geschichte hören. Also, wenn du erlaubst, lass uns zurück zur Schänke gehen und das bei einem Bier besprechen."

Svenja wusste nicht recht, ob sie mitgehen sollte. Aber vielleicht war es gut, sich jemandem anzuvertrauen, um ihre Seele etwas zu entlasten. Sie stimmte zu. Der Mann ging als Erster und Svenja folgte ihm.

Wieder im Gasthof angekommen wurde der Mann mit dutzenden erhobenen Bierkrügen begrüßt. Die Laune der Besucher war noch immer nicht gesunken. Ganz im Gegenteil, je später der Abend, desto besser wurde sie.

Skax ging zu Mira, der Angestellten von Annemarie, hinüber, während Svenja bereits an einem kleinen Tisch für zwei Personen Platz nahm. Svenja blickte sich im Raum um und ihr fiel auf, dass jeder der hier Feiernden dieselbe Kette um den Hals trug, wie Skax es tat. Nach kurzer Zeit kam der Mann wieder und stellte einen für Svenja viel zu großen Bierhumpen mit luftiger Schaumkrone, die etwas über den Rand des Gefäßes lief, vor sie auf den Tisch. Schließlich nahm er ihr gegenüber Platz und stützte sich mit dem linken Unterarm am Tisch ab, während er mit der Rechten den Humpen hob und ihn Svenja zum Anstoßen hinhielt. Die Frau versuchte es dem Mann gleichzutun, doch der Krug war für sie zu schwer, um ihn mit nur einer Hand heben zu können. Sie musste die zweite Hand hinzunehmen. Damit klappte es endlich, die beiden Gefäße mit einem Klimpern zusammenzuführen. Ehe sich die blonde Frau versah, hatte der gebräunte Mann den Humpen schon an den Lippen und nahm einen großen Schluck nach dem anderen, bis das komplette Gebräu weggetrunken war. Svenja war beeindruckt. Sie hatte zwar nur selten Alkohol getrunken, aber sie wollte dem Kerl nicht unterlegen sein und versuchte es ebenfalls. Die ersten Schlucke waren noch einfach, doch dann wurde es ein immer härterer Kampf. Sie schaffte es aber am Schluss. Erst als die Frau den Krug abstellte, verzog sie plötzlich das Gesicht. „Ist das aber bitter."

Skax lachte schallend. „Das Mädel kann besser saufen als du, Jack." Er wandte sich an einen blonden Mann, der mit weiteren Leuten am Nachbartisch saß und scheinbar das Trinkgelage beobachtet hatte. Er hob seinen Humpen zum Gruß und Svenja erwiderte mit einem schüchternen Lächeln.

„Hey, Mira, bring uns bitte nochmal zwei davon." Sofort begann die Bedienstete damit, zwei neue Krüge zu füllen, während es sich Skax bequem machte. „Also ... was meintest du vorhin mit 'Ziel' und 'Mission'?"

Svenja war sich nun nicht mehr so sicher, ob sie es erzählen sollte ohne als Lügnerin oder Ähnliches abgestempelt zu werden. Was war, wenn er ihr nicht glaubte? Ach, egal. Was dachte sie da gerade eben? Ob das am Alkohol lag? Ihr war inzwischen zwar etwas ... wie sollte sie es beschreiben? ... schummrig, doch es war nicht unangenehm. Nein, im Gegenteil, sie fühlte sich glücklich.

„Kurz gesagt versuche ich den Mob, der meinen Vater vor sechs Jahren getötet hat, zu finden, um ihn endgültig ein für alle Mal ins Grab zu befördern."

Der Mann schloss die Augen. „Du willst also Rache an diesem Mob nehmen?"

Svenja überlegte nicht lange. „Natürlich, das Mistvieh hat Papa getötet!" Die Stimme der jungen Frau wurde lauter. „Ich werde nicht zulassen, dass er noch mehr Familien voneinander ..."

„Was war das für ein Mob?", fiel ihr Skax ins Wort.

„Er ist schwer zu beschreiben. Sein Körper war so lang wie der Körper einer Echse. Doch der Aufbau ähnelte eher einem riesigen Drachen mit langgezogenem Kopf. Außerdem war er komplett durchsichtig. Was ich aber nicht verstand, war, wie sich das Biest bewegen konnte ... denn es hatte weder Knochen noch Muskeln im Leib ... Es musste ..." Mira war wieder zu den beiden getreten und stellte die Gefäße auf den Tisch. Svenja war davon so abgelenkt, dass sie mit der Erzählung stoppte. Sollte sie das Getränk wieder so hastig herunterwürgen? Nein. Lieber nicht. Die Wirkung des Alkohols ließ ihre Zunge ja jetzt schon etwas schwerfällig werden.

Auch Skax trank nun langsam. Als er den Krug abstellte, war zwischen der Frau und dem Mann Stillschweigen. Was war los? Hatte sie etwas Falsches gesagt?

„Tut mir leid, das sag'n zu müssen, aber vergiss deinen Drang nach Rache am besten schnell wieder. Kehr zurück nach Hause, such dir nen Mann und zeug mit ihm Kinder, mit denen ihr glücklich bis ans Lebensende zusammen seid."

Diese Worte versetzten dem Mädchen einen Stich im Herzen. „Warum sollte ich?"

Der Mann sah sie reglos an. „Du bist zu schwach, um dich mit einem Plus-sieben-Mob zu messen."

Svenja schlug wütend auf den Tisch. „Woher willst du wissen, dass er stärker als sieben ist?!" Der Mann schenkte ihr einen gelangweilten Blick. „Wenn es sich wirklich um einen solch großen Mob handelt, muss es sich mindestens um sechs Sterne handeln. Da die meisten Drachen sieben Sterne hab'n, schätz ich ihn zwischen sieben und neun. Alleine hast du nich die geringste Chance."

„Was verstehst du schon von meinen persönlichen Gefühlen!!"

„Du bist nicht die Einzige, die Familienmitglieder im Kampf gegen die Mobs verloren hat!" Nun wurde auch Skax wütend. Er beugte sich so weit über den Tisch, dass Svenja seinen warmen Atem im Gesicht spürte. „Ja, auch ich hab meine Frau im Kampf verloren, um meine geliebte Tochter zu beschützen. Das war der beschissenste Tag meines Lebens, der mir sogar nach zehn Jahren noch Albträume bereitet."

Spannung herrschte in der Luft. Svenja hatte geahnt, dass es keine gute Idee war, sich jemandem anzuvertrauen. Sie stand auf und war bereit, wieder auf das Zimmer zu gehen, um ein weiteres Mal nach Levan zu sehen, als ... plötzlich Skax Svenjas Arm mit festem Druck packte.

„Was ist?", schrie sie ihn an.

„Du wirst es nich schaffen", flüsterte er schon fast.

Jetzt ging das wieder los. Das blonde Mädchen reimte sich gerade die nächsten Worte im Kopf zusammen, als er weitersprach.

„Es gibt nun drei Optionen, aus denen du wählen kannst ..." Mit einem Nicken forderte er Svenja auf, sich wieder zu setzen. Wieso sollte sie noch mehr unnötige Zeit mit diesem Mistkerl verschwenden? Doch schließlich gewann ihr gutes Gewissen den Kampf mit seinem Gegenstück und sie nahm wieder auf dem körpertemperierten Stuhl Platz.

„Option eins ..." Er hob den Zeigefinger der linken Hand als Zahl. „...du kehrst zurück, vergisst alles und lebst ein ruhiges Leben. Zweitens ..." Nun kam der Mittelfinger dazu. „... du trainierst die nächsten Jahre und lernst Techniken, mit denen man Mobs töten kann ..." Zuletzt folgte der Ringfinger. „...drittens: du suchst dir eine starke Gilde und trittst ihnen bei. Zusammen wäre es vielleicht möglich, ihn zu schlagen. Die Entscheidung liegt bei dir."

Svenja gab es ungern zu, aber der Kerl hatte leider recht. Die vierte Möglichkeit, die der Mann zwar wusste, aber nicht preisgab, war ... Gigantos zu suchen und zu verrecken. Svenja wusste ja, dass sie ziemlich schwach war ... aber was sollte sie machen? Der Verlust tat zu sehr weh. Heimkehren kam für sie nicht in Frage. Trainieren? Aber wo? Ob sie sich damit wirklich verbessern konnte? Dann blieb wohl nur Option drei. Sollte sie ihn fragen, ob sie Abendblau beitreten durfte? Schließlich war er der Gildenmeister. „Dürfte ich ..."

„Wurde nicht letztens ein Mob, zu dem die Beschreibung passt, auf dem Westlichen Kontinent gesehen?" Ein Mann mit weiblichen Zügen und nach oben gestecktem Haar war an den Tisch der beiden getreten. Skax vergrub das Gesicht in den Händen.

„Ramold, du Idiot, ich hatte sie fast dazu gebracht, uns beizutreten."

Das war also der Sinn dahinter.

„Naja, da es nun ja raus is, kann ich's dir wohl sagen." Er schaute seinen Freund böse an, der aber weiter lächelte. „Es stimmt zwar, dass ein seltener Mob vor 'ner Woche im Westen gesehen wurde ... aber ich würd mich nich zu einhundert Prozent drauf verlassen, dass es deiner ist. Selbst wenn es dieser Mob sei, waren meine Worte gerade glaubwürdig ... Alleine ist es unmöglich."

Svenja musste nun selber überlegen. Sie glaubte Skax. Vielleicht war es wirklich nicht falsch, der Gilde beizutreten. Hust! Der weibliche Mann neben Skax tat so, als würde er husten.

„Is ja schon gut. Das is Ramold. Zweiter Gildenmeister von Abendblau", übernahm Skax wieder das Wort, während er kurz zu dem Mann mit dem hochgesteckten Haar zeigte. Die Frau und Ramold nickten sich freundlich und lächelnd zu. „Er sieht zwar aus wie 'n Weib, kann aber sehr gut mit der Lanze und Magie umgehen."

Die beiden Gildenmeister wechselten ein paar Worte, während Svenja noch immer mit sich selber kämpfte. Sie hatte Skax ihr Leben zu verdanken. Ohne ihn wär sie nicht mehr hier, um ihr Ziel zu erreichen. Svenja war sich sicher, dass sie in der Gilde glücklich werden würde.

„Also, was sagst du?" Beide Männer warteten auf eine Antwort.

„Ich will nichts überstürzen, das muss gut überlegt sein ..."

Skax lächelte. „Gut, verstehe." Er klang enttäuscht. Er wühlte in einem Beutel und hielt Svenja kurz danach eine kleine Käferfigur hin. „Nimm das bitte mit."

„Was ist das?", wollte die Frau wissen.

„Mit diesem Käfer kannst du mir jederzeit eine Nachricht schreiben, sobald du dich entschieden hast."

Svenja nahm den Käfer in die Hand. Es war ein Marienkäfer mit neun Punkten. „Wie soll das kleine Tier eine Nachricht übermitteln?"

Ramold schüttelte den Kopf. „Kein Papier. Du flüsterst ihm deine Nachricht zu und lässt ihn in den Himmel steigen. Er findet dann automatisch den Weg zu einem der Gildenmeister. Egal, wo man sich befindet."

Das ist unglaublich, dachte die Frau. Sie drehte ihn zwischen den Fingern. Er sah tot aus. Keine Bewegung oder Zucken ging von seinem Körper aus. Doch eines Tages würde sie es schon herausfinden. „Danke, ich lass es mir durch den Kopf gehen."

„Was hast du nun vor?"

„Ich werde den Infos erst einmal nachgehen und dann sehen wir weiter."

Skax hob erneut seinen Krug und nahm einen tiefen Schluck. „Dann erwarten wir deine Antwort."

Svenja nickte, trank ihren Humpen leer, verabschiedete sich von den beiden und kehrte zu dem kranken Krieger zurück.

Brennendes Meer

Nach einigen Tagen war es nun endlich wieder besser um die Gesundheit des vergifteten Mannes bestellt. Svenja war froh, nicht auch noch dessen Tod auf ihren schmalen Schultern tragen zu müssen. Schon in wenigen Tagen, wenn sie schon längst wie ein Schatten in der Dunkelheit verschwunden war, konnte der Krieger wohl wieder seine eigenen Wege beschreiten. Er hatte seine Lektion aus der Mobjagd gelernt. Ganz sicher.

Doch wie war es mit ihr? Würde sie ebenfalls bei einer Jagd, bevor Gigantos überhaupt auch nur in ihrer Nähe war, dasselbe Schicksal wie Vater oder der Krieger erleiden? Das durfte nicht sein. Sie musste die Mobs bezwingen und Gigantos zur Strecke bringen, koste es was es wolle. Ein wenig bedauerte Svenja es, dass sie die Jagd auf Butterfly wieder an Annemarie zurückgeben musste. Sie hätte ihre neu erlernte Feuermagie gerne auch an ihm getestet, aber Gigantos zu finden hatte absolute Priorität.

Tief in Gedanken versunken lagen die Tore der Hauptstadt des Mittleren Kontinents hinter dem nach Westen reisenden Mädchen. Dank Skax war es nun endlich möglich gewesen, einer Spur des bestialischen Wesens ein Stück näher zu kommen. Es sollte also nach Tarantha gehen. Svenja hatte bereits einige Geschichten über die Hauptstadt des Westlichen Kontinents gehört. Es hieß, sie sei die wichtigste Handelsmetropole aller Städte. Der Großteil der Nahrung sollte angeblich dort angebaut und dann in alle Welt verschifft werden. Man nannte das Land auch Handelskontinent. Nirgendwo sollte so viel gehandelt werden wie auf diesem Land. Es war ein Spiel aus Feilschen und Betrügen. Ob Svenja an so einem Ort wirklich richtig war? Das würde die Zeit zeigen.

Noch in Ferinstayn hatte sich das Mädchen die Information geholt, dass ein dünn besiedeltes Fischerdorf, knapp einen Tagesmarsch entfernt, an der Westküste lag. Zu diesem Dorf wollte die Blonde, um dann von einem der Fischer übergesetzt zu werden. Natürlich gegen Bezahlung. Hoffentlich reichte das Wechselgeld, das sie von der Schmiedin bekommen hatte, zusammen mit dem kleinen Drop des Hasenmobs noch dafür aus. Die Gilde Abendblau hatte glücklicherweise die Rechnung der Zimmer für sie und den kranken Krieger übernommen. Ansonsten hatte sie nichts außer ihrem Körper. Es schüttelte Svenja bei dem Gedanken, ihren Körper an einen der Seemänner zu verleihen, nur um an das andere Festland zu gelangen. Diese Option war ausgeschlossen. Doch es brachte nichts, sich jetzt den Kopf darüber zu zerbrechen. Svenja durchschritt die faszinierende grüne Landschaft aus Fauna und Flora, als plötzlich eine leicht kraftlose Männerstimme hinter ihr ertönte. Als sie sich umdrehte, traf es sie wie ein Schlag in die Magengrube. Dort stand der Krieger, schwer nach Luft hechelnd, als ob er einen Dauerlauf gemacht hätte. Wie konnte das sein? Er sollte doch ruhen.

„Was ... machst du hier?", fragte Svenja immer noch etwas schockiert. Verdammt. Dabei wollte sie doch streng klingen.

„Wie kann ich zulassen ... dass meine Lebensretterin ... verschwindet, ohne meinen Dank entgegenzunehmen." Er klang noch sehr geschwächt.

Die Blonde wusste nicht, was darauf zu sagen war. Also versuchte sie ihn auf irgendeine Weise aufzufordern, sich wieder in ein Bett zu bewegen. „Hiermit ist es erledigt, und nun geh bitte zurück ins Bett." Svenja mochte es nicht, jemandem Befehle zu geben, doch in diesem Fall war es das Richtige gewesen.

„Ohne deine Hilfe wäre ich nun tot", antwortete der Krieger und blieb standhaft stehen, wie die Soldaten der Stadttore.

Er ignorierte also Svenjas Rat. Was sollte sie nun machen? Er würde bestimmt nicht so einfach lockerlassen.

„Strebst du nun einer Mobjagd aus Ferinstayn entgegen?"

„Nein", antwortete das weibliche Wesen knapp. Er sollte sie doch einfach nur in Ruhe lassen. Wieso war er so fixiert darauf, sich zu bedanken?

„Dann kehrst du also in deine Heimat zurück?"

Svenja seufzte. „Nein."

„Was hast du dann vor?" Der Krieger begann Svenja zu nerven. Dennoch blieb sie ruhig.

„Ich werde auf den Westlichen Kontinent übersetzen, um eine private Sache zu beenden."

„Oh, der Westliche Kontinent. Leider ergab es sich noch nicht für mich, auch nur einen Fuß darauf zu setzen. Darf ich fragen, was du dort willst?"

Erneut seufzte die junge Frau. Kapierte der Kerl nicht, dass er ihr unheimlich auf die Nerven ging? „Du stellst viele Fragen ..."

„Entschuldige, ich dachte nur ..." Er machte eine Pause. Inzwischen sah der Krieger auch etwas besser aus. Dennoch sollte er ruhen, um wirklich alles von dem Gift aus seinem Körper zu bekommen.

„Vielleicht könnte ich mich dir anschließen?"

Es dauerte einige Herzschläge, bis das Mädchen begriff, welche Worte soeben aus dem Munde des Mannes gekommen waren. „Was?... Du willst ...?" Svenja war fassungslos. Nervös und mit gesenktem Kopf kratzte sie sich die Stirn.

„Was sagst du dazu?", drängte er weiter.

„Hör zu ... es ehrt mich, dass ... du deinen Dank damit zeigen willst, aber es geht nicht." Was erzählte sie da für einen Mist. Sie wollte ihn einfach nicht an ihrer Seite haben. Svenja war vom Pech verfolgt und wollte nicht, dass der Mann wirklich noch sein Leben lassen musste. Es war ja noch nicht mal sicher, dass sie selbst lebend wiederkehrte. Darum entschied die heranwachsende Frau, dieses Gespräch hiermit zu beenden. Es war alles gesagt.

Ohne weiteren Atem in dieser aussichtslosen Situation zu verschwenden, marschierte sie ohne Verabschiedung oder Abschlussgesten ihren Weg hinfort. Schritte, die Svenja nicht ihre eigenen nennen konnte, schienen ihr hinterherzutappen. Sie versuchte den Mann zu ignorieren, was aber wenig brachte, und den Krieger scheinbar noch mehr dazu ermutigte, sein Bestes zu geben. Sollte sie vielleicht doch nachgeben? Das Spektakel ging noch eine Weile so, bis Svenja stehen blieb und das vorher abrupt geendete Gespräch fortsetzte.

„Meinst du wirklich, deine Schuld so begleichen zu können?"

Der Mann sah ihr tief in die himmelblauen Augen, bis ganz tief in ihre Seele. „Ja, du bist sehr einsam auf dieser Welt, hab ich recht?"

Was faselte er? Aber so Unrecht hatte er damit gar nicht.

„Versuchst du mich etwa gerade anzubaggern?", war nun ihre Gegenfrage, woraufhin der Krieger lachte.

„Nein, keine Sorge. Du bist zwar hübsch, aber nicht mein Typ."

In Svenja keimte kurz ein kleiner Funken Hoffnung, der nun aber gänzlich erlosch. Aber andererseits war der Krieger nicht wie ... Er. Der muskulöse Mann ... Svenja schüttelte wild den Kopf, um die peinlichen Gedanken aus dem Kopf zu schütteln.

Der Krieger kratzte sich, als habe er noch ein Geständnis zu offenbaren, unter der Nase. „Als wir beide auf dem Vorplatz der Schänke zusammenstießen, ist mein männliches Ego erwacht und ich wollte meine Wirkung auf das weibliche Wesen testen. Um dich beeindrucken zu können, wollte ich deshalb so schnell wie möglich Glibberich besiegen und dir sein Dropitem als Trophäe präsentieren. Um dich wieder finden zu können, fragte ich dich nach deinem Namen. In Ferinstayn gibt es sicher nicht viele junge Mädchen aus dem Norden mit dem Namen Svenja." In dem Moment blieb Svenjas Herz stehen, weil sie begriff. „Du hast dich also bewusst in Lebensgefahr gebracht? Um mich zu beindrucken?" Der Mann nickte. Nun wurde Svenja richtig sauer.

„Bist du bescheuert? Du bist fast draufgegangen, du Vollidiot!", brüllte sie regelrecht.

„Hätte nicht gedacht, dass ein Schleim so stark sein würde. Außerdem ist ja noch mal alles gut gegangen."

„Dummer Vollidiot, Holzkopf ..." Und noch weitere Beleidigungen flogen dem Krieger entgegen, der nur lächelte. Eine kleine Entschuldigung war die einzige Reaktion. Svenja war außer sich. Wie konnte man nur so blöd sein und sein Leben für ein jämmerliches, unnützes Bauernmädchen, wie sie es war, in Gefahr bringen. So ein Draufgänger! Oder reagierte Svenja nur über? Sie wusste es nicht. Noch nie hatte ein Mann so etwas für die junge blonde Frau getan.

Eine Zeit lang gingen beide schweigend nebeneinander her. Vielleicht war es ja doch keine so schlechte Idee? Die Blauäugige blieb abrupt stehen, machte zwei, drei Schritte nach vorne und sprach ihre Meinung mit Herzklopfen aus.

„Also gut. Sollte es aber gefährlich werden, ziehst du dich zurück."

Die regungslose Miene des Mannes wurde plötzlich mit einem Mal für wenige Sekunden in ein strahlendes Lächeln getaucht, bevor sie wieder ihre Ursprungsform annahm. Der braunhaarige

Mann kam näher heran und streckte seine Rechte zum Gruße aus. „Levan, stets zu Diensten, holde Maid."

Der Kerl war eindeutig verrückt, dachte Svenja, bevor auch sie herankam und einschlug. „Svenja ..." Sie überlegte, ob ihr nicht auch Worte der Preisgebung einfielen. „... die Rachesuchende." Das Wort Rache betonte die Blonde besonders. Verwirrung schien sich in ihrem Gegenüber breitzumachen, während sich der Griff langsam wieder löste.

„Lass uns gehen", schlug Svenja vor und ging kurz den weiteren Weg entlang, bis sich die normale Bewegungsgeschwindigkeit einpendelte. Der Krieger mit den Doppelschwertern auf dem Rücken setzte sich, was an dem Klappern seines Metalls zu hören war, in Bewegung und trat neben seine neue Gefährtin. Gemeinsam wurden schweigend Hügel überwunden, Seen und Flüsse umgangen, bis Levan mit seinen "angeblichen Heldentaten" der Vergangenheit die Ruhe unterbrach. Svenja wusste, dass einiges an seinen Geschichten sehr weit hergeholt war und nicht der Realität entsprechen konnte, sagte aber nichts, sondern lauschte nur dem Klang seiner Stimme. Manchmal fragte die Blonde sogar nach, um ihn in die Bredouille zu bringen. Erst als ein monotones Klackern hinter den beiden Reisenden immer lauter wurde, wurde der Krieger leise. Ein randvoll mit Heu beladener Karren eines heimkehrenden Bauernsohnes zog durch die weiten Lande direkt auf Levan und Svenja zu. In dem Geschirr waren zwei ausgewachsene schwarze Rappen gespannt, die den Wagen mit Leichtigkeit zogen.

Als der Bauer neben den beiden Reisenden war, gab der Mann an den Zügeln seinen Tieren den Befehl zum Stehen. „Ihr seid ziemlich weit abseits der Zivilisation." Der Mann war blond mit gelocktem Haar und rasiert. Dreck lag unter seinen grünen Augen, die nach einer Antwort verlangten. Einfache Kleidung zierte den Leib des Mannes.

„Wie sind auf dem Weg nach ..." Levans Satz endete plötzlich und er sah fragend zu Svenja hinüber. Wusste er nicht, wohin die Reise ging?

„... einem kleinen Fischerdorf an der Westlichen Küste", vollendete die Blauäugige den Satz.

„Ach, dorthin. Das ist nicht mehr weit. Nur noch wenige Hügel in diese Richtung, dann seid ihr da." Er zeigte in nordwestliche Richtung. „Soll ich euch vielleicht mitnehmen? Bin eh unterwegs in diese Richtung."

Levan strahlte, als er dieses Angebot hörte, doch Svenja lehnte höflich ab. Aber dann überzeugte der Bauer die junge Frau doch, aufzuspringen.

„Hier treiben sich viele Mobs herum, daher wäre es ratsam, den Weg schnellstmöglich zu bestreiten", sagte der Bauer.

Levan schien sich gut mit dem Mann zu verstehen, da die beiden noch einige Worte miteinander wechselten. Derweil war die Blonde auf die Ladefläche des Karren gesprungen und ließ sich, als sie meinte, unbeobachtet zu sein, rücklings ins Heu fallen. Der Geruch des frisch getrockneten Grases spielte mit ihren Sinnen. An einigen Stellen piksten Halme zwar in die Haut, aber dennoch war es ein Gefühl der Freiheit. Nach einer Weile folgte Levan, der sich an der Wand des Karrens niederließ. Der Schwertkämpfer holte ein Stück Brot aus einer Tasche, die er unter der Tunika trug, hervor. Gefolgt von einem kleinen Gläschen mit Korkverschluss und einem Messer. Mit der Linken wurde der Korken gezogen, bevor die Hälfte des Messers in dem Gläschen verschwand. Beim Herausnehmen haftete eine geleeartige Substanz daran, die der Krieger auf das Stückchen Brot strich. Es folgte der Weg in den Mund, wo es gut zerkaut wurde.

„Möchtest du auch mal probieren?" Doch Svenja lehnte ab. „Das ist ein Dropitem von einem Mob. Eine Art Marmelade."

Das Holz des Wagens knarrte leicht, als er sich ruckartig in Bewegung setzte.

„Jetzt, da wir zusammen auf Reisen sind, kannst du mir doch deine wahren Absichten erzählen." Der Mann wartete und blickte sie neugierig an.

Er hatte ja ein Recht darauf, zu erfahren, für welchen Grund sein Leben aufs Spiel gesetzt wurde, das sah Svenja ein. Darum entschied sie sich, wenigstens von Gigantos zu erzählen. Die Blonde sprach von jenem Tag, als das durchsichtige Wesen plötzlich aufgetaucht war und ihren Vater gefressen hatte. Svenja hatte Mühe, diese Worte über ihre Lippen fließen zu lassen; zu sehr bewegte sie noch immer jenes Geschehen. Sie musste mehrmals schlucken, um den Kampf gegen die aufsteigenden Tränen zu gewinnen. Für Levan musste es sich unglaubwürdig anhören, dass eine Kreatur wie diese noch immer frei herumlief, doch der Krieger schien keinen Zweifel daran zu hegen. Er biss während der Erzählungen weiterhin genüsslich von dem Brot mit dem leckeren Gelee.

„... und das ist der Grund, warum wir nun auf den Westlichen Kontinent zusteuern", beendete Svenja ihre Geschichte. Den Teil, dass sie keine Freunde hatte oder noch nie die Kunst der Liebe hatte erfahren dürfen, ließ die Frau aus.

„Verstehe, also wirst du tatsächlich von Rache geleitet ...", sagte Levan mit schärferem Ton. „Weiß nicht, ob ich das gutheißen soll, da Rachegelüste nur neue Rache säen." Er schien nachzudenken, während das Land Stück für Stück an den dreien vorbeizog. Ob der Bauernsohn wohl ebenfalls zuhörte? Svenja wäre es peinlich gewesen. Falls dies der Fall war, ließ es sich der Kutscher jedoch nicht anmerken. Sein Blick tastete aufmerksam die Gegend ab nach etwaigen Mobs, die plötzlich auftauchen konnten. Aber es blieb alles ruhig.

„Du hättest ja nicht mitkommen müssen", pflaumte sie Levan an. „Meine Meinung werde ich nicht ändern." Dieser Kerl war Svenja ein Rätsel. Waren alle Männer so wie er? Ein kleiner Schwarm Enten, die lautstark meckerten, fast so, als würden sie sich über irgendetwas ärgern, flog über den strahlend blauen Himmel hinweg.

„Was ist das genau für ein Mob?"

„Mein Wissen über ihn ist sehr begrenzt, da ich seinen offiziellen Namen nicht kenne. Es ist zu bezweifeln, viel Informationen über seine schier grenzenlose Kraft in Büchern zu finden, da es sich um einen hochrangigen Mob handelt. Es ist kaum vorstellbar, wie stark das Vieh war." Svenja war erstaunt, dass sie so viel erzählte. Normalerweise war sie nicht so redselig.

„Woher willst du dann wissen, dass er ausgerechnet im Westen aufzufinden ist?", wollte Levan wissen.

„Ein Typ namens Ramold aus der Gilde Abendblau erzählte von einem unglaublich starken Mob, der in der Nähe einer Magieschule sein Unwesen treiben soll. Das ist die einzige Info ..."

„Warte ...", unterbrach der Krieger seine Gefährtin unerwartet und hob dabei die Hände. „Du kennst Leute der legendären Gilde Abendblau?" Der Mann sah sie mit großen Augen fassungslos an. Svenja nickte.

„Naja, kennen ist übertrieben ..."

„Wahnsinn, ich reise mit jemanden, der Kontakt zu Abendblau hat", unterbrach er sie wieder. Der Krieger wedelte wie ein Kleinkind wild mit den Armen, so stolz war er darauf. Svenja verstand die Männer nun wirklich nicht.

„Hast du nicht zugehört? Es war nur ein Treffen." Svenja versuchte den Schwertkämpfer wieder zur Besinnung zu bringen. Ob sie die Gildenmember wohl jemals wieder sehen würde? Und was wichtiger war ... war er dann auch bei ihnen ... Was dachte sie da wieder, verdammt. Warum wollte ihr dieser Mann nicht mehr aus dem Kopf gehen?

„Geht's dir gut?" Als Levan die Blonde aus ihren Tagträumen holte, war sie glühend rot im Gesicht geworden.

„Ja ... ja, alles gut." Sie tat so, als wäre nichts gewesen. Der Krieger sah sie nur stumm an und verstand nichts.

Eine weitere Weile herrschte Schweigen, bis allmählich die Luft nach dem Duft des vertrauten Meeres roch. Die Blauäugige schloss die Augen und ließ die Reise mit Vater noch einmal Revue passieren.

„Es ist schön, endlich wieder den Geruch des Meeres wahrzunehmen", flüsterte Svenja heiser.

„Du warst zuletzt mit deinem Vater dort, nicht? Wie war er so?"

„Das ist schwer zu beantworten ... Aber ich würde ihn als zielstrebigen, strengen und hilfsbereiten Mann beschreiben. Durch seinen Posten als Pitback hatte er ziemlich viel zu tun, weshalb ich oftmals an zweiter Stelle stand. Was mich aber nicht störte, da er mich gelegentlich auf seine Reisen mitnahm."

„Wie hieß dein Vater?" Interessiert wartete Levan auf Antwort.

„Toran."

„Was!! Etwa DER Toran? Das ist nicht dein Ernst. Das kann nicht wahr sein, du bist die Tochter des bekannten Pitbacks Toran? Leck mich fett." Es verunsicherte Svenja, solche Worte aus dem Munde des Mannes zu hören, da sie nicht damit gerechnet hatte. Voller Überschuss an Testosteron war der Begleiter der stummen Wanderin mit einem Satz vom Karren gesprungen und lief springend und jauchzend nebenher. Als sich sein Übermut wieder gelegt hatte, sprang Levan wieder zurück auf das Heu und setzte sich, etwas peinlich berührt, neben Svenja.

„Entschuldige." Jetzt war sich Svenja sicher: Der Typ war verrückt ...

„Ist das mit deinem Vater wirklich wahr?"

Ohne Worte zu verschwenden wurde die Richtigkeit der Frage mit einem einfachen Nicken bestätigt.

„Dann stimmt es, wie man erzählt, dass er einen überdimensionalen Wattwurm in nur wenigen Sekunden getötet hat?" Auch das wurde nickend bejaht.

„Aber wenn du meist an seiner Seite warst, wie kommt es dann, dass du so wenig über den Mobkampf weißt?" Was? Fing der Kerl etwa schon wieder mit seiner Erniedrigung an? Ob die Reise mit ihm wirklich eine so gute Idee war?

„Ich musste wegen meines jungen Alters des Öfteren mit verschlossenen Augen den Kampf meiden ... Auf Vaters Befehl hin. Niemals sollte ich, solange ich nicht reif dafür war, seine Kampftechnik zu Gesicht bekommen. Naja ... und nach dem gewissen Tag breiteten sich tiefe Depressionen, die es galt zu überwinden, in meinem Körper aus." Ein wenig beschämt wagte Svenja es nicht, dem Krieger ins Gesicht zu sehen.

„Verstehe." Gedanken, so laut, dass man befürchten musste, man könne sie hören, lagen über den Holzkarren, bis sie von dem Zügelträger vertrieben wurden.

„Wir sind am Zielort. Doch nun muss ich euch verlassen." Der Bauernsohn blickte über die Schulter zu seinen Fahrgästen. Svenja eilte voran und sprang von dem Gefährt herunter. Sie war so aufgeregt, endlich wieder das Meer sehen zu können. Die ersten Schritte auf dem stillen, harten Erdboden waren noch ungewohnt, da sich der Gleichgewichtssinn der Blonden inzwischen an das Schwanken des schaukelnden Wagens gewöhnt hatte.

Die junge Frau umlief das Gefährt und wurde mit dem Blick auf den blau schimmernden Ozean belohnt. Wellen, die einen Trichter aus weißen Blasen bildeten, wurden an das kurze Stück Strand am Rande des kleinen, etwas tiefer liegenden Fischerdorfs gespült, bevor die Kraft des Meeres das Wasser wieder zurückzog. Einige Boote, davon ein Zweimaster, der ein Netz hinter sich herzog, fuhren im leichten Wellengang über die salzige Flüssigkeit.

Das Dorf selbst war nicht spektakulär. Kleine einfache Hütten aus Holz versprachen den Bewohnern Schutz zu geben. Doch Svenja bezweifelte sehr, ob die wenigen Planken wirklich einen Angriff von Mobs abwehren konnten. Es war ein Wunder, dass sie überhaupt noch standen ...

Nahe beim kleinen Dorf waren lange Pfähle in den Boden gerammt worden, an denen nun die frisch verwendeten Netze zum Trocknen hingen.

Während die junge Frau sich in der vor ihr liegenden Idylle verlor, hatte Levan den Bauernsohn verabschiedet. Erst als sich der Karren wieder in Bewegung gesetzt hatte, war Svenja wieder im Hier und Jetzt. Sie war etwas traurig, den Mann vergessen und nicht verabschiedet zu haben. Ob er ihr böse war?

Die raue Seeluft ließ die Blonde etwas frösteln und auch an den trockenen Lippen war das Meer zu spüren. Svenja versuchte leicht mit der Zunge über ihre Lippen zu fahren, aber es brannte. Als dann schließlich auch der junge Krieger herantrat, gingen sie gemeinsam dem Dorf entgegen. Ob Levan wohl schon jemals das Meer gesehen hatte? Sie wusste rein gar nichts über den Mann. Nur ... dass er ein bekloppter Idiot, ein Weiberheld und ein Menschenversteher war. Oder war Menschenversteher das falsche Wort? Er erkannte zumindest, dass Svenja einsam war. Das war es. Er war ein Seelenauge. Svenja wusste nicht, ob es diesen Ausdruck wirklich gab, aber sie fand ihn so gut, dass sie Levan insgeheim so nennen würde.

Stillschweigend traten die beiden an eines der Häuschen. Da kein einziger Fischer draußen zu sehen war, beschloss Svenja an die Hütte zu klopfen. Sie schlug dreimal dagegen. Keine Regung war zu vernehmen. Svenja wiederholte das Klopfen. Und dann ging die Holztüre endlich langsam auf. Noch bevor die Türe einen kleinen Spalt offen stand, war schon eine meckernde Männerstimme zu hören: „Mach doch langsam. Komme ja schon."

Ihnen öffnete ein übergewichtiger alter Mann, der wohl bereits über sechzig Jahre gesehen haben musste. Sein dünnes, lichtes, einst schwarzes Haar war mit vereinzelten grauen Strähnen durchzogen, die allmählich überhandnahmen. Die Frisur bildete eine Art Kranz, in dessen Mitte nackte Haut war, ähnlich der eines Mönchs. Im molligen Gesicht waren braune Augen, die über zwei dicken Tränensäcken gebettet waren. Er trug einen Stoppelbart, der wahrscheinlich zwei Tage alt war. Außerdem hatte er ein Doppelkinn, was den Verdacht verhärtete, dass der Mann unter Bewegungsmangel litt. Er trug nur eine lange Hose und eine

Weste, die seine dicke Plauze noch weiter in den Vordergrund rücken ließ.

„Was wollt ihr?" Eiseskälte drang aus der nun geöffneten Türe.

„Wir sind gekommen, um ein Geschäft mit Euch abzuschließen", antwortete Svenja.

„Ein Geschäft? Also gut, kommt rein." Der Dicke trat zur Seite, damit die beiden Freunde eintreten konnten. Eine erloschene Feuerstelle war in der Mitte des Raumes, um die zwei Betten standen. Zwei weit geöffnete Fenster mit Holzrahmen waren der Grund der Eiseskälte. Dank ihnen war für ständige Zugluft gesorgt. Es war schweinekalt. Svenja kam sich vor, als würde sie in ein Kühlhaus treten. Der alte Mann zeigte auf eines der Betten, worauf sich Levan und Svenja setzten. Selber nahm er auf dem anderen Bett Platz. „Ich bin Rheinbert", stellte sich der Plauzenmann vor.

„Schön, Euch kennenzulernen, das ist Svenja, und ich bin Levan."

„Also, um was für ein Geschäft geht es nun?"

„Erst beantwortet folgende Frage ... besitzt Ihr ein Boot?", fragte der Krieger scharf.

Was sollte das? Die beiden waren auf ein Schiff angewiesen, da waren Aggressionen fehl am Platz.

„Was erwartet ihr bitte? Das ist ein dummes Fischerdorf. Natürlich besitze ich, wie auch alle anderen Bewohner des Dorfes, ein Boot." Auch Rheinbert hatte die Stimme angehoben.

„Dann bring uns auf den Westlichen Kontinent."

Die Miene des Plauzenmannes sprach Bände. Svenja verzweifelte mit dem Kerl. Sie gab ihrem Weggefährten mit dem Ellbogen einen Stoß in die Rippen, um ihm zu verstehen zu geben, endlich die Klappe zu halten. Scheinbar kam die Botschaft an, da er ab diesem Moment still wie eine Pfütze Wasser war.

„Würdet Ihr uns bitte für einen Obolus über den weiten Ozean an das Festland des Westlichen Kontinents übersetzen?"

Die Frau kramte ihr kleines Geldsäckchen hervor und schüttete dessen klirrenden Inhalt in ihre Handfläche.

„Es ist nicht viel, deshalb hoffe ich auf die Güte Eurer Seele für zwei Reisende. Ich bitte Euch vielmals."

Rheinbert kratzte sich nachdenklich, mit neugierigem Blick auf die Münzen, am Kinn.

„Enttäuschenderweise muss ich leider ablehnen."

Svenja war perplex. Warum? Waren es zu wenig Silberlinge?

Dann erzählte der Mann seine Beweggründe:

„Seit kurzer Zeit treibt sich zwischen den Kontinenten ein hochrangiger Mob herum, eine Art Fisch mit dem Schwanz einer Seeschlange. Dies macht eine Überfahrt völlig unmöglich, da sich kein Fischer in diesem Dorf länger als eine Stunde hinaus traut. Selbst die Fischerei ist eine Hetzjagd gegen die Zeit. So mancher Fischer kehrte nicht mehr zurück. Nur noch kaputte Schiffsteile wurden an den Strand gespült. Zurzeit werdet ihr niemanden finden, der euch hilft ... zumindest bis dieses Wesen verschwunden ist. Es tut mir leid ..."

„Aber gibt es denn keine Möglichkeit, diesen Mob zu umfahren?" bohrte Svenja weiter nach.

„Ich befürchte nein. Viele Strudel und gefährliche Strömungen lauern auf anderen Wegen. Ich würde euch rüberfahren, kein Zweifel, da ein Wirt auf einige Fässer Tran wartet. Wäre da nicht dieses „Ding"."

Da witterte die Blonde ihre Chance. „Heißt das, wenn es eine Möglichkeit gäbe, diesen Mob loszuwerden, würdet Ihr die Segel setzen?"

Fragend war der Blick des Dicken.

„Aber natürlich. Haufenweise Gold spränge für die Tranfässer heraus!"

„Wie wäre es mit folgendem Deal. Ihr fahrt uns hinüber und wir beschützen Euch vor diesem Mob ..."

Der Dicke fasste sich an die Stirn. „Eine halb Erwachsene und ein vorlauter Jüngling gegen ein Wesen, das im Meer herumwandelt und nur auf Töten aus ist ... Das ist lächerlich und zum Scheitern verurteilt."

„Wie könnt Ihr es wagen ...!" brüllte Levan, der plötzlich aufstand und die Hände zu seinen Waffen führte. In letzter Sekunde, bevor noch etwas Schlimmes passieren konnte, konnte Svenja den aufgebrachten Gefährten beruhigen und dafür sorgen, dass er wieder Platz nahm.

„Ihr wisst nicht, wen ihr da vor Euch habt. Dies ist die Tochter des Pitbacks Toran!"

Diese Worte schienen den Dicken beeindruckt zu haben, auch wenn Svenja nicht gerade stolz auf Levan war, diese Karte gespielt zu haben.

„Ist das auch wirklich wahr?", fragte Rheinbert skeptisch. Svenja nickte. „Also gut, unter einer Bedingung. Der Typ da ..." er zeigte auf Levan „... belädt mein Boot mit den Fässern." Noch bevor Levan seinen Senf dazu geben konnte, willigte Svenja mit einem „Abgemacht" ein. Der Krieger begriff erst wenige Herzschläge später, wie ihm geschah, und fing mit Gegenargumenten an, wurde jedoch von dem Dicken in seine Schranken gewiesen.

„Die Fässer sind in dem Schuppen neben dem Kai. Und das erste Boot, das du siehst, ist meins."

Motzend, aber sich seinem Schicksal beugend, verließ der Seelenblicker die Wohnhütte. Es tat gut, endlich für wenige Momente Ruhe vor dem nervenden Kerl zu haben. Nun konnte die Blonde endlich neue Infoquellen ausgraben. „Kennt Ihr eine Magieschule, die auf dem Westlichen Kontinent liegen soll?"

„Ihr meint sicherlich die nördlich von Dannad." Der Mann zog gefühlt seinen ganzen Rotz aus der Nase und spuckte gekonnt in die erkaltete Feuerstelle. „Diese Rotzbengel hatten mir bereits zweimal die Waren geklaut. Also ja, ich weiß wo das Haus dieser Hurenböcke ist."

„Wie gelange ich dort hin?"Svenja musste die Gelegenheit am Schopf packen, solange es möglich war.

„Zuerst bring ich euch in die Hafenstadt Tarantha. Von dort aus sind es dann etwa zwei Tagesmärsche nach Dannad. Wenn ihr dort seid, müsst ihr euch nach Norden halten, bis ihr zu einem Baum kommt. Seid ihr euch wirklich sicher, zu so einem Haufen von Gaunern reisen zu wollen?"

Einen kurzen Moment war Svenja versucht, ihre Absichten preiszugeben, entschloss sich aber schließlich dagegen und nickte nur. Zwei Städte trennten die junge Frau also nur noch von ihrer Rache. Nicht mehr lange, und die beiden Kontrahenten würden endlich aufeinander prallen.

„Komm, gehen wir sehen, wie weit dein Nichtsnutz von Stecher ist."

Noch während des Satzes stand der Dicke auf und begab sich mit Gemach auf in Richtung Türe. Svenja tat es ihm gleich und versuchte das Missverständnis schnell wieder aus der Welt zu räumen. „Der Kerl ist nicht mein Liebster. Nicht so ein Idiot." Der Dicke lachte über diese Worte. Das war das erste Mal, dass Svenja jemanden zum Lachen gebracht hatte. Sollte sich etwa ihre Trauer der Vergangenheit hier ändern? Wieder im Freien folgte sie ihrem Führer zu einem zuvor nicht gesichteten Kai, der verborgen hinter dem erwähnten Schuppen lag. Dort trafen die beiden auch wieder auf den noch immer beleidigten Levan, der gerade ein großes Fass vor der Brust trug. Er ging geradewegs auf einen kleinen Einmaster zu. Über eine Planke schleppte er das Fass auf das Deck des kleinen Schiffs und stellte es zu den anderen an den Mast. Diesen Vorgang wiederholte der Krieger, bis Svenja und Rheinbert am Pier ankamen. Vor ihnen stand tatsächlich ein im Klinkerbau gezimmertes Fischerboot mit Rahsegeln. Das war das erste Mal, dass die Blonde eins zu Gesicht bekam. Stumm schritt Levan an den zweien vorbei und brachte die letzte Fracht an Bord. Als auch diese abgesetzt war, lehnte er sich wartend an die Reling. Auch Svenja und der Fischersmann betraten das treibende Holz. Etwas mulmig war der Blonden ja schon, als sie im Einklang der Wellen schaukelte. Hoffentlich würde sie nicht seekrank werden. Rheinbert, der nun der Kapitän war, prüfte einige Dinge, bevor das dicke Tau, das an einem Pfosten am Kai befestigt war, gelöst wurde. Mit den Worten „Der Wind steht günstig" hisste er die Segel. Sofort war die Bewegung des Transportmittels zu spüren.

„Und nicht vergessen, haltet im Meer nach Schatten Ausschau", brüllte der Dicke von hinten über das kleine Schiff. Svenja entschied sich dazu, da Levan am Backbord übers Meer blickte, am Steuerbord die Beobachtung zu übernehmen. Wie schön es doch war, so über das Wasser zu gleiten! Das kleine Schiff nahm immer mehr an Fahrt auf und das einst so vertraute Festland wurde hinter der kleinen Gruppe kleiner und kleiner. Bis es schließlich gänzlich hinter dem weiten Horizont verschwand.

Als die Blauäugige nach etwa einer Stunde mehrere Schatten im Meer sichtete und Alarm schlug, machte sich Panik im Leibe des Dicken breit. Es stellte sich aber schnell heraus, dass es sich um große, fischähnliche Wesen handelte, die an der Meeresoberfläche ihre Lungen mit frischer Luft betankten. Sie kamen dem fahrenden Schiff näher, bis sie direkt daneben im selben Tempo schwammen. Eines von ihnen sprang im Bogen aus dem Wasser, gab kichernde Geräusche von sich und tauchte wieder ein. Es klang so, als würde das Tier die drei Menschen begrüßen. Nun machten auch die anderen Wassertiere dasselbe. Waren das Delfine? Die Frau kannte sie nur aus Geschichten. Es war schön, endlich welche in natura zu Gesicht zu bekommen. Sie begleiteten das Boot eine ganze Weile, bis die Tiere ihr Interesse an dem Spiel verloren und in der dunklen Tiefe verschwanden. Oder hatte sie irgendetwas verängstigt? Das blonde Mädchen war noch in Gedanken, als sie erneut einen Schatten an der Oberfläche wahrnahm. Die Delfine waren also zurückgekehrt. Aber warum war da nur einer? Und ... er war auch größer als die zuvor. Dann begriff Svenja, dass es unmöglich die Delfine sein konnten und das Leben der Menschen in Gefahr war.

„Der Mob ist ..." In dem Moment erschütterten heftige Schläge das Boot, die die Menschen an Bord ins Wanken oder gar zu Fall brachten. Gerade noch rechtzeitig konnte sich Svenja an der Reling festgreifen, ohne zu stürzen. Ihr braunhaariger Reisebegleiter hatte da weniger Glück.

„Was war das?", schrie Levan, als er wieder ruhigen Boden unter sich verspürte.

„Der Mob ist nahe", drang es aus der Kehle des Dicken, während er sich angespannt umsah. Svenja wie auch Levan schlossen zu Rheinbert auf, der nun das Segel aus dem Wind nahm, um langsamer zu werden. Sie bewegten sich nun nur noch mit Schrittgeschwindigkeit hinweg. Es war still geworden ... zu still.

„Was sollen wir nun tun?"

Da gab es ein Geräusch, das die Flamme der unerwarteten Angespanntheit noch weiter entfachte. Was war das nur? Eine Art Blubbern. Aber von woher? Svenja sah sich in alle Richtungen um, doch nichts war zu erkennen. Das Geräusch wurde derweil immer lauter, bis hinter Levans Rücken an der Reling ein grünes, mit Algen bewachsenes, pfeilförmiges Objekt erschien.

„Levan, hinter dir!"

Sofort, nach nicht mal einem Herzschlag, zog der Krieger eins seiner Schwerter und nutzte den Schwung der Drehung aus, um die Spitze des Pfeils zu durchtrennen. Das abgeschlagene Stück fiel zappelnd auf das Schiff, während der Rest des Subjekts schnell und mit einem schrillen langandauernden Schrei ins Meer zurückpeitschte. Die Waffe haltend, um jede Sekunde bereit für einen neuen Streich zu sein, lehnte sich Levan über die Reling hinweg, um vielleicht den Ursprung des "Dings" zu erforschen.

Auch das Mädchen löste nun den Lederriemen an ihren Hüften und ließ das grüne Buch in ihre Hände gleiten. Schnell war die Seite mit der einzigen Magie gefunden. Sie sammelte bereits den Zauber in ihrer Rechten, um sofort losschießen zu können.

Da war wieder dieses Blubbern ... Und schon wechselte es in ein lautes Getöse, bei dem Wellen über das Boot brachen. Aus der

Masse an Wasser sprang ein grünes Wesen, das halb fisch-, halb menschenähnliche Gestalt hatte. Seine Kopfform ähnelte der eines Menschen. Nur an der Stelle, an der die Ohren hätten sein müssen, wuchsen fächerförmige Kämme heraus. Auch in der Mitte seines spitz zulaufenden Kopfes war so ein Kamm gewesen, der jedoch, von Levan abgeschlagen, nun Fischfutter war. Runde Augen und zwei große Nasenlöcher waren tief im Gesicht verankert. Am Hals lagen die lebensnotwendigen Kiemen, von neugierigen Blicken verborgen. Auch der muskulöse Oberkörper, wie Svenja ihn nur bei Skax gesehen hatte, erinnerte an einen Menschen. Ob unterhalb der Leiste auch ...? Doch nein. Ab der Leiste wechselte das Erscheinungsbild vom Menschen zur Schlange ... Schade. Was dachte sie denn da, in so einer Situation, wieder. Was war sie denn nur für ein dummes Weibsbild!

Das Wesen sprang über das kleine Schiff und es trafen Paare aus Augen aufeinander. Es schien fast so als würde es lächeln. Während der Oberkörper auf der gegenüberliegenden Seite wieder ins Meer tauchte, preschte der lange Schwanz des Mobs mit enormer Kraft gegen den Bug des Schiffes, worauf dieser in Millionen Splitter zerbarst. Das Wasserwesen bewegte sich im Wasser genauso wie eine Schlange. Es sah für Svenja so aus, als würde der Mob nach seinem Angriff die Flucht ergreifen wollen. Doch der Schein trog, denn er schwamm nur einen größeren Kreis, um seine nächste List zu starten.

„Fahr weiter!", bellte Levan den wie erstarrten Dicken an. Seine Worte schienen den Bann zu brechen, da Rheinbert wie ein Verrückter zum Mast lief und das Segel wieder in die richtige Position brachte. Man merkte sofort, dass das Boot, trotz des zerstörten Bugs, an Geschwindigkeit zunahm. Svenja hatte währenddessen das feindlich gesonnene Wesen anvisiert und ließ den Feuerball fliegen. Die Kugel aus Energie verfehlte sein Ziel um wenige Schritte. Eine Wolke aus Dampf erschien, als das Geschoss auf das kühle Nass traf. Sofort bereitete die Blonde die nächste Kugel vor. Hoffentlich traf sie dieses Mal. Das immer wieder wechselnde Hüpfen und Schaukeln des Meeresgefährts erschwerte die ganze Sache noch um ein Vielfaches. Sie fuhren inzwischen mit Höchstgeschwindigkeit. Verdammt. Sie war die Einzige an Bord, die etwas gegen diesen Mob unternehmen konnte. Auf Levans Schwertattacken brauchte Svenja hier auf hoher See nicht hoffen ... Und der Dicke? Nein, auf ihn brauchte sie schon gar nicht hoffen. Er stand bibbernd und erstarrt am Heck des Bootes.

Nun war endlich die gesammelte Energie bereit, um ihr Ziel, das schlangenähnliche Wesen, in die Hölle zu schicken. Und darauf schoss die Blauäugige. „Bitte triff", flehte die Frau und ... sie traf den sich in Schlangenlinien bewegenden Mob in Schulterhöhe. Es wollte sich gerade Freude in der jungen Frau breitmachen, als sie erkannte, dass das Wesen unbeirrt weiter schwamm. Er hatte nun seinen Kreis beendet und kam schnurstracks auf das Boot zu. Wenn der Mob sein Tempo beibehielt, würde er schon sehr bald sein Ziel erreicht haben. Mist, verdammt! Svenja schoss ein, zwei weitere Male, doch auch diese Attacken zeigten, trotz Treffer, keine Wirkung. Das war es dann wohl ... Nun war alles vorbei. Eine große Welle rüttelte so stark an dem kleinen Schiff, dass eins der mit Tran gefüllten Fässer umkippte und über das schmale Deck rollte. Dadurch kam ihr ein Geistesblitz ... Das könnte womöglich funktionieren.

„Levan ..." Ihre Stimme war laut und kraftvoll, damit die Gier des Windes das Wort der Frau nicht verschlingen konnte. „Wirf ein Fass über Bord." Der Menschenkrieger hielt sich steif am Geländer des Einmasters fest und vermochte dem Geschehen nur zuzusehen. Er hatte Angst, genau wie Rheinbert, es war beiden Männern anzusehen. Auch wenn es keiner von ihnen zugab. Und das alles nur, um das starke Geschlecht zu symbolisieren? Männer!...

„Seid Ihr verrückt? Die Fässer sind hunderte von Goldmünzen wert!" Der Besitzer schien nicht einverstanden mit der Idee der Frau zu sein. Doch Levan gehorchte. Er wurde allerdings schon bald von Rheinbert aufgehalten.

„Wagt es ja nicht, mein Gold ..."

„Was ist Euch lieber... Gold oder Leben." Hatte das Svenja wirklich gerade gesagt? Sie machte Fortschritte.

„Aber Ihr sagtet, Ihr seid Mobjäger."

„Das stimmt, doch hier haben wir es mit einem Fünf-Sterne-Mob zu tun. Wenn nicht sogar mit einem Sechs-Sterne-Vieh."

Die Angst des Dicken schien von der Einsicht übertrumpft zu werden. „Was habt ihr mit meiner Ware vor?"

Willigte er ein? „Levan wirft eins nach dem anderen über Bord und ich versuche mit Magie darauf zu feuern. „

„Aber was soll das bringen?" fragte der Dicke, worauf Svenja sagte: „Meine Feuermagie ist leider zu schwach, um den Mob endgültig verbrennen zu können, daher nutzen wir die Brennbarkeit des Fischfettes als Glutbeschleuniger."

Es schien eine gefühlte Ewigkeit zu dauern, bis die beiden den Plan der Blonden verstanden. Doch dann willigte Rheinbert tatsächlich ein und die Vernunft im Menschen zeigte sich ein weiteres Mal als Lösungsweg aus schweren Situationen.

Svenja eilte, so gut es bei dem Geschwanke ging, zum Heck und wartete, bis der Krieger das erste Fass in das Meer warf. Der Mob war während der kleinen Diskussion auf etwa 50 Schritt herangekommen.

„Du wirst gleich deinen Schöpfer treffen."

Hoffentlich trieben die Fässer nicht zu weit ab. Es dauerte nicht lange und der Mob hatte das Fass erreicht. Scheiße ... es trieb etwas ab. Jetzt oder nie. Svenja schoss eine Feuerkugel ab und betete für ihre Zielgenauigkeit. Das Geschoss traf sein Ziel. Erst geschah nichts, aber dann explodierte das Fass mit tosendem Lärm zu einem großen Feuerball. Brennendes Fett schwamm auf der Meeresoberfläche, an der Stelle, an der der Mob soeben noch gewesen war. Es war einen Herzschlag zu spät explodiert.

„Noch eins", rief sie, und auch dieses Mal gehorchte Levan. Das nächste Fass landete sogleich im Wasser, während Rheinbert dafür sorgte, dass sie, so gut es ging, volle Fahrt beibehielten. Bei den nächsten zwei Fässern geschah dummerweise genau dasselbe. Der Mob kam einfach zu schnell auf die drei zu, obwohl er doch ein wenig von dem brennenden Fett abbekam. Oder war Svenja mit dem Aufladen der Energie zu langsam? Vielleicht bedurfte es einer größeren Explosion? Konzentrier dich, Svenja!

Das fünfte und sechste Fass band Levan zusammen, während Svenja schon anfing, hochkonzentriert die Magie zu murmeln. Der Mob war gefährlich nahe, setzte zum Sprung auf das Boot an. In diesem Moment schickte Svenja ihre Feuerkugel los. Volltreffer! Das Fass ging genau zur richtigen Zeit, als der Mob sich aus dem Wasser erhob, in die Luft.

Eine dicke Rauchwolke zog hinter dem kleinen Schiff her und verdeckte die Sicht auf das Meer. Was war mit dem Mob? Das Fett trieb brennend auf dem Wasser. Das brennende Meer. Das war ein guter Titel für ein Buch. Aber nun war keine Zeit für so etwas. Levan machte sich bereit, das letzte Fass über Bord zu werfen. Es war ihre letzte Chance. Wenn sie auch damit versagten, würde es wohl kein Morgen mehr geben. Ihr Tod wäre besiegelt.

Da! Zwischen Säulen aus schwarzem Rauch tauchten erste grün leuchtende Schmetterlinge auf. Das hieß also, der Mob war tot ... Gott sei Dank. Erleichtert fiel Svenja auf die Knie. Sie zitterte am ganzen Leib. Die beiden Männer kamen herüber und belohnten Svenja mit lobenden Worten.

Rheinbert sagte, dass er niemals mit dem Erfolg gerechnet hatte. „Du bist wahrlich die Tochter Torans." Und er verneigte sich ehrfürchtig vor ihr.

„Falls der Mob ein Item gedroppt hat, können wir es nicht holen. Wir müssten in die Feuerbrunst. Unser Boot würde lichterloh brennen." Traurig blickte Svenja auf das Schlachtfeld, das nun von hunderttausend tanzenden Schmetterlingen eingehüllt war. Inmitten der Schmetterlinge erschien eine wunderschöne Rose, die begann, langsam aufzublühen. Schade. Es wäre ganz sicher ein wertvoller Drop gewesen.

Der Wind blies kräftig in die Segel, so dass die Fahrt ungehindert weiter gehen konnte. Svenja war völlig erschöpft. Die verbrauchte Magie, die Angst und der Stress des Geschehens zerrten ungemein an den Kräften der Frau. Benommen lehnte sie sich an die kaputte Bordwand, während die beiden Männer dafür sorgten, dass sie ungehindert zur Hafenstadt kamen. Sie war dabei einzuschlafen, als sie eine leichte Berührung an ihrer Schulter wahrnahm. Schwach öffnete sie die Augen. Was war das? Schon wieder ein Mob? Svenja hatte keine Kraft mehr und schloss mit ihrem Leben ab. Aber warum unternahmen die Gefährten an Bord nichts? Svenja wollte schreien, brachte aber keinen Laut über die Lippen. Dieses Wesen war schön. Wunderschön. Langes, wasserfarbenes Haar umspielte das zarte, eher bleiche Gesicht mit großen, meeresfarbenen Augen. Wo kam dieses Mädchen plötzlich her? Sie waren mitten im Meer und definitiv zu dritt an Bord gegangen. Träumte sie? Svenja erinnerte sich an die Legende der Meerjungfrauen. Als Kind hatte sie den Geschichten Glauben geschenkt, aber mit zunehmendem Alter sah sie manche Dinge mit anderen Augen. So glaubte sie auch nicht mehr an die Geschichten über die Schönheiten im Meer. Sollte sie hier eines Besseren belehrt werden? Das Wassermädchen nahm Svenjas Hand und öffnete diese. Etwas Goldglänzendes glitt hinein und ihre Hand wurde sanft wieder verschlossen. Ehe sich das erschöpfte Mädchen versah, war die vermeintliche Geistergestalt wieder verschwunden. Noch einige Zeit brauchte sie, bis sie wieder fähig war, sich zu bewegen. Schnell steckte sie den Inhalt ihrer Hand in ihr Säckchen unter der Tunika. Sie wollte sich später damit befassen, welche Bedeutung diese Gabe hatte. Vielleicht war es dann ja auch verschwunden und alles war tatsächlich nur ein Traum gewesen.

Erst als die Hafenstadt Tarantha zum Greifen nahe schien, war das himmelblauäugige Mädchen wieder halbwegs bei bester Gesundheit. Auch um die zwei anderen war es in dieser Zeit sehr ruhig bestellt, was Svenja gut fand. Die Stadt war wunderschön.

Sie war aufgebaut wie eine gut geschützte Burg, die inmitten zweier Klippen eigenhändig herausgehämmert worden war. Die beiden Steinriesen, die links und rechts aufthronten und für den ersten von drei unterteilten Bereichen vollkommenen Schutz darstellten, waren bestimmt schon Jahrhunderte alt. Jeder Bereich war mit einer Mauer abgeschottet, die nur ein Tor hatte, durch das man ziehen musste, um in den nächsten, etwas höher gelegenen Bereich zu kommen.

„Warum ist diese Stadt in Bereiche unterteilt?", fragte Levan.

„Da das Festland des Westlichen Kontinents so viel höher liegt als der Meeresspiegel, entschieden sich die Erbauer vor langer Zeit, die Stadt in ein Gefälle zu bauen, damit es einfacher war, vom Land auf See zu gelangen. Das, was ihr da seht, ist nur ein kleiner Teil Taranthas. Stellt es euch einfach wie einen schrägen Fächer vor. An der Meerespassage ist der breiteste Ort der Stadt, und an der Stelle, an der die Steppe des Westlichen Kontinents auf Zivilisation trifft, der Engste. Dort befindet sich im Übrigen auch das Tor zur Stadt. Es ist schwer zu erklären. Jedenfalls wurde, damit Mobs nicht eindringen können, eine weitere Mauer an der Stelle, an der der Höhenunterschied nicht mehr so gravierend ist, errichtet. Zu den Bereichen selber sei gesagt, dass sich im untersten Teil der Hafen befindet mit Möglichkeiten des Einkaufs und des Wohnens."

Der Dicke hatte recht, es war schwer zu verstehen. Selbst im Wasser war eine riesige Mauer gebaut worden, von der nur ein Teil frei war, um hindurch zu segeln. Plötzlich gab es Lärm und alle drei erschraken. Im ersten Moment dachte Svenja, der Mob sei zurückgekehrt. Was völlig idiotisch war. Nein, es waren Wasserfontänen. Aber auch dies war nicht ganz richtig. Die Fontänen aus Wasser lösten sich vom Meer und flogen in Linien durch die Luft. Wie war das möglich? Rheinbert sah den erstaunten Blick Svenjas und löste das Rätsel.

„Das sind die Wasserspiele von Tarantha, die den Besuchern ein herzliches Willkommen einpflanzen sollen. Sie funktionieren mit Magie. Doch wie das gemacht wird, weiß ich leider nicht."
So war das also. Die kleine Gruppe fuhr an dem Wasserspektakel vorbei und durchfuhr die Lücke der Mauer. Endlich waren sie auf dem Westlichen Kontinent.

Engelstafel Nr. 3

Die Wasserspiele von Tarantha:

Die funkelnden Wasserspiele von Tarantha wurden vor sehr langer Zeit von dem auf dem Westlichen Kontinent bekannten und geborenen Wissenschaftler Kurinus erfunden und schließlich auf den Befehl des protzenden Herrschers Kaidux im Meer errichtet. Der Bau dieses Spektakels ist ein sehr aufwendiges und komplexes System. Die Kanonen, die das Wasser in die Lüfte schossen, waren nur so tief im Meer platziert worden, dass ein Dreimaster noch mit Leichtigkeit darüber fahren konnte, ohne sich den Rumpf aufzuschlitzen. Die Zylinder waren mit dicken Ketten fest im Meeresboden verankert, während die mit Luftmagie gefüllten Kissen, angekettet am anderen Ende der Kanone, dafür sorgten, dass diese nicht der Schwerkraft trotzend zu tief auf den Meeresboden sanken, sondern sie in Balance mit dem Wellengang schaukelten. Durch feine Löcher an der unteren Hälfte der Apparatur strömte die salzhaltige Flüssigkeit ins Innere des Rohres. Sollte sich nun ein Schiff nähern, löste der Wasserdruck einen Impuls aus, der in wenigen Millisekunden die Löcher des Geschützes schloss und das Wasser im Inneren mit mächtigem

Druck durch das Rohr in die Lüfte katapultierte. Dank einer magischen Linie in der Luft tanzte das Wasser einen Gruß für die Besucher, der ihnen Wohlgefühl im Herzen präsentieren und sie in Tarantha willkommen heißen sollte.

Träume der Vergangenheit

„Nimm die Kleine und lauf!!" Der muskelbepackte Mann trat schützend vor seine Frau und machte sich kampfbereit, um gegen die einfallenden Mobs zu kämpfen. Verflucht ... Skax wusste, dass dieser Tag irgendwann kommen musste. Aber dass diese Viecher den Wall so schnell zerlegen würden, war nicht vorauszusehen gewesen. Wieso mussten sie auch ausgerechnet in einem Dorf außerhalb der schützenden Stadtbarriere hausen. Das war der größte Fehler gewesen. Der Mann stand auf der kleinen Treppe, die zu ihrer kleinen Hütte führte. Ein weiterer Mann kam den kleinen Sandweg heraufgelaufen. Hinter ihm standen die Hütten nahe am Wall lichterloh in Flammen. Dichte Rauchwolken zogen gen Himmel empor. Kampflärm und Schreie der Angst peitschten kalt durch die Straßen der Zweitausend-Einwohner-Siedlung.
„Skax, wir brauchen deine Kraft im Kampf", sagte der Mann, der herbeigeeilt war.
„Wie ist die momentane Lage?", fragte Skax.
Der jugendliche Knabe schüttelte ängstlich den Kopf. „Nicht gut, die meisten Bewohner sind bereits tot, die Lagerhäuser haben Feuer gefangen und es sind zwei Fünf- und drei Sieben-Sterne-Mobs eingefallen."
Der Schrei eines Kleinkindes hinter ihm veranlasste den muskelbepackten Mann, sich umzudrehen. Dort stand seine Frau mit

seiner kleinen Tochter in der Türe und sah fassungslos zu den brennenden Häusern. „Ihr seid immer noch hier? Macht schon ... lauft nach Westen in den Wald!" Seine Tochter schrie und weinte so sehr.

„Ich will bei dir bleiben", war die verzweifelte Antwort der Frau. Skax sah sie traurig an und schüttelte den Kopf. „Nein, wenn euch beiden etwas geschieht, könnte ich es mir niemals verzeihen."

„Aber..."

„Nein", fuhr ihr der Krieger ins Wort. „Bitte, geht." Der Krieger war traurig. Was sagte er da bloß. Es war aussichtslos, den Kampf gegen drei Sieben-Sterne-Mobs zu überleben und das wusste Skax. Einen ... vielleicht zwei maximal konnte er mit in den Tod nehmen, bevor seine Seele in die weite Welt zog. Selbst mit allen Kriegern, die hier lebten, war dieser Angriff unmöglich abzuwehren. Und für ein verlorenes Dorf sein Leben geben? Er durfte nicht daran denken ... Es waren noch hunderte von Leben, die es galt, zu beschützen. Jede Sekunde, die er die Mobs aufhalten konnte, würde hilfreich sein, um die Menschen von hier wegzuführen, damit sie Schutz in Dannad oder Tarantha suchen konnten. Das war Skax' Aufgabe. Noch einmal sagte er zu seiner rothaarigen Frau, dass sie sich beeilen solle. Ein langer Kuss auf die Lippen ihres Geliebten war die Reaktion darauf.

Nachdem sich der Krieger von seiner Frau verabschiedet hatte, küsste er seine kleine Tochter auf die Stirn. Konnte er sein Kind aufwachsen sehen? Eines Tages würde sie zu einer schönen Frau heranwachsen. Ob sie dann ihr seltenes Haar lang trug? Was dachte er schon wieder ... Eilig rannte er schließlich mit dem jungen Mann bergab Richtung Nordwall. Seine beiden Ketten, an dessen Enden zwei schwere geschärfte Klingen aus Stahl hingen, fanden sofort den Weg vom Gürtel in die festen Pranken des Mannes. Dies waren die optimalen Waffen, um seine Gegner auf Distanz zu halten. Ein letztes Mal wanderte sein Blick über die Schulter zurück. Doch die beiden Menschen waren verschwunden ... Gut. Hoffentlich konnten die zwei unbeschadet aus dem westlichen Tor fliehen.

„Warum hast du deine Frau in den westlichen Wald geschickt und nicht gleich nach Dannad?" Vom Laufen schweißgebadet zitterte die Stimme des Jünglings.

„Idiot. Wo, denkst du, rennen die Massen an Flüchtlingen hin?"

„Über das östliche Tor nach Norden Richtung Dannad, würde ich sagen", antwortete der junge Knabe.

„Genau darin liegt das Problem. Sobald die Menschen das östliche Tor durchschreiten, liegen zwischen ihnen und der Schutzbarriere Dannads etliche Meilen Flachland. Du weißt nicht, wie viel Mobs noch vor dem Wall Katatanas herumlauern, denen die Leute direkt in die Fänge laufen."

Die beiden Männer liefen an brennenden Häusern vorbei. Skax hörte den Jungen neben sich schluchzen. „Was habe ich getan ...? Meine Liebe des Lebens versucht gerade nach Dannad zu kommen ..."

„Beruhige dich, Tarox, ich bin mir sicher, du und Larahna werdet wieder zueinander fin..." Eine Zunge aus Flammen verbrannte den Sauerstoff um Skax herum und leckte gierig nach dem jungen Mann an dessen Seite. Der muskelbepackte Mann spürte die enorme Hitze der Flammen auf der Haut. Reflexartig ließ er sich zu Boden fallen und kam mit einer Rolle vorwärts zum Stillstand. Auf die Lippen beißend riss der Krieger seinen Blick auf eins der brennenden Dächer. Inmitten der tanzenden Flammen lag schließlich die hässliche Mob-Kreatur. Ihr langer echsenförmiger Körper war mit hunderten grünen Schuppen bezogen, die sie vor Schaden schützten. Ihre pfeilförmige Schwanzspitze peitschte wild durch die Luft und zerteilte die Flammen. Dünne Schlitze in gelber Augenflüssigkeit fixierten Skax fest, während seine gespaltene Schlangenzunge nach Blut lüsternd zwischen scharfen Fangzähnen immer wieder hervor schnellte. Skax musste nicht hinsehen, um zu wissen, was mit dem Mann, der gerade noch bei ihm gewesen war, geschehen war. Es stank so bestialisch ... verbranntes Fleisch. Das war also einer der Fünf-Sterne-Mobs. Es war schon lange her, dass er gegen so einen starken Mob angetreten war.

Es war ein Feuertaucher, der eigentlich tief in den feuchten Höhlen der Berge hauste. Als Skax seinen Gedanken zu Ende gebracht hatte, schoss der gewaltige, massenhafte Leib des Feuertauchers mit voller Kraft auf den Mann zu. In letzter Sekunde konnte Skax sich aber noch hinwegducken, bevor die Mischung aus Echse und Drache krachend in die Hauswand stürmte und diese einstürzte. Dicke Brocken der Wand stürzten herunter und schlugen dicht neben Skax auf. Das war knapp ... Von der Bestie war durch den dichten Staub nichts mehr zu sehen. Ob es das war? Nein, das ginge zu schnell. Plötzlich schnellte der Echsenkopf aus seinem Versteck und versuchte Skax mit seinen messerscharfen Zähnen in Stücke zu reißen. Mit einem Salto nach hinten entkam der Mann der Attacke und während er in der Luft war, warf er seine Klingenkette in Richtung Drachenauge. Doch auch der Feind konnte mit dem Kopf ausweichen. Stattdessen verfing sich die Klinge irgendwo in dem Schuppenkleid. Skax versuchte, als er wieder stand, mehrmals ruckartig seine Waffe zu lösen. Es gelang aber nicht. Der muskelbepackte Mann fluchte lautstark, während die Kreatur aus dem Schutthaufen stieg und der Mann erkannte, dass es gleich sehr schmerzhaft für ihn werden würde. Der Mob machte erneut einen großen Sprung auf das Dach neben dem brennenden Gebäude.

Im Unterbewusstsein hatte sich Skax die Ketten mehrmals um den Arm gewickelt, wodurch er hinter dem Drachen hergezogen wurde. Es hob ihn von den Füßen direkt der harten Hauswand entgegen. Der Aufprall schmerzte sehr. Dutzende Sterne tanzten vor den Augen des Mannes, bevor er die raue Wand hinauf gezogen wurde. Seine Haut an Armen und Leib schälte sich bis zum Fleisch herunter. Als er wieder klare Sicht hatte, wurde er gerade über das Strohdach gezogen. Wenn er doch nur mit den Füßen voran Halt finden würde. Die Kreatur war verdammt schnell.

Durch Gewichtsverlagerung versuchte Skax Halt zu finden. Die feinen Äste brachen allerdings weg. Erst als er einen dicken Giebel spürte, war seine Chance gekommen. Mit aller Kraft zog der Mann an der Kette, die ihn von dem Drachen trennte. Und es klappte. Er kam endlich zum Stehen.

Trotz der schmerzenden Beine gewann Skax wieder langsam aber sicher Fuß für Fuß seine Kette zurück. „Komm her, du Geburt der Hölle, damit ich dir die Fresse einschlagen kann."

Schrille Schreie aus der Kehle des Biestes schienen Antwort zu geben, bevor der Mann den Drachen mit einem letzten kräftigen Ruck komplett zu sich zog. Man sah dem Mob an, dass er niemals damit gerechnet hatte, dass ein Mensch solche enormen Kräfte besaß. Ein harter, schmerzhafter Schlag folgte, der die Visage des Drachen kurz verbeulte, woraufhin er in einen steinernen Rauchabzug krachte. Sofort eilte Skax dort hin, wissend, dass ein solch leichter Hieb für eine Höllenkreatur, wie diese es war, nicht ausreichte, um sie zu erledigen. Vermutlich bereitete sie sich, versteckt im Rauch des brennenden Dorfes, auf die nächste List vor.

Der Klang eines langen Zischens drang an die Ohren des Mannes, bevor er sich abhetzte, um noch schneller bei dem Ungeheuer anzukommen. Das war das Zischen eines tiefen Atemzugs gewesen. Die Kreatur wollte erneut einen heißen Strahl ausspeien. Skax musste das unbedingt verhindern, sonst würde er in wenigen Sekunden sterben. Der geschlängelte Echsenkopf des Drachen fand endlich den Weg aus dem Rauch, um sein Abendessen zu fixieren und schließlich zu flambieren. Feine Flammenzungen loderten zwischen den spitzen Fangzähnen der Bestie hervor, als ob sie nur darauf warten würden, endlich aus dem Leib der Kreatur ausbrechen zu können. Als Skax ankam, packte er die Schnauze des Ungeheuers in den Schwitzkasten, so, dass dieser das Maul nicht mehr öffnen konnte. Bevor der Drache reagieren konnte, begann Skax damit, den Kopf der Bestie so weit zu drehen, dass dessen Wirbelsäule auf Spannung war. Verzweifelt versuchte sich das Ungeheuer mit seinen scharfen Krallen aus der verschwitzten Umklammerung zu lösen, doch das gelang nicht. Skax spürte, wie sich die Krallen in sein Fleisch bohrten und tiefe Furchen aus Blut hinterließen. Er spürte, wie die dicke Flüssigkeit seinen Leib hinunterlief und sich mit seinem Wams vermischte. Er ignorierte es. Mit einem letzten kräftigen Ruck drehte Skax den Kopf des Mobs weiter, so dass er mit einem knochenbrechenden Knacken belohnt wurde. Mit einem Mal war das Leben des Mobs abrupt zum Stillstand gekommen.

Skax entspannte seine Muskeln und der tote Leib des Drachen fiel schwer zu Boden. Keuchend nach vorne gebeugt legte der starke Krieger beide Arme auf die Knie. „Verdammt, ich hätte nicht so viel Magie in meine Muskeln pumpen sollen. Alleine bei dem Gedanken, dass dies der schwächste Mob war, kommt mir die Galle hoch."

Ein letztes Mal atmete Skax tief ein, bevor er zu derselben Stelle, an der er vorhin von dem Drachen attackiert worden war, hinuntersprang und der Straße weiter folgte. Er kam an dutzenden komplett zerstörten Häusern und Leichen vorbei, bevor er einen größeren Markplatz erreichte. Dort bot sich ihm ein Anblick, der ihm das Blut in den Adern gefrieren ließ. Drei mit Mistgabeln bewaffnete Männer versuchten verzweifelt eine Gruppe von Frauen und Kindern vor einer Herde Lizzards zu beschützen. Die Gruppe aus Menschen war bereits um einen kleinen Brunnen gedrängt worden und lief jede Sekunde Gefahr, von den Mobs überrannt zu werden. Die drei Männer versuchten immer wieder zuzustechen, um Territorium zu gewinnen, doch das Gegenteil war der Fall. Der Kreis zog sich immer enger zusammen. Und dann... Als einer der Männer Skax erblickte und irgendetwas nicht Verständliches zu der kleinen Gruppe sagte, witterten zwei Lizzards ihre Chance und begannen ihr Gegenüber zu attackieren. Die Freude über ihre mögliche Rettung war im Nu aus der kleinen Gruppe verschwunden. Der braunhaarige Mann schrie aus

Leibeskräften, während ihm die Lizzards die Kehle durchbissen. Das Pflaster um den toten Mann war von rotem Blut getränkt. Als einer der beiden Lizzards die Frauen angreifen wollte, war Skax endlich bei ihnen, packte mit jedem Arm einen von ihnen im Nacken und schlug die Köpfe der Kreaturen aneinander. Man hörte, wie die Schädeldecken der beiden Viecher brachen, bevor sie, wie der Drache vorhin, leblos zu Boden fielen. Frauen mit ihren Kindern liefen an seine Seite, doch noch war die Gefahr nicht abgewandt. Die Lizzards zeigten Spuren von Intelligenz, da sie sich enger zusammengesellten. Sie ahnten wohl, dass Skax ein gefährlicher Gegner sein würde, den sie unmöglich einzeln ausschalten konnten.

Bereits alle hilflosen Menschen waren hinter ihm, bis auf einen. Ein rothaariger, älterer Krieger positionierte sich breitbeinig mit erhobener Mistgabel neben Skax. „Schaut, dass ihr von hier verschwindet", warf Skax böse ein.

„Nein, ich kämpfe mit Euch."

Es freute den Krieger, dass seine Untertanen loyal waren und das Herz am rechten Fleck hatten. Doch aus dieser Schlacht konnten die Menschen unmöglich als Sieger hervor gehen ... und das wusste Skax auch.

„Ich weiß deinen Mut wirklich zu schätzen, Marjon ... aber bitte bring zusammen mit deinem Sohn die Frauen und Kinder dort hinten in Sicherheit."

„Aber ..." Der Rotschopf stoppte im Satz.

„Marjon, bitte ... Die Gruppe hätte sonst nur einen Wächter und sieh ihn dir an ..."

Marjon wandte sein Haupt zu der Gruppe, in der die meisten weinten, zitterten oder sich vor Panik übergaben. Sein Blick fiel auf einen blonden Jungen, der höchstens fünfzehn Sommer gesehen hatte und sich zitternd an seine Mistgabel klammerte.

„Der Junge schlottert wie Espenlaub. Bleib bei ihnen und führe sie in Sicherheit."

Marjon musterte den Kerl von oben bis unten, bevor er sein Urteil verkündete.

„Wie ich es hasse, wenn du recht hast."

Skax legte seine Rechte an Marjons Schulter. „Rasch." Der Rothaarige nickte und machte sich auf den Weg zu der Gruppe. Skax ignorierte das weitere Geschehen, die einzigen Wörter, die er verstand waren "Arsch bewegen", "sich vor Angst einpissen" und "Flucht aus dem Dorf".

Genau in diesem Moment betrat aus einer Seitengasse ein weiterer Drache den Marktplatz. Mit seiner gigantischen Breite, die die des vorherigen Mobs um Längen schlug, riss er beide Häuser neben sich zusammen. Auch wenn sie in derselben Kategorie eingeordnet waren, hatte Skax mehr Angst vor diesem Mob als vor dem vorherigen Drachen. Er hatte es hier mit einem Sieben-Sterne-Mob zu tun.

Sofort hatte der Mob die Menschengruppe ins Auge gefasst. Es schien, als würde er lächeln, während die kleine Gruppe wie versteinert da stand. Selbst die restlichen Lizzards witterten die Gefahr und suchten das Weite.

„Macht, dass ihr weg kommt!", schrie Skax den anderen zu, die erst jetzt realisierten, was da vor ihnen stand. Es war Marjon, der die Gruppe antrieb und sie endgültig aus dem Blickfeld von Skax trieb. Nun hatte Skax Platz, um sich etwas einfallen zu lassen. Niemand, auf den er Rücksicht nehmen musste.

Das diesmal schwarze Schuppenvieh war nun komplett auf den Platz getreten. Lange, spitze Stacheln ragten aus jedem einzelnen Ende einer Schuppe hervor. Mit dieser Waffe konnte man Rüstungen und Herzen zur selben Zeit durchbohren. Warum musste er ausgerechnet auf einen Langspitz treffen? Dieser Tag war auch so schon beschissen genug gewesen. Skax musste aufpassen. Er war als Faustkämpfer klar im Nachteil und das wusste er auch. Selbst mit seiner Kettenwaffe, die er um beide Arme gewickelt hatte, würde er den Mob nicht töten können. Verdammt. Es blieb nur ein Weg ... den Mob aus dem Dorf zu locken. Vielleicht konnte Skax ihn irgendwie in die Irre führen und ihm das Augenlicht rauben. Das war die einzige Chance, ohne dass der Drachenmob noch mehr Leben nahm. Doch selbst wenn es gelang, waren noch immer genug Mobs eingefallen, um weiter zu töten. Aber es ging nicht anders. Er konnte nicht noch drei Sieben-Sterne- und einen Fünf-Sterne-Mob frei herumlaufen lassen. Skax wusste aber nicht, wohin er dieses Mistvieh bringen sollte. Am nördlichen Tor wimmelte es bestimmt inzwischen von Ungeheuern. Auch das östliche fiel weg. Er würde den Drachen nur in die flüchtende Menschenmenge führen. Verdammt ... Süden oder Westen? Skax konnte versuchen, ihn in die südlichen Berge zu führen. Das war die einzige Option ... Würde er gen Westen eilen, bestünde die Gefahr, auf seine Familie zu treffen ... Also Süden.

Ein tiefer Schrei entfloh dem Maul des Drachen. Er musste versuchen die Aggression der Bestie alleine auf sich zu ziehen, damit dieser unterwegs nur Skax im Auge hatte. Die klappernden Ketten raschelten metallen, als sie Skax etwas vom Arm lockerte. Der Menschenkrieger überlegte, wie er den Mob an sich halten konnte, während er ihn aus der Stadt lockte.

Der Drache hatte sich inzwischen weiteren Häusern gewidmet, die es galt, zu zerstören. Wie nur? ... Wie? ... Und dann kam Skax eine glorreiche Idee, die den Mob definitiv an seine Fersen heften ließ. Der Mensch musste plötzlich loslachen, als ihm eine alte Geschichte in den Sinn kam. Ein Freund hatte ihm einst erzählt, dass es wohl Tiere geben sollte, die ihre Rivalen beim Kampf um ihre Liebste mit Kot bewarfen ... Das konnte funktionieren. Entweder würde das Mistvieh seiner Rage freien Lauf lassen und das Dorf noch schneller dem Erdboden gleich machen oder aber der Mob würde sich auf Skax fokussieren. Der Krieger hoffte Letzteres. Es gab nur einen Weg, um das herauszufinden ... auch wenn es etwas eklig war ...

Was dachte er sich da gerade eigentlich? Schließlich hatte er schon dutzende Male die Scheiße seiner kleinen Tochter berührt ... Also gut. Zum Glück hatte es gestern scharfen Mais zu Mittag gegeben. Der Krieger stürmte in Richtung Mob, warf eine seiner Klingenketten in Richtung Stacheln hinauf und hoffte, dass wenn er zog, sie sich in einem seiner Todbringer verkeilte. Er stand nun an der hinteren Seite des Wesens und zog an der metallenen Kette. Es funktionierte, und er begann daran empor zu klettern. Es war eine schweißtreibende Angelegenheit, diesen beweglichen Berg aus Fleisch zu erklimmen. Skax spürte, wie etliche Tropfen Wasser seiner Haut in Richtung Boden liefen. Doch er gab nicht auf. Schritt für Schritt erklomm er ihn weiter. Noch hatte der Drache zum Glück nicht bemerkt, was da auf ihn zu kam. Skax selbst war nicht gerade stolz darauf, zu solch feigen Mitteln zu greifen, doch noch standen zu viele Leben auf dem Spiel.

Endlich hatte er es geschafft, auf den massiven Leib des Ungeheuers zu kommen. Seine Stacheln waren gigantisch. Skax konnte sich mit Leichtigkeit darin verbergen, ohne von jemandem gesehen zu werden, wenn er seine Notdurft verrichtete. Welch Schmach es war wenn es jemand sah! Skax zog seine leichte Leinenhose bis zu den Knien herunter und schiss dem Mob auf den Leib. Schritt eins seines "genialen" Plans war damit erledigt. Der Mensch musste nun versuchen, seinen Kot in die Nasenlöcher der Kreatur zu bekommen, um seinen Geruchssinn für eine Weile zu vernebeln. Bitte lass es funktionieren ...

Ein letztes Mal schluckte der Mann seine kompletten negativen Zukunftsszenarien herunter und wollte es nun endlich hinter sich bringen. Als er also die Hose wieder an seinem ursprünglichen Ort hatte, beugte sich der Krieger vornüber und hob seinen ganzen, noch warmen und feuchten Haufen mit der Linken auf. Wieder hämmerte es in seinem Kopf: "Es darf niemals jemand davon erfahren". Es stank ... Feines Kotwasser tropfte Skax zwischen den Fingern hindurch, das schließlich im Geräusch des Terrors unterging.

„Nun auf zum Zielort." Skax bewegte sich vorsichtig mit weit weg nach vorn gestreckter Hand. Es war ein sehr anstrengender Akt, die letzten Meter vom Nacken zum Kopf für sich zu gewinnen. Es verwunderte Skax, dass der Drache, seitdem er auf dessen Haut wandelte, keine Regung zeigte, um ihn wieder abzuschütteln oder gar zu töten. Hatte er Skax etwa vergessen? Der Krieger glaubte das nicht. Drachen waren sehr intelligente Wesen, die Gedankengänge Jahrzehnte speichern konnten. Natürlich gab es auch Ausnahmen. Es würde dem Menschen einigen Ärger ersparen, solch ein Exemplar vor sich zu haben. Der Mob schweifte währenddessen immer tiefer in die kleine Stadt hinein und hinterließ nichts außer Zerstörung. Er riss Häuser, Mauern und Schuppen unter seinem massiven Gewicht ein. Skax musste einige Male aufpassen, dass er nicht hinabfiel und zerquetscht wurde.

Als der Drache dann endlich eine Pause zu machen schien, witterte Skax seine heiß erwartete Chance. Hoffentlich waren die Ketten lange genug, um zu seinem Riechorgan zu gelangen. Skax führte die Klinge um einen großen harten Stachel des Mobs und hängte sie so in einen Ring der Kette, dass es eine Art Schlaufe ergab, die seinen Fall abbremsen sollte. Oder er brach sich dabei den Arm und knallte hart auf den Boden ... Es gab nur einen Weg, dies herauszufinden. Er sprang, leicht versetzt, in die Tiefe. Das Gefühl der Ungewissheit ging beim Fall in Skax' Magen, bis der plötzliche Schmerz des Rucks eintraf. Es fühlte sich so an, als ob irgendeine fremde Kraft ihm den Arm herausziehen wollte. Er musste den Schmerz ignorieren und weiter sein Ziel verfolgen. Als er die Situation wieder einschätzen konnte, war klar, dass es wohl doch nicht so einfach war wie vorher gedacht. Der Menschenkrieger war weit unter seinem eigentlichen Ziel gelandet. „Scheiße!", fluchte er lauthals. Er hatte den riesigen Schlund des Viehs vor sich. Was nun? Noch hatte der Mob ihn nicht im Blick. Es war unglaublich, dass er sich nicht größere Verletzungen zugezogen hatte. Als hätte es der gigantische Drache gehört, bewegten sich plötzlich beide schlitzartigen Pupillen zu Skax hinab und fixierten ihn fest. Skax entschied sich, näher an sein Maul zu gelangen, um den Kothaufen dann wohl darin zu begraben. Deshalb verlagerte er sein Gewicht und winkelte die Beine immer und immer wieder an, so dass eine Pendelbewegung entstand. Es zerrte nur so an den Kräften des Mannes, vor allem, weil sein Arm noch immer brannte. Er musste sich beeilen. Sich selbst motivierend wurden die Pendelbewegungen immer kräftiger. Doch bis zu dem Zeitpunkt des Abwurfes würde es noch lange dauern. Zu lange ...

„Verflucht", schoss es erneut in Skax' Kopf. Donnernder Schmerz durchzog seinen Leib. Hatte er heute wirklich seine Frau und seine Tochter zum letzten Mal gesehen ...? Der Krieger hatte gerade mit seinem Leben abgeschlossen, da öffnete der Drache sein weites Maul und zwischen spitzen Reißzähnen erklang ein lauter, furchteinflößender Schrei. Doch für Skax war es ein Hoffnungsschimmer. Die Kette wurde von der Kraft des Schreies weit im Bogen nach hinten gerissen und somit hatte Skax genug Schwung, um an das Maul heranzukommen. Mit wahnsinniger Geschwindigkeit raste er darauf zu. Immer näher. Der Mob durfte das Maul jetzt bloß nicht schließen. Als er nur noch wenige Meter entfernt war, nahm Skax nochmal alle Kraft zusammen und schleuderte seinen Kothaufen in das Drachenmaul hinein. Noch währenddessen ließ der Krieger sich fallen. Er war am Ende seiner Kräfte. Noch nicht mal das Abrollen funktionierte richtig. Es erwischte natürlich wieder den bereits angeschlagenen Arm. Keuchend und von Schmerzen verzerrt blieb Skax auf dem kalten Boden sitzen, bevor er einen Blick auf den Drachen warf. Dieser tobte, biss in Mauern, um den bitteren Geschmack der Kacke loszuwerden. Skax musste hier schnellstmöglichst weg, bevor der Drache den Mann sah und ihn tötete. Er erhob sich; tausende Sterne funkelten vor seinen Augen. Der Mensch versuchte sie irgendwie abzuschütteln. Egal, er musste nach Süden um ... gegen den Mob zu kämpfen? Das war mittlerweile eine dumme Idee gewesen. Er war am Ende, hatte nur noch eine Klinge und gute drei Meilen zum südlichen Tor. Er konnte also nur versuchen, nach Westen zu entkommen. Hoffentlich waren seine Frau und Tochter bereits im sicheren Gardonenwald verschanzt. Der Mann begann zu laufen.

Er sah über seine Schulter zurück. Das Mistvieh war immer noch dabei sein Maul zu reinigen. Vielleicht hatte er Glück. Er lief und lief immer weiter. Obwohl er schon längst außer Atem sein müsste, bewegten sich seine Beine inzwischen von alleine. Nicht mehr weit und die Familie würde schon bald wieder vereint sein.

Der Krieger kam an dutzenden zerstörten Häusern und Hütten vorbei. Das Dorf war in einem kritischen Zustand. Überall brannte es, stürzten Steine hinab, waren Todes- und Angstschreie zu hören. Er konnte nicht alle retten. Dieses Schicksal würde ihm noch etliche Alpträume bereiten. Er war für seine Bewohner verantwortlich. Und was war nun … Er lief weg wie ein feiges Schwein, während seine Kameraden starben. Sollte Skax dies überleben, würde er trainieren, das schwor er sich. Er würde es nicht mehr zulassen, dass jemals wieder ein Mensch an seiner Seite zu Tode kommen würde. Er musste stärker werden. Viel stärker. Skax hatte viele Gedankengänge, während ihn seine Beine weiter vorantrieben. Einige zurückgerichtete Schulterblicke später erreichte er endlich das Tor, das in den weiten Holzwall eingebaut wurde. Erst als Skax es erreicht hatte, wagte er stehen zu bleiben, um zu verschnaufen. Er legte die verschmutzte Hand auf den Wall, versuchte den Rest an Scheiße abzuwischen. Einiges ging zwar ab, doch Reste blieben noch haften. Sein Blick fand schließlich einen braunen Eimer, in dem sich noch ein Rest Wasser befand. Dieser wurde vermutlich verwendet, um diese schier nie endenden Flammen der Hölle, die über die Häuser hereinbrachen, zu löschen. Skax wusch sich die Hände darin und eilte weiter. Durch das Tor, an dem ihm ein weiterer Schlag in die Magengrube erwartete.

Der komplette, einst so schöne Rasen war übersät mit zentnerweise Leichen. Blut färbte die freien Flächen in ein tiefes Rot. Überall flogen bereits schwarze Fliegen umher. „Was ist hier geschehen?", fragte sich Skax, der ungläubig von einer Leiche zur nächsten sah. Er erkannte einige Freunde, Berater und Kameraden, mit denen er schon etliche Male auf Mobjagd gewesen war, unter ihnen. Warum mussten so viele ... Ein für ihn wohlvertrautes Weinen, das Skax das Blut in den Adern gefrieren ließ, durchzog das Summen der Fliegen. Es war sein Kind. Eilig folgte der Krieger der Stimme. Wo war sie? Wo? Blanke Angst machte sich in ihm breit. Vorsichtigen Schrittes, um nicht auf seine toten Kameraden zu treten, bewegte er sich über sie hinweg. Doch dann blieb dem Krieger gänzlich das Herz stehen. Dort lag ... seine Frau. Die Kleine fest an die Brust gedrückt, war ihre weiße Haut befleckt mit Blut. Auch das Gesicht seiner Kleinen war voll damit. Skax ging vorsichtig zu ihnen, löste sein Mädchen aus den bereits eiskalten Armen seiner einst so lebensfrohen Frau und begutachtete die Kleine. Er wischte ihr das Blut ab. Sie schrie wie am Spieß. Tränen füllten Skax' Augen. Gott sei Dank, sie war unverletzt. Nur in eine kleine rote Babydecke gehüllt küsste der Krieger ihre Stirn. Er nahm sie in den linken Arm. Mit dem rechten hob er den kalten Leib seines Schatzes. Ihr Herz war direkt von hinten durchbohrt worden. Ein großes Loch klaffte in ihrer linken Schulter. Er presste beide fest an sich und konnte seine Tränen nicht länger zurückhalten. Er strich durch das feine rote Haar seiner Frau. So saßen die drei eine Weile noch da, bis ...

„Was ist hier geschehen?" Eine Frauenstimme erklang von Richtung Tor. Skax sah sich um und sah zwei Personen. Eine silberhaarige junge Frau und ein Mann mit schwarzem kurzen Haar. Es waren Margold und Ferdinanth. Zwei sehr gut befreundete Menschen von ihnen. „Oh, nein, bitte nicht." Margold schlug die Hände vor ihren Mund, als sie sah, was mit Skax' Frau passiert war. Sie wagte es allerdings nicht näher heranzukommen, sondern fing ebenso zu weinen an. „Was ist passiert, Skax?", fragte sie mit schluchzender Stimme.

„Ich weiß es nicht. Sie sollte mit der Kleinen fliehen. Wir wollten uns im Gardonenwald wieder treffen, doch ich bin ebenfalls gerade hier angekommen." Er brach wieder in Tränen aus. Eine kurze Zeit war nur das Schluchzen und Summen zu hören.

„Hier stimmt aber etwas nicht", mischte sich nun der Mann Margolds ein.

„Was meinst du?", fragte die Frau.

„Na, schaut euch diese Situation an. Hier sind etwa einhundert Leichen, aber kein einziger Mob ist zu sehen."

Es stimmte, was der Mann sagte, dachte Skax. Er sah sich um, doch weit und breit war niemand zu sehen.

„Das ist doch völlig egal. Wir müssen schnellstmöglich zurück zu unserem Kind." Margold klang wütend. Kein Wunder in so einer Situation.

„Wie geht es ihr?", wollte Skax wissen.

„Schreit fast so laut wie deines. Die beiden werden sich später gut verstehen", scherzte Margold. Und es half Skax etwas.

„Sie versteckt sich mit Helena im Wald. Wir mussten nur zurückkommen, um ihre scheiß Puppe zu holen, ohne die sie nicht schlafen kann." Klang Ferdinanth gereizt? Skax wusste, dass Ferdinanth nie ein Kind hatte haben wollen. Aber dennoch musste man es nicht so hassen wie er es tat. Er hatte sich seither sehr verändert.

„Bitte, komm mit uns, Skax", führte nun Margold das Gespräch weiter.

Skax musste nicht lange nachdenken und nickte zustimmend. Er strich seiner Frau noch ein letztes Mal durch die roten Haare, dann erhob er sich. Als er bei den anderen beiden war und sie gemeinsam aufbrechen wollten, zuckten sie vor Schreck zusammen. Ein donnernder Schlag tat sich auf und eine riesige Staubwolke umhüllte die Gegend mit einem undurchsichtigen Schleier aus Dreck.

„Was ist das?" Die Menschen rückten näher zusammen. Aus der Staubwolke trat ein alter Bekannter Skax'. Es war der Drache, dem er das Stück Scheiße ins Maul geworfen hatte. Er hatte Skax also gewittert.

„Tut mir den Gefallen, nehmt sie und lauft!" Skax drückte sein Kind in Margolds Arme.

„Komm mit uns", sagte sie.

„Nein, der Mob würde uns einholen und töten." Skax kannte Margold, sie würde so lange überlegen, bis eine Möglichkeit gefunden war, um alle zu retten. Doch das war nun fehl am Platz. „Macht schon, ich komm nach." Margold wollte noch immer nicht, bis schließlich Ferdinanth ihren Arm packte und sie zu dritt in Richtung Wald liefen. Skax wusste, dass der Drache die drei nicht verfolgen würde. Der war nur an Skax interessiert. Der Krieger lockerte noch einmal seinen verletzten Arm, sah ein letztes Mal in Richtung Wald, in dem die kleine Gruppe gerade verschwand und zog seine einzige Klinge hervor, die er noch hatte. „Hab ein langes Leben, mein Schatz." Mit diesen Worten stürmte er auf den Drachen zu. Es trennte sie keine fünfzig Schritte mehr voneinander. Skax fixierte die hasserfüllten Augen des Mobs an, holte aus und ...

Skax schreckte schweißgebadet auf. Sein Herz hämmerte Sturm, als er sich umsah. Er lag noch im Bett der Schänke und hatte schon wieder diesen Traum gehabt. Er hasste sich dafür. „Wann würde das nur endlich enden?", flüsterte er, während er sich die Augen rieb. Er ließ sich wieder in das weiche Federkissen fallen und lag noch stundenlang einfach da und dachte an diesen Traum.

Engelstafel Nr. 4

Die Entstehung der fünf Kontinente:

Laut einer unsterblichen Legende hieß es, dass einst, in längst vergessenen Tagen, der Nördliche, Östliche, Westliche, Mittlere und Südliche Kontinent eins waren. Erst durch den langwierigen Kampf eines Pitbacks mit einer Kreatur, die finsterer nicht sein konnte, spaltete sie sich in fünf Teile, die den Kampf schließlich beendeten, auf. In Dutzenden Geschichten wurde geschrieben, dass ein besonderer Schlag des Pitbacks, der so stark war, die Kontinente schließlich geteilt hatte. Ob es nun wahr oder ein Ammenmärchen war, wird wohl für immer ein Rätsel bleiben ...

Des Blinden Idee

Mit gemischten Gefühlen, die aber von Erschöpfung angeführt wurden, lief die kleine Dreiergruppe endlich in den Hafen der unterteilten Stadt ein. Die Trauer des Plauzenmannes um sein zerstörtes Boot war groß, jedoch war ihm bewusst, dass dieses Opfer nötig gewesen war, um die Bestie endgültig und für alle Zeiten auf den Grund des Meeres zu schicken. Sie waren alle drei am Leben. Sie legten an einem Kai aus glatt geschliffenen Steinen, dessen Ursprung Svenja nicht erraten konnte, an. Es sah fast so aus wie der letzte Weg zum Schafott, auf dem ein Todeskandidat schon bald seinen Kopf verlieren würde. Das sehr in Mitleidenschaft gezogene Boot fand wie von selbst den Platz zum Anlegen und wurde daraufhin von seinem Kapitän an einem dicken Pfahl festgebunden. Es war ein wenig mühsam, das lädierte Stück Holz zu verlassen, da genau in diesem Moment ein großes Handelsschiff an ihnen vorbei fuhr und damit das Kleinere mächtig ins Wanken brachte. Erst als Svenja wieder festen Boden unter ihren Füßen verspürte, konnte sie die fremde Welt mit ihren Blicken fesseln. Es war ein Rätsel, wie der Hafenmeister bei so vielen Schiffen und Booten Überblick und Ordnung halten konnte. Diese Stadt war wahrhaftig eine Hafenstadt.

Seufzend stieg nun auch Levan aus dem Wrack heraus. Die Stadt selbst schien ihn nicht im Geringsten zu interessieren, da er nur Augen für zwei vorbeilaufende Frauen hatte ...

Was für ein Idiot. Dennoch würde Svenja gerne wissen wollen, was in seinem Kopf vor sich ging. Außer Weibern natürlich ... Er sagte zwar, dass sein Weg noch nie in Richtung Westlicher Kontinent gegangen war ... aber irgendwie konnte die Blonde das nicht so ganz glauben ... Ach was, sie reimte sich bestimmt wieder Schabernack zusammen.

„Meine liebe Hildegard, was haben wir dir nur angetan." Trauer war in der Stimme des übergewichtigen Mannes zu hören, während er zärtlich den Überrest seines Bootes streichelte. Moment ... Er nannte sein Boot wirklich Hildegard? ... Oh Mann, noch so ein Spinner, dachte sich Svenja. Hoffentlich waren nicht alle Männer wie die beiden ... Die Blauäugige seufzte nun auch. Was "ER" wohl gerade machte? Hatten sie inzwischen die Fährte des Einhorns aufgenommen? Schon wieder ein Gedanke an Skax. War der muskulöse Krieger am Ende doch mehr für Svenja als nur ein ... Ja, was eigentlich? War er ein Bekannter oder doch ein Freund? Ach Mist, keine Ahnung ... In einer stillen Nacht alleine konnte sie darüber richten.

Die junge Frau ging zu dem jammernden Dicken hinüber und wollte dem Mann ein Trostgeschenk überreichen. Unter der Tunika verbarg sich das gut versteckte Säckchen mit dem Wechselgeld von Ferinstayn und dem Geschenk der Meerjungfrau, das sie nun hervor zückte. Schnell war das Bändchen gelöst und das Ledersäckchen öffnete seinen Schlund. Sie schüttete goldene Kugeln in ihre Linke. „Dies dürfte für die Reparatur deines Bootes reichen..." Svenja streckte ihre Hand mit dem Gold darin zu dem Mann hinüber.

Rheinberts Augen weiteten sich und der Mund blieb ihm offen stehen. „Was ist das? Und wo habt Ihr das her?"

„Das ist goldener Kaviar. Eine Meerjungfrau gab ihn mir. Es ist der Belohnungsdrop des erlegten Mobs auf See. Es soll Euch gehören, als Entschädigung, dass Ihr Euer Leben gegeben hättet für das Vertrauen, das Ihr in mich investiert habt."

Der verdutzte Dicke fand keine Worte, der Mund stand ihm noch immer offen. Erst nach einer gefühlten Ewigkeit vermochte er zu stammeln: „Das ... das kann ich nicht annehmen."

Unerbittlich streckte ihm das Mädchen den Arm hin. Allmählich fand der Plauzenmann seine Selbstsicherheit wieder und versuchte zu scherzen: „Das ist wirklich nicht nötig. Schließlich ist ja noch ein Fass übrig, dessen Erlös ausreichen wird, um einen guten Zimmermann zu finden."

„Bitte nehmt es", flehte das Mädchen schon fast.

Es schien, als würde Rheinbert mit sich kämpfen; er nahm das Angebot jedoch nicht an. „Es war mir eine Ehre, die Bekanntschaft von Torans Tochter gemacht zu haben, dies allein sei mir Lohn genug. Mein Ansehen ist durch unseren gemeinsamen erfolgreichen Kampf hoch angestiegen", lächelnd zwinkerte er mit einem Auge.

Resigniert, aber mit einem freundschaftlichen Lächeln steckte Svenja den Kaviar wieder zurück in ihr Säcklein und verbarg es gut unter ihrer Tunika.

„Was habt ihr nun vor? Seid gewarnt, sollten Euch Eure Füße in das Magierhaus führen. Es mag wie ein Lichtschimmer aussehen, doch wo es scheint, gibt es auch finstere Dunkelheit. Seid also auf der Hut, Euch könnten schon bald dunkle Zeiten bevorstehen." Das waren die letzten Worte des Dicken, bevor er sich umdrehte, sein Fass schulterte und mit ihm inmitten der Menschenmenge in Richtung Festland verschwand. Was war das gerade? Die Magieschule sollte nicht das sein, was sie schien? Dass man ihn bestohlen hatte, machte doch nicht gleich die gesamte Schule schuldig. Wusste der Mann etwa mehr?

„Wo will der Dicke denn so plötzlich hin?" Levan war an die Seite seiner Gefährtin getreten und sah genauso verwirrt aus.

„Keine Ahnung. Lass uns weitergehen."

Die Kehle des Schwertkämpfers blieb stumm wie ein einfacher Sack, gefüllt mit Mehl. Gemeinsam folgten die beiden der langen Seezunge Richtung Festland. Sie kamen an stapelweise Kisten, Eimern und Vieh vorbei. Einige Male musste sich Svenja sogar richtig durch die Menschenmenge durchquetschen, so voll war es hier. Was war hier nur los? Immer wieder grölten die Menschen auf dem Kai Motivationssprüche. Erst jetzt fiel auf, dass merkwürdigerweise die Menschen nach Osten blickten. Gab es dort etwas? Svenja meinte auch des Öfteren das hohle Krachen von aufeinandertreffenden Holzgegenständen zu hören. Vielleicht sollte sie Levan fragen, immerhin war er Schwertkämpfer. Als sie sich ihm zuwandte, stand auch er wie gebannt da und tat es den anderen Leuten gleich.

„Was ist denn da?" Nun war auch die Neugierde der jungen Frau geweckt.

„Komm her ..." Er winkte sie zu sich zurück. „Das musst du sehen." Mühselig schob das blonde Ding Leiber und Körperteile, von denen sie lieber nicht wissen wollte, was das war, zur Seite. Mussten die denn alle hier stehen? Der Kai war schon eng genug. Verdammt. Als die junge Frau bei dem Mann ankam, war auch hier die Sicht von Körpern verdeckt. Erst als sie sich auf Zehenspitzen stellte und der Mann vor ihr ein wenig zur Seite ging, war der Blick freigegeben. Dort, etwa zehn Menschenlängen entfernt, fand tatsächlich ein Kampf zwischen zwei Männern statt. Also hatten die Ohren der Blonden ihren Verstand doch nicht betrogen. Aber was war das nur für eine Arena, in der gekämpft wurde? Sie bestand aus fünf Rechtecken. Jedes Rechteck war noch zusätzlich mit einem kleinen Weg verbunden, der sie miteinander verband. Es war bestimmt schwer, darauf zu kämpfen, ohne den Halt zu verlieren. Aus der Vogelperspektive erinnerte das Feld an ein Kreuz.

„Dräng ihn ins Wasser, Erik", schrie der Mann neben Svenja laut. Dieser Erik muss dann wohl der Hünenmann sein, vermutete sie.

Der andere Krieger hatte, so schmächtig wie er war, nicht den Hauch einer Chance gegen seinen Kontrahenten. Und das sah man auch ... Nach einem Fehltritt rutschte der Kleine auf der vom Meer benetzten Unterfläche aus und versuchte, wild mit den Armen rudernd, nicht zu fallen. Sein Gegner witterte sofort die Chance für einen schnellen Sieg. Und so geschah es auch. Der Hüne verpasste ihm einen Schlag mit der Rückhand, woraufhin der Schmächtige ins Meer stürzte. Viele der Leute um den Rachesuchenden jubelten oder applaudierten. Einer von ihnen fing sogar an zu weinen und sagte etwas von dem vielen Gold, das er auf den Schmächtigen gesetzt hatte.

Svenjas Blick ging zu Levan, dessen Augen funkelten wie Sterne. Er wollte doch nicht etwa ...? Bevor der Krieger auf die blöde Idee kam, gegen diesen Hünen zu kämpfen, packte sie ihn am Arm und zog ihn kräftig Richtung Stadtmitte.

„Hey. Was soll das?", beschwerte er sich.

„Gibt es hier noch einen Taugenichts, der versuchen will, gegen mich, den starken Erik, zu gewinnen? Euch erwartet bei einem Sieg ein Preisgeld von zehntausend Goldmünzen und diese mystische Kette", brüllte der Hüne durch die Menschenmenge. Ohne ihn durch die Schar von Menschen zu sehen war Svenja sicher, dass er gerade den Siegerpreis emporhielt. Weiter zwängte sie sich mit Levan im Schlepptau an zwei Menschen vorbei. Schnell weg hier, bevor sich Levan für die nächste Runde melden konnte. Obwohl sie den Krieger noch nicht gut kannte, war klar gewesen, dass er teilnehmen und sein Talent unter Beweis stellen wollte. Der Weg schien endlos zu sein.

„Warum willst du nicht, dass ich diesem arroganten Typen die Fresse poliere? Machst du dir wohl Sorgen um mich?"

„Hör auf mit dem Scheiß. Für so etwas ist nun keine Zeit." Damit zerbrach der Wunschtraum des Kriegers wie eine Glaskaraffe auf dem Boden. Als endlich der Weg über das Wasser überwunden war, verpuffte die Anspannung aus Svenjas Körper und sie löste ihren Klammergriff von Levans Arm. Während sie an einigen

Läden vorbei und steil bergan in Richtung Abschnittskontrolle gingen, versuchte der Mann seine Gefährtin weiter zu überzeugen, was aber auf taube Ohren stieß.

Eine Traube aus Menschen hatte sich vor dem ersten Wall aus Steinen versammelt. Sie waren wegen irgendetwas sehr aufgebracht. Einige schrien, andere fluchten und es waren weinende Kinder unter ihnen zu hören. Durch das wilde Gewirr aus Stimmen vermochte Svenja nur die Worte "durchlassen", "Geld" und "töten" herauszuhören. Am Weg kurz vor dem Tor standen zwei Hütten, an denen die Traube aufgeteilt wurde, um die Menschen, die um Eintritt in den nächsten Sektor baten, zu kontrollieren.

„Was ist da los?"

„Das sind alles arme Bauern, ihrer Kleidung nach zu urteilen. Und irgendwie scheinen sie nicht passieren zu dürfen."

Der Krieger schien zu ahnen, was da vor sich ging, als ein kleiner Bub mitten zwischen dutzenden Beinen auf allen Vieren hervorkroch. Als die Blonde das verwirrte Kind sah, das immer, bevor es weiterkroch, den Boden vor sich abtastete, trugen sie ihre Füße wie ferngesteuert zu ihm hin. Konnte es sein ...? Die Frau packte den jungen Knaben unter den Achseln und half ihm auf die Beine. Er zuckte, als die beiden Hände den leichten Kinderkörper anhoben und da bestätigte sich Svenjas Vermutung ... Er war blind. Was für ein schreckliches Schicksal.

„Wer ist da?", fragte der Kleine.

„Ich bin Svenja. Keine Sorge, du bist aus der Menschenmenge raus."

„Ach so, danke. Franz dachte schon, er würde zertrampelt werden."

Hieß er so? „Ist das dein Name?", versuchte Svenja so freundlich wie möglich zu fragen.

Worauf der Kleine nickte. „Franz ist Franz."

Aber wieso sprach er in der dritten Person? „Und was wolltest du hier so nahe am Tor?"

Die milchigen Augen des Kleinen blickten stur auf einen Punkt fixiert und gaben die Frage an die kleinen Ohren weiter. „Ein Freund erzählte, dass hier oben haufenweiße Soldaten im Handelsdistrikt einen Auftrag haben, darum hat sich Franz von zu Hause davon geschlichen, um Genaueres zu erfahren. Angeblich sollen alle Personen dort evakuiert worden sein. Nur wieso? Leider kommt Franz nicht an den drei dummen Soldaten am Tor vorbei." So war das also.

„Wir müssen weiter", drängte nun Levan, der nicht begeistert schien.

„Und wie, bitte? Außerdem können wir das Kind nicht einfach hier zurücklassen."

„Der Knirps findet bestimmt wieder zurück."

Svenja wandte sich wieder dem Kind zu. „Stimmt das?" Die Blonde machte sich dennoch Sorgen um ihn … auch wenn es der Knabe nach Hause schaffte, lauerten für ein Kind alleine überall Gefahren. Das ging nicht.

„Wohl kaum. Franz lebt erst seit Kurzem in dieser Stadt." Und wieder blickte Svenja ihren genervten Begleiter an und gab ihm mit einer Geste zu verstehen, die soviel bedeutete wie „Ich hab's doch gesagt."

Ein Seufzer drang aus dem männlichen Leib. Was war er nur für ein Egoist? Und das alles nur, weil er nicht gegen den Hünen kämpfen durfte?

Nun erhob sich die Blauäugige und nahm Franz an der Hand. „Komm, suchen wir dein Zuhause." Da Levan eh wieder am Meckern war, ging sie einfach.

„Hey, wartet", schrie der Krieger, als er es sich wohl anders überlegte. Zu dritt gingen sie ein Stück wieder zurück, als Levan eine weitere wichtige Frage stellte: „Und was nun? Wie sollen wir die Stadt verlassen, wenn es da drin nur so von Soldaten wimmelt? Und man am Tor erst gar nicht durchgelassen wird?"

Svenja wusste darauf keine Antwort; diese Frage war berechtigt und die Gedanken fegten wie wahnsinnig durch jede einzelne Gehirnzelle.

„Einer der Männer sagte, wenn es Franz gelinge, dreißig Goldmünzen aufzutreiben, würde er ihn durchlassen." Obwohl Franz etwas an dem Arm der Frau zog, blieb sie stehen, um ihren genialen, aber riskanten Plan fertigzustellen.

„Was hast du?", fragte Levan.

„Ich weiß, wie wir hindurchschlüpfen können. Aber es wird nicht leicht."

Levan schaute nur verdutzt und begriff nicht.

„Du kämpfst gegen Erik, gewinnst das Preisgeld, wir bestechen die Soldaten, schleichen durch den Distrikt und haben noch Kohle übrig. Das ist genial. Vielen Dank, Franz."

Svenja gab ihm eine dicke Umarmung, und auch Levan schien sich darüber zu freuen, dass er Erik ordentlich verprügeln konnte. Vorausgesetzt, er schafft es. Alles lag nun in Levans Händen.

„Na, mach schon. Renn hinunter und fordere ihn heraus, bevor uns jemand das Preisgeld wegschnappt. Ich bring derweil das Kind nach Hause und treffe dich dann wieder am Tor."

Der Krieger lachte und eilte davon. Nun konnte sie endlich das traute Heim des Kleinen suchen.

Engelstafel Nr. 5

Die Währung:

Auf allen vier Kontinenten wird mit Talern bezahlt, von denen es vier verschiedene an Wert steigernden Kategorien gibt. Nickel,

Bronze, Silber und Gold. Zehn Nickelmünzen können gegen eine Bronzemünze getauscht werden. Um wiederum eine Silbermünze zu erhalten, werden zehn Bronzetaler benötigt. Für ein Goldstück müssen zehn Silberlinge getauscht werden.

Ein einfacher Bauer verdient im Durchschnitt zwischen zwei und fünf Goldmünzen pro Monat.

Handwerker und Jäger bekommen ca. fünf Goldtaler pro Monat. Für einen Soldaten gibt es schon etwa zehn Goldmünzen.

Daher werden Mobs meist auf Steckbriefen ausgehangen, da ein Militäreinsatz das Budget der meisten Bürger bei Weitem übersteigt.

Die Entführung

Als das Mädchen gefesselt war, nahm Corondal endlich seine Klinge von ihrer Kehle und ging zu dem Waldrand, aus dem Syrenia vor wenigen Minuten herausgekommen war, und wartete dort. Scheinbar wollten die beiden aufbrechen. Torm zog so feste an dem Seil, dass Syrenia eng an seinem Leib laufen musste und dauerhaft seinem beißenden Gestank und seinen lüsternen Blicken ausgesetzt war.

„Versuch erst gar nicht zu flüchten, sonst wirst du's bereuen", flüsterte er ihr ins Ohr. Natürlich würde sie versuchen zu flüchten, das stand fest. Doch wie? Sie musste sich etwas einfallen lassen. Sonst würde wirklich eine Sklavin aus ihr werden und das durfte nicht geschehen. Kräftemäßig war Syrenia den beiden bei Weitem unterlegen, aber sie war ein kluges Kind. Die Angst ruhte noch tief in ihrem Körper, aber allmählich wandelte sie sich zu Entschlossenheit um. Das Ziel zur Flucht fest vor Augen gerichtet fügte sich das Kind erst einmal … bis ihr etwas einfiel. Vielleicht gelang es ihr irgendwie an den Dolch oder eine andere Waffe zu kommen. Doch konnte sie so einfach Menschen töten und danach mit ruhigem Gewissen weiterleben? Das beunruhigte das Kind. *Ja, verdammt. Denk doch nur daran, was sie deinen Eltern angetan hatten.* Syrenia versuchte sich wieder zu motivieren. Die beiden hatten ihr das ganze Leben ruiniert. Sie würde ihre Eltern nie wiedersehen und stand ganz alleine, ohne Freunde da. Kopfschüttelnd versuchte sie den Gedanken aus dem Kopf zu bekommen. Nein. Sie schaffte das …

Währenddessen fanden die beiden ihren Weg zu Corondal und schritten zu dritt in den tiefen Wald hinein. Bei jeder Bewegung rieb der Sack an Syrenias Brust. Das Vogelgezwitscher und die dumpfen Töne der Schritte waren das Einzige, was zu hören war. Eine gefühlte Ewigkeit ging es geradewegs Richtung Osten weiter. Wie lange sie wohl bereits unterwegs waren? Syrenia schätzte zwei bis drei Stunden. Ihre wunden Brüste schmerzten nun immer mehr, aber am Schlimmsten waren die Fesseln an den Händen. Wenn sie sie doch nur ein wenig lockern könnte. Durch leichte Drehungen der Handgelenke versuchte Syrenia den Schmerz auf einen anderen Punkt zu lenken. Dies gelang auch, wenn auch nur ein klein wenig.

„Wenn du auch nur den leisesten Fluchtversuch unternimmst, werd ich dir persönlich die Flausen aus deinem schönen Köpfchen prügeln. Und glaub ja nicht, dass du mich los bist, sobald du verkauft bist. Ich werde schon bekommen, was ich will. Diese Nacht wird sehr schmerzvoll für dich, das garantiere ich dir." Torm war sehr nahe an ihr Ohr getreten, damit Corondal nichts mitbekam.

„Das mag wohl so sein …" Syrenia sprach extra etwas lauter, damit beide es verstanden. Corondal blieb stehen und drehte sich zu dem Kind um. „Doch schwör ich bei meinem Leben, eines Tages ertränk ich euch in eurer eigenen Pisse." Das Feuer der Einhundertprozentigkeit brannte in den Augen Syrenias.

Torm brach in schallendes Gelächter aus. „Ach, und wie willst du das anstellen?"

Syrenia antwortete nicht darauf. Sie würden es schon sehen, wenn ihre letzten Sekunden gekommen waren.

„Los, weiter jetzt", mischte sich nun auch Corondal mit ruhigem Ton ein, ohne weiter auf das Thema einzugehen. Sie werden schon sehen ... Immer und immer wieder ließ das Kind diesen Satz in ihrem Kopf abspielen. War es zum Beruhigen? Sie wusste es nicht.

Stundenlang marschierten die drei weiter in dieselbe Richtung, ohne auch nur ein einziges Mal Rast zu machen. Die Kehle des Kindes war inzwischen schon staubtrocken und auch ihre Hände taten immer mehr weh. Sie würde alles für eine Pause geben ... Syrenia wollte sich die Schmach nach so einer Ansage nur nicht geben und schwach erscheinen, darum entschied sie sich, nichts zu sagen. Vielleicht würde Gott gnädig mit ihr sein und es passierte ein Wunder. Auch wenn ein schneller Tod über das Kind hereinbrach, würde sie es hinnehmen.

Eine weitere Ewigkeit ging es tiefer in den Wald hinein, bis plötzlich Corondal abrupt stehen blieb und, mit der Rechten erhoben, mitteilte, sich ruhig zu verhalten.

„Was ist los, Corondal?" wollte Torm wissen, nachdem er fast in Syrenia hineingelaufen war.

„Wir sind hier nicht alleine."

Das Kind versuchte irgendetwas zwischen den Bäumen zu entdecken, konnte es allerdings nicht. Erst als Torm hinter ihr einen lauten Fluch entweichen ließ, war klar, dass sie angegriffen wurden. Ein hellgrünes, dickes Sekret klebte an seiner Wade. Es war nicht groß, schien sich aber langsam durch seine Hose zu ätzen. „Was ist das für brennendes Zeug?"

Plötzlich tauchten dutzende kleine Feen aus dem Loch einer alten Buche hervor. Syrenia sah, wie auch Corondal am Ellenbogen von dem Sekret der Feen getroffen wurde. Anders als bei seinem Kumpan schien ihm das aber nicht so schmerzhaft vorzukommen.

Weiteres Sekret flog durch die Luft. Das Zeug war der Speichel der Wesen, den sie in ihre Richtung spritzten. Corondal gelang es, zwei weiteren Kugeln auszuweichen. Er rannte zu Syrenia, riss Torm die Leine aus der Hand und warf sich das Kind über die Schultern.

„Hier lang!", schrie er lautstark. Anscheinend waren es zu viele, um sie zu bekämpfen. Oder hatte Corondal Angst? Syrenia hatte es jedenfalls, darum presste sie die Augen so fest zusammen wie es nur ging. Sie spürte nur die heftigen Bewegungen Corondals. Warum hatte er sie gerettet? Lag ihm etwas an dem Kind? Wie naiv sie doch war, dies zu denken. Natürlich ging es ihm nur um die Unversehrtheit seiner Ware. Hinter ihnen hörte das Kind Torm laut Flüche rufen. Scheinbar hatte er nicht so viel Glück, den Geschossen der Feen auszuweichen. Das geschah ihm recht.

„Elende Mistviecher, ich reiß euch eure Flügel vom Leib."

Syrenia öffnete die Augen. Dies war das erste Mal, dass sie Feen erblicken durfte. Dennoch hatte sie sie anders in ihrer Vorstellung gesehen. Gut, es handelte sich in diesem Fall um Mobs. Sie dachte immer, Feen seien kleine süß leuchtende, freundliche Wesen und nicht solche Monster.

„Hier reln, Torm."

Syrenia hörte etwas quietschen, das wie eine Türe klang. Eilig durchtrat Corondal die Tür. Der nächste Blick, den das Kind einfing, war Torm, der hektisch und mit schmerzverzerrtem Gesicht ebenfalls in das Hüttchen rannte. Er schnaufte wie ein Büffel, als er die Tür hinter sich zuschlug.

Erst jetzt traute sich Syrenia, immer noch zitternd, sich umzusehen. Sie waren in einer alten Holzfällerhütte, die schon bald auseinanderzubrechen drohte. Die Zeit zeigte längst ihre Spuren an dem einst so schönen Holz. Eine dicke Buche in der Mitte entsprang dem bereits vermoderten Boden. In Schlangenlinien durchstreiften die hüftbreiten Äste die komplette Hütte. Wäre der Baum nicht gewesen, wäre die von Menschen gebaute Einsiedelei längst erneut Teil der Natur gewesen. Ein breites Loch schmückte die Decke, durch das der Baum seinen Weg in die Freiheit fand.

Corondal stand nervös an der Türe und lugte durch die Risse, um herauszufinden, ob die Mobs bereits ihr Interesse an den drei Menschen verloren hatten. „Sieht so aus, als ob wir hier eine Weile festsitzen." Er schaute zu dem Loch empor. „Hoffentlich sind diese Mobelfen dumm und finden das Loch nicht."

Seinen linken Arm hatte es ziemlich schwer erwischt. Doch Torm ging es übler. Sein kompletter Rücken lag frei und war verbrannt. Kleine und große Blasen bildeten sich in den Wunden. Es war nun noch ekelhafter, ihn anzusehen. Syrenia allerdings war unversehrt geblieben.

„Was machen wir jetzt, Corondal?", wollte sein Kumpan wissen.

„Uns bleibt nichts anderes übrig als zu warten und zu beten, dass sie den Weg hier rein nicht finden."

Torm drehte sich zu dem Kind um und packte es fest an den Haaren. „Du hast Glück, Mädchen, wir wären so lange weitergelaufen bis deine Füße geblutet hätten."

Den Kopf weit ins Genick gezogen, sammelte das Kind eine große Menge Speichel im Mund und schoss es Torm als Antwort in seine hässliche Visage. Wutentbrannt folgte eine harte Ohrfeige, die das Kind von den Füßen holte. Benommen spürte sie, wie der Mann sie sitzend an den dicken Stamm band. Ihr war schwindelig. Und auch ihre Blase füllte sich allmählich immer weiter mit Urin. Auch der Durst wurde immer mehr. Lange würde sie nicht mehr durchhalten.

„Das ist, damit du nicht auf dumme Ideen kommst."

Immer noch benommen klangen die Worte des Mannes wie eine Stimme aus einer anderen Zeit. Wenigstens konnte sie nun sitzen und die Beine ausruhen. Als ihr Bewusstsein nach einer Weile wiederkam, merkte sie erst, dass ein weiteres Seil um ihren Bauch geschlungen war und sie mit dem Baum vereinte. Das Kind seufzte leise. Nun waren nicht nur die Hände verbunden. Wieviel Zeit ihr wohl noch blieb, bis die beiden das Kind an dem

Zielort hatten? Syrenia musste versuchen, irgendetwas vor der Flucht in Erfahrung zu bringen. Doch wie? Corondal war vorsichtig, von ihm würde so schnell keine Information kommen. Bei Torm sah es schon ganz anders aus, bei ihm würde es ihr gelingen. Sie durfte es nur nicht übertreiben. Wer weiß, was Torm anstellte, wenn er in Rage geriet. Doch die Zeit war noch nicht gekommen.

Beide Männer nahmen auf dem Boden Platz. Corondal blieb an der Türe, an die er sich lehnte. Sein Kumpan blieb in Syrenias Nähe. Direkt vor ihr breitete er sich aus.

„Hey, ich muss mal", sagte sie leise. Dennoch verstanden es beide.

„Na, dann mach", wandte Torm uninteressiert ein.

„Hier? Seid ihr bescheuert?"

Ein scharfer genervter Blick des Kriegers brachte sie zum Schweigen. „Du willst nur abhauen, sobald ich dich losbinde. Das Risiko geh ich nicht ein. Von daher musst du dich einpissen. Aber berücksichtige, dass das, was du trägst, dein einziges Kleidungsstück sein wird. Wenn du's also tust, schleifen wir dich nackt durch die Landschaft." Es freute den Mann sichtlich, das Kind zu necken. Meinte er das ernst? Sie wollte es nicht herausfinden, darum verkniff sie es.

Eine weitere Zeit verging, in der alle drei schwiegen. Erst als Corondal der Kopf tief auf die Brust fiel und er laut schnarchte, war die Stunde für Syrenia gekommen. Torm hatte sich nun auch auf die Seite, mit dem Rücken zu Syrenia, gelegt und war ebenfalls schon fast am Einschlafen.

„Hey, sag schon, wo wollt ihr mich hinbringen." Sie flüsterte, damit Corondal nicht mehr aufwachte.

Grummelnd streckte er sich. „Kann dir doch scheißegal sein ... du wirst eh nicht mehr viel von deinem Leben haben." Ein Zucken durchfuhr den Körper des Mannes, als er sich versehentlich auf den Rücken legen wollte.

„Genau aus diesem Grund frag ich ja. Bist du nicht der Meinung, es mir erzählen zu wollen, da es eh meine letzte Reise sein wird." Torm seufzte. „Wenn du dann endlich die Klappe hältst. Wir bringen dich in die Hafenstadt Tarantha." Syrenia sah, wie der Piratenmann etwas wegnickte. Sie musste ihn, solange es ging, wach halten, wenn das Kind weitere Informationen aus dem hässlichen Mann bekommen wollte.

„Und was passiert dann mit mir?" Schnarchen war die Antwort. Sie trat ihm ein wenig in die Seite, soweit sie sich eben strecken konnte.

Der Kerl sprang auf, zog Syrenias Messer aus der Schärpe und hielt die Spitze der Klinge an die Kehle des Mädchens. „Halts Maul und lass mich schlafen!", brüllte er regelrecht. Nun machte auch Corondal kurz die Augen auf. Aber schon nach wenigen Sekunden kamen wieder nur Schnarchlaute von ihm.

„Tschuldigung", entfuhr es Syrenia knapp. Fluchend nahm der Mann wieder Platz, legte das Messer neben sich auf den Boden und legte sich erneut zum Schlafen hin.

Syrenia hatte zwar nicht viel herausbekommen, aber es stand gar nicht schlecht für sie. Wollte Gott ihr etwa bei der Flucht helfen? Der dämliche Kerl hatte vergessen, das Messer des Kindes wieder außerhalb ihrer Reichweite zu lagern. Dies war Syrenias Chance. Jetzt blieb ihr nur noch übrig, zu warten, bis er tief und fest eingeschlafen war. Verdammt, der Kerl sollte sich beeilen. Nicht mehr lange und sie würde sich wirklich bald einnässen. Mach schon, feuerte sie den Mann im Kopf an. Es dauerte nicht lange und Torm fand endlich den Weg ins Land der Träume, das er so sehnsüchtig gesucht hatte.

Vorsichtig wie eine Katze, die sich zum ersten Mal ihrem neuen Besitzer nähert, versuchte sie den Gegenstand zwischen beiden Füßen einzuklemmen, um ihn zu sich ziehen zu können. Noch ein kleines Stück. Mit den Zehen berührte sie ihn bereits. Komm schon, Syrenia ... du warst als kleines Mädchen so gelenkig. Bis zur Schmerzgrenze streckte sich das Kind. Mit etwas Schwung drehte sich die Klinge weiter in ihre Richtung. Doch plötzlich ließ eine Bewegung Torms das Kind innehalten. Ihr Herz klopfte erneut Sturm, wie bei der ersten Begegnung mit den beiden Männern. Den Mann fest im Blick, betete sie innerlich, ihn nicht in ihre Richtung schauen zu lassen ... Doch er drehte sich nur auf den Bauch.

Auf einmal fiel die Anspannung mit einem erleichternden Luftstoß von dem Körper des Mädchens ab. Wieder begann das Kind ihre Arbeit. Als sie die Klinge zwischen beiden Fußsohlen hatte, begann Syrenia, es langsam in ihre Richtung zu ziehen. Plötzlich ... ein tiefer Schmerz durchzog den Körper des Mädchens. Dunkelrotes, dickflüssiges Blut rann ihre Fußsohle hinab. Sie hatte sich an der Klinge geschnitten. Doch das durfte sie nicht davon abhalten, weiterzumachen. Trotz des Pochens gelang es dem Kind, das Messer nah an sich heranzuziehen. Nun war es nur noch ein Katzensprung bis zur Flucht.

Aber wie gelang es ihr, das Messer zu ihren Händen zu bringen? Wackelnd versuchte das Kind irgendwie die Seile zu lockern. Sie verwarf den Versuch allerdings schon sehr bald wieder. Durch Verrenkungen jeder Art probierte sie ihren kleinen, zierlichen Körper zu heben, und als das funktionierte, schoss sie mit aller Kraft, die sie noch in den Beinen hatte, das Messer unter sich hindurch. Bitte, lass mich drankommen, war im Augenblick der einzige Gedanke. Die Wunde war Nebensache.

Als Syrenia die ersten beiden Male im Leeren tastete, war die Enttäuschung sehr groß. Nun war alles vorbei. Sie würde in die Klauen irgendeines Kinderschänders kommen und die Hölle auf Erden erleben. Tränen schossen in ihre Augen ... *Nein. Ich werde nicht aufgeben!*, brüllte sie sich im Kopf an. *Mach weiter! Das Ding muss hier irgendwo liegen.* Ein drittes Mal tastete sie in dem Bereich, der vor ihren Augen im Verborgenen lag. Nur dieses Mal ruhiger und genauer, und dann spürte sie das kalte Elfenbein des Griffes. Sie schloss es so fest sie konnte in die Hände, weil sie befürchtete, dass es aus ihren nass geschwitzten Händen rutschen und in weiter Entfernung landen könnte. Das, was sich das Kind da zusammenreimte, war Blödsinn. Dennoch schickte sie tausend Stoßgebete gen Himmel. Nun nur noch die Klinge ansetzen ... Sie schnitt langsam eine Faser nach der anderen des Seils durch, dabei spürte sie wie das Blut, das gerade noch an der Klinge geklebt hatte, ihre Hände befleckte. Nur noch einen kleinen Augenblick. Syrenia hatte den Gedanken noch nicht zu Ende gebracht, da war auch schon das letzte Stück des Hanfes durch. Es war ein erleichterndes Gefühl, endlich die Arme wieder ein wenig bewegen zu können. Jetzt nur noch das Seil, das ihren Leib an den Baum band. Dies durchzuschneiden war einfacher, da sie nun ihren Arm bewegen konnte. Das Messer in der Rechten, schnitt sie das Seil mit durchgedrücktem Kreuz am linken Arm durch. Dieses Mal beeilte sich das Mädchen nicht so sehr, denn auch wenn einer der beiden aufwachte, konnte sie immer noch schnell genug wegrennen. Als schließlich beide Seiten zu Boden fielen, streckte sich das Kind. Endlich wieder bewegen! Ruhig sah sie sich um, um einen passenden Fluchtweg zu finden. Da Corondal an der Tür lehnte, fiel dieser Weg weg. Die Decke ... schoss es durch ihren Kopf. Syrenia grinste. Das Messer klemmte sie sich zwischen die Zähne, um besser klettern zu können. Nun kam sich das Kind auch wie eine Piratin vor, die gerade auf die Aussichtsplattform eines Schiffes kletterte.

Gerade, als sie nach einem Ast, der noch ziemlich weit unten war, griff, hielt sie erneut inne. Sie sah zurück zu den beiden Männern. Dies wäre ihre Chance, das alles zu beenden. Das Kind ließ den Ast los und ging die wenigen Schritte zu Torms Rücken herüber. Er lag nun wieder auf der Seite. Ein Schnitt durch die Kehle und dieses perverse Arschloch wäre Geschichte ... Doch ... dann machte sie das ebenfalls zur Mörderin. Konnte sie mit dem Gedanken wirklich weiterleben? Ungewiss, was nun zu tun war, sah das Kind dem Mann noch wenige Sekunden beim Schlafen zu, bevor es sich entschied, ohne den Titel "Mörderin" zu fliehen. Sie würde den beiden wohl eh nicht mehr begegnen ... Hoffentlich.

Syrenia wandte sich wieder dem Baum zu, nur in diesem Fall kletterte sie ihn wirklich hoch. Es war mühsam, so einen kräftezehrenden Aufstieg nach so einem Erlebnis zu meistern. Doch mit dem Gedanken, es nach diesen wenigen Metern geschafft zu haben, spornte das Mädchen sich so richtig an. Irgendwie gelang es ihr dann auch mit den letzten mobilisierten Kräften, sich auf das Dach zu rollen. Dort verweilte sie kurz, um wieder zu Atem zu kommen. Sie stank bestialisch nach Schweiß. Feine Schweißperlen hatten sich auf ihrer Haut gebildet. Wie sollte es nun weiter gehen? Wo konnte sie hin? Einfach in irgendeine Richtung zu laufen wäre reiner Selbstmord. Moment ... Torm hatte gesagt, sie wollten sie nach Tarantha bringen. Vielleicht sollte sie dort hingehen, denn sobald einer der beiden aufwachte, würde die Suche nach Syrenia beginnen. Und Syrenia schätzte, dass Tarantha der letzte Ort sein würde, an dem sie suchten. Dort würde sie sich ein Schiff nehmen und für immer auf einem der drei anderen Kontinente leben. Die Stadt Windfang auf dem Östlichen Kontinent sollte sehr schön sein, hörte sie einst von Mutter. Aber wenn sie sich nun weiter kein Stück bewegte, würden die beiden Schlafenden schon bald aufwachen. Syrenia kroch auf allen Vieren ein letztes Mal zu dem Loch in der Decke. Vorsichtig schob das Kind den Kopf darüber, immer mit der Angst, sie könnte Geräusche verursachen, die die Männer aufwecken könnten. Im Stillen und mit einem Lächeln auf den Lippen verabschiedete sich Syrenia von den Menschenhändlern. *Macht's gut, ihr Trottel.*
Glücklich, den Typen entkommen zu sein, rollte sie sich bis zur Dachkante herunter, hielt sich mit all der übrigen Kraft daran fest, damit es nicht mehr ganz so weit abwärts ging und ließ sich schließlich fallen. Mit dieser Technik konnten sich etwa eineinhalb Meter der fünf Schritt hohen Hütte überbrücken lassen. Der Aufprall auf den Boden war hart. Syrenia spürte, wie neues, warmes Blut aus der Wunde floss und sich mit dem trockenen Gestrüpp vereinigte.

Das Kind sah sich wie ein Rehkitz, das zum ersten Mal ohne Geleit der Ricke in neuem Territorium war, nach Feinden um. Die Feen, die sie vor kurzer Zeit angegriffen hatten, waren nun wieder in ihren Bauten verschwunden. Dennoch musste sie sehr vorsichtig sein. Wer wusste schon, was für weitere Gefahren tief in der Landschaft des Westlichen Kontinents lauerten. Aber zuallererst war etwas anderes am Wichtigsten. Das Kind lief zum erstbesten Gebüsch, das sie finden konnte, ging in die Hocke und entleerte ihre Blase. Dabei hob sie den Leinensack etwas nach oben, damit ihr einziges Kleidungsstück nichts davon abbekam. Es war eine Erleichterung, als Syrenia fertig war. Nun konnte sie sich endlich vollkommen auf die Flucht konzentrieren.

Tarantha ... Die Stadt lag im Osten des Westlichen Kontinents. Doch wo genau befand sie sich im Augenblick? Und ... in welcher Richtung lag überhaupt Osten? Tausend Fragen schossen dem Mädchen mit den purpurroten Haaren durch den Kopf. Was hatte sie einst gehört? Man könne mit Hilfe von Moos die Himmelsrichtung bestimmen? Aber wie war das noch mal? Moos wuchs nur an der Schattenseite, also nördlich von Bäumen? Irgendwie so in der Richtung. Das Kind klapperte einige Bäume ab, um etwas Moos zu entdecken, und nach etwas Suchen wurde Syrenia fündig. Nun wusste sie, wo sich zumindest Norden befand. Aber wie weiter? An der Sonne konnte sie sich im Wald nicht orientieren. Auch den Versuch, auf einen Baum zu klettern, um den Sonnenstand zu beurteilen, unternahm das Kind nicht, da es die Verletzung am Fuß sehr erschwerte. *Geh taktisch vor*, ermahnte sie sich innerlich. Das Elternhaus lag im Süden des Kontinents. In Richtung Nordost befand sich Dannad, das man zu Fuß in einem halben Tagesmarsch erreichen konnte. Nach Tarantha würde sie, von Zuhause aus, wohl etwas länger unterwegs sein. Je nachdem, wo sie sich gerade befand, wäre die Zeit kürzer. Es demotivierte Syrenia der Gedanke, noch ein paar Stunden laufen zu müssen. Es ging aber nicht anders. Als sie gefangen genommen worden war, gingen sie gen Osten ... Das hieß, die Richtung stimmte. Sie waren von dort gekommen. Syrenia zeigte mit dem Finger in Richtung einer Birke. Es musste dämlich aussehen, wie pantomimisch sie mit dem Finger herum wedelte. Doch Moment ... Als die drei von den Feen angegriffen wurden, schlugen sie eine völlig andere Richtung ein ... Verflucht. Syrenia konnte es nur erahnen, in welche Richtung es weiterging, und sie entschied sich dann schließlich auch dafür. Sie durfte nicht noch mehr Zeit verschwenden, als sie bereits schon getan hatte. Darum machte sich das Kind auf den Weg. *Bitte, Gott, lass das den richtigen Weg sein.*

Nun war es auch langsam an der Zeit, zu entscheiden, wie es für sie weitergehen konnte. Vielleicht sollte sie versuchen, ihre verschollene Schwester zu finden. Doch wo anfangen? Dies wäre die Suche nach der Nadel im Heuhaufen. Wer wusste schon, ob sie überhaupt noch am Leben war, seit sie ihr Elternhaus wegen dieses Vorfalls verlassen musste ... Unglaublich, dass dies bereits sechs Jahre in der Vergangenheit lag. Es war für Syrenia ein sehr schmerzhafter Tag gewesen, der eine tiefe Furche im Herzen hinterlassen hatte. Immerhin hatte sie an jenem Tag den Kontakt zu ihrer geliebten Schwester verloren. Warum musste sie auch ausgerechnet "diese" Magie für sich gewinnen. Syrenia klopfte sich mit der Faust auf die Stirn, um es auf irgendeine Weise verstehen zu können.

Als das Kind gerade zwei weitere Schritte machte, erweckte ein abgestorbenes Bäumchen zu ihrer Rechten die volle Aufmerksamkeit des Mädchens. Die Zeit schien innezuhalten. „Dann wäre auch unser Geschwisterchen auf die Welt gekommen, du doofe Nuss", flüsterte sie sich selber zu. *Aber nun denk nicht länger darüber nach. Was geschehen ist, ist geschehen.* Mit leerem Kopf verstrichen weitere Stunden mit Marschieren, bis endlich die Baumdichte abnahm. Wissend, den Wald schon bald hinter sich gelassen zu haben, beschleunigte das Kind sein Tempo. Mit beiden Händen schob sie das kratzende, brusthohe Gestrüpp zur Seite. Syrenias Leib füllte sich noch ein letztes Mal mit Motivation und Anspannung, bevor sie Tarantha zum ersten Mal erblicken konnte.

Als das letzte Gestrüpp durchquert war, zeigte die Hafenstadt ihren vollen Glanz an dem endenden Tag. Das gelb-orange Licht tauchte die in drei Bereiche untergliederte Stadt in einen einladend warmen Ton. Der große Hafen am Fuß der Klippe erstreckte sich über einige Kilometer. Alle dreihundert Fuß führten Zungen aus Marmorwegen aufs Meer hinaus, die als Anlegestelle für Passagier-, aber auch Handelsschiffe dienten. Wildes Treiben herrschte auf den Zungen und dem Festland, mit der jede einzelne verbunden war. Die Menschen sahen vom Rand der Klippe, an die nun das Kind herangetreten war, aus wie Ameisen. Weit im Meer erkannte Syrenia eine schneeweiße, halbkreisförmige Mauer, die so hoch wie ein ganzes Passagierschiff war. Sie war an beiden Enden mit der hohen Klippe verbunden.

Wenn das Kind dort hinunter springen würde, könnte sie vielleicht zu der riesigen Öffnung, die sich in der Mitte der Mauer befand, laufen und wenn dann ein größeres Schiff aus der Stadt auslief, könnte sie gekonnt an Deck springen ... Syrenia stellte es sich im Kopf vor. Die Praxis, dies umzusetzen, sah allerdings ganz anders aus. Aber Moment ... An der Öffnung waren jeweils zwei Geschütztürme. Es musste doch irgendwie möglich sein, von dort auf ein vorbeifahrendes Schiff aufspringen zu können ... Syrenia sah nach unten. Es ging ganz schön tief hinunter. Sie war zwar eine gute Kletterin ... doch von dieser Höhe war ihr schon flau im Magen. Ein falscher Schritt und sie würde sich an den spitzen Steinen den Schädel brechen. Nein, das war keine Option. Dann doch lieber den klassischen Weg durch die Stadt. Sie musste nur durch das Wohnviertel, die Grenze zum Vergnügungs- und Handelsviertel überwinden und sich dann noch an den Kontrollen zum Hafen vorbeischleichen ... Ein Kinderspiel. Das Kind musste über seine eigene Dummheit lachen, bevor ein tiefer Seufzer den Weg aus ihrem Körper fand. Es war nicht mehr weit bis zur Stadt.

Sie war zwar ein wenig vom Weg abgekommen, aber das sichere Ziel war fast erreicht. Nicht mehr lange und ...

Plötzlich packte jemand Syrenia von hinten und umklammerte sie so fest, dass sie kaum mehr Luft bekam. Das Kind wollte um Hilfe rufen, doch ihr Angreifer bedeckte mit der Hand ihren Mund. Wer war das? Syrenias Herz pochte so schnell, dass sie meinte, es würde jede Sekunde zerreißen.

„Hab ich dich, du kleine Hure." Diese Stimme ... Angst durchzog den Körper des Mädchens und auch ein Schwall aus Tränen überkam sie erneut. Wie sehr sie diese Stimme hasste. Es war Torm. „Ich hab dich vermisst." Der Pirat war nah an ihr Ohr gekommen. Er stank noch immer so bestialisch. Wie hatten die beiden sie bloß so schnell finden können? Als ob Torm ihre Gedanken lesen könnte, sagte er: „Es wäre dir fast gelungen, zu entkommen, hättest du uns nicht so eine schöne Spur gelegt." Während er das sagte, schob sich seine Rechte an Syrenias Arm nach oben unter ihren Leinensack und begrabschte fest die Brüste des Mädchens.

Was meinte er? Welche Spur? Sie war sich sicher, aufgepasst ... Dann begriff sie. Die Wunde an ihrem Fuß. Sie mussten dem Blut gefolgt sein ... Verdammt. Verdammt. Sie war so kurz vorm Ziel gewesen. In der Stadt wäre sie sicher gewesen. Tränen liefen in Massen. Auch wegen des Schmerzes von Torms Hand. „Du tust mir weh." Eher unverständlich als dass man sie verstehen konnte, brachte sie diese Worte hervor. Der Mann lachte allerdings bloß. Sie musste sich befreien. Irgendwie musste das Kind in die Stadt gelangen und untertauchen. Dort konnten die beiden suchen, bis sie umfielen. Vielleicht konnte sie mit ihrem Messer ... Verflucht, bitte nicht. Das Messer war weg. Sie musste es irgendwo bei der Flucht im Wald verloren haben. Der Verlust von Mutters Erbstück schmerzte bei Weitem mehr als die Schmerzen durch Torm. Nun flog auch der letzte Hoffnungsschimmer auf und davon.

Wieso? Wieso hatte sie keine Freunde, die ihr aus dieser Situation helfen konnten? Sie hätte so gerne erfahren, wie es war, mit

Freunden herumzualbern, zu streiten und anderen Schabernack zu treiben. Auch verlieben wollte Syrenia sich eines Tages. In einen hübschen Jungen, der sie so nahm, wie sie war. All das blieb nun im Verborgenen verschleiert. Syrenia hatte sich nun endgültig aufgegeben.

Nun zeigte sich auch Corondal, der erst jetzt aus dem Gebüsch trat. Kaum war er da, verschwand auch Torms Hand aus dem Leinensack des Mädchens. Doch inzwischen nahm Syrenia es einfach hin, denn dies war noch das Mildeste, was man ihr in Zukunft antat ...

Mann gegen Mann

Der Hüne deckte den Jüngling, der sichtlich wenig Erfahrung im Axtkampf hatte, nur so mit Schlägen ein. Gehämmer dröhnte durch die feuchte Meeresluft, während der Blonde immer weiter zum Wasser gedrängt wurde. Levan war, nachdem der blinde Knabe Svenja den entscheidenden Tipp gegeben hatte, leider ein wenig zu spät bei dem Ring angekommen. Zuerst befürchtete er, dass der Jüngling das Preisgeld kassieren würde ... aber jetzt, da Levan den Kerl kämpfen sah, war ihm bewusst, dass diesem das Kämpfen nicht im Blut lag. Es würde schnell gehen bis zu seiner Niederlage. Ganz bestimmt. Aber es hatte auch etwas Gutes. So konnte der Krieger das Kampfmuster seines baldigen Gegners studieren. Er versuchte zuerst immer seine Rivalen an den Rand der Arena zu drängen, um sie dann ins Meer zu werfen. Wie primitiv das doch war ... Dann passierte genau das, was Levan vorhergesehen hatte. Der Hüne warf seine Axt weg, packte den Blonden und der Rivale fand seinen Weg ins blaue Nass. Schallendes Gelächter von Erik läutete das Ende dieser Runde ein und säte zugleich für andere Wagemutige neue Hoffnung. Er wandte sich der Menschenmenge auf dem Kai zu und schrie: „Ist das wirklich alles, was diese Stadt aufbringen kann? Wie niederträchtig ihr doch ..."

„Ich kämpf gegen dich, du hirnloses Stück Scheiße!" Levan schlüpfte an einigen Personen vorbei, um gesehen zu werden. Raunen durchzog die Masse nach den scharfen Worten des Herausforderers.

„Ein weiterer Zwerg also? Wie leid ich es doch bin. Also gut, komm herüber. Die Planke!" befahl er streng. Ein Diener, der mit einigen anderen Anhängern und verschiedenen Waffen auf einer weiteren kleinen Insel, nicht weit vom Kampffeld entfernt, stand, kam zu der engsten Stelle herüber und platzierte die Planke so, dass es eine Brücke zwischen Kai und Arena gab. Als Levan über diese ging, konnte das Wichtigste in einem Duell beginnen ... das Köpfchen zu benutzen. Levan tat so, als würde er panische Angst davor haben, das Holzstück zu überqueren. Schritt um Schritt folgte, langsam ein Fuß nach dem anderen. Lachen war von einigen die Reaktion, so auch die von Erik. Sein dichter Bart bebte richtig bei jedem Atemzug. Die kahlgeschorene Glatze glänzte vom Schweiß in der grellen Sonne. Nun war die kleine Brücke überwunden und der braunhaarige Krieger erntete von wenigen Zuschauern scherzenden Applaus. Von der südlichen Plattform bewegte er sich über den schmalen Weg zu der in der Mitte, auf der auch schon sein Kontrahent war. Lächerlich, wie der Kerl überheblich auf ihn herabblickte. Er war gut eineinhalb Köpfe größer als der Schwertkämpfer. Doch dieser Idiot war dümmer als ein Sack Flöhe. Das wusste Levan.

„Mit welcher Waffe willst du kämpfen?", lachte Erik ihm entgegen.

„Schwert", erwiderte der Braunhaarige fröhlich. Derselbe Diener, der zuvor auch schon die Planke gelegt hatte, rückte heran und forderte Finstere Seele und Blender während des Kampfes ein.

Seine Waffen wurden durch ein schlichtes Holzschwert ersetzt. Auch seinem Gegenüber wurde solch eine Waffe in die Hand gedrückt. Mit Auf- und Niederbewegungen versuchte Levan das Holz in seinen Händen einzuschätzen.

„Lass uns endlich anfangen."

Als nach einer gefühlten Ewigkeit der Diener das Schlachtfeld verlassen hatte, ertönte ein tiefer Gongschlag, der das Zeichen war, den Kerl endlich von seinem hohen Ross zu holen. Sofort, wie es Levan vorausgeahnt hatte, stürmte der Hüne wie ein Berserker auf sein scheinbar hilfloses Opfer zu und holte zum ersten Schlag aus. Levan duckte sich unter dem Hieb, der auf seinen Kopf zielte, locker weg. Der Schwung war noch nicht verbraucht, da täuschte Erik bereits den nächsten an, den er aber nach der Hälfte schon auf die Füße Levans zusteuerte. 'Viel zu früh umentschieden', dachte sich der Krieger und hoppste über das Schwert. Ein weiterer Hieb folgte, dem Levan mit einem Sprung nach hinten knapp ausweichen konnte. Er spürte dieses Mal sogar den leichten Wind, der von der Geschwindigkeit des Schwerts ausging. Wieder und wieder versuchte es Erik, doch der andere Mann war immer zu schnell für ihn. Einige Male hatte sich Levan mit Sprüngen nach hinten gerettet, bis er an dem kleinen Weg, der die mittlere mit der Plattform südlich verband, ankam. Da war die Zeit gekommen, die Klugheit des Mannes zu testen.

Als Erik aufgeholt hatte, bellte Levan laut „Halt!" Noch in der Bewegung harrte der Hüne aus. „Meine Damen, ich zeige Ihnen nun, wie man einen Riesen zu Fall bringt."

„Was ist das dort?" Der Braunhaarige zeigte mit der freien Hand hinter den Großen, der fragend der imaginären Linie des Fingers hinter sich folgte. Als der Blick über die Schultern ging nutzte Levan den Moment und schlitterte gekonnt durch die gespreizten Beine des Hünen. Als er im Schatten des Mannes war, schlug Levan das Holzschwert hart in die linke Kniekehle Eriks, der daraufhin einsackte.

„Wie dumm du doch bist."

Ein Schrei, der Schmerz und Wut zugleich ausdrückte, entfloh dem Großen. Levan erhob sich daraufhin wieder und drückte den Kopf so zur Seite, dass Knochen knackten, bevor es wieder in die Grundstellung ging. Die Mimik von Erik hatte sich inzwischen so verfinstert, dass sie einer Nacht glich.

„Gleich wirst du wie eine Wanze zerquetscht, du Wurm." Die darauffolgende Schlagserie ähnelte einem wilden, rasenden Bullen, der ein Lebewesen auf die Hörner spießen wollte. Der kleine Schwertkämpfer wich einem nach dem anderen aus ... bis eine kleine Wasserpfütze, die wohl aus der Gischt des Meeres entstanden war, das Gleichgewicht des Kontinentenneulings beeinträchtigte. Levan war noch am Fallen, da witterte Erik seine Chance, packte den Krieger am Kragen und schmiss ihn gegen den harten Boden. Schmerz durchzog den kompletten Leib des Kriegers, der durch den Aufprall schwer mit Atemnot kämpfte. Millionen von Sterne tanzten ihre Show vor den Augen des Mannes. Es tat alles weh. War das das Ende des Spektakels? *Es tut mir leid, Svenja ...* Nein. Er konnte nicht aufgeben. Falsch. Er durfte nicht. Schmerzerfüllt rappelte sich Levan auf, um den finalen Countdown anzustimmen.

Zehn ... Der Griff um das Heft wurde fester.

Neun ... Die letzte Kraft wurde in den Beinen gesammelt.

Acht ... Levan sprintete los.

Sieben ... Erik ging in Angriffsposition.

Sechs ... Ein senkrechter Schlag wurde von dem Hünen begonnen.

Fünf ... Levan konnte mit einer tanzenden Drehung der Holzklinge ausweichen.

Vier ... Der Gegenschlag auf den Schwertarm folgte.

Drei ... Mit ganzer Kraft schlug Levan zu und entwaffnete seinen Gegner.

Zwei ... Knochen des Gegners zerbrachen.

Eins ... Mit einer weiteren Drehung glitt das Schwert auf die Kehle des Hünen zu.

Null ... Die Klinge blieb kurz davor stehen.

„Wäre das ein echtes Schwert, hättest du nun den Tod vor Augen ...“

Der groß gewachsene Mann ließ einige Flüche in die Welt hinaus, als er seine Niederlage eingestehen musste. Levan befürchtete sogar, dass Erik in seiner Wut gleich eine Rückhand für ihn bereit hielt, dieser gab sich jedoch geschlagen.

„Du bist der Sieger“, murmelte der Hochgewachsene zähneknirschend.

Die Lungenflügel des Kleineren füllten sich mit Luft, die er mit dem letzten Rest Angespanntheit entweichen ließ. Hinter ihm klatschten nun fast alle Menschen zu seinem Erfolg. Lachend und mit persönlicher Siegesgeste schritt er ihnen ein wenig entgegen, bevor die nächste peinliche Ansprache kam.

„Habt Ihr gesehen, meine Damen? Gerne stehe ich Euch für Plaudereien bei einer guten Mahlzeit zur Verfügung.“

Gut, dass Svenja nicht da war. Sie würde ihn nur wieder einen Idioten nennen.

„Hey, willst du nun den Gewinn?“, unterbrach Erik die Gedanken des Siegers. Levan nickte. Woraufhin abermals der Diener mit vier, nein fünf prallen Säckchen heran kam. Er drückte sie hastig in die Arme des Schwertkämpfers. Obendrauf legte der Mann das Item, das Levan von Anfang an schon mehr interessiert hatte. Die Kette. Ihr vergoldetes Bändchen, das gut eine Armlänge hatte, mündete in ein daumendickes Plättchen, worin eine Aussparung mit Rubinsteinen darin befestigt war. Wow, das musste ein Vermögen wert sein.

„Was ist das für ein Item?“, fragte der Krieger, eher zu sich selbst. Doch Erik antwortete: „Das ist eine Sammelkette, damit kann man ...“

Der Geist der Schatzkammer

Wo blieb der Kerl denn nur? Hatte er etwa solche Schwierigkeiten mit Erik? Es würde sie nicht verwundern. Den Blick in die Ferne schweifend nahm die Blonde an einer Häuserwand, nahe des gut bewachten Tores, Platz. Es ging ziemlich schnell, einen Angehörigen des kleinen blinden Jungen zu finden, da seine Mutter, die sehr hübsch war, bereits auf der Suche nach ihrem kleinen Ausreißer war. Zuerst schloss sie ihn weinend und schluchzend in die Arme, doch dann erwartete das Kind eine regelrechte Standpauke seines Elternteiles. Sie war total sauer gewesen. Der Kleine tat Svenja in dem Moment leid. Wäre das doch damals bei Svenja auch so gewesen. Eine Mutter, die ihr den rechten Weg wies. Warum musstest du nur bei meiner Geburt sterben? Abermals wollte sich gerade Trauer sammeln, da tauchte plötzlich ein Schatten auf, der Svenjas halben Leib verdunkelte. Es war durch die tiefstehende warme Sonne etwas schwer zu erkennen, dass es sich bei dieser Person um Levan handelte.

„Endlich bist du da. Erik war wohl doch stärker als du gedacht hast."

Der Krieger ließ die Säcke, die er eng umschlungen hatte, klirrend auf den Boden aufkommen.

„Ach, halt die Klappe. Zumindest hab ich gewonnen." Er sagte das mit einem leichten Lachen dazwischen. Erst jetzt ging das Gesicht der Blonden zu den vielen Goldsäcken zu ihren Füßen.

„Ach du liebe Güte... Das alles war das Preisgeld? Das ... ist ja ein Vermögen."

Levan rümpfte stolz die Nase.

„Aber wie sollen wir mit so viel Gold unbemerkt durch die Stadt kommen?"

„Mach dir keine Sorgen, auch dafür ist gesorgt. Hier." Er hielt Svenja eine goldene Kette hinab.

„Was? Noch so ein wertvoller Schatz?"

„Nimm es", forderte der Krieger sie auf. Aber was soll sie mit dem Ding? Sie trug nie Schmuck und wollte auch nicht damit anfangen. Die Neugierde darüber siegte schließlich und das "Ding" fand doch noch den Weg in die Hand der Blonden. Sie begutachtete den Gegenstand von allen Seiten und war geschockt, als sie die Edelsteine daran fand. Fragend sah sie zu Levan empor. „Weißt du, das ist keine gewöhnliche Kette. Leg sie dir um den Hals."

Svenja tat bedingungslos, was der Mann ihr sagte. Plötzlich drang eine fremde Stimme in den Kopf der jungen Frau ein: „Wer bist du?" Svenja sah sich um, doch keiner der umherlaufenden Menschen schien mit ihr zu sprechen.

„Wer spricht da?"

Levan sah sie fragend an. „Was meinst du?"

„Ich bin die Seele der Kette. Mein Name ist Salmanas".

„Hallo?" Levan winkte vor den Augen der Frau, um sich bemerkbar zu machen.

„Ich höre die Stimme der Kette in meinem Kopf." Der Krieger würde sie wohl für verrückt erklären. Wer glaubte das schon. Aber die Stimme war definitiv real.

„Wirklich? Erik hatte also recht."

Was meinte Levan denn jetzt schon wieder? Svenja würde ihn später danach fragen.

„Das ist ganz einfach zu erklären und muss damit nicht auf später verlegt werden. Erik kannte mein Geheimnis und erzählte es dem Mann."

Woher weiß die Kette, was sie dachte? Konnte sie etwa ... ihre Gedanken lesen? Svenja hatte Angst vor dem, was gleich passieren würde. Wenn es wahr wäre, wüsste die Kette all ihre Geheimnisse. Das Gesicht der Blonden lief tiefrot an.

„Gewiss, ich bin mit Deinem Gehirn verbunden." Oh nein! Die Kette wusste alles. „Außerdem würde ich es bevorzugen, wenn du mich beim Namen nennst."

Entschuldigung, Salmarias, dachte die Blonde.

„Ich heiße Salmanas." Ein leiser Fluch rutschte Svenja durch den Kopf. „Jedoch können wir beide nur kommunizieren, wenn du an mich denkst." Interessant. Das hieß also ...

„Was erzählt der Geist denn?"

'Wir reden später weiter'. Svenja erwartete, dass Salmanas eine Antwort parat hatte, doch die Stimme blieb stumm.

„Er erzählte nur, dass er Salmanas heißt und teilweise meine Gedanken lesen kann".

Der Krieger schien ein Lachen unterdrücken zu müssen. „Na, dann war's das wohl mit Heimlichtuerei", antwortete er.

„Schwachsinn. Ich brauch nur die Kette abzulegen und schon kann er in mir nicht mehr lesen. Wozu braucht man überhaupt solch ein Item?"

„Gut, dass du fragst. Sieh zu und staune." Levan griff nach zwei dick gefüllten Goldsäcken, die er dann Svenja vor die Brust hielt. „Und was nun?", fragte die junge Frau leicht gereizt. Doch der Schwertkämpfer sagte nichts. Dann, mit einem leisen Zischen tauchte plötzlich eine trollähnliche, kleine Gestalt aus den Rubinsteinen der Kette auf, die einen unsichtbaren Pfad zu den beiden Säckchen nahm. Der kleine graue Mann schien so elegant wie eine Gänsefeder durch die Luft zu laufen. Wer war dieser Knirps? Er krallte sich die beiden Stoffgegenstände und verschwand nach wenigen Momenten wieder in dem Edelstein.

'Warst du das?'

„Gewiss." Erneut, mit demselben Klang erschien das merkwürdige, nicht menschliche Wesen und machte mit derselben Prozedur das Gleiche mit dem restlichen Gold. Jede Bewegung des Knirpses wurde erstaunt von Svenja beobachtet. Sie kam sich vor wie eine Person in einer Menschenmenge, die es kaum erwarten konnte, das erste Knallen der Neujahrsschüsse zu hören. Ein Sack nach dem anderen verschwand im Nichts aus Leere. Und schon kurz danach zog sich auch der Winzling in seinen sicheren Unterschlupf der Kette zurück. Wo war das ganze Gold hin?, fragte sich die blonde Frau.

„Es lagert sicher in meiner Kette. Stell dir dieses Item als eine Art unbegrenzte Schatzkammer vor, die uneinnehmbar ist."

„ Das heißt, Levan und ich können jederzeit darauf zurückgreifen?"

„Du ja, er nicht. Nur der Träger allein vermag über mich zu befehlen."

Das war praktisch. Dieses Item würde der kleinen Zweiergruppe bestimmt schon bald gute Dienste erweisen, das war sicher. Die Seele erzählte dem Mädchen noch, dass – sobald ein Mob erledigt war – Salmanas herauskommen und den Mob um sein Gold erleichtern würde. Jedoch nur Gold, Silber und anderes Edelmetall. Alle anderen Dropitems mussten nach wie vor von Hand aus den Blüten geholt werden.

„Verbergen sich noch weitere Fähigkeiten in dir?"

„Nicht in mir, außer ihr besitzt die anderen Ausrüstungsgegenstände."

Es gab also noch mehr solcher Items? „Jeder mit einem anderen Geist", erzählte der Schatzkammerwächter.

Kurze Zeit nachdem die ersten wichtigsten Fragen beantwortet waren, konnte es nun endlich weitergehen. Die vom Sitzen beanspruchten Beine wogen schwer, als sich Svenja erhob und in das männliche Gesicht ihres Begleiters blickte.

„Wollen wir?" Es hatte den Eindruck, als freue sich der Krieger regelrecht darauf, die nächste Hürde zu überwinden. Aber war das auch der richtige Weg? Schließlich ... war das eine Straftat. Würde man die beiden erwischen, wie sie ein gesperrtes Gebiet durchschritten, kamen sie sicherlich vor Gericht. Das würde das Ende der Rache bedeuten. Es gab aber keinen anderen Weg ... und ... schließlich war es ja auch ihre rebellische Idee gewesen. Was für ein trauriges Bild war sie nur. Vor nicht allzu langer Zeit loderte noch das tiefrote Schmiedefeuer in ihr ... und jetzt, da es ins Wesentliche überging, war sie wie ein verängstigtes Rehkitz. Ein Seufzer entwich ihr.

„Was ist los?"

Doch Svenja gab mit schüttelndem Kopf zur Antwort, dass nichts war. Sie zitterte wie Espenlaub, je näher die beiden schließlich einem der in Vollrüstung gekleideten Soldaten kamen.

„Hier ist zurzeit Sperrgebiet." Rein gar kein Merkmal war an dem Soldaten zu erkennen. Selbst an seiner blechernen Stimme konnte man sein Alter nicht einschätzen. Er trug, anders als der Laufbursche in Ferinstayn, keinen Kamm, sondern eine metallene Feder auf Höhe der rechten Schläfe. Das ganze Erscheinungsbild der Soldaten des Westlichen Kontinents verlieh ihnen Edelmut. Ganz anders als die platte Rüstung des Mittleren ...

„Was wollt ihr?", erklang nun wieder die Blechstimme.

„Wir hörten, Ihr botet einem Jungen das Passieren an, wenn er Euch dreißig Goldmünzen brächte."

„Kann sein ..."

Und da war die Stichelei des Kriegers wieder. Während sich die beiden Eierträger weiter unterhielten, war es für Svenja Zeit, das Gold zu organisieren.

'Salmanas? Wir bräuchten etwas von dem Gold,' klang es im Kopf der Blonden.

„Was, jetzt schon?" Genervt fragte der Schatzwächter wie viel, und sein Wirt forderte dreißig Münzen ein.

„Umarme einen Baum", sagte die fremde Stimme im Kopf.

Was?

„Du sollst so tun, als würdest du einen Baum umarmen."

Svenja wusste nicht, was das bringen sollte, aber nach kurzem Zögern ging sie in diese Stellung. Mit einem Mal wechselte das leichte Gewicht der Luft zur unglaublichen Schwere, als plötzlich ein kleiner Sack zwischen Hand und Brust erschien. Fast hätte das blonde Mädchen ihr Gleichgewicht deswegen verloren. Doch nur fast.

Den Sack warf sie vor die Beine des Soldaten, woraufhin sein Blick darauf fixiert war. „Das sind dreißig Goldtaler. Und nun lass uns durch."

Der Soldat bückte sich, so gut es mit seiner Rüstung machbar war, und prüfte den Beutel, immer mit einem Blick zu den beiden Menschen, um einem befürchteten Attentat entgehen zu können. Als er wieder hochkam, stand seine Entscheidung fest. „Gut. Dort drinnen ...", sagte er und zeigte mit seinem dicken metallenen Handschuh hinter sich, „... wimmelt es von Soldaten. Also passt auf, nicht erwischt zu werden. Andernfalls habe ich euch nicht passieren lassen ..."

„Danke", erwiderte Svenja und lief eilig weiter in die Stadt hinein. Hinter ihnen waren einige Proteste von Passanten zu hören, die mit dem Durchdringen der beiden Gefährten nicht einverstanden waren. Schnell liefen die zwei weiter ...

Engelstafel Nr. 6

Die Geister der Ausrüstung:

Einst von den Göttern erschaffene Gegenstände, die von den Seelen derer gefallenen Kindern beseelt wurden. Die genaue Anzahl solch seltener Items ist unbekannt. Doch Folgende fanden im Strom von Handel und Erkundung ihre Wege:

Aqueenha: der Ring des Mutes
Mit diesem Ring war es möglich, im Kampf kurzzeitig einen neuen Kraftschub zu bekommen, der die Kräfte des Trägers vervierfacht. Jedoch dauert diese Kraft nur dreihundertfünfzig Herzschläge lang an. Danach währte es achtundzwanzig Tage, bis man diese erneut einsetzen konnte. Jedoch wird dieses Item bei

der Bevölkerung nicht gerne gesehen, da es, ähnlich der Blutmagie, nur Trauer und Zerstörung hinterlässt.

Wolkian und Ozona: die Ohrstecker der Leichtigkeit
Trägt man einen dieses Liebespaares ergibt es folgenden Buff:
Wolkian: Mit ihm gelingt es, höher zu springen als alle anderen
Ozona: Mit ihr gelingt es, eine weite Strecke um fünfzig Prozent schneller zu laufen
Trägt man beide bei sich, wird einem das Fliegen ermöglicht. Doch leider ist diese Zeit ebenfalls begrenzt auf 350 Herzschläge. Allerdings währt die Zeit der Erholung nur ein Fünftel des Tages.

Ertos: die Brosche der Erdrüstung
Ertos umhüllt den Träger bei Bedarf mit einer Schicht aus Erde, die Angriffe vom Element Feuer um ein Vielfaches abschwächen. Ertos ist während des gesamten Angriffs einsetzbar. Sein Schwachpunkt äußert sich allerdings in der Bewegungslosigkeit des Trägers. Während dieser Zeit ist dieser kampfunfähig.

Salmanas: die Kette der flammenden Schatzkammer
Dieser Geist übernimmt die Lagerung aller Münzen des Besitzers. Sobald er diese als sein Eigen benennt, übernimmt Salmanas das Einholen des Metalls. Diese Kette kann nur aus freien Stücken weitergegeben werden; solange ist der Geist mit dem Gehirn seines Besitzers verbunden. Versucht sich jedoch ein Fremder diese Kette anzueignen, greift dieser in Flammen und seine Hand wird auf das Bestialischste verkohlt.

Von dieser Welt gerissen

Gut versteckt hinter einem Berg grüner und roter Äpfel, die auf einem Tisch des Obsthändlers lagen, der hier normalerweise sein Gut feilbot, lugte Levan auf die breite einzige Straße, die hinauf in den dritten und letzten Teil Taranthas führte. Die beiden metallen gekleideten Soldaten, die blitzschnell aus einer dunklen Seitengasse herausstürmten, überraschten die zwei jungen Gefährten. Wenige Sekunden später und sie wären entdeckt worden. Gerade noch rechtzeitig konnte sich Levan, der wenige Schritte vor Svenja an Häuserwänden, Kisten und leeren Läden entlang schlich, schützen und seine Partnerin stoppen. Die zwei Eisenmänner sagten etwas, als sie an dem Krieger vorbeiliefen. Doch der Mann vermochte nicht alles verstanden zu haben. „Diese Missgeburten gefunden", war schon alles gewesen, bevor die Soldaten weiter in dieselbe Richtung wie sie liefen. Verdammt! Was war hier nur los? Levan war sich sicher, dass die Armee etwas suchte ... oder jemanden. Und zwar nicht sie beide. Was sollte er nun tun? Vermutlich wimmelte es dort oben nur so von Soldaten, auf die sie nun zuhielten. Sollten die Männer die beiden erwischen, war es aus. Niemals war es für ihn möglich, so viele fähige Soldaten auszuschalten. Würde diese Eventualität in Kraft treten, musste Svenja um jeden Preis fliehen. Er hatte einige Geschichten über die Armee des Westlichen Kontinents gehört ... wer wusste schon, was diese Bastarde mit ihr machen würden. Über sich selbst machte er sich weniger Sorgen. Falls er den Kampf überstand, käme er wohl vors Kriegsgericht. Doch mit etwas Glück bestand die Chance, von dieser einen Person befreit zu werden. Dennoch ... soweit durfte es niemals kommen.

Als einige Zeit verstrichen war und Levan der Meinung war, die Soldaten seien weit genug entfernt, trauten sich die Reisenden aus ihrem Versteck. Es ging weiter an den Wänden entlang, immer mit der Gefahr, fremde Stimmen zu hören. Es fühlte sich wie eine Ewigkeit an, bis die nächste freie Kreuzung kam. Es schien auch hier keine Menschenseele zu verweilen, als ... eine Gruppe aus fünf Soldaten mit gezückten Schwertern in ihre Richtung kam. Die beiden Gefährten versteckten sich daraufhin noch tiefer hinter zwei Fässern. Die im Gleichschritt marschierenden Krieger kamen immer näher. Sollte sich auch nur einer der Bastarde umdrehen, wenn sie an den Fässern vorbeiliefen, gab es nichts, was ihnen noch Deckung bieten konnte. Für solch eine angespannte Lage war Svenja recht ruhig. Was ihr wohl im Kopf herumging? Inzwischen waren nur noch zwei Armlängen Luft zwischen den beiden Fronten. Ein falscher Schritt und ein Kampf wäre unausweichlich. Sollte er vielleicht hinausstürmen und in dem Überraschungsmoment den Vordersten töten? Levans Rechte bewegte sich zu Finstere Seele und zog die nach Blut dürstende Klinge ein wenig aus ihrem Gefängnis heraus, um jederzeit losschlagen zu können.

„Rechts um!", schrie einer der Soldaten, woraufhin seine Kameraden gehorchten. Glücklicherweise bogen sie in die Straße ab. Alle gesponnenen Szenarien des braunhaarigen Kriegers verbrannten auf einmal wie ein Spinnengeflecht. Auch die Klinge wurde mit einem tiefen Aufatmen wieder verbannt. Dennoch war die Gefahr noch längst nicht vorbei.

„Komm, jetzt oder nie." Mit diesen Worten preschte der Krieger über die Kreuzung und steuerte direkt auf einen dort stehenden Wagen zu. Sein Blick ging nach hinten ... Svenja stand regungslos auf dem Weg und blickte den Soldaten hinterher.

„Was machst du?"

Sie war wie versteinert.

„Hey", sagte er etwas lauter, und da kam endlich wieder Bewegung in ihren Leib. Sie lief zu der Ecke, die die beiden Straßen miteinander verband.

„Komm her, da passiert etwas", flüsterte die Blonde so leise, dass man es gerade noch verstehen konnte. Die Blonde ging in die Hocke und sah um die Ecke.

Nun wollte Levan doch wissen, was für ein Geheimnis sich da hinten verbarg. Der Mann lief zu seiner Reiseführerin, während er sich noch kurz vergewisserte, dass niemand hier war. Die Luft war rein. Nun schwenkte auch der Kopf des Mannes um die Hauswand und ein Horrorspektakel zeigte sein ganzes Gesicht. Die versammelte Armee aus unzähligen Soldaten sah auf die fünf Krieger, die soeben noch den Weg der beiden Gefährten gekreuzt hatten. Erst jetzt fiel Levan auf, dass die fünf schwarze Rüstungen trugen.

„Was sind das für schwarze Soldaten?", fragte Svenja fasziniert. Doch Levan kannte deren Geheimnis. „Nein, das sind keine gewöhnlichen Krieger. Das sind Henker ..." Die meisten der Soldaten bejubelten die Todbringer, indem sie mit dem Schwert auf ihre Schilder schlugen oder die Waffe weit in den Himmel streckten. Als sich eine Gasse unter den Soldaten bildete, erkannte man vier Gestalten, auf die die Henker zugingen. Die Menschen hatten Säcke über ihre Köpfe gezogen bekommen, die ihnen die Gewissheit wie ein Nebel verbarg. Als die Henker näherkamen, zwangen Soldaten, die hinter den Gefangenen positioniert waren, sie mit Tritten in die Kniekehlen, sich niederzuknien. Nun waren auch die Männer in Schwarz angekommen. Die kleine Gruppe spaltete sich auf, woraufhin jeder Todbringer vor eines seiner Opfer trat.

Levan und Svenja standen etwas im Winkel, da die Sicht ansonsten von den Männern verdeckt gewesen wäre. Kalter Schweiß lief Levan den Rücken herunter.

Die schwarzen Männer hoben langsam ihre Schwerter ... und was dann kam, war überraschend: „Eines Tages werden die Nashifs von der Göttin befreit werden und dann hat diese Qual endlich ein Ende."

Der Offizier der Soldaten bellte eilig Befehle an seine Henker, um die neue Saat am Keimen zu hindern.

„Ihr werdet unsere Ras ..." Die Henker taten ihre grausame Arbeit und beendeten so die Worte des Menschen. Svenja sah in dem

Moment weg ... anders als Levan. Er hatte schon damals oft gesehen, wie das Leben von Mensch und Tier von dieser Welt gerissen wurde. Dennoch ging es nie spurlos an ihm vorbei.

„Warum wurden sie getötet?"

Als Levan zu Svenja ging sah er, dass sie Tränen vergoss. Der Krieger wusste keine Antwort. Waren es Straftäter gewesen? Aber warum sollte man sie dann isoliert hinrichten? Irgendetwas stimmte hier nicht. Doch an diesem Ort war Denken fehl am Platz.

„Ich weiß nicht, wieso. Der Mensch ist nun mal so. Aber nun komm, wir müssen weg von hier."

Svenja konnte nicht anders, sie musste noch mal einen Blick an den Ort der Grausamkeit werfen. Die abgetrennten Körper lagen in einer großen Lache aus Blut, nicht weit davon die Säcke ... Svenja meinte unter einem der Säcke zwischen der roten Körperflüssigkeit eine lange weiße Haarsträhne zu erkennen. Doch bevor sie darüber nachdenken konnte, packte Levan Svenja am Arm und zog sie weg von diesem depressiven Ort.

Rat

„Wir können nicht noch länger zusehen wie die Welt in Bälde jämmerlich zugrunde geht. Nur noch drei Jahre bleiben, bis die Kristalle ihre komplette Magie verlieren, und es folgen nach dutzenden Gesprächen noch immer keine Taten." Hämmernd schlug der dunkle Schatten mit den grünen Augen die Fäuste auf den Tisch.

„Und was schlägt der Herrscher des Nördlichen Kontinents vor? Wenn Ihr so versessen darauf seid, eine gemeinsame Lösung zu finden, bringt doch einen Vorschlag, der uns drei ebenso überzeugt", neckte der blauäugige Schatten sein Gegenüber.

Der Grünäugige beugte sich etwas über die Tafel, an der die vier Herrscher der Kontinente Patz gefunden hatten. „Etliche meiner Pläne fanden bereits Gehör in dieser Runde, meine liebe Freundin", lächelte er.

„Ja, die stärksten Magier in die fünf Verstecke schicken, um die Magie der Kristalle wieder zu füllen, war zuzeiten Euer klügster gewesen."

„Macht Ihr Euch über mich lustig?", sprach der Grünäugige wütend.

„Bewahrt bitte ein ruhiges Gemüt, meine Freunde", mischte sich nun auch der weißäugige Herrscher des Mittleren Kontinents ein. Daraufhin war eine Weile Stille. Nur das Tosen und Rauschen der Wasserfälle hinter den Herrschern, die in dem komplett weißen Raum ins Leere fielen, waren zu hören.

„Erklärt mit bitte, warum es unmöglich ist, die Kristalle erneut zu füllen", wollte der Grüne wissen. Woraufhin der Weißäugige antwortete: „Die Mengen an Magie, die dafür aufgetrieben werden müssten, würden Tausende von Menschenleben kosten. Es sei denn, ihr könnt einem Pitback diese Aufgabe zuteilen. Doch ihr werdet keinen finden. Der Letzte ist mit Toran verschwunden."

„Ich sage Euch, wir sollten die letzte Zeit nutzen und die Truppen versammeln, um den Südlichen Kontinent zu stürmen", rief der rotäugige Schatten energisch in die Runde.

„Ausgeschlossen. Der Östliche Kontinent wird keinen einzigen Soldaten für so einen irrsinnigen Plan opfern." Der Blauäugige beharrte auf dieser Meinung.

„Meine liebe Freundin ... sollte sich die Barriere auflösen, wird es schon bald kein Land mehr zu regieren geben. Wir sprechen hier von Harold ... einem der gefährlichsten Menschen. Deshalb ist Angriff das beste Manöver, um ihn zu überrennen." Auch der Rote änderte seine Meinung nicht.

Erneut herrschte das leise Geräusch der Denkenden über dem Platz. Bis der Weiße einen erneuten Vorschlag machte. „Hatte Toran nicht eine Tochter?"

„Soweit ich weiß schon ... aber das hat nicht im Geringsten mit der derzeitigen Situation zu tun. Also kommt bitte zurück zum Thema", beschwerte sich der grünäugige Schatten.

„Ihr versteht völlig falsch. Worauf ich hinaus wollte, war ... in ihren Adern fließt das Blut Torans. Kann es nicht sein, dass auch sie die Kraft eines Pitbacks besitzt?"

„Ihr beliebt zu scherzen, ehrwürdiger Humphry", spottete nun auch der Rotäugige.

„Nein, der Herrscher des Mittleren Kontinents könnte bei seiner Theorie richtig liegen", stimmte der Blaue zu. „Fahrt bitte fort."

Nickend bedankte sich Humphry bei dem blauäugigen Schatten.

„Mein Vorschlag wäre: Einer sucht das Mädchen auf, trainiert sie und stellt sie vor eine Prüfung, dessen Gelingen nur einem Pitback möglich sei. Das Ergebnis, ob sie geeignet ist, wird sich zeigen."

„Und wie lange würde das dauern? Die komplette Ausbildung dauert Jahre ... und dann wäre noch die Frage, wer von uns sie ausbildet. Die Herrscher haben Besseres zu tun als ein dahergelaufenes Mädchen zu trainieren ..."

„Das ist gewiss wahr, daher schlage ich vor, dass dies mein alter "Freund" Skax übernimmt", sagte der blauäugige Schatten.

Die Ratsmitglieder überlegten eine Weile. Schließlich waren sie sich das erste Mal einig.

„Er ist sehr fähig. Doch wie wollt Ihr Torans Tochter finden?", fragte der Grüne.

„Wir nutzen meine Fähigkeit, mit Pflanzen und Tieren zu sprechen. Ich bin mir sicher, sie so zu finden", antwortete die Herrscherin des Östlichen Kontinents.

„So soll es sein", sprach der weißäugige Schatten.

Danach folgten Themen, die den blauäugigen Schatten nicht interessierten ...

Engelstafel Nr. 7

Die vier Herrscher:

Das Licht des Nordens, die Wasservielfalt des Westens, die Heilkräfte des Osten und die Feuerkraft des Mittleren Kontinents. Das sind die vier Herrscher über die Ländereien. Einst waren es noch fünf Herrscher. Jedoch fraß einen davon die Finsternis, und er wurde mit seinem Volke verbannt ...

Seitdem wird das Land der vier Kontinente von
* Jinduhin, dem Lichtmagier
* Kardox, dem Wasserzauberer
* Rosiane, der Blumenfrau
* Paraiel, dem Feuerschlund
geführt.

Syrenia, der Dolch einer Fremden

Ein beklemmendes Gefühl durchzog den Körper Svenjas, als sie und Levan endlich diese depressive Stadt mit dem Namen Tarantha hinter sich ließen. Ein Torbogen aus massivem Holz, der vollkommen mit Efeu überwuchert war, grenzte die Natur von den Homo sapiens ab. Es tat Svenja gut, endlich wieder das weiche Gras unter den Füßen spüren zu können. Sie hasste Menschenmengen ... Das Geschehen in der Stadt erinnerte sie ein weiteres Mal daran. Es ging eben nichts über die Natur ... Hier fühlte sich die blauäugige Frau noch am wohlsten. Denn hier herrschte die Ruhe, die Svenja so sehr begehrte. Hier hörte man nichts außer dem gelegentlichen Vogelgezwitscher und dem Ruf des Meeres. Natürlich waren, so nah am Tor, noch die Stimmen von Fremden zu hören, doch das blendete Svenja aus, denn mit jedem Schritt würden die Stimmen weiter verblassen. Eine kleine Windböe, die Svenja in den Rücken traf, gab ihr wie eine unsichtbare Hand, die sie von diesem Ort wegschaffen wollte, den nötigen Schubs. Die Götter schienen wohl endlich auf ihrer Seite zu sein, scherzte die Blonde stumm. Blödsinn ... es gab keine Götter. Oder?

Es war der jungen Frau ein Rätsel gewesen, wie sie beide aus dem bewachten Distrikt entkommen konnten. Diese Tatsache allerdings hinterließ einen Gedankengang, der die Existenz eines Gottes befürwortete. Svenja ließ stichpunktartig Revue passieren, was bisher vorgefallen war ...

Nachdem die Blonde wie versteinert gewesen war, übernahm der braunhaarige Krieger die Führung. Eine Zeit lang war ein Weiterkommen völlig unmöglich gewesen, da die Henker und ihre Gefolgsmannschaft die Rückreise antraten. Das im Gleichschritt ertönende Hämmern des erprobten Marsches erklang sogar noch in dem kleinen Schuppen, der den beiden eine Weile Unterschlupf bot. Obwohl er gut abgelegen von jener Hauptstraße war, konnte man meinen, die Soldaten wären nur wenige Längen entfernt. Als das Geräusch endlich endete, brachte Levan sie zu dem Tor, das in den obersten Distrikt führte. Sie hatten Glück. Die Menschen wurden gerade wieder zurück in die abgesperrte Zone gelassen. Von hier aus war es leicht, zu dem Stadttor vorzustoßen. Und hier waren sie nun. Endlich im Schoß von Mutter Natur.

Noch immer gedankenverloren trug es Svenja und Levan Schritt für Schritt weg aus dieser Hölle. Ob Dannad wohl auch so ein Nest aus Finsternis und Elend war? Ihr konnte es ja eigentlich egal sein. Höchstens eine Nacht würden die beiden Reisenden in der Stadt verweilen, bevor es zur Magieschule ging. Was sollte schon in dieser kurzen Zeit geschehen? Stumm ging die Reise weiter, bis ... eine weitere kleine Gruppe aus zwei Männern und einem jungen Mädchen aus einem Wald hervortraten.

„Die drei machen es richtig ...", brach Levan das schier nie endende Schweigen. „Wir sollten auch im Schutz des kühlen Blätterdachs weiter reisen. Diese Hitze macht mich fertig ...", sagte er, während er versuchte, sich mit der Hand frische Luft zuzufächeln.

„Ja", erwiderte Svenja und fing damit an, sich in Richtung Dreiergruppe zu bewegen. Sie waren noch zu weit entfernt, um mitzubekommen, was nun folgte.

„Du hör mal, wegen vorhin ... Es tut mir leid, dass du dir solche Mühe geben musstest, mich Nichtsnutz aus der Gefahrenzone heraus zu schaffen ... Dafür danke ich dir." Svenja verbeugte sich, so weit sie nur konnte, vor ihrem Kameraden. Ohne ihn wäre sie bereits tot gewesen ... Es war wohl doch eine gute Entscheidung, ihn dabei zu haben.

Verlegen winkte der Krieger ab. So hatte Svenja ihn zuvor noch nie gesehen. Es brachte sie sogar zum Kichern.

„Hey, das ist das erste Mal, dass man dich lachen sieht", versuchte Levan die Aufmerksamkeit wieder zurück zu Svenja zu treiben.

„Denkst du?"

Der Krieger nickte bestätigend. „Ja, und es steht dir außergewöhnlich gut."

Beide sahen sich kurz an und lachten schließlich zusammen. Was war das nur für ein Kerl? Er schaffte es, ihr die Depressionen und schlechten Gedanken aus dem Kopf zu treiben. Das Band der Freundschaft zwischen den beiden hatte sich damit etwas verstärkt.

In dem Moment fuhr Svenja abermals ein Stechen durch den Kopf und die Welt verging für einen Augenblick in Zeitlupe. Die Gruppe mit dem Mädchen lief gerade neben ihr vorbei. Als Svenja den Kopf wandte, trafen die großen dunklen Augen des purpurrothaarigen Mädchens auf die blauen Svenjas. Dicke Tränen liefen aus lang verweinten Augen. Dicke Säcke unter den Augen des

Kindes waren Beweis dafür. Das Mädchen blickte wieder hinab und der Moment der Zeitlupe endete. In wenigen Schritten war das Geschehen vorbei. Was war das gewesen? Grübelnd sah Svenja dem Kind, das nur einen Leinensack trug, hinterher.

„Was ist?", fragte Levan, der von all dem nichts mitbekam.

„Hast du das nicht auch gespürt?"

„Was?"

„Na, als die drei an uns vorbeigingen?"

Der Mann streckte sich etwas, um besser sehen zu können.

„Was ist wohl mit der Kleinen?", brummelte Svenja.

„Das sind bestimmt Menschenhändler", fuhr Levan fort.

Dieses Wort ließ Svenja noch verständnisloser zurück.

„Man handelt mit Menschen?" Erschrocken drehte sich die Blonde zu ihrem Partner um, der langsam nickte.

„Leider, sie werden gehandelt als wäre es Vieh."

„Wie grausam ... Selbst Kinder?" Svenja befürchtete, dass sie die Antwort darauf längst wusste. Und so war es. Der Krieger nickte abermals.

„Normalerweise sind Kinder nicht viel wert, und sie werden deshalb nicht entführt ... Vermutlich liegt es an ihrer Haarfarbe. Ich hab vorher noch nie einen Menschen mit purpurnem Haar gesehen. Deshalb wurde sie wohl verschleppt."

Gedanken zur Befreiung des Kindes klopften in dem Kopf Svenjas und legten damit die verschiedensten Optionen zurecht.

„Denk nicht einmal daran, sie ihnen zu klauen ..."

„Aber ..."

„Hör auf. Das ist eine riesige Organisation, bei der jeder Einzelne in ein Buch eingetragen ist. Tötet man einen, bekommt man es mit allen zu tun. Und du kannst dir nicht vorstellen, was sie mit einer Frau wie dir anstellen. Also lass es. Komm ihnen am besten nicht zu nah."

Svenja schwieg zwar, doch die Frage, warum sich der Mann so gut mit Menschenhandel auskannte, beschäftigte Svenja.

„Komm, lass uns weiter gehen."

Stumm folgte Svenja dem Krieger bis zu dem Waldrand, aus der die kleine Gruppe vor noch nicht allzu langer Zeit herausgekommen war. Es war hier noch nicht so sehr verwachsen, das hieße also, dass ... Ein merkwürdiger Druck unter dem Fuß ließ die Blonde innehalten. Als sie einen Schritt zurück ging, lag etwas länglich Gebogenes eingedrückt in der Erde.

„Warte mal kurz", rief sie Levan hinterher, der schon ein Stück voraus war. Die Blauäugige bückte sich hinab und hob den Gegenstand auf. Er war voller Erde, deshalb rieb sie ihn an der Tunika etwas sauber. Das war ein Dolch ... Wie schön er war. Edel verarbeitete Klinge, einen Griff aus Elfenbein. Warte ... Da stand etwas im Griff. Syr ... Svenja versuchte die Erde in den Ritzen mit den Fingernägeln herauszukratzen, um lesen zu können, was da stand. ... Syrenia ... Die Blonde drehte sich noch ein letztes Mal um, doch die beiden Menschen waren mit dem Kind bereits verschwunden. *Bist etwa du ... Syrenia?*

Engelstafel Nr. 8

<u>Menschenhandel:</u>

Eine ungewisse Anzahl an Personen verdient ihr Geld mit dem Handel von Menschen. Die genaue Zahl, wie viele ihnen bereits zum Opfer gefallen sind, ist unbekannt. Die Versteigerungen finden an anonymen Orten statt, wo auch die Ware neue Herren bekommt. Laut Augenzeugen soll es aber auch schon vorgekommen sein, dass Händler in einer Art sich drehender Spirale, die plötzlich in der Landschaft aufgetaucht ist, verschwanden. Die Händler sollen mit der Ware regelrecht eingesogen worden sein. Ob es der Wahrheit entspricht, kann man nicht mit Gewissheit sagen und der Glaube daran bleibt jedem selbst überlassen. Die Händler kamen wieder, nur die Sklaven blieben verschwunden.

Der Handel mit dem Leben

„Hör zu, solltest du noch einmal auch nur den kleinsten Versuch unternehmen, abzuhauen, dann schwör ich bei Gott, dass du nackt durch Tarantha geschleift wirst. Meine Geduld mit dir ist am Ende."
Torm war überrascht, solche Worte je aus Corondals Mund zu hören.
Syrenia nickte schließlich nur.
„Gut."
Torm krallte seine Pranke tief in den Stoff des Sackes und trieb Syrenia zur Bewegung an. Sie näherten sich nun immer mehr der Hafenstadt.
„Corondal, da kommt jemand."
Syrenias verweinter Blick war fest auf den Boden gerichtet. Ihr war es egal.
„Trottel. Geh einfach weiter und kümmer dich nicht um die beiden."
Eine Männerstimme wurde nun immer lauter, je näher sie kam.
„Hey, das ist das erste Mal, dass man dich lachen sieht."
Nun wagte das Kind doch einen Blick.
„Denkst du?"
Ein schönes blondhaariges Mädchen und ein junger Krieger streiften ihren Weg.
„Ja, und es steht dir außergewöhnlich gut", antwortete er.

Und in diesem Moment trafen sich die Blicke des strohblonden Mädchens und Syrenias, aus deren Augen dicke Tränen liefen. Und für einen Augenblick schien die Zeit still zu stehen. Was für schöne blaue Augen, dachte sich Syrenia. Ein kurzer Moment der Zeitlupe entstand, der einen Augenblick ein wohltuendes Gefühl der Geborgenheit im Herzen Syrenias vermittelte, das sie bisher nur in Mutters Gegenwart verspürt hatte. Doch dann verlor sich ihr Blick wieder auf den Boden. Wieso musste es nur so enden? Das Kind spürte, dass die junge Frau den dreien hinterher sah. Sollte Syrenia die beiden Fremden um Hilfe anbetteln? Ach, das hatte nun auch keinen Sinn mehr ... *Finde dich damit ab, Kind. Dein Leben ist nur ein Stück Scheiße wert.*

Auch oberhalb der Klippe war eine riesige Mauer zum Schutz vor Mobs errichtet worden. Es dauerte nicht lange und die Sklavenhändler waren mit ihrer Beute an den Toren Taranthas angekommen. Keine der Wachen, weder die, die sich direkt am Treffpunkt zwischen Kommen und Gehen befanden, noch die auf den hier ebenfalls erbauten Geschütztürmen interessierte sich für Syrenia. Einer der Wachen erzählte seinem Kollegen von seinen nächtlichen Libido-Abenteuern ... elende Bastarde ... würden sie ihren Job richtig machen, würde es nicht solch dunkle Geschäfte mit Menschenhandel geben.

Als das Wohnviertel schließlich durchquert war, folgte im hinteren Teil dieser Ebene die Passage zum dunklen Handelsviertel. Doch auch diese Wachen dort scherten sich einen feuchten Dreck, wer hier ein- und ausmarschierte. Direkt hinter der weiteren Mauer bogen sie einmal nach rechts und dann einmal nach links in eine kleine Gasse ab, bevor sie vor einer braunen, nach unten führenden Treppe stehen blieben.

„Genieße deine letzten Atemzüge an der frischen Luft. Du wirst sie missen." Torm sagte das erneut mit einem Lächeln auf den Lippen.

Syrenia erwiderte allerdings nichts darauf. Das Mädchen und Torm waren die ersten, die hinuntergingen. Corondal vergewisserte sich noch einmal, ob ihnen niemand folgte, und schloss sich dann seinem Kumpan wieder erneut an. Erst jetzt betraten sie einen Raum, der hinter einer Stahltüre lag. Schon beim Eintreten war der beißende Gestank von einem Gemisch aus Blut, Kotze, Kot und anderen Substanzen wahrzunehmen. Es benötigte keine große Denkleistung, um zu wissen, dass hier Menschen getötet wurden.

Es dauerte eine Zeit, bis sich die Augen des Kindes an die Dunkelheit des fensterlosen Raumes gewöhnten. Hier sollte definitiv etwas geheim gehalten werden. Der Raum selber war fast leer. Nur ein Schreibtisch und einige Regale mit Büchern belebten das Zimmer.

Corondal trat an den Schreibtisch heran und drückte auf eine alte Blechklingel. Sie war schon sehr verrostet, das hörte man. Eine kurze Weile geschah nichts, bis ein älterer fetter Mann aus einem Nachbarzimmer kam. „Komm ja schon, komm ja schon." Erst jetzt blickte er auf. „Ah, wenn das nicht Corondal und Torm sind."

Der Mann hatte einen Dialekt mit tiefer Stimme, den man nur auf dem Östlichen Kontinent sprach. Seine einst schwarzen Haare waren inzwischen längst Zeugen der Zeit geworden. Den Irokesen, den er daraus gemacht hatte, trug er kurz. Was aber auf seinem Schädel am meisten auffiel waren die Ritual-Tattoos an den beiden glattrasierten Seiten. Sein breites Gesicht, seine Augen und seine Nase erinnerten eher an die Visage eines Schweines. Noch nie zuvor hatte Syrenia solche Schweinsaugen gesehen. Ein Film aus Öl benetzte die fette fleischhaltige Haut des Mannes. Auch die Arme waren voll mit den Ritual-Zeichen. Das Kind musste sich zusammenreißen, um nicht wieder erneut erbrechen zu müssen.

„Wie ich sehe, habt ihr wieder neue Ware für mich." Er ging zu Syrenia, umrundete und musterte sie von allen Seiten. Mit den Augen folgte das Kind dem Mann mit jedem Schritt, bis er vor ihr stehen blieb. Er legte seine rechte Pranke auf ihr Kinn und zwang sie mit etwas Druck, den Mund zu öffnen. Der Mann betrachtete kurz ihre Zähne. Endlich ließ er von ihr ab. Syrenia wischte sich das Kinn an dem Leinensack ab, da etwas von dem Öl des Mannes daran haftete. Ekelhaft.

„Interessante Ware habt ihr gebracht. Schöner Körper, Zähne … Nun muss sie nur noch auf Krankheiten und ihre Jungfräulichkeit überprüft werden." Eiseskälte durchzog Syrenias Körper. Was faselte der da?

„Ihr macht was?" Das Kind hoffte, sich verhört zu haben.

„Ich bin es leid, jedem Weib erklären zu müssen, dass Jungfrauen mehr Geld einbringen", sagte der Fette genervt. „Wenn du dir starke Schmerzen ersparen willst, rate ich dir, du wärst unbefleckt. Denn sollte sich herausstellen, dass dein Häutchen gerissen ist, wird es dir wieder von einem Wundheiler professionell angenäht. Man weiß ja nie, für was für Zwecke du später verkauft wirst." Die Geschehnisse der letzten Stunden konnte Syrenia noch hinnehmen, aber was nun mit ihr passieren sollte, schlug alles bei Weitem.

„Wollt ihr kranken Penner mich verarschen?" In Syrenias Worten brannte die reine Wut. „Natürlich bin ich Jungfrau, ich bin elf!" Aber den dicken Mann schien es nicht im Geringsten zu interessieren. Er klatschte in die Hände und ein weiterer junger Mann kam herein. Er packte das Kind und zog sie grob in einen Nebenraum. Syrenia versuchte sich, so gut es ging, zu wehren, konnte es aber nicht mit der Kraft eines ausgewachsenen Mannes aufnehmen und musste mit in den Raum, wo der junge Mann die Türe zumachte. Nun waren die beiden Sklavenhändler mit dem fetten Mann alleine.

„Kommen wir nun zum Geschäftlichen", begann der Dicke. „Tausend Goldmünzen." Darauf lachte Corondal nur. „Du warst schon mal spendabler, mein Lieber. Wir wollen Fünftausend."

Der Fette schüttelte ungläubig mit dem Kopf. „Du wirst nirgendwo so viel für ein Kind bekommen. Auch wenn sie noch so eine

Schönheit ist." Er seufzte. „Gut, da wir öfters Geschäfte machen, erhöhe ich noch auf Zweitausend ... Aber mehr ist nicht drin."

„Wie wär es zusätzlich mit einer Stunde Vergnügen mit dem Mädchen", mischte sich nun auch Torm ein.

„Halts Maul", schrie ihm sein gereizter Kumpan entgegen. „Okay, Zweitausend." Corondal hielt dem tätowierten Mann die Hand entgegen, der auch ohne zu zögern einschlug."

„Ihr erhaltet euer Gold von der üblichen Person am selben Ort. Wartet einfach dort."

Corondal nickte kurz bestätigend und bewegte sich in Richtung Ausgang. Nun folgte ihm auch sein Kumpan hinaus. In dem selben Augenblick, in dem der Riegel ins Schloss fiel, war die Untersuchung des Mädchens fertig. Der Heilkundige und Syrenia kamen wieder herein.

„Und?", fragte der Dicke.

„Unbefleckt", erwiderte der andere Mann knapp.

„Gut, gut, dann bist du jede Münze wert. Die beiden Idioten haben ja keine Ahnung, was für ein wertvolles Juwel sie mir verkauft haben." Der Mann kniff mit der Linken in Syrenias Wange. „Du wirst mein Sahnestück der Ausstellung."

Ein böser Blick des Mädchens galt ihm als Antwort.

„Ist sie für jenen Ort geeignet?", fragte der Dicke weiter.

Der Mediziner schüttelte den Kopf. „Wohl eher nicht."

Was faselten die beiden da? Welcher Ort? Syrenia bekam Kopfschmerzen.

„Bring sie nach unten zu den Wagen." Mit diesen abschließenden Worten nahm der Mann an seinem Schreibtisch Platz und fing mit dem Notieren in einem großen Buch an. Das wird wohl sein Finanzbuch sein, vermutete das Kind.

Der Medicus schubste Syrenia aus ihren Gedanken zu einem kleinen Durchgang. Dahinter befand sich eine eiserne Wendeltreppe, die weit in das tiefe Schwarz des nicht sichtbaren Bodens führte. Geblendet von der ungewissen, lauernden Gefahr in der Dunkelheit verweilte das Kind kurz an der Schwelle. Wie tief es dort wohl runterging? Wäre hier ein Stein, würde Syrenia ihn hinunterwerfen, um die Höhe feststellen zu können. Das wollte sie schon immer mal ausprobieren.

„Es wird Zeit." Der Mann hinter ihr drückte sie leicht weiter. Das Kind gehorchte und ging Stufe für Stufe ihrem unbekannten Schicksal entgegen.

Schnell war auch sie von völliger Dunkelheit umgeben, so dass, wenn man sich nicht am Geländer abstützte, die Gefahr bestand, zu fallen. Doch nach wenigen Minuten gewann endlich das Licht der Kerzen die Oberhand. Als die beiden menschlichen Wesen das untere Ende der Treppe erreichten, konnte man regelrecht den tobenden Herzschlag des jungen Mädchens hören.

Dutzende Menschen, eingepfercht in kleine Gitterkäfige, die auf Pferdewagen standen, waren nebeneinander aufgereiht. Nur das Stöhnen, die Hilferufe und derselbe Gestank wie in dem Zimmer davor hallten von dem dicken Mauerwerk, das in einen tiefen Tunnel führte.

Der Mann führte das Kind weiter und an einem der Wagen vorbei. Als sie knapp am Ersten vorbei waren und sich einem weiteren Wagen näherten, erschrak das Kind plötzlich. Ein alter Mann, dessen komplettes rechtes Auge von Geschwüren zugewuchert war, das sich langsam in die Mitte seiner Fratze schlang, klammerte sich fest an das Gitter und versuchte schreiend und verzweifelt, sich irgendwie durch das viel zu kleine Gitter zu schieben. Ein weiterer Recke eilte heran und stieß dem Alten mehrmals seine schwarzen Stiefel in die Visage.

„Zurück, du hässliche Missgeburt!"

Syrenia hatte panische Angst vor den beiden Männern. Er war eindeutig ein psychisches Wrack, vor dem das Kind Angst bekam. Würde sie auch so enden?

Gefangen von dem Szenario wurde das junge Kind gefesselt wie ein angeleinter Köter. Blut, und eine Substanz, die nach Eiter aussah, strömte zwischen den Geschwüren hervor, als er mit dem

Gesicht zu dem Kind in seinem Käfig lag. Syrenia musste bei dem Anblick erneut würgen.

„Keine weiteren Sperenzchen, sonst wirst du zu ihm in den Käfig gesteckt." Das junge Kind erschrak, als der Gelehrte der Heilkunde neben ihr zu reden begann.

Als die beiden dann an dem anderen Wagen ankamen, schloss der Mann den Käfig auf, öffnete die Türe, stieß das Kind hinein und kettete sie mit einer stabilen Kette fest. Sie konnte zwar damit aufstehen, aber der Bewegungsradius war sehr eingeschränkt. Das Kind konnte jetzt nur noch zusehen, wie sich die Türe wieder schloss und ihr verfluchtes Schicksal immer näher rückte. Sie war am Ende ihrer Kräfte. Hunger und Durst plagten sie und die Müdigkeit übermannte sie. *Dauert wohl nicht mehr lang, bis ich einschlafe,* durchdrang ihre Stimme selbst das Innere ihres Kopfes. Den Blick auf den Boden gerichtet gingen dem Mädchen Tausende von Dingen durch den Kopf. Als ihr Körper dann etwas durch das Sitzen zur Ruhe kam, wurden die Augen langsam schwerer.

„Wie heißt du?" Syrenia schrak auf, als sie eine hohe Mädchenstimme hörte. Hatten die Ereignisse mit Corondal und Torm sie so schreckhaft werden lassen?

Ein blondhaariges Mädchen, das in ihrem Alter sein könnte und dem Kind gegenüber saß, schaute sie fragend durch eine schmale dünne Brille mit ihren grauen Augen an.

Syrenia zögerte erst, Details von sich preiszugeben. Doch dann entschied sie sich doch dazu, eine Antwort rauszuquetschen. Schlimmer konnte es eh nicht mehr werden.

„Syrenia", antwortete sie knapp, um das Gespräch schnellstmöglich zu beenden.

Doch das andere Kind dachte nicht daran. „Was für ein schöner Name. Ich bin Henrietta."

Das interessierte das purpurne Mädchen nicht im Geringsten und sie zeigte es ihrem Gegenüber auch mit ihrer Mimik. Doch das andere Mädchen wollte nicht schweigen.

„Wie haben sie dich erwischt?"

Musste diese Schlampe jetzt unbedingt die seelische Wunde vom Verlust der Eltern wieder aufreißen? Verdammte Scheiße. Syrenia musste sich zusammennehmen, um nicht in Tränen auszubrechen; zugleich kochte sie innerlich vor Wut auf die Welt.

„Hast du Familie?"

Wollte dieses Weib sie verarschen? Warum tat sie das? Syrenia ballte die Fäuste. Jeden Moment würde das Fass überlaufen, wenn dieses Mädchen nicht endlich aufhörte, solche Fragen zu stellen. Die Tränen in den Augen des jungen Kindes wurden immer mehr.

„Erzähl etwas von dir." Und da war nun der gewisse Punkt erreicht, an dem Syrenia ihre Tränen nicht mehr inne halten konnte und schluchzend das Mädchen anschrie.

„Hör endlich mit deinen saublöden Fragen auf, verdammt. Nein, sie sind tot. Jetzt zufrieden, du Miststück?" Heulend und schluchzend legte sie den Kopf in die Hände. „Ich wünschte, ich könnte sterben."

Endlich hatte es das Mädchen verstanden, Syrenia nicht weiter zu löchern. Sie beobachtete nur schweigend das weinende Mädchen. Mit einem Ruck spürte Syrenia, wie sich die Wagen mit den Sklaven nach und nach in Bewegung setzten.

„Entschuldigung, ich wusste nicht ..." Doch Syrenia reagierte nicht auf die Entschuldigung, sondern ließ ihr Gesicht tief in den Händen vergraben. Syrenia war inzwischen alles gleichgültig geworden. Mit Schlafen war es nun auch vorbei. Einzig der Blick der Leere ließ den Zeiger der Zeit weiter drehen.

Die unterirdische Dunkelheit und das gleichmäßige Schaukeln des Wagens ließen Syrenia doch immer wieder wegdösen. Auch Henrietta hatte die nervige Fragerei eingestellt und sich dem Schlaf hingegeben. Syrenias Resignation trug dazu bei, das Interesse, wohin der Weg wohl führen mochte, verloren zu haben. Seit Stunden hatte sie nichts getrunken oder etwas gegessen.

Syrenia verlor jegliches Gefühl für Raum und Zeit und schlief sodann ein. Einmal bemerkte sie, dass ihr Wasser gereicht wurde,

welches sie gierig trank. Irgendwann reichte ihr Henrietta ein Stück Brot. Das Mädchen aß es, ohne Appetit. Ihre Notdurft mussten die Mädchen jedoch in dem Käfig verrichten. Syrenia versuchte, so gut es ging, ihren Leinensack nicht zu beschmutzen. Sie hatte ihr Zeitgefühl verloren, sie konnte nicht mal mehr erahnen, wie lange es dauerte, bis die Wagen in einer Höhle wieder zum Stehen kamen. Dieselbe Person, die vorher auch schon den Alten mit den Geschwüren im Gesicht verprügelt hatte, schloss den Käfig wieder auf. Sie hatte eine weite Eisenschelle in der Hand, die mit einer weiteren, kleinen Kette zur nächsten Schelle führte. Syrenia war die Erste gewesen, deren Hals mit einem leisen Klicken in der Schelle gefangen war. Es folgten weitere Personen, die das purpurhaarige Mädchen allerdings keines Blickes würdigte. Erst zuletzt war Henrietta an der Reihe und sie wurden nun nacheinander hinausgeführt, wo sie hinter dem jeweils anderen aufgereiht wurden. Nach wenigen Sekunden fing ein langbärtiger Mann an, die Kleingruppen, die jeweils aus fünf Menschen bestanden, mit Schubs zu einer Art Aufzug zu treiben. Die erste Gruppe, die vor Syrenias Gruppe ankam, stellte sich auf eine Eisenplatte, die sich mit ohrenbetäubendem Lärm in Bewegung setzte und die Menschen etliche Meter in die Höhe beförderte, bis sie schließlich in einem rechteckigen Loch in der Decke verschwand. Als sie dann wieder hinabfuhr, waren die Menschen, die zuvor darauf gestanden hatten, verschwunden. Syrenia würde schon sehr bald sehen, was sich dort oben befand. Denn nun war ihre Gruppe an der Reihe. Es standen noch nicht mal alle darauf, da bewegte sich das Ding schon wieder empor. Henrietta hatte Mühe, auf die Plattform aufzuspringen, doch mit Hilfe des vor ihr Angeketteten gelang es ihr in letzter Sekunde.
Nun bekamen sie einen Überblick auf die zehn Wagen, die dort unten standen. Die weiteren Menschengruppen, die in Richtung des Aufzugs getrieben wurden, wurden immer kleiner, je höher sie kamen. Bis schließlich eine dicke Steindecke die Sicht versperrte. Eine knappe Minute war es stockfinster bis ... plötzlich

war da grelles Licht. Es dauerte Minuten, bis sich Syrenias Augen daran gewöhnten. Währenddessen hörte sie nur eine Frauenstimme, die durch einen für sie großen Raum klang.

„Los, beeil dich, es geht gleich los. Tamo, dieser Bastard, hat die erste Ware in die Käfige eingeschlossen, obwohl er sie zur Bühne hätte bringen müssen."

Die Frau schien sich mit dem Kerl, der Syrenia aus dem Käfig holte, zu unterhalten. Der Mann tuschelte etwas Unverständliches. Die Frau kam wohl näher zu Syrenia heran, da das Kind feuchten Atem auf dem Gesicht spürte. Sie erkannte eine schwarzhaarige Gestalt. Die Gestalt packte sie und schleifte die komplette Truppe weiter.

Wieso wurde Syrenias Blickfeld nicht endlich wieder klarer? Ihre Augen hätten sich schon längst an die Helligkeit gewöhnen müssen ... es sei denn ... es lag an Magie. Dies würde Sinn ergeben, wenn die Kerle hier etwas verbergen wollten, was nicht für Syrenias Augen bestimmt war. Was musste sie noch alles ertragen? Nun auch noch erblinden? Ohne weitere Gedanken fügte sich das Mädchen und ließ sich zusammen mit der Gruppe durch eine verschwommene Gegend geleiten. Erst als sie einige Stufen nach oben getrieben worden waren, kam der Befehl zum Stillstand.

„Keiner von euch rührt sich, kapiert?" sprach der Mann so leise, dass es gerade noch alle verstehen konnten. Zusätzlich begrüßte ein Mann mit tiefer Bassstimme, nicht weit von Syrenia entfernt, irgendjemanden. Außerdem erzählte er etwas von „guter Ware" und „leicht sitzenden Münzen in der Tasche". Erst als der dubiose Mann sagte: „Bringt die Ware herein", wurde die kleine Gruppe an einen hell erleuchteten, warmen Ort geleitet. Es war verdammt warm hier. Wo kam die Hitzequelle nur her? Etwas weiter oben, an der Stelle, an der Syrenia die Decke vermutete, waren kopfgroße, sonnenähnliche Dinge. Syrenia hörte, wie jede einzelne Kette in einen Haken im Boden mit einem Schloss vereint wurde, um den Sklaven gänzlich den Weg zur Flucht zu nehmen. Das Kind erkannte einen dicken Mann, der ein Stück vor ihr stand. Dieser Ort war sehr staubig. Ihre Nase kribbelte, bis wenige Sekunden später ein lauter Nieser über die Bühne zog. Der Dicke drehte sich kurz zu ihr um, bevor er zu einem langhaarigen, obenherum nackten Mann ging. Verdammt, würde sie nun auch noch krank werden? Erst jetzt erkannte Syrenia, dass der Dicke Tattoos und einen Irokesenschnitt hatte ... Moment. Irgendetwas war anders. Sie konnte sehen. Sie konnte endlich wieder richtig sehen. Wie war das möglich? Etwa wegen des Niesens? Unmöglich. Es freute Syrenia, wenigstens einen kleinen Erfolg in dieser misslichen Lage zu kassieren. Nun konnte sie sich endlich umsehen und so eventuell herausfinden, wo sie sich befand. Auch wenn es sich als schwer erweisen würde. Die Dinge, die vorhin wie kleine Sonnen ausgesehen hatten, stellten sich als Feuerschalen heraus, die die Bühne, auf der sich das junge Kind mit den anderen aus ihrer Gruppe befand, hell erleuchteten. Etwas vor ihr befanden sich Menschen, die verborgen im Schatten standen. Dann hatte sich der Dicke also mit diesen Leuten unterhalten. Als sie den übergewichtigen Mann erneut mit dem Blick einfing, setzte er wie auf Kommando seine kranke Show fort.

„Unser erstes Exemplar ist ein junger, schöner Mann, der tief aus den Trauerwäldern des Östlichen Kontinents stammt." Während der Dicke sprach, ging er zu einem großen attraktiven Mann mit langen schwarzen Haaren. Sein Oberkörper war nackt, so dass man gute Blicke auf seine Brustmuskeln erhaschen konnte. Untenrum sah es auch nicht viel schlechter aus. Nur eine Art Lendenschurz verdeckte sein Gemächt. Noch nie zuvor hatte das Kind einen solchen Mann gesehen. Im Vergleich zu ihm war ihr Vater ein Nichts gewesen.

„Mit diesen Muskeln hält er stundenlang durch." Er packte den Großen am Arm, um es besser zeigen zu können. „Wenn ihr also Minen- oder Feldarbeiter sucht, ist dieses Exemplar genau das Richtige für euch. Wir fangen bei einem Gebot von einhundert Goldmünzen an." Die Zahl Einhundert brüllte er regelrecht, damit ihn ja alle Leute hören konnten. Der Dicke legte die Hände an die Ohren. Syrenia war erschrocken. Wie viel Geld das war! Nie im Leben würde jemand so viel für einen Menschen zahlen. „Einhundertzehn." Es versetzte dem Mädchen einen Stich im Herzen, als sie eines Besseren belehrt wurde, während ein weiteres Gebot durch den Raum flog. Daraufhin folgte eins nach dem anderen. Syrenia sah wie eine Person ganz hinten sich der Türe näherte und dahinter wenige Sekunden später verschwand. Ihr Blick wechselte zu der Person, von der sie ausging, dass sie diese immer höher werdenden Zahlen in den Raum warf. Es war eine Frau, die Dutzende von Goldketten am Leib trug. Schließlich war das höchste Gebot erreicht. „Verkauft für sechshundertsiebzig Goldmünzen." Der Dicke brüllte wieder. Er zeigte mit der Hand auf die Frau mit den Goldketten. Diese freute sich natürlich dementsprechend.

„Bitte, ehrenwerte Dame, dürfte ich Sie zu meinem Vertrauten dort drüben für das Finanzielle bitten?"

Die Frau gehorchte und machte sich zu dem vertrauten Mann, der an der Wand auf einem Stuhl saß, auf. Währenddessen kam eine hässliche, verwarzte Frau mit einer langen Eisenstange, an dessen Ende ein blütenförmiges Muster angeschweißt wurde, das rot glühte. Was zum Teufel hatte das Weib damit vor? Das war glühendes Eisen … sie würde doch nicht etwa … Syrenia wusste genau, was für ein Arschloch ihre Vorahnungsgabe war. Sie hatte es bei dem Tod ihrer Eltern gesehen, und das war nicht das erste Mal, dass das Kind recht behalten hatte. Syrenia hasste sich dafür. Als die hässliche Frau vor den Gefangenen trat, drückte sie das glühende Ende fest an die linke Brust des Mannes. Das Zischen des verbrannten Fleisches ließ das Kind erschaudern. Doch der betroffene Mann zeigte keine große Regung. Nur ein leicht verzerrtes Gesicht war Hinweis der grausamen Tat. Sofort breitete sich der bestialische Gestank nach verbranntem Fleisch in dem Raum aus. Schon damals, als eine Seuche die Ställe der Familie heimgesucht hatte und man alle Tiere notschlachten und verbrennen musste, war Syrenia oft kurz davor gewesen, einfach zu kotzen. Die jetzige Situation erinnerte wieder an jenen Tag.

Während der Sklave seine Brandmarkung bekam, ging der Dicke die Kette aus Menschen langsam weiter und versuchte sich bei jedem Einzelnen eine Strategie zurechtzulegen. Bei allen stand er nur wenige Sekunden, nur bei Syrenia schien es endlos zu dauern, bis er sich entschied. Geh weiter … bitte, dachte das Kind. Doch dann sah er nach rechts und eilte zu dem Mädchen, das Syrenia im Untergrund angesprochen hatte. Sie hatte ihren Namen vergessen. Ein breites Grinsen lag auf seinen Lippen, bevor er sich wieder dem Publikum zuwandte. „Kommen wir nun zu diesem Mädchen hier."

Die Eisenfrau verschwand wieder. Wohl um ein neues Eisen zu holen.

„Ich bin mir sicher, dass es einige Interessenten unter euch gibt. Was ihr mit dem Kind macht, liegt ganz in euren Händen. Wir fangen bei einem Gebot von eintausend Münzen an."

War der Kerl irre? Das war ja noch mehr als bei dem Mann! Syrenia wünschte, sie hätte jemals so viel Geld gehabt. Dann würde sie jetzt wohl nicht in der Scheiße sitzen.

„Eintausendfünfhundert", schrie die Frau mit den Ketten, die noch immer bei dem Mann neben der Bühne stand. Es war totenstill in dem Raum.

„Kein weiteres Gebot?" Der Dicke wartete etwas, aber es folgte kein weiteres Gebot mehr. „Herzlichen Glückwunsch, meine Dame. Das Mädchen gehört Ihnen."

Wie viel Geld hatte dieses Weib? So fett wie sie war, hatte sie noch nie mit Hunger zu kämpfen gehabt. Syrenia atmete tief ein, um dann scharf die Luft wieder aus den Lungen zu pressen. Als sie dann die hässliche Frau wieder sah, schloss das Kind die Augen. Syrenia war sich sicher, dass das, was gleich folgte, nicht so leicht von dem blonden Mädchen weggesteckt werden würde wie bei dem Mann. Das purpurne Kind versuchte sich mit einer Geschichte im Kopf abzulenken. Als dann der Schrei folgte, dachte sie noch fester an die Geschichte, bis es wieder still wurde. Syrenia machte die Augen vorsichtig auf, aber sie wagte nicht nach rechts zu dem Kind zu blicken. Sie hatte eben die Augen so fest zugedrückt, dass jetzt ihr Kopf schmerzte. Was waren das nur für Monster ...

„Jetzt bist du dran, mein Sahnestück." In ihr Entsetzen vertieft merkte Syrenia nicht, wie der Dicke vor sie getreten war. Das Kind zitterte, trotz der enormen Hitze, am ganzen Leib.

„Liebe Bieter, darf ich Ihnen nun das Sahnestück meiner Präsentation vorstellen? Dieses Kind ist durch die Hölle gegangen, nur um für Sie heute hier sein zu können." Einige im Publikum lachten. „Ihnen ist sicherlich nicht entgangen was für eine Rarität hier steht. Diese glatten, wirklich wunderschönen purpurroten Haare." Er streifte mit der Hand durch ihr Haar. „Ihr Gebiss ist tadellos rein ..." Er drückte ihren Mund auf, um ihre Zähne zu zeigen. „Genauso wie zwischen den Beinen." *Wage es bloß nicht, dort hinzufassen!* Als hätte es der Bastard gehört, trat er einen Schritt von Syrenia weg und erzählte weiter. „Vor euch steht das beste Exemplar für die Hurerei oder den hauseigenen Harem." Den letzten Satz betonte er besonders.

„Vögelt ihr das Hirn raus", erklang es aus den Reihen unterhalb der Bühne und Gelächter war die Folge. Selbst der Fette musste schmunzeln.

„Aber, aber." Der Mann machte mit den Händen eine beruhigende Geste. „Doch nicht solche Worte vor dem Kind." Wieder erntete er Gelächter. „Doch lasst mich etwas über sie erzählen." Der Mann ging auf und ab, um mehr Zeit verstreichen zu lassen, damit das Interesse an Syrenia weiter wuchs. Der Kerl wusste genau, wie er seine Marionetten bedienen musste, damit sie ihm aus der Hand fraßen.

„Das Kind stammt vom Südlichen Kontinent." Lautes Raunen ging nach diesem Satz durch die Menschenmenge. „Ich weiß, das klingt unwahrscheinlich, aber ist euch schon jemals ein Mensch mit purpurnem Haar begegnet? Also, mir nicht." Wieder raunte es im Publikum.

Was für einen Scheiß erzählte der Bastard. Sie wurde auf dem Westlichen Kontinent geboren.

„Aber wie soll es ein Kind schaffen, die Barriere zu überwinden, was nicht mal die stärksten Magier schaffen?"

„Wie gerade erwähnt hat noch nie jemand ein Mädchen mit solcher Haarfarbe gesehen. Und warum? Weil sie in einem kleinen Stamm, der auf dem Südlichen Kontinent lebt, geboren wurde." Das war völliger Humbug.

„Und wie durchquerte sie dann die Barriere?"

„Das ist eine gute Frage. Die Lösung sind ihre Haare. Sie sind verzaubert, leider kann ich euch das nicht demonstrieren." Eine Weile war es völlig still, doch dann hatten die Menschen auch diesen Köder geschluckt. Sie applaudierten laut. Wie bescheuert waren diese Leute, dachte sich Syrenia.

„Das Gebot startet bei ... fünftausend." Dem Kind blieb fast das Herz stehen, als sie diese Zahl hörte.

„Fünftausendeinhundert." Dieses Mal waren es nur Männer, die in einhunderter Schritten hoch gingen. Als die Menge bei sechstausend ankam, folgte ein überraschendes Gebot. „Siebentausend." Es war die einzige Frau, die auch weiterhin in das Geschehen eingriff. Syrenia vermutete, dass es sich bei der Frau um den Menschen, der hinten an der Wand stand, handeln musste. Die Gebote schnellten nur so nach oben. Man lag nun bei achttausenzweihundert. „Achttausendfünfhundert", schrie ein Mann. Es wurden immer weniger Bieter. Als die neuntausender Marke geknackt wurde, waren nur noch die Frau und ein Mann übrig. Die beiden boten immer höher und höher. „Zehntausend." Unglaublich. Der Mann versuchte seine Konkurrentin mit diesem unglaublichen Gebot zu übertreffen. Doch dann ließ die Frau die Bombe platzen. „Zwanzigtausend." Danach war der komplette Raum still, bevor das Raunen sein Maximum erreichte.

„Beruhigt euch doch. Ruhe!", übernahm der Dicke wieder das Wort. „Meine Dame, seid ihr euch der Zahl, die ihr genannt habt, bewusst?" Syrenia konnte die Frau von ihrer Position aus noch immer nicht erkennen. Alles, was sie erkannte, war die jugendliche Stimme, die ihr irgendwie bekannt vorkam.

„Ja, das ist mein voller Ernst. Gibt es hier in diesem Raum jemanden, der mehr bietet? Doch seid gewarnt, ich werde immer höher bieten."

Alle Personen standen unter Schock. Selbst der Dicke wusste nicht, was er sagen sollte. „Gut ... dann kommt bitte vor." Seine Sicherheit war wie weggeblasen. Als dann schließlich zwei Personen auf die Bühne traten, traute Syrenia ihren Augen nicht. Es waren die blonde Frau und der samuraiähnliche Krieger, denen sie begegnet war, als sie gerade mit Corondal und Torm in Tarantha einmarschieren wollte. Die beiden waren Menschenhändler?

„Könnt Ihr überhaupt so viel bezahlen? Wagt es nicht, Euch aufzuspielen! Hochstapelei wird mit dem Tod geahndet." Der Händler auf der Bühne wurde knallrot im Gesicht vor Wut. Jedoch griff Svenja ruhig unter ihre Tunika und holte das kleine Säckchen hervor. Der knallrote Mann brach in schallendes Gelächter aus. „In diesem kleinen Ding wollt ihr zwanzigtausend Goldmünzen aufbewahren?" Nun fiel auch das Publikum in das Gelächter des tätowierten Mannes mit ein. Svenja öffnete das Säckchen und ließ den Inhalt in ihre Hand fließen. „Das hier ist goldener Kaviar und wohl mehr wert als zwanzigtausend Goldmünzen. Und nun klappt Euren Mund wieder zu und gebt mir das Mädchen."

Syrenia war einerseits froh, nicht in die Hände eines alten Perverslings gekommen zu sein ... doch ob sie bei den beiden ein besseres Schicksal erwarten würde? Nein. Soweit würde sie es nicht kommen lassen. Die beiden waren jung und unerfahren. Nicht so wie Corondal und Torm. Nun würde Syrenia endlich ihre Flucht gelingen. Doch ... etwas Schmerzhaftes würde sich noch zwischen sie und ihre Flucht stellen. Die Eisenfrau betrat wieder mit einem neuen glühenden Stück das Feld. Syrenia würde es mit erhobenem Haupt hinnehmen. Die Frau kam mit einem entstellten Lächeln auf die Gruppe zu. Doch plötzlich stellte sich die blonde Frau mit ausgebreiteten Armen vor sie. Fragend blieb die Hässliche stehen.

„Nein, ich will nicht, das sie gebrandmarkt wird."

„Aber meine Dame, dies ist Pflicht, damit man sie ein Leben lang als Sklavin erkennt", mischte sich nun auch der Dicke ein.

„Genau das ist der Grund, warum es nicht passieren soll."

Erneute Wut breitete sich in dem Gesicht des Mannes aus. „Sie ist eine Sklavin. Und ..."

„Ich bin nun ihre Besitzerin und ich entscheide über die Zukunft des Mädchens."

Die beiden brüllten sich mit aller Kraft an. Warum setzte die Frau sich so sehr für Syrenia ein? Die Pupillen des Mannes wechselten sekündlich von Auge zu Auge der Frau.

Wer waren die beiden nur? War der Samuraityp ihr Mann? Und warum unternahm er nichts?

„Unmöglich." Der Dicke schüttelte den Kopf, während die Frau schnaubte. Sie zeigte mit der Linken auf den Drop des Seemonsters.

„Ihr könnt das alles bekommen. Meine einzige Bedingung ist, dass der Leib des Kindes unversehrt bleibt."

Der Mann sah zu dem Säckchen.

Syrenia war es peinlich, dass so eine Szene um sie gemacht wurde. Alle, selbst die anderen Gefangenen, verfolgten schweigend das Geschehen.

„Also gut", willigte der Dicke endlich ein. Die Frau schien erleichtert, als er das hässliche Weib wegschickte.

„Dann macht sie los", forderte die blonde Frau.

„Aber ..."

„Macht schon", unterbrach sie ihn scharf mitten im Satz.

Er holte einen kleinen silbernen Schlüssel aus der Hosentasche und schloss die Halskrause aus Metall auf. Diese krachte klirrend zu Boden. Als dann auch noch das Gewicht der Handschellen verschwand war Syrenia ein klein wenig glücklich. Sie hatte eher damit gerechnet, noch Tage, wenn nicht sogar ihr ganzes Leben lang damit zu verbringen. Sie wüsste nicht, ob sie dies ausgehalten hätte. Denn schon nach wenigen Minuten spürte man das Gewicht in den Knochen.

Die blonde Frau kam näher. Syrenia rechnete damit, dass die Frau sie nun mit einem Seil oder Ähnlichem fesseln würde. Doch was dann geschah, war das Letzte, was das Mädchen erwartet hätte. Die Frau strich mit der Rechten und einem schönen Lächeln auf den Lippen durch ihr purpurrotes Haar. Was sollte das?

„Lasst uns gehen." Die Blonde und der Samuraityp machten sich ohne weitere Worte in Richtung Treppchen, das von der Bühne führte, auf. Syrenia beeilte sich, um wieder aufzuschließen. Als sie dann aber bei dem Mädchen, das gerade ihre Brandmarkung erhalten hatte, ankam, blieb sie kurz stehen. „Es tut mir leid." Doch diese antwortete nicht. Nur hunderte von Tränen verließen ihren Leib. Traurig ging das purpurhaarige Mädchen zu ihren beiden Käufern.

„Wartet ... wollt ihr sie nicht fesseln?"

Die drei blieben stehen, doch nur das blonde Mädchen blickte zurück zu dem Dicken. „Nein!" Die Frau verschwendete keine weiteren Worte und zusammen verließen sie das Gebäude. Zuerst die blonde Frau, dann Syrenia und zuletzt der mysteriöse Krieger. Es tat gut, endlich wieder die funkelnden Sterne am dunklen Firmament zu erblicken. Kaum hatte der Mann die Türe des Hauses, das in einer abgelegenen, unbepflasterten Nebengasse stand, geschlossen, kam auch schon das erste Gespräch auf.

„Das war eine tolle Leistung von dir, Svenja. Dachte nicht, dass du dem fetten Kerl derart die Stirn bietest." Die Gruppe bewegte sich zu einer belebten Straße.

„Tut mir leid, aber das, was diese Bastarde dort abzogen, machte mich einfach stinksauer."

Ja, unterhaltet euch ruhig weiter und werdet unaufmerksam,
dachte Syrenia. Sobald sie auf einer großen Straße laufen würden,
würde sie fliehen. *Selbst schuld, wenn die beiden so viel Kohle
hinblättern und sie danach nicht mal fesseln.* Als die drei dann
einen großen Platz nahe am Eingangstor erreichten, musste Syrenia schmunzeln. Einfacher konnten sie es ihr wirklich nicht machen. Sie wusste genau, was das für ein Ort war. Sie befanden
sich in Dannad, die Stadt, in der ihre Eltern immer die Ware der
Felder und Tiere an den Mann gebracht hatten. Heute wäre der
Tag gewesen, an dem sie wieder gemeinsam hierher gekommen
wären ... Doch für Traurigkeit blieb im Moment kein Platz, da sie
sich auf ihre Flucht vorbereiten musste.

Obwohl es Nacht war, war noch sehr viel Betrieb zugange. Ein
weiterer Pluspunkt. Nun war es soweit. Die kleine Gruppe wollte
in Richtung Ausgang laufen, als sich Syrenia plötzlich umdrehte,
dem Krieger mit aller Kraft, die sie besaß, in die Weichteile trat,
und – während er stöhnend und sich in den Schritt fassend zu
Boden sackte – in Richtung Ausgang wegrannte. Die Frau schrie
noch irgendwelche Worte, die aber in der Menschenmenge unter-
gingen. Dabei wäre sie fast mit einer jungen Frau, die mit einem
Korb mit verschiedenen Blumen umherstreifte, zusammengestoßen. Wahrscheinlich war sie Blumenhändlerin gewesen ... egal.
Sie eilte aus dem breiten Tor hinaus und folgte einfach ihren Füßen ohne Ziel in Richtung Freiheit ...

Engelstafel Nr. 9

Der Südliche Kontinent:

Der Südliche Kontinent war für das niedere Volk ein unklares
Mysterium. Die vier Königshäuser gaben der Bevölkerung auf

Nachfrage ein Schreiben heraus, in dem es hieß, dass dort Hunderte von Mobs, einer stärker als sein vorheriger, gefangen worden seien. Die Könige beharrten auf dieser These, da aus diesem Grund eine starke magische unüberwindbare Barriere erschaffen wurde, die den kompletten Kontinent von den anderen abgrenzte. Doch entsprach das wirklich der Wahrheit? Es gab darüber genauso viele Gerüchte wie Schuppen auf Drachen ...

Zwei Herzen in freundschaft vereint

Es waren nun bereits zwei Stunden seit der Menschenauktion vergangen, als Levan von dem geretteten kleinen Mädchen einen festen Tritt in die Weichteile bekommen hatte. Svenja hatte ihn kurz darauf vorsichtig stützend auf einer naheliegenden Bank platziert, auf der er immer wieder stöhnend flüsterte „Warum in die Nüsse". Der blonden jungen Frau tat der Mann leid. Doch auf eine gewisse Weise amüsierte es sie ein wenig. Wo wohl das Kind hingelaufen war, war der ablenkende Gedanke, um nicht anzufangen zu lachen und den Krieger noch mehr zu verärgern.
Erst nach einer halben Stunde – die Sonne zeigte inzwischen die ersten hellen Strahlen am Himmel – wagte es Svenja, den in ihre Arme gesunkenen Mann zu fragen, wie es ihm ginge. Die Schmerzen waren zwar inzwischen nicht mehr ganz so schlimm, doch die Laune wollte einfach nicht besser werden. Aber sie wusste, dass der Mann nicht lange Trübsal blasen konnte. Es war eher nur sein Ego geschändet worden.
Nach einer vollen Stunde hatte Levan zwar noch ein leichtes Ziehen, konnte aber zumindest wieder lachen und sich aufsetzen.

Svenja nahm neben ihm Platz, um zu besprechen, wie es nun weiter gehen sollte. „ Was meinst du? Was machen wir jetzt?"

Der junge Mann überlegte kurz, bevor er einen seiner, wie er es nannte, brillianten Pläne verkündete. „Um ehrlich zu sein, würde ich gerne noch ein weiteres Mal versuchen wollen, mit dem Kind zu reden. Doch allerdings wird sie inzwischen schon längst über alle Berge sein."

„Du hast recht, aber wenigstens haben wir Gewissheit, dass sie nun frei ist", brachte nun auch Svenja ein.

„Wer weiß ... es treiben sich dort draußen leider Dutzende Sklavenhändler herum." Beide schwiegen eine Weile und hingen ihren eigenen Gedanken nach. Svenja dachte noch eine Zeit lang an das purpurne Mädchen, bis allerdings der Gedanke an Gigantos wieder in den Vordergrund wanderte. Was sollten die beiden nun tun?

„Willst du wieder in einer Bibliothek nach Informationen suchen?"

Svenja presste viel Luft in ihre Lungen und seufzte frustrierend. „Nein. Dort würde wohl auch nicht mehr über Gigantos stehen als in Ferinstayn. Er wurde zuletzt auf diesem Kontinent hier gesehen."

Der Krieger lachte leise. „Überlass das mir. Ich werde mich in der Stadt ein wenig umhören", sagte er und zog von dannen. Kurz bevor er eins mit der Menschenmasse wurde, drehte er sich noch ein letztes Mal um. „Gib mir bitte zwei Tage und warte dann gegen Mittag am Stadttor auf mich." Levan sagte noch weitere Wörter, doch diese gingen in dem Stimmenmeer komplett unter. Und dann eilte er davon.

Svenja fühlte sich merkwürdig. Es schien, als hätte er irgendeine Idee gehabt, die er unbedingt versuchte, einzufangen. Sie wusste, dass ihr nichts anderes übrig blieb als zu warten, bis Levan wiederkehrte. Doch was sollte sie nun in dieser Zeit machen? Das restliche Gold wollte das Mädchen nicht für unnütze Dinge ausgeben, doch wie sollte man in einer Stadt sonst die Zeit totschlagen? Erneut seufzte die blauäugige Frau. Alleine in der Wildnis herumzuwandern, nur um etwas Gold zu farmen, wäre ebenso eine irrsinnige Idee gewesen.

Nach einer Weile des Überlegens – Svenja wusste nicht, wie lange sie bereits auf dieser Pinienbank gesessen hatte – entschied sie sich, ein wenig die Stadt zu erforschen. Welch mysteriöse Orte sie wohl fand? Als sich die Frau von der Sitzgelegenheit erhob, streckte sie ihren kompletten Körper, um das Geschenk der letzten Stunden Revue passieren zu lassen. Wieder kreisten ihre Gedanken um das kleine Mädchen, bis sie merkte, dass ihre Füße vom langen Sitzen etwas taub waren. Es kribbelte, als wären Abermillionen von Insekten in die Blutbahn eingedrungen und würden gerade Krieg mit Svenjas Zellen führen. Svenja schüttelte beide Beine abwechselnd. Es musste lächerlich aussehen. Doch es war ihr ausnahmsweise egal, was andere von ihr dachten, solange die Faulheit wieder verging.

Schon nach wenigen Minuten spürte die Blonde, wie das Gefühl in beiden Beinen zurückkam. Dann machte sie sich endlich zu ihrer Erkundungstour auf. Als Erstes ging sie durch die Menschenmassen des Vorplatzes am Eingangstor. Es drängten immer mehr Menschen durch die Tore hinein. Wieso nur? Egal, Svenja versuchte erst einmal in einer Nebenstraße zu verschwinden, um nicht dem Tumult zum Opfer zu fallen. Als das gelang, folgte sie weiteren Nebengassen, kam an weiteren größeren Orte mit Wohnhäusern, Geschäften, Statuen vorbei, sogar an einem Freudenhaus, an dem sie mit hochroten Gesicht kopfabweisend vorbeieilte, bevor wieder weitere Gassen folgten.

Der Schluss ihrer ersten Erkundungstour endete erneut an einem riesigen Platz. Das musste der Mittelpunkt Dannads sein, denn der gesamte gepflasterte Ort war gefüllt mit hunderten kleiner Holzhütten, die Reihe an Reihe nebeneinander standen. Einige wurden sogar noch derzeit aufgebaut und sogar eine Bühne war weiter hinten zu sehen. Bei dem Anblick der Bühne überlief Svenja ein eiskalter Schauer beim Gedanken an die letzten vergangenen Stunden über den Rücken. Wie konnte man nur mit Menschen seinen Handel treiben? Kopfschüttelnd verlor Svenja den Gedanken schnell wieder.

Als sie zu dem mit Blumen und Gräsern geschmückten Brunnen blickte, der gestaltet war wie eine nackte, langhaarige Marmorfrau, die einen viel zu großen Krug auf ihrer rechten Schulter trug, aus dem Wasser hinab ins Becken schwappte, erkannte Svenja, dass hoch über ihren Köpfen Girlanden mit unterschiedlich farbigen kleinen Fähnchen hingen. Alle Girlanden kamen über kurz oder lang über der nackten Frau zusammen. Hier würde schon sehr bald ein Fest gefeiert werden, das war nicht anders zu erklären. Neben der Bühne wurden allerdings keine kleinen Hüttchen, sondern lange klappbare Bänke und Tische aufgebaut. Hammer- und Sägelaute durchzogen die Luft und wurden als Echo der anliegenden Häuser zurück geworfen. Svenja genoss es, langsam durch die so entstandenen Wege zu schlendern und dem arbeitenden Volk über die Schulter zu schauen. Einige Male wurde sie von Männern angesprochen, mit denen sie ein, zwei Sätze wechselte. Doch Svenja war zu schüchtern, um tiefere Gespräche mit ihnen zu führen. Aber nun hatte sie zumindest in Erfahrung gebracht, dass hier schon in Bälde ein Fest zum fünften Jahrestag der Krönung des Westlichen Herrschers stattfand. Aus diesem Grund war also so ein Treiben in der Stadt gewesen.

Als sich die junge Frau die Bühne etwas genauer ansehen wollte, wäre sie fast, wie schon damals in Ferinstayn, mit einer Person kollidiert. „Wenn daf nif Svenja if." Als die Frau emporblickte, konnte sie ihren Augen nicht trauen, wen sie nach so kurzer Zeit wieder traf. Es war Skax, der Krieger aus der Schänke des Mittleren Kontinents, der sie nach der Prügelei mit den drei Typen in die Gilde einladen wollte.

Skax kaute auf einer riesigen Keule Fleisch herum, weswegen es sehr schwer war, seine Worte zu verstehen.

„Was machst du denn hier?", fragte Svenja überrascht. Svenja ermahnte sich dafür, so eine blöde Frage gestellt zu haben, während der Krieger den komplett zerkauten Fleischbrocken mit einem Mal herunterschluckte und ernst dreinschaute. „Die Jagd, von der ich dir damals erzählte ... wir wissen nun endlich wo sich das Einhorn aufhält."

Im ersten Moment wusste Svenja nicht, über was der muskelbepackte Mann da sprach, doch dann fiel der Groschen. Das Einhorn, das sie einst am Nachthimmel Ferinstayns gesehen hatte. Es war also hier gewesen ... unglaublich, dass so ein schönes Wesen solch gefährliche Präsenz hatte. Es war der Traum eines jeden Mädchens, jemals eins zu Gesicht zu bekommen, doch nun, da sie von den dunklen Facetten des Tieres wusste, wäre dieser Tag der Begegnung lieber gänzlich aus ihrem Kopf verschwunden.

„Geht's dir nich gut?", wollte der Muskelmann wissen. Svenja verneinte es. „Ich hab mich nur an den Tag zurückerinnert, an dem mich seine Skills außer Gefecht gesetzt hatten."

Als sie in Skax' Gesicht blickte, lag ihm ein freches Lächeln auf den Lippen. „Hast recht. Sahst aus, als würdest du jeden Augenblick deine Innereien auskotzen." War das wirklich nötig von ihm, es auf diese Weise auszudrücken? Svenja zwang sich ein künstliches Lächeln auf und antwortete gar nicht mehr auf seine komische Art Humor. Skax schien es kapiert zu haben, denn seine Miene verfinsterte sich um ein gutes Stück.

„Pass mal auf. Hattest du jemals Einblick in eine richtige Mobjagd?"

„Einst hatte mein Vater mit mir Wildnisabenteuer unternommen, bei dem sich ab und an ein Mob zu uns gesellte. Und vor nicht allzu langer Zeit begegneten der damals vergiftete Krieger und ich auf den weiten Meeren ...." Svenja verfiel in eine Art Protzrausch, bei dem sie Skax mit erhobenen Haupt berichten wollte, welchen Gefahren sie bereits in der Vergangenheit getrotzt hatte. Doch mitten im Wort stoppte der Mann mit dem Dutt ihre Worte.

„Hast DU diese Mobs erledigt?"

So schnell der Rausch gekommen war, so schnell verflog er auch wieder. „..... Nein, damals nicht, aber der Seemob ..." bäumte sich Svenja ein letztes Mal auf, bevor sie aufgab, da ihr Skax finster in die Augen schaute. Der Mann nickte wissend. Musste ihr denn jeder immer die Laune vermiesen? Sie hatte ohnehin schon wenige Erfolgserlebnisse in ihren jungen Jahren gehabt, von denen es lohnte, zu berichten.

„Wie wäre es, wenn du die Gilde bei der Jagd begleitest?", kam es plötzlich unerwartet aus der Kehle des Menschenkriegers. Bei dem Gedanken, sie müsse vor Augen anderer, weit besser gelehrteren Magiern, Zauber anwenden, überkam sie ein eiskalter Schauer. Die Angst vor Versagen, die auch schon in der Vergangenheit regelmäßig ihren Tribut eingefordert hatte, war nun wieder aus ihrem tiefen Schlaf erweckt worden und gierte erneut nach Fressen.

„Ich kann aber nicht so gut mit Magie umgehen", gestand Svenja traurig. Wieder, wie damals schon in Ferinstayn, brach der Hüne in Gelächter aus. „Keine Sorge, du bekommst einen einfachen Part bei der Verteidigung. Sollte es dem Mob dennoch gelingen, zu dir vorzudringen, ist die Gilde sofort an deiner Seite."

Svenja war eingeschüchtert. Sie kannte so etwas wie Vertrauen nicht. Doch die blonde Frau ließ sich darauf ein. „Und wenn das vorbei ist, besaufen wir uns alle in der Schänke." Als Svenja das hörte, sah sie ihn mit großen Augen an. Wieder lachte er. Sie erinnerte sich an die letzte Sauferei in der Schänke der Hauptstadt des Mittleren Kontinents zurück.

„Du bist in Ordnung, Svenja. Du erinnerst mich daran, dass ich damals genauso war."

Wie so oft verstand sie nicht, was dies wieder zu bedeuten hatte. Der Mann mit der blauen Kette war zwar seltsam, aber er hatte das Herz am rechten Fleck. „Lass uns gehen."

Der mysteriöse Krieger wühlte in seinem dicken Wams herum, um scheinbar irgendetwas zu suchen. „Na, wo ises", flüsterte er regelrecht, bis er ES gefunden hatte. Er zog etwas Kleines, das er zwischen Zeige- und Mittelfinger hielt, hervor und legte es auf die Handfläche seiner anderen Hand, um es besser begutachten lassen zu können. Es war ein vierblättriges rotes Kleeblatt. Svenja erkannte sofort, um was es sich handelt. Sie hatte schon in einigen Büchern gelesen, was das für ein Gegenstand war. „Weißt du, was das is?" Svenja antwortete nicht darauf, sondern nickte nur sicher. „Ja. Zu Gesicht bekommen hatte ich es noch nicht, aber darüber gelesen schon. Man kann sich damit an einen anderen Ort teleportieren." Der Mann schien überrascht zu sein, so wie er drein blickte. „Du bist gut informiert."

„Gib mir deine Hand", forderte er und reichte wie ein Edelmann einer holden Dame seine Hand entgegen. Das Vereinen der beiden Hände ging schnell vonstatten, und die andere schloss er fest um den Klee. Währenddessen fiel Svenja auf, dass dies das erste Mal war, dass sie mit einem männlichen Wesen Händchen hielt. Ihr Vater hatte es öfters getan … aber das war etwas anderes. Es fühlte sich so schön an, auch wenn der Krieger raue, mit Hornhaut bewucherte Hände hatte. Moment. Was dachte sie da wieder? Wie es wohl war, zu küssen oder gar zu … Der jungen Frau wurde plötzlich völlig warm und ihr Kopf explodierte, als sie sich vorstellte, mit Skax zu schlafen.

„Alles gut bei dir?", riss der Mann die hochrote Frau aus ihren Tagträumen. Völlig beschämt räusperte sie sich, um die Gedanken beiseitezuschieben. Ohne weitere Worte, nur mit Nicken, wurde die Frage bestätigt und als sich Svenja direkt im Anschluss umsah, um das Thema auf etwas anderes zu lenken, wurde die junge Frau wieder aufs Neue überrascht. Die beiden befanden sich nicht mehr dort, wo sie gerade gestanden hatten, sondern mitten in der Natur. Auch der Lärm der Zeit aus der Stadt wurde durch unsichtbares Schweigen ersetzt und gab die ganze Schönheit preis. Sie waren tatsächlich bereits an das Ziel teleportiert. Es war ein schönes, noch vom Menschen unbeflecktes Stück Land in den Bergen. Wie riesige Kronen schossen die gigantischen Wipfel aus dem Erdboden empor und es schien, dass sie schon fast das weite Firmament am Himmel ankratzen. Die beiden Menschen befanden sich auf einem Weg des dicht mit Bäumen bewachsenen

Fußes einer der Berge. Svenja genoss es, endlich dem Trubel und der Hektik der Stadt entflohen zu sein, die sie einzuengen versucht hatte. Doch was wollten sie hier?

„Wo sind wir hier?", wollte Svenja wissen.

„Weit im Norden des Westlichen Kontinentes", reagierte Skax nur knapp darauf. Es war kaum zu glauben, hier ein Einhorn finden zu können. Das Mädchen nicht weiter beachtend führte Skax beide Hände zum Mund und ließ laute, aber kurze Intervalle an Pfeiflauten erklingen, die sich schon in wenigen Minuten als geheime Sprache herausstellen sollten. Irgendwo, nicht weit entfernt, erklang genau dieselbe Melodie, wie sie der Krieger eben schon gepfiffen hatte. Kurze Zeit des Schweigens verging, die Svenja aber alles andere als störend empfand. Es dauerte nicht lange und ein Gebüsch neben den beiden begann plötzlich zu rascheln, als würde es zu tanzen beginnen. Das Herz der jungen Frau klopfte bis zum Hals, als sie zu ihm hinübersah. Aus einem mit Dornenbeeren bewachsenen Strauch schlüpfte anschließend fluchend der weibliche Mann, der auf den Namen Ramold hörte, mit zwei Frauen hervor. Alle drei gesellten sich geduckt zu ihnen herüber. Ramold trug eine tiefgrüne Robe mit spitzer Kapuze, die sein kupferfarbenes Haar darin verbarg und ihn wie einen Kobold erschienen ließ. An seiner linker Seite war ein junges, zierliches Mädchen, das Svenja vielleicht auf siebzehn Sommer schätzte. Sie hatte weiß gelocktes Haar, was Svenja einen Stich im Herzen versetzte. Plötzlich schoss das Bild der Enthauptung in Tarantha in ihren Kopf. Der blutige Sack, aus dem eine weiße Strähne hervorzuschauen schien ... Svenja, reiß dich zusammen, maßregelte sie sich selbst. Sie versuchte sich weiter auf das junge Mädchen zu konzentrieren. Diese trug ein hautenges orangenfarbenes Kleid, das ihre kleinen festen Brüste stark betonte, und erst an den Kniekehlen begann, schwungvoll und weit zu werden. Ein Ledergürtel zierte ihre recht schmale Hüfte und als Svenja sah, was in einem Netz daran befestigt war freute sich die Blonde etwas. Wie auch schon bei ihr befand sich dort ein Magiebuch mit dunklem Einband. Svenja traf also auf jemanden, der ebenfalls zaubern konnte. Es verwunderte die blonde Frau, wie blass dieses junge Ding war. Die Haut des Mädchens war kreidebleich. Und erst als das Dreiergespann etwas näher war, konnte man sehen, dass die Augen des gelockten Mädchens eine hellrote Iris hatten. Es versetzte Svenja einen kleinen Schock als sie dies sah. Noch nie war ihr ein Mensch mit roten Augen untergekommen. Armes Ding. Als das weißhaarige Mädchen den Augenkontakt mit ihrem Gegenüber bemerkte, kam ein kurzes verstohlenes Lächeln, das nur eine Sekunde währte, von ihren schmalen Lippen hervor. Doch diese Sekunde reichte aus, um die Warmherzigkeit des jungen Mädchens preiszugeben.

Die Frau an der rechten Seite des weiblich aussehenden Kriegers war das genaue Gegenteil des zierlichen Mädchens. Eine kräftige, finster dreinschauende Muskelfrau in Rüstung, oder wie Svenja schmunzelnd feststellte, eine weibliche Version von Skax. Sie war in leichte Rüstung gehüllt. Grüne Kleidung verbarg sich unter dem Metall und schützte ihre Haut vor neugierigen Blicken. Die Frau hatte, wie Svenja, strohblondes Haar, nur dass es die etwa dreißigjährige Frau zu einem dicken Zopf zusammengebunden hatte und es nicht ganz so lang trug wie Svenja. Auch gleich waren ihre blauen Augen, die in ihrem etwas dickeren Gesicht viel zu klein schienen. Der Frau war anzusehen, dass sie, wenn sie schlecht gelaunt war, gerne mal Krawall verursachte.

„Und wie sieht's aus?", fragte Skax seinen zweiten Gildenmeister, als die Gruppe näher gekommen war.

„Das Mistvieh schläft endlich. Hatte sich vier Tage nur umgesehen, ob es hier friedlich ist, bevor es zurück ins Nest flog. Und wessen Schuld ist es?" Der weibliche Mann sah böse zu der Muskelfrau herüber, die seinem Blick ebenfalls mit einem finsteren Blick standhielt.

„Ja, ja nerv nicht", reagierte sie gereizt, während sich die Zierliche sichtlich das Lachen verkneifen musste.

„Du bist still", neigte sich die Wütende mit erhobenem Zeigfinger zu ihrer Kameradin hin. „Hab nix gesagt," sagte die Schmale spielend mit erhobenen Händen. „Sag mal, Skax. Wer isn das Mädchen da?", fragte sie und lächelte Svenja erneut an. Sie hatte einen Dialekt, wie ihn Svenja bisher nur von Skax gehört hatte. „Das ist Svenja. Sie wird uns auf der Jagd begleiten", stellte Skax sie vor. Verdammt. Svenja wollte sich doch selber vorstellen. Nun war jemand hier, mit der sie sich verstehen könnte, und es wurde wieder nichts daraus.

„Na toll. Auch noch Kindermädchen spielen", jammerte die bereits Verärgerte. Svenja konnte sie nicht leiden, das war sicher. „Sei nich so gemein, Hanna. Du kennst se doch net", schützte das zierliche Mädchen Svenja. Nun sagte die andere Frau nichts mehr, sondern schüttelte nur beleidigt den Kopf. Das zierliche Ding war Svenja zwar schon ab der ersten Sekunde sehr sympathisch gewesen, doch dass sie der Muskelfrau die Stirn bot, hätte die junge Dame niemals gedacht. Svenja mochte sie.

Nun fing Skax an, seine Gildenmitglieder nacheinander vorzustellen. Er fing bei der Beleidigten an. „Das is Hanna, einer unserer vielen Tanks aus der Gilde. Sie ist zwar ein Trottel, aber eine unserer Besten." Skax tätschelte Hanna bei dem Wort „Trottel" einige Male auf den Kopf.

„Wollt ihr mich eigentlich alle verarschen?", meckerte diese wieder, doch Skax ignorierte sie und ging gleich zum Nächsten über. Nun musste auch Svenja lächeln. Die Frau wirkte nun nicht mehr ganz so gefährlich wie noch vor wenigen Herzschlägen.

„Ramold kennst du ja bereits. Er ist in Sachen Verteidigung die absolute Nummer eins." Ramold rührte sich nicht.

„Und dieses junge Fräulein is unsere Heilerin und das Nesthäkchen der Gilde, Lalahya." Das zierliche Ding winkte mit der rechten Hand, ohne etwas zu sagen. Was für ein schöner Name. „Unsere gemeinsame Zeit währt erst kurz, doch isse trotz ihrer jungen Jahre jetz schon eine unglaublich talentierte Heilerin. Ich schwöre dir, so etwas hab ich vorher noch nie gesehen."

„Übertreiber", scherzte sie und die kleine Gildengruppe wechselte einige Worte miteinander. Svenja war ein wenig nervös. Kaum vorzustellen, dass sie hier mit der Elite der Gilde Abendblau zusammen kämpfen würde. Das Wort Elite war hier wirklich nicht fehl am Platz. Hier standen die besten vier Member der Gilde. Dann musste auch der Mob ordentlich was auf dem Kasten haben. Es war ein Wunder, dass Svenja überhaupt noch am Leben war, nach dem, was damals in der Hauptstadt passiert war.

„Bist du auf ne bestimmte Magie spezialisiert?" Die blonde junge Frau wurde von der freundlichen Lalahya aus ihren Gedanken gerissen. Ihre roten Augen wechselten von Pupille zu Pupille ihres Gegenübers, während noch immer ein zauberhaftes Lächeln auf ihren Lippen lag.

„Was Magie betrifft, bin ich nicht sonderlich gut. Kann gerade mal einen Feuerzauber." Svenja seufzte.

„Mach dir nix draus. Für meine Magie hab ich auch ne Ewigkeit gebraucht und es werden hoffentlich auch noch n Haufen dazukommen." Das weißhaarige Ding machte eine Siegesgeste mit dem Daumen, woraufhin Svenja lachte.

„Mein Talent ist nicht sonderlich groß", erwiderte die Blonde frustriert.

„Mach dich doch nicht schlechter alste bist. Wenn de willst, helf ich dir, wenn die Jagd vorbei is, bisschen." Was geschah hier? Das war das erste Mal, dass ihr jemand helfen wollte. Ihr ganzes Leben, naja eher, seit Vater tot war, hatte sich nie jemand für Svenja interessiert. Sollte dies sich nun ändern? Svenja gestand sich ein, dass es ihre Schuld war. Sie tat sich nun mal schwer, mit Personen ins Gespräch zu kommen und Freunde zu finden. Sie war immer die schweigsame, stumme Begleiterin ihres Vaters gewesen.

„Huhu, alles in Ordnung?" Lalahya winkte vor Svenja Gesicht.

„Oh … ja. War nur in Gedanken. Es wäre toll mehr Magie zu lernen", bekam sie stotternd heraus. Lalahya nickte und legte die Rechte auf Svenjas Schulter.

„Komm. Gehen ma zu den anderen." Sie ging vor. Svenja blieb noch einen Gedankengang lang stehen. Hatte sie mit Lalahya eine Freundin gefunden? Das wusste nur die Zeit alleine.

Schließlich machte sich die kleine Gruppe, durch das dicke Blattwerk kämpfend, auf den Weg zu ihrem Zielort. An der Spitze lief Hanna, zusammen mit dem weiblichen Krieger, dahinter folgte der Gildenmeister. Dann kam Lalahya und das Schlusslicht bildete Svenja.

„Is es deine erste Jagd?" Lalahya ließ sich ein wenig zu Svenja zurückfallen, um außer Hörweite der anderen zu sein.

„Kleine ... nicht solche Starken." Den Seemob verschwieg sie, da sie bei dessen Sieg eher an einen Zufall als an ihr Können glaubte. Mit jedem beschrittenen Meter wurde der jungen blonden Frau immer komischer im Magen zumute.

„Also deine erste Jagd. Sei unbesorgt, dir passiert scho nix. Zumindest nich so wie bei meiner damals." Svenja wollte nachfragen, was denn passiert sei, doch anderseits würde die Antwort das Angstfeuer in ihr nur noch weiter entfachen.

„Haste schon mal nen Menschen, der wie n abgeschlachtetes Schwein blutet, versucht zu retten? Alle mei anderen Kameraden wurden getötet. Ich blieb als Neuling unverletzt, doch der blöde Machokerl wurde, kurz bevor er dem Mob sein Gnadenstoß gab, aufgeschlitzt. War ausgerechnet noch der einzige Heiler in dem Keim der Hoffnung gwesen... kei schöner Anblick für ne Zwölfjährige. Ich schaffte es zwar irgendwie mit mei begrenzten Fähigkeiten als Heiler ihn zu retten, aber hätt mir fast ins Kleid gepisst."

Svenjas schlimmste Befürchtungen wurden wahr. Sie würde diese Jagd nicht überleben. Als Lalahya über die Schulter zurückblickte und sah, was die Blonde für eine Angst hatte, erschien wieder das süße Lächeln auf ihren Lippen, welches das junge Ding auch schon vorhin preisgegeben hatte.

„Ich wollt dir kei Angst machn. Das is lang her und seitdem habn meine Talente auch zugenommen. Der Macho damals wollt nur bei Weibern landen, die im Keim der Hoffnung waren. Hätt ihn verrecken lassen solln. Doch was für ne Heilerin wär ich dann. Skax is nich so' n Kerl, der Anfänger auf sich allein gestellt lässt, das vergewissere ich dir." Das junge Ding entlockte sich ein freundliches Zwinkern, während sie wartete, bis Svenja herankam und sie zusammen weiter liefen. Was war das bitte für eine Seite an dem Mädchen? Sie schien stets freundlich zu sein, doch wie bei Skax sollte man wohl vermeiden, das Fass zum Überlaufen zu bringen. Nach weiteren zehn Minuten riss Skax plötzlich seine Linke nach oben. Sie hatten den dichten Wald hinter sich gelassen und befanden sich nun auf offenem Gelände. Zwei nebeneinander liegende Seen waren darin gebettet, welche nur von einem schmalen bemoosten Weg voneinander getrennt waren. Dahinter lag ein gutes Stück feuchte, grüne Fläche, mit wenigen Gebüschen.

„Wo befindet sich der Mob?", fragte Skax ernst.

Als würde sich der weibliche Mann direkt angesprochen fühlen, antwortete er Skax: „In einer Schlucht zweihundert Meter in dieser Richtung." Er zeigte hinter die beiden Seen in die grüne Steppe hinein.

„Lalahya und Svenja, versteckt euch in einem dieser Büsche dort und wartet weitere Befehle ab. Hanna und Ramold kommen mit mir." Mit diesen Worten machten sich die drei auf, den kleinen Moosweg hinter sich zu lassen. Dies geschah rasch. Bei einer kleinen Buschreihe, direkt hinter den Seen, blieb die Gruppe erneut stehen. Alle sahen Lalahya fragend an, die anschließend nur nickte. Nur Svenja war wieder die Einzige, die nicht verstand. Die Zierliche löste ihr Buch von den Hüften, schlug gekonnt eine Seite in der Mitte auf und murmelte einen Zauber, während sie mit der Handfläche auf Hanna und die beiden Männer zeigte. Ein weißes Licht begann sich um Lalahyas Hand zu schließen, bis sie gänzlich darin eingetaucht war. Von ihrer Hand ging eine schöne Wärme aus. Sowie sie mit ihrer Magie fertig war, erlosch das Leuchten um die Hand wieder und es wechselte plötzlich zu den drei Zielpersonen. Es umhüllte wenige Sekunden die Körper der drei, bevor es auch dort verschwand. Die Zierliche nahm den Arm wieder herunter. Es war faszinierend für Svenja. Als es vorbei war, eilten Hanna und Ramold in Richtung Steppe, während Skax noch stehen blieb.

„Wartet hier auf weitere Befehle und pass auf, dass dem Mädchen nichts geschieht." Lalahya machte eine salutierende Geste, als habe sie verstanden, was Skax zum Lachen brachte. Er schien dieses junge Ding wohl auch zu mögen. Dann rannte er seinen beiden Kameraden hinterher. Svenja sah dem Krieger noch eine Weile hinterher, bevor ihr Lalahya die Aufmerksamkeit nahm.

„Na komm, kleine Verliebte."

Die blonde Frau war fassungslos erstarrt. Was hatte das Mädchen gesagt? „Du … verstehst falsch … ich", stammelte die Blonde, was das zierliche Mädchen zum Lachen brachte. Das weißhaarige Mädchen lief lachend hinter einen der Büsche, wo sie sich niederließ und dahinter verschwand. Svenja folgte ihr nachdenklich. Die Kleine war definitiv zu lange mit Skax unterwegs gewesen. Ob alle in der Gilde so einen merkwürdigen Humor hatten? Svenja seufzte, bevor auch sie hinter den dichten Büschen aus blauem Lavendel verschwand. Es tat gut, endlich zu sitzen, dachte die Blonde. Eine Weile herrschte beidseitiges Schweigen. Lalahya hatte nun eine Weile schon das Buch vor sich auf den Boden gelegt und darin geblättert. Unzählige Seiten waren darin bereits vollgeschrieben, was Svenja erkannte. Ob das alles Magie war? Die Neugierde der Blonden siegte schließlich und brach das Schweigen. „Was war das, was du da gerade mit den dreien gemacht hast?" Lalahya sah ihre ältere Freundin verdutzt und geistesabwesend an, als würde sie sich gerade eine Strategie für den Kampf zurechtlegen.

„Ach das. War nur n Buff für die nächsten fünfzehn Minuten, dass se nich so schnell verletzt und erschöpft werden." Unglaublich. Vater beherrschte diesen Zauber zwar ebenfalls, doch sie hatte vergessen, wie beeindruckend er war.

„Du bekommst n auch noch. Brauch aber fünf Minuten, bis er wieder aufgeladen is." Sie blätterte wieder weiter. „Jeden einzelnen dieser Zauber hier verbind ich mit ner Geschichte aus meiner Vergangenheit. Der da zum Beispiel war in ner Kiste tief begraben in nem See des Nördlichen Kontinents, auf dem sich die Gilde einst auf Abenteuer begab." Sie zeigte auf einen Zauber in der Mitte.

„Den hier wiederrum haben wa nem Händler für nen Wucherpreis abgekauft", erneut zeigte das junge Mädchen auf einen Zauber. „Es hängen bereits viele Erinnerungen an diesem Buch, ohne das ich nicht das wäre, was ich heute bin. Aber genug von mir. Erzähl ma was von dir."

Und da war wieder dieser Punkt, an dem Svenja nicht wusste, was sie sagen sollte. „Weißt du, mein Leben ist nicht interessant, um darüber viel zu berichten", war das Einzige, was die Blonde herausbrachte. Inzwischen war das ihre Standardantwort geworden. Es nervte sie selbst schon, es sich immer und immer wieder einzureden.

Wie beschworene Magie schoss ein hörbarer, leicht genervter Seufzer aus dem Leib der Zierlichen. „Bist sehr negativ veranlagt, was?" Sie lachte ein wenig, bis sie in den Himmel sah. „Weißte, Menschen sind wie die Sterne. Sie sind nie wirklich alleine, egal wie hell sie leuchten oder wie weit sie auch voneinander entfernt sind. Jeder Einzelne ist etwas Einzigartiges … auch du." Ihr Blick bewegte sich langsam zu Svenja herüber. Unglaublich, was für Talent das junge Ding mit Worten hatte. Vielleicht war die Blonde nun wirklich an dem Punkt angekommen, sich jemanden anzuvertrauen und zu öffnen, um das Geschehene besser verarbeiten zu können.

„Es ist sehr schwer zu erklären, da ich nicht so gut mit Worten umgehen kann wie du es tust." Lalahya lauschte Svenjas Worten. Die Blonde wusste, dass, egal was sie nun auch sagte, ihr Gehör geschenkt werden würde. „Das eigentliche Anliegen, weswegen wir uns auf der Reise befinden, ist ein bestimmter Mob, den es auszulöschen gilt. Vor einigen Jahren starb mein Vater durch seine … Hand." Es fiel ihr sichtlich schwer, das merkte man wohl. „Was meinst du mit „wir"?", fragte die Zierliche vorsichtig. Kurz herrschte eisiges Schweigen. Svenja kratzte sich an der Stirn und erzählte. „Levan wird er genannt. Ein Krieger aus … „ Wieder kam eine Pause. „Keine Ahnung, woher er eigentlich stammt. Wir haben uns darüber noch nicht unterhalten. Jedenfalls traf ich ihn vor einiger Zeit zum ersten Mal in Ferinstayn. Er erinnert mich ein klein wenig an Skax. Ist genau so ein Weiberheld. Zumindest hält er sich für einen." Beide Mädchen fingen an zu lachen. „Nach einem kleinen Missgeschick und wenigen Worten verabschiedete er sich wieder und jeder ging seiner Wege. Damals konnte noch niemand wissen, dass wir uns schon bald wiedersehen würden. Ich kam in der darauffolgenden Nacht in einer Schänke unter und ließ den Abend nachdenklich verstreichen, bevor meine erste offizielle Jagd begann. Am nächsten Morgen war es also nun soweit. Frisch gestärkt und mit neuen Vorräten ausgerüstet traf ich meinen ersten umherwandernden Mob und versuchte ihn mit der Feuermagie hier drinnen zu töten." Sie zeigte auf ihr Buch. „Nach einer weiteren langen Wanderung fand ich besagten Krieger, von einem Mob vergiftet, bewegungslos vor. Es war furchteinflößend und erschreckend gewesen, den Mann so zu sehen. Huckepack schlugen wir uns zurück nach Ferinstayn, um ihn zu retten. Dort war glücklicherweise ein älterer Weiser, der sich bereit erklärte, dem Mann zu helfen. Einige Tage vergingen, bis er sich erholt hatte. In dieser Zeit traf ich auch zum ersten Mal Skax und Ramold. Wie der Krieger endlich einigermaßen über den Berg war, wollte ich mich wieder auf den Weg machen. Doch es dauerte nicht lange und Leven stand hinter mir. Schwafelte etwas von Schuldbegleichung und dass er mir helfen wolle, den Mob zu töten. Ich tat damals alles, um irgendwie zu verhindern, dass er mir folgte, aber ohne Erfolg. Er ließ sich nicht abschütteln. So kam es dann, dass wir uns auf den Westlichen Kontinent begaben. Dort trafen wir dann auf ein Mädchen, das etwas jünger war als du. Es war in die Hände von Menschenhändlern gefallen … Levan und ich wussten beide, dass wir sie nicht einfach ihrem Schicksal überlassen konnten und kauften sie schließlich frei. Sie floh danach und hinterließ Levan ordentliche Schmerzen nach einem Tritt in die Weichteile." Nun lachte nur Svenja, doch es war zu sehen, das Lalahya ein Schmunzeln nicht verbergen konnte. „Danach traf ich euch und … naja, den Rest kennst du ja." Die Zierliche schien erleichtert zu sein. Ein verstehendes Gesicht empfing Svenja, als sie mit ihrer Geschichte fertig war. Noch nie zuvor hatte die blauäugige Frau so viel mit einem Menschen geredet.

„Siehste, du kannst es. Aber sag ma, was is'n das für'n Mob?"
Svenja beschrieb ihn als eine Art durchsichtiger Drache. Das rotäugige Mädchen tippte sich nachdenklich einige Male an ihr Kinn.

„Ein Gildenmitglied erzählte mir vor noch nich langer Zeit, dass in der Nähe der Magieschule ein seltener Mob gesichtet wurde. Weiß aber nich, ob er es is, den du suchst."

„Ich hoffe es. Ramold war es, der auch zu mir von diesem Mob in der Nähe der Magieschule sprach. Ein Fischer wies uns den Weg. Er soll nicht weit von Dannad entfernt sein." Sie verhakte ihre Finger mit den Fingern Lalahyas, die leicht zusammenfuhr, da sie niemals mit so einem Gefühlsausbruch gerechnet hatte, und lächelte anschließend.

„Stimmt, es is nich weit von Dannad entfernt. Etwa zwei Tagesmärsche Richtung Nordwesten. Kaum zu übersehen das Riesen-Ding."
Fragend sah die Blonde die Weißhaarige an. „Du wirst wissen, was ich meine, wenn du's siehst. Lass dich überraschen." Als Svenja bemerkte, dass die Pferde mit ihr durchgegangen waren, löste sie schwer beschämt die Verankerung und hielt dem Blick nicht länger stand. Lalahya fiel in schallendes Gelächter, bis sie plötzlich wieder ernst wurde.

„Keine Ahnung, ob er es is, aber falls ja, seid bloß vorsichtig. Sollte es sich wirklich um einen derart seltenen Mob handeln, muss er unglaublich stark sein."

Es stimmte, was das zierliche Mädchen sagte. Selbst Svenja wusste nicht, ob es möglich war, Gigantos mit nur zwei Personen zu töten. Sollte sie die Gilde um Hilfe bitten? Nein. Sie hatten damit nicht im Geringsten zu tun. Das Letzte, was Svenja wollte, war, dass noch eine weitere Person dadurch zu Schaden kam. Es war für sie schon schwer genug, Levan so einer Gefahr auszusetzen. „Wenn de willst, können wa später Skax fragen, ob ..."

Svenja schüttelte wild den Kopf und gab damit dem Mädchen zu verstehen, ruhig zu sein. „Ich will euch nicht in unnötige Gefahr bringen."

„Okay. Aber versprich mir bitte, dass du uns rufst, wenn was passieren sollte." Da nickte die blonde junge Frau zustimmend. Es tat gut, Unterstützung zu bekommen, auch wenn es in diesem Fall die Person nicht wollte.

„Tschuldige, wenn ich frag, aber erzähl ma. Wie is n das mit deinem Vater passiert?"

Svenjas Magen zog sich zusammen wie bei einen Knoten. Doch irgendjemandem musste sie es endlich erzählen, um den Ballast von den Schultern zu bekommen. „Es war an einem Vormittag einer langen Reise durch ein Watt gewesen, als dieser gigantische Riese wie aus dem Nichts bei einer uralten Ruine aufgetaucht war und ...". Ein lautes Kreischen unterbrach die beiden zu Frauen heranreifenden Mädchen bei ihrem Gespräch. Lalahya schien zu wissen, was da vor sich ging, denn sie legte sich so flach es ging auf den Boden, mit dem Gesicht in Richtung der Spalte, in die vor wenigen Minuten Skax und die anderen beiden Menschen verschwunden waren. Das weißhaarige Mädchen machte im Liegen genau wie vorhin schon ihren Buffzauber für Svenja. Das Mädchen fühlte die wohltuende Wärme in ihrem Körper, die von dem Licht ausging. Darauf folgten noch weitere zwei Zauber, von denen die Blonde keine Ahnung hatte, was sie bewirkten.

„Mach dich so flach, wie's geht, damit der Mob dich nich sieht." Wie auf Kommando tauchte plötzlich eine pirouettendrehende Silhouette blitzartig zwischen den beiden Wänden der tiefen Spalte empor. Als dieses Wesen etwa zwanzig Schritt über dem Abgrund seine weiten Flügel spreizte, war klar, dass es sich dabei um den Pegasus handelte, den alle so sehr begehrten. Ein lautes Wiehern erklang, als er seine Flügelpracht vollends zur Schau gestellt hatte. Skax kam aus dem dunklen Nichts emporgeschossen und schlug dem Pegasus mit einer harten Harke in die Flanke, die so schnell kam, dass Svenja nicht einmal gesehen hatte, wie Skax ausgeholt hatte. Erst als das mysteriöse Wesen schon längst in einer Staubwolke der aufgewirbelten Erde verschwand, realisierten die himmelblauen Augen, was gerade geschehen war. Wieso war Skax so schnell? Mit einem Rückwärtssalto kam Skax zum Stehen doch ... was war das? Svenja glaubte ihren Augen nicht. Der Mann stand in der Luft. Wie war das möglich? Im selben Augenblick kam Hanna emporgeschossen. Skax packte sie noch im Flug am Arm, drehte sie zwei Male um die eigene Achse und schleuderte sie mit derselben Geschwindigkeit in die Staubwolke hinein. Ein lautes Donnern hallte in der Umgebung. Eilig sah Svenja zu Lalahya hinüber. Diese wusste offenbar, dass die Blonde so ein Schauspiel noch nie gesehen hatte. Doch der Rotäugigen schien es nichts im Geringsten auszumachen. Sie verfolgte einfach nur das Geschehen. Wie war das möglich?

„Was passiert da gerade?" Es war unüberhörbar, dass ihre Stimme zu zittern begann. „Das, was de dort siehst, meine Liebe, is die Kraft der Elite von Abendblau."

Es war beängstigend. War der Kampf etwa schon vorbei? In diesem Augenblick verließ die mysteriöse Kreatur die Wolke aus Staub und Dreck und flog knapp über dem Boden direkt auf Svenja und Lalahya zu.

„Bleib unten, er hat uns noch nich gesehen." Die blonde junge Frau presste sich so fest wie irgendwie möglich auf den Boden, obwohl eine dicke Wurzel eines der Lavendelgewächse sich in ihre Bauchdecke bohrte. Direkt hinter dem Mob kamen die anderen Gildenmitglieder hinterhergeeilt. Nicht mehr lange und das Vieh würde bei der Lavendelreihe ankommen.

„Noch nich." Lalahya spürte offenbar die Anspannung von Svenja. Wie konnte sie nur so ruhig bleiben. „Hab Vertrauen in uns, Svenja." Svenja vermutete langsam wirklich, dass Lalahya Gedanken lesen konnte. Unheimlich. „Wenn ich das Signal geb, schleudere ihm deine stärkste Magie in die Fresse."

Es war nicht schwer, eine Magie auszuwählen. Svenja konnte ja nur einen Zauber. Das Einhorn war inzwischen nur noch etwa dreißig Schritt entfernt. Zwanzig, dann nur noch zehn.

„Jetzt", schrie das zierliche Mädchen so laut, dass es vermutlich alle Lebewesen in der Umgebung hören konnten. Mit rasendem Herzen schreckte Svenja empor, getrieben alleine von Angst, und schoss den einzigen Feuerzauber, den sie konnte, auf den Mob. Es war nur eine winzige Flamme, nicht möglich, dem Ungeheuer damit Schaden zuzufügen ... Doch kurz bevor das Einhorn darüber hinweggaloppieren konnte, verwandelte sich die Flamme in einen tosenden Feuersturm aus reinem Hass und schloss das Vieh in sich ein. Auf einmal stank die Luft bestialisch nach verbranntem Fleisch, was Svenja einige Male würgen ließ. Diese Hitze war unerträglich. Die blonde junge Frau musste ihr Gesicht zur Seite drehen, um es überhaupt auszuhalten. Da fiel ihr auf, dass Lalahya nicht die kleinste Regung zeigte. Sie stand mit beiden Armen ausgestreckt und mit ernster Miene dort. War sie es etwa, die die kleine Flamme in eine Brunst aus Feuer verwandelt hatte? Anders war es nicht zu erklären. Aber was war mit Skax und den beiden anderen geschehen? Waren sie unverletzt? Als sich die brennende Luft wieder abgekühlt hatte und die Sicht wieder besser wurde, zierte eine blaugrüne halbdurchsichtige Wand, die etwa die Länge zweier ausgewachsener Männer hatte, die Landschaft. Dahinter befanden sich kniend die drei Teammitglieder in ersichtlichem Wohlbefinden. Skax machte eine Siegesgeste mit dem Daumen in die Richtung der beiden Mädchen.

„Du hast's geschafft." Das weißhaarige Mädchen brachte ihre Worte herüber, als wäre es Svenjas Verdienst gewesen, doch ihre Freundin wusste, dass sie selbst ihren Großteil dazu beigegeben hatte, um diese Jagd zu beenden. Ohne ihre Magie "Verstärkung" hätte das kleine Fünkchen keinerlei Schaden angerichtet. Der Gedankengang endete schließlich, als die komplette Rauchwolke verflogen war und Einblick in dessen Inneres gewährte. Dort, schwarz wie Ebenholz, lag der verbrannte, flach atmende Körper des Einhorns auf dem Boden. Es war zu sehen, dass es unglaubliche Schmerzen nach dieser Attacke hatte und sich nichts Sehnlicheres wünschte als erlöst zu werden. Es tat Svenja tief im Herzen weh, ein Lebewesen derart zu misshandeln. Doch was konnte sie tun? Jeder besiegte Mob, so grausam es auch klingen mochte, führte sie wieder und wieder eine Sprosse ihrer Schicksalsleiter höher. Erst auf dem höchstgelegenen Sims dieser Spirale erwartete das blonde Mädchen jenen Mob, der vor Jahren ihren einzigen Freund, Vater und Vertrauensperson gefressen hatte. Hanna, Skax und Ramold waren währenddessen neben den im Sterben liegenden Mob herangetreten und schienen sich darüber zu unterhalten, wer ihm denn nun den Gnadenstoß geben sollte.

„Was'n los?" fragte Lalahya. Woraufhin Svenja traurig den Kopf schüttelte. „Svenja sollte ihm den Rest geben." Die blauäugige Frau zuckte zusammen, als Skax und Ramold gemeinsam entschieden, dass sie das Einhorn erledigen sollte. Svenja zitterte am ganzen Leib … bitte nicht, waren nun ihre einzigen Gedanken. Was sollte sie tun? Zu sagen, es ginge nicht, würde ihr Ansehen bei den Elitekämpfern der Gilde nur in ein dunkles Licht ziehen. Hanna würde es ebenfalls nur weiteren Stoff zur Demütigung der Blonden geben. Diese Schmach wollte sich Svenja nicht geben. Schweren Herzens trat das Mädchen neben den Mob. *Es tut mir leid* ···

„Wartet ma kurz. Die Kleine is doch noch völlig erschöpft von der Menge verbrauchter Magie. Mach du's, Skax."

Der muskelbepackte Mann schien von dem Satz der Weißhaarigen etwas verloren zu sein, willigte jedoch kurz darauf hin ein. *Danke, Lalahya.* Svenja bedankte sich innerlich bei ihrer Freundin. Wenn man es nach so kurzer Zeit überhaupt schon Freundschaft nennen konnte. Es fühlte sich im Herzen zumindest danach an. Lalahya war ihr wichtig, das war nicht zu leugnen. Vielleicht war das ja das Fundament, auf dem Freundschaft gebaut wurde. Die Blonde wusste es nicht. Skax beendete, wie ihm von seiner Mitstreiterin geraten wurde, das Leiden der Kreatur mit einem festen Schlag auf den Kopf des Tieres, woraufhin sich die nähere Landschaft in ein Meer aus Schmetterlingen einhüllte. Das rotäugige Mädchen gesellte sich neben Svenja, gab ihr einen leichten Klaps auf die Schulter und sie beobachteten gemeinsam die fliegenden Insekten. Alle Mitglieder des Keims der Hoffnung waren still. Es war zu spüren, dass jeder dieses Spektakel für sich selbst erlebte. Erst als die bunten Schmetterlinge verflogen waren, hielt der Gildenmeister eine kleine Ansprache:

„Das war gute Arbeit, Leute. Unglücklicherweise findet das Fest in Dannad erst in wenigen Tagen ohne uns statt. Bedauernswert, den speziellen Alkohol nicht kosten zu können. Darum lasst uns heute Nacht im goldenen Schlund saufen und fressen." Ein lauter Vorfreudeschrei kam aus seiner Kehle und alle anderen Mitglieder stimmten mit ein. Nur Svenja war still. Schon wieder Alkohol. Wie viel soff dieser Kerl nur. Ein Ellenbogenschlag Lalahyas war Aufforderung für Svenja, mit einzustimmen. Alle sahen sie erwartungsvoll an, bevor sie vor Scham ein gedrungenes „Hurra" erklingen ließ. Jeder lachte, bis auf Hanna. Sie war die Einzige, die ernst blieb.

„Geizkragen. Hat scho wieder nix gedroppt", fluchte Svenjas mögliche Freundin, ohne es böse zu meinen.

„Vergiss es", antwortete Ramold kurz und knapp darauf.

„Ach, halt doch du die Klappe." Es war zu sehen, dass Lalahya sehr viel Ansehen in der Gilde genoss. So mit dem zweiten Gildenmeister zu reden hätte jemand anderem einigen Ärger eingebracht.

In den nächsten Minuten passierte nicht viel. Skax kramte einen weiteren Feuerklee heraus und die anderen unterhielten sich über die Jagd.

„Nun lasst uns zurück nach Dannad. Kommt her." Sie berührten alle, bis auf Svenja, Skax' massiven Körper.

„Na komm scho." Lalahya streckte ihr die Hand entgegen. Svenja umschloss dankend die angebotene Hand. Mit einem warmen und klingelnden Gefühl teleportierte sich die Gruppe zurück nach Dannad. Als sie dort ankamen, befand sich die Gruppe wieder an den Toren der Stadt. Ramold zog sein grünes Cape aus und stülpte es Lalahya über. Die Kapuze zog sie tief ins Gesicht.

„Reine Vorsichtsmaßnahme", wandte er sich an Svenja, als er ihren fragenden Blick erhaschte. Schon wieder verstand das Mädchen gar nichts.

Mit einigen Wegen durch dünne Seitengassen fanden sie den "goldenen Schlund". Zielstrebig begab sich die Gilde in ein Nebenzimmer, in dem sich sonst weiter kein Gast aufhielt und setzten sich an einen runden Tisch. Svenja nahm neben Lalahya Platz, so dass sie dem Gildenmeister gegenüber saß. Sie hoffte vergeblich, weniger trinken zu müssen … nach weiterer kurzer Zeit und nicht ernst gemeinten Beleidigungen aus Geschichten längst vergangener Tage war der Höhepunkt der Stimmung fast erreicht. Es floss mehr und mehr Alkohol. Schüsseln mit fettigen Braten und anderen Leckereien fanden den Weg zu dem großen Tisch. Genauso schnell waren die Schüsseln auch wieder leer. Es amüsierte Svenja, die selbst schon etwas zu viel getrunken hatte. Nun, da sie so darüber nachdachte, war es vielleicht gar nicht so schlecht, der Gilde beizutreten. Es machte Laune.

„Trink, Mädel …" Svenjas erste Freundin reichte ihr einen weiteren Bierkrug herüber. Das blonde Mädchen nahm ihn und leerte ihn mit einem Zug. Die blubbernde, eiskalte Schaumkrone schmückte Svenjas Oberlippe, als der Krug leer war und sie zu der schallend lachenden Rotäugigen blickte.

„Nun siehste aus wie n Freudenhausvater." Das weißhaarige Mädchen schlug sich vor Lachen einige Male auf die schmalen Schenkel. Die Hemmschwelle sank mit jeder Stunde immer weiter bei dem Mädchen. Erst als die ersten Sonnenstrahlen das Land wach küssten, endete die wilde Nacht. Svenja und ihre erste Freundin gingen voran in den beginnenden Tag, während Skax volltrunken von Hanna und Ramold, die es mit den Spirituosen etwas weniger wichtig genommen hatten, geführt werden musste. Vor der Türe der Schänke war nun also der Zeitpunkt des Abschieds gekommen. Obwohl Svenjas Kopf schmerzte, als würden tausende Mobs darin wüten, war sie traurig. Auch Lalahya schien es schwerzufallen. Während Hanna und Ramold versuchten, Skax aufrecht zu halten, stand die Weißhaarige noch vor ihr.

„Was willst n nun tun?", fragte sie mit ernstem Blick.

„Ich folge weiter meinem Ziel und besuche die Magieschule, von der ihr erzählt habt."

Das zierliche Mädchen nickte. „Biste dir sicher, dass de keine Hilfe benötigst?"

Dieses Mal war es ihr Gegenüber, das nickte. Nach dieser Antwort näherte sich Lalahya und hob ihre Rechte an Svenjas Stirn. Sie hob ihren blonden Pony etwas und zeichnete mit dem Daumen ein Zeichen, das sie anschließend auf gestreckten Zehen küsste. Svenja fuhr erschrocken zusammen.

„Das war 'n Zauber. Wenn was is, denk so fest es geht an das Wort 'Hilfe' und ich werd kommen, um dich zu unterstützen. Nun denn, es ist Zeit, sich zu verabschieden."

Beide umarmten eine Weile einander.

„Vergiss nich, es wird immer ein Platz in Abendblau für dich frei sein."

Mit diesen Worten und einem letzten Lächeln stülpte sich die Weißhaarige das Cape über und folgte ihren Freunden stumm, bis sie alle hinter den Wänden der Häuser verschwanden. Nun war sich Svenja sicher. Lalahya war ihre erste Freundin im Leben geworden. Einzelne Tränen der Freude und zugleich Trauer flossen der Blonden über die Wangen … erst als die Tränen versiegten, konnte sich Svenja Gedanken machen, wie sie den Tag begrüßen sollte. Die Sonne leckte ihr über die Augen, so dass sie merkte, wie müde sie eigentlich war. Die junge Frau entschloss sich, nach einem Zimmer zu suchen. Die Geschehnisse der letzten Stunden jagten ihr so stark durch den Kopf, dass sie keine Ruhe fand. Der Blonden war bewusst, dass sie ihre geheimen Gedanken mit Salmanas, dem Geist der Schatzkammer aus ihrer Kette, teilen musste, doch es war ihr egal. Ob sie eines Tages auch die blaue Kette mit dem Anhänger, auf dem sich Sonne und Mond küssten, tragen würde? Waren sie und Skax wie Sonne und Mond? ... küssen ... Endlich nickte sie ein und schlief bis zum nächsten Morgen einen tiefen, ruhigen, erholsamen Schlaf. Nachdem sich Svenja frisch gemacht, gefrühstückt und bezahlt hatte, trugen sie ihre Füße zurück an das Stadttor. An dem Ort, an dem sie Levan in einigen Stunden wieder treffen würde. Die restliche Zeit verging wie im Flug, bis Svenja sah, wie Levan dreckig, aber vor Glück strahlend, über die Brücke auf sie zu stolzierte. Sie ging ihm entgegen. Nun konnten die beiden ihre Reise fortsetzen. Sie war neugierig, ob Levan etwas hatte in Erfahrung bringen können. Für sie gab es jetzt jedenfalls nur ein Ziel: Die Magie-Schule. Auf zur Magie-Schule.

Herzenssache

Wo sollte er seine Suche nach Informationen nur in dieser gigantischen Stadt beginnen? Levan klang zwar, als er sich gerade von der blonden Frau getrennt hatte, überzeugt, wusste aber im Grunde nicht, wohin. Er wollte nur, dass sie den Mut nicht verlor und vielleicht schon jetzt aufgab. Sollte Gigantos wirklich hier auf diesem Kontinent hausen? Einerseits hoffte es der Krieger ... doch auf der anderen Seite würde ihre Rzeise zusammen damit enden. Konnte er wirklich mit nur einer Jagd seine Schuld bei der jungen Frau begleichen? Den Krieger plagten Gewissensängste ganz tief im Magen. Unbewusst war er wieder zu dem großen Tor Dannads gelaufen. Trotz des frühen Vormittags wimmelte der Platz nur so von Händlern und Schaustellern. Was hier wohl stattfinden würde? Tief in Gedanken versunken lief er an der grauen Steinwand der Mauer entlang.

„Darf ich Euch eine Lilie anbieten, damit Ihr wieder lächelt, edler Herr?" Erschrocken fuhr Levan mit dem Kopf zur Seite.

Eine junge Dame, die in Svenjas Alter sein dürfte, hielt ihm mit einem unschuldigen Lächeln eine schneeweiße Lilie entgegen. Verdutzt nahm der Krieger die Blume an sich. Die junge Dame hatte strohblondes Haar, das sie zu zwei Seitenzöpfen zusammengebunden hatte, was ihr einen kindlichen Charme gab. Ihre grünen Augen glänzten wie zwei schöne Smaragde in der Sonne. Doch was am meisten bei dem Mädchen auffiel, waren ihre oberen Schneidezähne, die etwas weiter hervorstanden als die unteren. Was sie allerdings nicht weniger attraktiv machte. Nein, ganz im Gegenteil. Der Krieger fand es süß.

„Danke, aber ich bin momentan leider knapp bei Kasse", erzählte der Mann höflich mit einem Lächeln.

„Oh nein, nein. Das ... war ein Geschenk." Sie wedelte wild abwehrend mit den Händen. „Ihr wart nur so tief in Eure Gedanken versunken, dass die Gefahr bestand, gegen die nächste Wand zu laufen." Sie kicherte, hielt aber die Hand vor den Mund, damit man ihre verschobenen Oberzähne nicht sehen konnte.

„Habe schon Schlimmeres erlebt." Er kürzte den Stiel der Blume etwas und steckte sie sich in den Gürtel, der seine Klingen auf dem Rücken hielt. Der Krieger überlegte, was er sagen könnte, während sich die Blumenverkäuferin wieder den Blumen, die in Vasen auf der Blumentreppe standen, widmete. Immer wieder vergewisserte sie sich mit einem schüchternen Schulterblick, ob der Mann noch da stand, ehe sie wieder einen kurzen Augenblick mit ihren Pflanzen verbrachte.

„Ist es nicht gefährlich, bei solchen Menschenmassen alleine auf einem großen Platz wie diesem zu sein? „

„Macht Ihr euch etwa Sorgen um mich?" Sie zog peinlich berührt einen unsichtbaren Kreis mit dem Fuß auf den Boden.

„Ich ...", stotterte der Krieger. „Ich könnte mir nicht verzeihen, wenn Euch etwas geschehen würde."

Sie legte den Kopf schief und eine kleine blonde Strähne fiel in ihr niedliches Gesicht. „Das ist süß von Euch ..." Fragend sah sie ihm tief in die Augen.

„Oh, verzeihe, ich heiße Levan", antwortete er geschwind.

Das junge Fräulein legte beide Hände flach auf die Brust. „Ich bin Lizzi. Schön, euch kennenzulernen."

Es kam Levan wie eine Ewigkeit vor, wie sie schweigend einander tief in die Augen sahen, bis schließlich Lizzi das Schweigen brach. „Darf ich fragen, was Euer Ziel zu so früher Stunde ist?"

„ Ich weiß es leider nicht. Es wären Informationen, die ich begehre, doch fehlen mir die Quellen dazu. Und vielleicht ist noch Zeit, neue Schwerter für die Jagd eines Tages zu kaufen."

Das Mädchen erschrak etwas. „Ihr geht auf Mobjagd?"

Levan war stolz darauf, sich einen Monsterjäger nennen zu dürfen, darum nickte er erhobenen Hauptes. Oder war es einfach nur Naivität gewesen, um dem Mädchen zu gefallen?

Lizzi schien nachzudenken. „Passt bitte auf Euch auf." Sie sah sehr traurig aus und auch ihre Stimme, die einen leichten Akzent des Nördlichen Kontinents hatte, zitterte etwas.

„Macht Ihr Euch etwa Sorgen um mich, meine Dame?" wiederholte der Krieger die Worte von Lizzi scherzhaft.

„Ihr wollt mich nur necken, mein Herr."

„Stimmt."

Nun ging das Schweigen wieder in ein Duell der Blicke über. Nur dieses Mal war es Levan, der es beendete. „Ich muss mich nun aber erst einmal wieder auf den Weg machen, bevor es zu spät wird."

Feuchte Tränen spiegelten sich in den Augen der jungen Frau.

„Werde ich Euch wiedersehen?"

„Sollte ich finden, was ich suche, komm ich wieder auf direktem Weg hierher."

Nun strahlte Lizzi wieder. „Ich warte solange hier." Mit einem Winken verabschiedete sich die Frau von dem Krieger und auch Levan zwinkerte der Frau ein letztes Mal zu, was sie rot im Gesicht werden ließ.

Levan durchstreifte die Stadt, um ein paar Informationen für Svenja zu sammeln. Es war schon später Nachmittag: deshalb entschloss sich Levan, einen Waffenhändler aufzusuchen. Als er in eine kleine Nebenstraße eintauchte, waren es nur noch wenige Schritte, bis er den Laden erreichte. Es war klar, was er wollte. Dieses Mal sollten es keine Doppelschwerter werden, sondern zwei wendigere Schwerter. Im Laden angekommen ging der erste Weg zu dem blonden Verkäufer. Von diesem ließ er sich ausführlich die verschiedensten Schwerter mit unterschiedlichen Skillungen zeigen und beraten. Er wollte zwar Lizzi schnellstmöglich wieder sehen, doch durfte er bei dem Kauf nichts überstürzen. Schlussendlich entschied sich der Krieger für einen Eineinhalbhänder mit der Skillung "Abwehr", die die Standhaftigkeit erhöhte. Auch seine andere Waffe, die eher ein Dolch war, hatte die Eigenschaft "Abwehr", um das Bewegungstempo und den Magieverbrauch um jeweils zwei Prozent zu erhöhen bzw. zu senken. Das waren nicht die besten Stattungen, aber für ihn, der als Tank fungierte, reichte es.

Zusätzlich kaufte er noch einen passenden Gürtel dazu. Es war teurer als erwartet, deshalb musste er den alten Gürtel zusammen mit den alten Schwertern verkaufen. Der Eineinhalbhänder ruhte nun auf der linken Seite des frisch umgebundenen Gürtels und der Dolch rechts. So würde er optimal für einen Kampf bereit sein.

Als die Ware bezahlt war, verließ der junge Mann das Geschäft schnellstmöglich mit den Gedanken an Lizzi. Sollte er sie fragen, ob sie mit ihm ausging? Mal sehen. Svenja und seine Mission schienen vollkommen vergessen. Sein Handeln wurde einzig von seinem Herzen regiert.

Wieder in der Gasse angekommen, genoss er die frische Luft, die sich in der Stadt sammelte. Die wenigen Meter bis zu der Ecke, die die Verliebten voneinander trennten, blieben ruhig. Erst als er kurz vor seinem Ziel war, überkam den Mann ein seltsames Bauchgefühl. Hörte er gerade Lizzis Stimme? Als schließlich der erste Blick um die Ecke ging, nahmen seine schlimmsten Befürchtungen Gestalt an. Ein dunkelhaariger junger Mann hielt Lizzis Rechte weit in die Luft. Das Mädchen hämmerte mit der freien Hand wild auf die Brust des Mannes ein, jedoch ohne Erfolg. Ein lauter Hilfeschrei folgte aus ihrer Kehle. Dies ließ die Wut Levans soweit ansteigen, dass er unkontrolliert vorstürmte. „Schnauze, du Pferdemaul!" Der Kerl hatte seinen Satz gerade fertig bekommen, da hatte er schon Levans Linke in seiner Visage, die ihn von den Beinen riss. Er schlug hart auf das Kopfsteinpflaster auf. Kaum war das Mädchen den Klauen des Gewalttätigen entkommen, rannte sie angsterfüllt hinter Levan her und krallte sich fest in dessen Klamotten. Der große Platz war nun gänzlich von Mensch und Tier verlassen. Ein flüsterndes "Danke" drang in die Ohren des Kriegers, bevor der liegende Jüngling wieder hochkam. Kopfschüttelnd, um wieder einen klaren Gedanken zu bekommen, fasste er sich an den Schädel, um schließlich festzustellen, dass die Belohnung für seine Tat eine blutende Schläfe war. War dies die erste Gelegenheit für Levan, seine neuen Waffen einzuweihen? Nein, besser nicht. Er spürte, dass Lizzi dies nicht wollen würde. Dann eben doch auf die gute alte Art und Weise mit den Fäusten. Levan war bereit, dem Typen die Fresse einzuschlagen.

Der hob allerdings abwehrend die Hände. „Hey Kumpel, es war nicht so gemeint", stotterte der Mann. Voller Rage und Wut schrie Levan dem Kerl ins Gesicht: „Ach nein? Wie denn dann?" Levan kochte innerlich. „Ich ... ich ... es tut mir leid!!"

„Levan, nicht!", mischte sich nun auch das Mädchen ein, während sie an seinem Arm zog. Nun wandte sich der Krieger der jungen Frau zu. „Aber der Pisser wollte dir an die Wäsche!"

„Levan, seht ihn Euch an. Das ist noch ein Knabe, dem noch nicht mal Flaum im Gesicht wächst. Ich bitte Euch, lasst ihn nur dieses eine Mal laufen. Er hat seine Lektion gelernt."

Sein Blick wanderte wieder zu dem Mann, der nun Tränen in den Augen hatte. Nun wanderte sein Blick wieder zu Lizzi, die ihn mit ihren hellgrünen Augen traurig ansah. Warum war sie nur so verdammt niedlich? „Also gut, aber ich schwöre bei Gott, wenn ich dich noch mal erwischen sollte, bist du dran." Der junge Mann verbeugte sich einige Male und rannte schließlich davon. Wenige Herzschläge sah Levan dem Jungen noch hinterher, bevor er sich wieder gänzlich der Dame zuwandte. Er sah sie ängstlich an. „Ich hab mir riesige Sorgen um dich gemacht."

„Danke für die Rettung. Es ist ja nichts passiert", sagte sie nun wieder mit einem Lächeln auf den Lippen.

„Beim nächsten Mal lass ich dich nicht allein." Diese Worte ließen Lizzi rot im Gesicht werden. „Wenn du mir sagst, wo sich dein Nachtlager befindet, bringe ich dich nach der Arbeit dort hin."

Lizzi sah zurück zu ihrem Stand. „Wenn Ihr mir einige Minuten gebt, dann packe ich schnell meine Blumen zusammen. Heute wird eh nichts mehr verkauft." Mit diesen Worten trennte sie sich von dem Krieger und packte Blumen und Vasen zusammen. Wieder und immer wieder blickte sie zu dem Krieger und schenkte ihm ihr schönstes Lächeln. Als sie fertig mit Packen war, nahm Levan ihr die drei Porzellanvasen und die Bretter für die kleine Blumentreppe ab, während die Frau die unterschiedlichen Blumen in den Händen trug.

„Wo müssen wir denn nun hin?", fragte Levan, während er die Bretter fester in die Armbeuge nahm.

„Das Gasthaus ist nicht weit von hier entfernt."

Die junge Frau wirkte auf den ersten hundert Metern nachdenklich. Sollte der Krieger es wagen und sie aus den Gedanken reißen? „Darf ich fragen, woher du kommst?"

Ruckartig riss Lizzi den Kopf in seine Richtung. „Entschuldigt. Ich war in Gedanken. Ich stamme aus einem kleinen Dorf namens Torona, das weit im Inneren des Nördlichen Kontinents liegt."

„Wie kommt es, dass du auf dem Westlichen Kontinent deine Blumen verkaufst? ich meine ... es ist ziemlich weit von deiner Heimat entfernt."

Sie schwieg eine Weile und schien traurig. Hatte er etwas Falsches gesagt?

„Es ist eine lange Geschichte und Ihr werdet wohl kaum so etwas Langweiliges hören wollen." Mit leicht geröteten Wangen beendete sie ihren Satz. Levan stupste sie etwas mit den Hüften an, sodass sie ihn dann fragend ansah. „Deine Geschichten würden mich nie langweilen. Du könntest mir alles erzählen und ich würde dir zuhören."

Sie legte den Kopf schief und sah ihn verliebt an. „Das ist lieb von Euch ... Also gut, ich erzähl es Euch: Ich lebte einst zusammen mit meinem kleinen Bruder und unseren Eltern in Kakoon. Dies war am Nördlichsten Ende des Kontinents. Mein Bruder und ich wurden von unseren Eltern geschlagen. Jeden verdammten Tag waren sie besoffen und schlugen uns blau. Wir waren nur unbedeutender Mist für sie. Daher kam an meinem 12. Geburtstag der Entschluss, von zu Hause wegzulaufen und ein neues Leben anzufangen. Als die darauffolgende Nacht begann, packten wir so viel Essen, wie wir tragen konnten, und machten uns auf den Weg mit dem Ziel des Mittleren Kontinents vor Augen ... Uns war alles recht, selbst der Tod. Lieber von einem Mob gefressen werden als noch längere Zeit bei den Unmenschen verbringen. Dies spornte uns an, die lange Reise zu überstehen."

Levan merkte, dass das ansonsten fröhliche Mädchen mit den Tränen kämpfen musste. Auch ihre Stimme zitterte.

„Wir schlugen uns mit leichten Gelegenheitsarbeiten durch auf den Weg gen Süden. Doch das größte Problem lag noch vor uns: Die weite Steppe des Sturmlands. Einen Monat dauerte die Durchquerung, die unglaublich kräftezehrend war. Uns gingen die Vorräte in der menschenleeren Gegend aus und wir standen dem Tod sehr nahe. Aber irgendwie schafften wir es, diese Hölle hinter uns zu lassen. Das Ziel schien nahe zu sein, doch dann öffneten sich die Höllentore erneut und versuchten uns mit ihren leuchtenden, lodernden Flammen zu verschlingen." Sie seufzte.

Während der Geschichte waren Lizzi und Levan bereits beim Gasthaus angekommen. Er bat sie, auf einer kleinen Bank vor dem Lager Platz zu nehmen, um noch den Rest zu hören. Sie willigte ein und fuhr fort: „Wir waren kurz vor einem kleinen Dorf, das sich später als Torona rausstellte, als wir von einer Gruppe Lizzards angegriffen wurden. Seid Ihr schon jemals Lizzards begegnet?" Sie wandte sich an den Krieger.

„Nein, bisher noch nicht, da sie nur auf dem Nördlichen Kontinent leben. Aber ich hab in Büchern von ihnen gelesen."

„Elende Viecher, kann ich Euch sagen. Sie jagen nur in Gruppen." Sie blickte in den weiten Himmel empor, der sich allmählich schwarz färbte und überlegte ihre nächste Wortwahl. „Jedenfalls standen wir fünf von diesen Mobs gegenüber. Mir war klar, dass, wenn wir gegen sie kämpfen, unser Todesurteil begonnen hatte. Keiner von uns beiden hatte je gelernt zu kämpfen, geschweige denn Magie zu beherrschen. Darum blieb nur die Flucht. Wir gaben alles, um einfach nur entkommen zu können ... doch schon nach wenigen Metern hatten sie uns umzingelt. Sie schlossen uns in ihre Mitte und griffen an ..." Sie sah wieder zu Levan. „Habt Ihr auch von den Angriffen dieser Mobs gelesen?", fragte sie ihn. Aber auch dies musste er verneinen. Lizzi räusperte sich. Es fiel ihr schwer, darüber zu sprechen, das spürte man. „Sie können einen töten oder direkt in Stein verwandeln. Ich ... wurde davon verschont, aber mein kleiner Bruder ..." Sie stockte. „Sie haben ihn in einen Stein verwandelt. Mir wäre es auch fast so ergangen, doch im letzten Augenblick kamen einige Krieger auf Pferden und konnten sie töten. Eine Familie nahm mich dann auf und wir versuchten meinen Bruder wieder in einen Menschen zu verwandeln. Der Dorfälteste meinte allerdings, man könne ihn nur mit einem Item wieder heilen und da ich nicht gegen Monster kämpfen kann, die es droppen, bleibt mir nur eine Möglichkeit ... Ich muss es kaufen. Aus diesem Grund bin ich hierhergekommen. Ich muss viel Geld verdienen, damit ich das Heilitem kaufen kann. Ich ... ich will meinen geliebten Bruder endlich wieder nach 8 langen Jahren in den Armen halten."

Sie sah erneut zu dem Krieger. Nur dieses Mal war zu sehen, wie ihr die Tränen in die Augen schossen, bevor sie sie nicht mehr zurückhalten konnte und weinen musste. Levan rückte näher an sie heran und nahm sie schließlich in den Arm. Der ganze Ballast, der auf ihren kleinen Schultern lag, fiel nun auf einmal ab. Er schwieg und gab ihr damit Zeit, alle Tränen aus den wunderschönen grünen Augen hinausfließen zu lassen. Sie schmiegte sich ganz eng an seine Brust. Dabei streichelte er zärtlich ihren Rücken. Die Zeit stand still, bis ihre Tränen endlich versiegt waren. Dennoch löste sich das Mädchen nicht aus der Umarmung. Der Krieger spürte bei jedem Atemzug der Frau, wie schnell ihr Herz tief in der Brust schlug.

„Es tut mir leid, ich wollte nicht vor dir weinen,", sagte sie mit noch immer zittriger Stimme.

„Schon gut. Man kann eben nicht alles in sich hineinfressen und es erleichtert einen ja auch", kam es leise aus der Kehle des Mannes.

„Stimmt." Erst jetzt löste sich die junge Frau von dem Krieger und wischte sich eine letzte Träne mit dem Handrücken weg. „Danke jedenfalls fürs Zuhören."

Nun war es Levan, der etwas schmunzeln musste. „Gerne", war alles, was er rausbekam.

Sie nahm seine Hände und zog ihn von der Bank in Richtung Eingang des Gasthofes. Dort angekommen drehte sie sich um, sah ihm tief in die Augen, bevor sie sich auf Zehenspitzen stellte und seine Stirn küsste. „Ich gehe dann mal schlafen. Gute Nacht, mein Herr", flüsterte sie in sein Ohr.

Er wollte sich eigentlich noch nicht von ihr verabschieden, aber es war wohl besser, sie erst einmal in Ruhe zu lassen. „Schlaf gut." Mit diesen Worten trennten sie ihre Hände voneinander und Lizzi verschwand hinter der Türe. Doch kurz bevor das Mädchen die Türe hinter sich zu machen konnte, hielt er sie auf.

„Warte bitte kurz. Ich möchte dich etwas fragen." Sie sah ihn fragend an. „Würdest du morgen vielleicht mit mir ausgehen?"

Die junge Frau lächelte ihn ein weiteres Mal an, nur dieses Mal schien ihr Schleier aus Scham gefallen zu sein, da sie nun ihre Zähne offenbarte und diese nicht mehr mit der Hand abdeckte. „Ja, sehr gerne. Aber ... würde es Euch etwas ausmachen, wenn wir das Treffen vormittags abhalten? Versteht mich bitte nicht falsch, aber Nachmittag lassen sich Blumen am besten unter die Leute bringen."

Das Mädchen beeindruckte den Krieger sehr. Trotz der großen Last hatte sie niemals aufgegeben und ihr Ziel stets vor Augen. Nickend stimmte ihr Levan zu. „Gut. Dann treffe ich Euch morgen um zehn bei dem Stadttor." Mit diesen Worten schloss sie die Türe und Einsamkeit machte sich im Herzen des Kriegers breit. Einige Minuten stand er einfach nur da und behielt die Tür im Blick. Er würde Lizzi so gerne helfen wollen ... doch wie? Sein nächster Griff ging zu seinem roten Beutel, den er sich an den Gürtel gebunden hatte. Schnell ließ er ihn wieder los. Eine Idee hatte er ... Er könnte Svenja fragen ... der Schatzgeist in ihrer Kette würde sicher noch ein paar Goldsäckchen von seinem Kampf mit Erik übrig haben ... aber nein, das wäre nicht fair. Er wollte seine Gefährtin da nicht mit hineinziehen. Und wer weiß, was für Hindernisse sich noch auf der Suche nach Gigantos in den Weg stellen würden. Manche Dinge lassen sich eben nur mit Gold regeln, dachte Levan. Doch dann kam ihm eine andere Idee. Nach ein wenig Herumfragen war die nächste Questtafel schnell gefunden. Es waren zu dem Zeitpunkt drei Quests verfügbar. Eine handelte vom Pflügen eines Ackers, die andere war eine Mobjagd und die letzte beinhaltete Hilfe bei einer alten Dame, die am Fuße des Mondbergs lebte. Welche sollte es werden? Die Mobjagd war eine Sechs-Sterne-Jagd, die er wohl alleine kaum schaffen würde. Dann musste er das Geld eben mit körperlicher Arbeit verdienen. Die Quest mit dem Acker lag ziemlich weit im Norden. Es würde zu lange dauern, bis er dort ankam, und auch die Bezahlung hätte mehr sein können. Dann blieb nur noch eine. Er riss den Zettel von der Tafel und begann ihn sich richtig durchzulesen.

Ich bräuchte bitte dringend jemanden, der mir Feuerholz vom Mondberg für den kommenden Winter besorgen kann. Mein Mann schafft den schweren Aufweg nicht mehr. Was die Bezahlung angeht: Je mehr Holz ihr besorgt, desto höher die Belohnung. Feste Belohnung: Fünf Silberlinge. Voraussetzung: mindestens einen Karren voll gehackt und aufgeschichtet.

Was die Medizin wohl kostete? Viel Entlohnung war es ja nicht. Lizzi würde mit ihrem Blumenverkauf wohl nur ein paar Nickel verdienen. Wenn er es schaffen würde, nur zwei Karren voll zu holen wäre das schon eine Goldmünze. Er sollte es versuchen. Doch waren sie um diese Uhrzeit noch wach? Als er weiterlas, beantwortete sich diese Frage von selbst.

Eine Säge und Wagen stehen im Schuppen.

Er sollte nicht länger herumtrödeln, darum machte er sich endlich auf den Weg. Wenn der Krieger die Nacht durcharbeiten würde, müsste es ganz sicher reichen. Doch er musste aufpassen, nicht zu spät bei seinem Date zu erscheinen.

Es dauerte nicht lange und er war bei der kleinen Holzhütte angekommen. Es war bereits stockfinster und die funkelnden Sterne hatten ihren festen Platz am Nachthimmel. Er hatte bereits den Holzkarren und eine große Säge, die er auf den Wagen legte, aus dem Schuppen geholt. Zusätzlich noch eine einfache Axt für die grobe Bearbeitung. Mit diesen Materialien machte er sich auf den schweren und steinigen Weg, den Berg zu erklimmen. Bei jedem größeren Steinbrocken krachte der Karren so sehr, dass Levan befürchtete, er würde schon bald bersten.

Erst der Gedanke an Lizzi ließ den Aufstieg etwas einfacher erscheinen. Er freute sich schon sehr auf die Verabredung, so dass dieser Abschnitt seines Lebens mit Leichtigkeit zu bestreiten war. Er sollte, wenn er es noch rechtzeitig schaffte, ihr etwas Schönes besorgen. Was ihr wohl gefiel? Irgendetwas würde sich schon in der Stadt finden lassen, das ihr sicherlich gefiel.

Das letzte Stück des Weges zog sich schließlich doch etwas länger als erwartet, doch nun hatte er es geschafft und konnte mit seiner Tätigkeit für die Liebe anfangen. Er hatte sich eine Stelle ausgesucht, die nicht so sehr dicht beieinander bewachsene Birken enthielt. Sie sollten sich ja nicht mit den Kronen ineinander verhaken. Er schnappte sich die kleine Axt und begann sofort mit dem Fällen einer Birke. Jeder Hieb hallte und warf ein schweres Echo zwischen den vielen Bäumen umher. Die Schläge schmerzten tief in den Armen. Anfangs war es noch auszuhalten, doch es wurde immer unerträglicher, je mehr Zeit verging. Er lag gut in der Zeit, schon nach kurzer Zeit war der halbe Karren voll mit dem Naturmaterial. Kalter Schweiß lief dem Krieger von Stirn, Achseln, Nacken und durchnässte Stück für Stück seine Kleidung. Auch sein Rücken schmerzte von den Schwertern, die er immer noch trug. Vielleicht sollte er sie doch ablegen? Nein. Wenn ein

Mob auftauchte, ging es um Sekunden, die über Leben und Tod entscheiden konnten. Noch ein solch fataler Fehler wie einst bei Glibberich würde ihm nicht noch einmal passieren.

Als wieder ein etwas kleinerer Baum gespalten und verladen war, schaute der Mann schwer atmend zu dem vollen Karren. Nun war es wohl an der Zeit, die erste Fuhre an ihr Ziel zu bringen. Sofort machte er sich wieder auf den Weg bergab. Verschnaufen konnte der Mann später immer noch genug. Der Abstieg selber war um einiges einfacher und die Kräfte des Mannes konnten sich wieder neu regenerieren. Sobald der Karren leer war, würde er sofort ein weiteres Mal hinaufgehen, damit die Belohnung höher ausfallen würde. Der Schuppen war nicht gerade groß, es würden maximal vier volle Karren an Holz hineinpassen. Dennoch beschloss Levan mehr zu holen.

Als das ganze Holz gelagert war, machte er sich sogleich wieder auf den Weg und fing erneut an. Und so verstrichen die Stunden wie im Flug. Erstes Morgenrot begrüßte den durchnässten Krieger, während er den bereits fünften Karren gen Tal hinabfuhr. Es war eine lange und anstrengende Nacht gewesen. Leichte Augenringe der Müdigkeit zeichneten sich inzwischen in seinem Gesicht ab. Auch der Gestank nach Schweiß, der von ihm ausging, war Zeichen seiner harten körperlichen Arbeit. So konnte er seiner Liebsten nicht unter die Augen treten.

Als er an dem kleinen Häuschen ankam, stapelte er das restliche Holz bei dem anderen auf. Da der Schuppen schon längst bis obenhin voll war, platzierte der Krieger den Rest an die Wand des kleinen Schuppens. Dort war das Holz einigermaßen vor Wind und Wetter geschützt.

Wie dies erledigt war, wollte sich Levan gerade aufmachen, um seine Belohnung zu erhalten, als er eine alte Frauenstimme hinter sich hörte: „Ach du liebe Güte. Ich kann gar nicht glauben, dass sich jemand ein Herz fassen konnte, um den Auftrag einer alten Frau zu erfüllen. „

Erstaunt fuhr der Krieger herum. Die alte Frau hatte langes graues Haar, das sich leicht in den Böen bewegte und ihr faltenreiches Gesicht streichelte. Hinter den weit zusammengekniffenen Augen verbargen sich hellblaue Färbungen der Iris. Sie ging gebückt und musste sich auf einen dünnen Gehstock abstützen.

„Habt ihr etwa die komplette Nacht mit Arbeiten verbracht?"

„Ich hoffe, es war nicht zu laut", entschuldigte sich der Krieger.

Die Frau führte ihre Rechte zum Ohr. „Wie bitte? Ich bin alt und meine Ohren sind nicht mehr die Besten. Könntest du das noch mal wiederholen?"

Er wiederholte seine Worte und sprach nun generell lauter.

„Ach, nein, nein. Aber sag, es muss doch die ganze Nacht gedauert haben, so viel Holz zu besorgen."

„Ja schon, aber ich brauche dringend Geld", sagte Levan mit trauriger Stimme.

„Kopf hoch, mein Junge. Wenn du willst, erzähl ich dir eine Geschichte aus meiner wilden Jugendzeit."

Wohin führte dieses Gespräch, dachte der Krieger. Er winkte ab.

„Tut mir leid, aber ich habe es etwas eilig."

„Tz, die Jugend von heute. Nicht mal Zeit für eine Geschichte."

Lächelnd ging sie in ihre Hütte und kam nach wenigen Minuten mit einem Sack voll klimpernder Münzen wieder heraus. Sie hielt ihm das Säckchen hin. Er nahm es und bedankte sich herzlich. Es war sogar mehr als er erwartet hatte. Damit konnte Lizzi die Medizin bestimmt kaufen und es würde vielleicht sogar noch etwas übrig bleiben.

Er verabschiedete sich von der Frau und ging wieder in Richtung Dannad. Er war schrecklich müde. Bis zu ihrem Treffen würde noch etwas Zeit vergehen. Sollte er sich noch etwas hinlegen? Nein, besser nicht, da er sonst verschlafen könnte, und dies wollte er unbedingt vermeiden.

Der Krieger entschied, sich in einem See noch etwas frisch zu machen und dann gleich zu den Stadttoren zu laufen, wo er Lizzi treffen würde. Er steckte sich das Säckchen unter die Tunika, damit er kein Zielobjekt gewitzter Diebe darstellte. Er machte sich an dem kleinen Fluss, der knapp neben Dannad lag, etwas frisch und versuchte nebenbei auch den Schlaf weiter im Zaum zu halten. Es fiel Levan immer schwerer, dagegen anzukämpfen. Irgendwie versuchte er den Gestank aus den Klamotten zu bekommen und er kniete am Flussufer nieder, um Wasser zu schöpfen. Jedoch war er so kraftlos, dass er das Gleichgewicht verlor und kopfüber in die Fluten stürzte. Nun stank er UND hatte nasse Kleidung. Beschissener konnte man nicht zu einer Verabredung erscheinen. Aber was konnte er machen? Sie würden nicht mehr trocken werden. Hoffentlich verstand das auch Lizzi. Er würde es wohl früh genug herausfinden.

Mit benetzten Augen des Gähnens ging er schließlich zum Treffpunkt. Dort angekommen fand der junge Mann ein schönes Plätzchen im saftig grünen Gras. Die Leute beobachtend und immer wieder zu dem Goldsäckchen langend, ob es noch da war, ließ der Krieger die restliche Zeit verstreichen. Die Händler und Stadtbewohner, die ihrer Tätigkeit in- und auswärts nachgingen, waren schon so zeitig am Tag völlig in ihre Arbeit vertieft. Als er noch vor vielen Wintern ein junger Keim gewesen war, der sich langsam wie der Spross einer heranwachsenden Blume zu dem weiten Himmelszelt aufmachte, wurde auch er meist um diese Zeit liebevoll aus dem Land der Träume geholt. Die Tage begannen so schön ... denn es war immer diese Person da gewesen, die ihm Kraft spendete, um die Tage mit Mutter oder dem Rattengesicht überstehen zu können. Was würde er dafür geben, der Rotäugigen noch ein letztes Mal ins Antlitz zu blicken ... Der Krieger sah zu den schönen, wie in Watte geformten Wolken am blauen Himmel empor und ließ seine Gedanken kreisen. Er hätte niemals gedacht, jemals wieder einer solch wunderbaren Frau zu begegnen. Viele Weiber begegneten ihm auf seiner Lebensstraße und die eine oder andere durfte der junge Krieger beglücken, doch nie war eine dabei, die war wie sie ... Bei Lizzi schien es jedoch anders zu sein. Sein Herz klopfte Sturm, wenn er nur an sie dachte.

Tausende Schmetterlinge tanzten in seinem Bauch, als ob sie einen Mob in ihm getötet hätte.

Levan beobachtete, in Gedanken versunken, die Kinder, die auf der massiven Steinbrücke mit einem Ball spielten und damit finstere Blicke der Händler einfingen.

Ein weiterer Schwarm an Stadtbewohnern, die in die weite Welt hinaus ziehen wollten, quoll aus dem Tor heraus. Und hinter zwei jungen Männern war sie endlich in Sichtweite. Levans Herz begann zu springen wie ein junges Böcklein, das sich seines Lebens freut. Lizzi hatte ihr strohblondes Haar zu Locken gewickelt. Außerdem zierte ein einfaches schneeweißes Kopftuch ihr Haupt, das an ihrem Kinn zusammengebunden war. Ihr rotes Kleid, das bis zu den Knien reichte, mit einer festlichen Schürze darauf, funkelte regelrecht in der Sonne. Sie hielt einen viereckigen Korb im rechten Armbogen. Was wohl darin war?

Als sie näher kam, entdeckte sie den Krieger und ein herzliches Lächeln formte sich auf ihren Lippen. Doch nach wenigen Herzschlägen verblasste es auch schon wieder und ging in einen fragenden Blick über.

„Was ist mit Euch geschehen? Ihr seid ja klitschnass."

Was sollte Levan sagen? Er wollte die Überraschung noch nicht aus dem Sack lassen. „Ach das ... ich wollte mich vorhin etwas waschen und bin in den Fluss gefallen." Er legte die Rechte auf den Hinterkopf und lachte dabei laut. Auch das Mädchen stieg in das Gelächter mit ein. „Aber mach dir keine Sorgen, das trocknet ganz schnell wieder."

Sie gesellte sich neben ihn. Ein frischer Duft nach Rosenwasser ging von ihr aus und fachte das Feuer in Levans Körper neu an. Er genoss den Duft. Der Krieger war etwas größer als Lizzi. Sie sah ihn von unten mit ihren wunderschönen grünen Augen an, in die sich Levan verlieren könnte, während die vollen rosa Lippen die nächsten Wörter bildeten.

„Ich hätte etwas zu essen dabei. Hättet Ihr Lust auf ein kleines Picknick?"

Der Mann überlegte kurz. Etwas zu essen konnte er wirklich vertragen nach so einer anstrengenden Nacht wie der Letzten.
„Ja gerne, mir knurrt schon richtig der Magen", erwiderte Levan freundlich. Er spürte und sah es an ihrem Gesicht, dass diese Antwort Lizzi glücklich machte.
Sie nickte knapp. „Gut ... aber lasst uns etwas flussaufwärts gehen. Ich will mit Euch ... alleine sein." Es schien dem Mädchen etwas peinlich zu sein, dies zu sagen.
Um die Situation wieder etwas aufzulockern, legte der Krieger seine Hand auf das Kopftuch des blonden Mädchens. Doch anstatt die Gemüter zu beruhigen, bewirkte die Tat eher das Gegenteil. Sie schmiegte sich eng an den Arm Levans und sagte: „Bringt meine Haare bitte nicht durcheinander. Ich will hübsch für Euch aussehen."
Levan fand es richtig süß, denn wenn Lizzi aufgeregt war, kam ihr Dialekt des Nördlichen Kontinents zum Vorschein. „Du siehst so oder so wunderschön aus und ganz besonders in diesem Kleid. Also mach dir bitte keine Sorgen."
Der Krieger spürte den wild hämmernden Herzschlag des jungen Fräuleins am Arm. Sie antwortete nichts mehr darauf, sondern nahm den Arm des Mannes und zog ihn händchenhaltend flussaufwärts. Erst als sie von der Menschenmenge entfernt waren, stoppte Lizzi und sah sich um.
„Hier ist ein schönes Plätzchen."
Es lag nahe am Wasser und das Gras war nicht zu hoch. Nur direkt am Fluss wuchsen Schilf und anderes Gewächs, das sich weit in die Höhe erstreckte. Lizzi legte den Korb ab und beugte sich darüber, um eine braune Decke herauszuholen. Dies tat sie so, dass ihr Gesäß in Levans Richtung zeigte. Wollte sie ihn etwa auf die Probe stellen? Nein, wohl eher nicht. So schätzte er das Mädchen nicht ein. Aber ihm gefiel der Gedanke so sehr, dass er ein Kichern nicht mehr unterdrücken konnte.
Lizzi drehte sich um und sah den Mann, mit der Decke unter den Armen, verdutzt an. „Worüber lacht Ihr denn, mein Herr?"

Was nun, schoss es dem Krieger durch den Kopf. Er konnte wohl nicht sagen, dass der Anblick ihres Hinterns ihm eine gewisse Freude bereitet hatte.

„Ach nichts. Ich dachte nur an etwas." Levan sah aber in Lizzis Gesicht, dass sie am liebsten in seinen Kopf schauen und darin forschen würde. Nach kurzer Zeit kam sie davon aber wieder ab und breitete die Decke auf dem Gras aus. Es war eine aus einfachem Stoff Gewebte, die man ganz leicht hätte selber nähen können. Vielleicht war sie es auch. Es sah jedenfalls so aus. Sie nahmen eng nebeneinander Platz.

„Was möchtet ihr denn haben, mein Herr?", fragte die junge Frau.

„Mir ist alles recht", erwiderte der Krieger und rieb sich dabei über den Bauch. Lizzi legte den Kopf schief und sah ihm mit einem herzlichen Lächeln auf den Lippen tief in die Augen. „Lizzi?" Aber sie reagierte gar nicht darauf. Erst als er mit seiner Hand kurz vor ihrem Gesicht winkte, riss es sie aus dem peinlich berührten Blick. Sie wühlte unsicher in dem Korb herum.

„Ich ... ich ... Ich habe ... Brote für uns gemacht. Zwei mit Käse, Schinken und gekochtem Ei ... Dann ein ... ähm ...Besonderes mit Ananas und Hühnerfleisch, eins mit Ei und Speck, oder zwei mit Forellen." Ihr war der Blick so peinlich gewesen, dass sie diese Sätze sehr schnell und mit stottriger Stimme sagte.

„Das mit Schinken, bitte."

Sie reichte ihm das Essen mit weggedrehtem Kopf. Erst als sich Levan das belegte Brot aneignete und ein, zwei Bissen davon genommen hatte, wagte es das Mädchen, ihren Geliebten wieder mit glitzerndem Blick anzusehen. Sie war nun wie ein Kind, das es kaum abwarten konnte, was sich an Weihnachten in den Geschenken befand.

„Mmh, sehr lecker geworden", sagte der Mann mit halb vollem Mund. Das Mädchen nahm sich ebenfalls etwas aus dem Korb und lehnte sich an die Schulter des Kriegers. Sie roch so gut.

„Darf ich Euch etwas fragen?"

Levan summte ein einfaches „Ja."

„Was ist Euer Begehr, der Euch nach Dannad führte?"

Levan wusste nicht ganz, wo er anfangen sollte, darum erzählte er von dem Tag, an dem er einst mit Svenja zusammengestoßen war, von seinem Kampf mit Glibberich, den er nur knapp überlebt hatte, und dass Svenja ihn geheilt hatte. An diesem Tag war es sicher gewesen, dass er sich an dem Schicksal Svenjas beteiligen und sie im Kampf gegen Gigantos unterstützen wollte.

Auch die Geschichte auf dem Meer – als sie von dem riesigen Ungeheuer angegriffen worden waren – blieb nicht aus. Er erzählte alles haargenau und bis ins kleinste Detail.

Das Mädchen lauschte derweil seiner herzerwärmenden Stimme und sog die Geschichte tief in sich auf. Das Erzählen ermüdete den Burschen noch weiter als er eh schon war. Immer wieder versuchte er, den Schlaf ein weiteres Mal mit zusammengedrückten Augen zu vermeiden, doch nun kamen auch noch Schwindelgefühle hinzu. Er sollte ihr ziemlich bald das Goldsäckchen überreichen, da es nicht sicher war, wie lange er dem Schlaf noch trotzen konnte. Wie würde sie nur reagieren? Ihm klopfte das Herz bis zum Hals.

„Und darf ich fragen, wie Ihr zu dieser Svenja steht?", zog sie ihn aus den Gedanken, während sie die Kuppen der Zeigefinger aneinanderdrückte, so dass sie eine Art Zelt ergaben.

„Zwischen uns beiden wird es sicher nie zu einer Liebelei kommen. Ich will ihr nur bei Gigantos helfen. Das verspreche ich dir."

„Ok", sagte sie erleichtert.

Er strich ihr über den Kopf, der immer noch an seiner Schulter ruhte, während er sich die Worte zurecht legte.

„Lizzi?" Sie sah ihn an. „Ich ... hab etwas für dich."

Nun hob Lizzi ihr Haupt und sah ihm überrascht in die Augen, während er unter seiner Tunika etwas zu suchen schien. Hervor kam das kleine Säckchen, in dem es leicht klimperte. Er reichte es ihr und sie nahm es nach kurzem Zögern an sich. Erst begriff sie nicht. Während das Mädchen den Knoten löste, fragte sie:

„Was ist das?" Erst als es offen war und sie Einblick auf die Münzen hatte, war sie wie perplex. Erneut kam die Frage über die Lippen des Mädchens. „Was sind das für Taler?" Dann fiel endlich der Groschen.

„Nein ... nein ... nein ... ich kann ... das nicht annehmen. Es ist zu viel. Auch wenn ich die Medizin davon kaufen würde, bliebe immer noch einiges übrig."

„Nutz es für die Heimreise und kauf deinem Bruder etwas davon."

Er legte ihr seine Hand auf den Kopf und die schönen grünen Augen füllten sich mit Tränen. Sie wusste sofort, dass es Taler für die Rettung ihres Bruders waren. Der Krieger nahm die Hand von ihrem Kopf und führte sie zu der Hand des Mädchens. Dort schloss er ihre Finger um das Säckchen.

„Das ist mein Geschenk an dich. Bitte nimm es an."

„Aber ... es sind doch Eure schwer verdienten Taler."

Sie musste sich stark zusammenreißen und auch auf die Lippen beißen, um nicht in Tränen auszubrechen.

„Um ehrlich zu sein, hab ich dafür die letzte Nacht gearbeitet. Dachte selber nicht, dass es so viel sein wird."

Nun konnte es Lizzi doch nicht länger unterdrücken und brach in Tränen aus. Sie legte das Säckchen auf den Boden und umarmte den Krieger weinend.

„Danke, danke. Wie kann ich das jemals wieder gut machen", flüsterte sie in sein Ohr.

Er erwiderte die Umarmung. „Naja, ich möchte gerne einen kleinen Platz in deinem Herzen haben."

Die Frau entfernte ihr Gesicht von ihrem Gegenüber und sah ihm abwechselnd jeweils einige Sekunden lang in die Augen. Dazu ein wunderschönes Lächeln, das ihre Oberzähne zeigte und er schmolz dahin.

„Dummerchen. Ihr habt mein Herz schon längst erobert."

Adrenalin schoss Levan durch den Körper, als Lizzi diese Worte zu ihm sagte. Er war so glücklich. Er wusste nicht, ob er jemals für "sie" auch solche Gefühle verspürt hatte wie bei der Frau aus Torona. Er wischte ihr die Tränen mit den Daumen ab, während sie sich verliebt ansahen.

„Was hast du nun vor, Lizzi?", wollte Levan wissen.

„Entschuldigt, ich bin noch etwas neben der Spur." Sie wedelte sich mit den Händen Luft ins Gesicht. „Ich ... weiß es nicht. Dachte nämlich nicht, die Münzen so schnell zu bekommen. Wahrscheinlich werd ich mich noch heute umhören, wo es die Medizin zu kaufen gibt, und dann schnellstmöglich die Heimreise antreten."

Es freute den Krieger, dass das Mädchen endlich ihr Ziel erreicht hatte. Doch ... würde er sie wiedersehen?

„Was habt ihr? Ihr wirkt traurig."

Er bemühte sich, ein Lächeln zusammenzubringen. „Ich habe Angst, dass ich dich nicht wiedersehen kann."

Nun war es Lizzi, die Levan im Gesicht streichelte. „Wie wäre es, wenn ..." Sie machte eine kurze Pause „ ... Ihr, sobald eure Reise vorbei ist, auf den Nördlichen Kontinent kommt und mit meinem Bruder und mir in Torona lebt?"

„Meinst du das wirklich ernst?" Levan konnte nicht glauben, was Lizzi da gesagt hatte. Sie nickte. „Das wäre eine Zukunft, die mir gefallen würde", sagte der Krieger.

„Hihi. Aber sagt, wenn Ihr die Nacht gearbeitet habt, müsst Ihr doch hundemüde sein."

Es stimmte zwar, aber wollte Levan es wirklich zugeben? „Ja."

Lizzi nahm das Säckchen und steckte es in die Tasche ihrer Schürze. „Das ist jetzt vielleicht ... eine komische Frage, aber wollt Ihr Euren Kopf auf meinen Schoß legen und Euch ein wenig ausruhen?" Sie wartete erst gar nicht die Antwort Levans ab, sondern winkelte die Beine so an, dass sie in einer angenehmen Position saß. Kannte sie ihn inzwischen schon so gut, dass sie seine Antwort schon vorher kannte?

„Aber nur kurz, dass dir nicht die Beine davon wehtun."

Er drehte sich um und legte sein Haupt auf die weichen Schenkel des Mädchens. Sie blickte ihn von oben herab mit einem weiteren Lächeln an, bevor er die Augen schloss und endlich die Müdigkeit triumphieren konnte. Es dauerte nicht lange und er schlief ein. In seinen Träumen ging es um seine Reise mit Svenja. Sie stellten sich gerade einem weiteren Mob in den Weg, der aber kein größeres Problem darstellte. Der Rest des Traumes war nur noch Kauderwelsch. Eine Bewegung durch sein Haar ließ ihn dann wieder erwachen. Er öffnete die Augen und das Erste, was er sah, war Lizzi. Sie saß noch immer so da, wie er vorhin eingeschlafen war.

„Schaut, das müsst Ihr sehen." Was meinte sie? Wie lange hatte er geschlafen? Es war bereits Nacht geworden. Nur durch schwaches, dumpfes Licht konnte er die Züge des Mädchens erkennen. Doch woher kam es? Als er sich aufraffte, zeigte sich ein einzigartiges Naturschauspiel. Ein großer Schwarm Glühwürmchen erhob sich in die Luft und tanzte mit dem pulsierenden Licht, das von ihnen ausging, um das Liebespaar herum. Die beiden Menschen standen auf.

„Wow, das ist wunderschön", sagte das Mädchen. Die ganze Luft war nun voller Tiere. Fast so, als wüssten sie um die Liebe der beiden und wollten einen Teil zu ihrem Glück beitragen. Leise Melodien drangen von Dannad zu ihnen und ehe sich der Krieger versah, zog Lizzi seinen Kopf in ihre Richtung und drückte ihre Lippen auf die seinen. Der Kuss war lange und intensiv. Ihr Mund schmeckte nach Erdbeeren. Nach einer Weile begann das Mädchen ihre Küsse in Richtung Ohren wandern zu lassen. Stück für Stück eroberte sie ihr Territorium seines weichen Flaums. Erst als die Lippen an den Ohrläppchen des Kriegers ankamen und vor einer neuen Herausforderung standen, begann der Wechsel zu den Zähnen, die die Läppchen zärtlich mit leichten Bissen liebkosten. Die beiden Verliebten ließen sich auf die Decke, die inzwischen auch voller Glühwürmchen war, fallen und setzten dort ihren Tanz der Liebe fort. Sie war so wunderschön. Unter dem weiten Sternenfirmament sollte es schließlich geschehen. Keiner der beiden wagte es, die Stimmung mit unnötigem Geschwätz zu stören. Sie gaben sich einfach nur ihrer Leidenschaft hin. An diesem Abend liebten sie sich noch einige Male, bevor sie sich Händchen haltend wieder in Richtung Dannad aufmachten.

„Ich danke euch von ganzem Herzen für den schönen Abend."

Levan wusste nicht so recht, was er sagen sollte. „Das Vergnügen liegt ganz auf meiner Seite."

Erst als die beiden wieder an dem Ort waren, an dem sie sich vormittags getroffen hatten, mussten sie sich langsam verabschieden.

„Nun muss ich Euch leider verlassen, mein Herr", sagte das Mädchen traurig. „Versprecht mir bitte, zu mir zu kommen, wenn alles vorbei ist."

Levan küsste ein letztes Mal für eine lange Zeit die Stirn des Mädchens. „Ich verspreche es."

Weitere Küsse folgten, bevor sich Lizzi unter die Menschen mischte und in der Stadt verschwand.

Donner

Einige Stunden vergingen, bis die beiden Vertrauten die lange Strecke zwischen Dannad und der Magieschule hinter sich gelassen hatten. Es war immer wieder aufs Neue zu sehen, wie sehr sich die Landschaft des Westlichen von der des Mittleren Kontinents unterschied. Hier auf dem Westlichen Kontinent strahlte es wortwörtlich in allen Farben ... im Gegensatz zum Mittleren Kontinent ... und daran waren nur die Kriege längst vergangener Tage schuld, die die Natur in Svenjas Heimat zerstört hatten. Zwar erholte sie sich inzwischen langsam wieder, dennoch war der Anblick hier das reinste Paradies.

An dem Ort, der sich vor den beiden Reisenden erstreckte, befand sich ein gigantischer Baum, der seine dicken, tiefen Wurzeln in einem saftig grünen Hügel verschloss. Nun verstand Svenja, was Lalahya mit ihren Worten "Du wirst wissen was ich meine, wenn du es siehst" sagen wollte. Das majestätische Gewächs war gewiss Tausende von Jahren alt. Die Menschen, die in diesem paradiesischen Ort lebten, bauten kleine Häuser, die wie Geschwüre an der Rinde heraus wuchsen und an Zwergenhäuschen erinnerten. Die blonde Frau fragte sich, wie diese Bauten wohl dort hielten, ohne der enormen Schwerkraft zum Opfer zu fallen. Doch das Wunderwerk Technik war Svenja stets schon ein Buch mit sieben Siegeln gewesen. Vielleicht waren das gar die Unterrichtsräume? Doch sie konnten das später herausfinden. Eher beschäftigte die junge Frau, woher dieses matte Licht kam, das den kompletten Baum noch zu dieser Abendstunde erhellte. Es war nirgends eine Lichtquelle zu sehen ... Vielleicht Magie? Doch auch diese These konnte später weiterverfolgt werden.

Als die beiden "Freunde" – Svenja war sich nicht sicher, ob es bereits für Levan Freundschaft war – das kleine Zäunchen zu dem Areal des majestätischen Baums durchschreiten wollten, stellte sich ihnen ein graubärtiger Mann in den Weg. Verdutzt blickte die Frau auf und wurde aus heiserer Kehle angefaucht: „Schert euch weg von hier. Die Aufnahmeprüfung ist seit Tagen abgelaufen." Er machte mit der Rückhand der Linken eine Wischbewegung, die seine Worte verstärken sollte. Svenja wusste nicht, warum, aber sie hatte ein wenig Angst vor dem Mann. Schließlich war es glücklicherweise Levan, der dem Mann Einhalt gebot. „Wir hatten gar nicht vor, Schüler irgendeiner Schule zu werden. Informationen sind es, die wir begehren."

Der Mann gegenüber lief rot an wie eine Tomate. Es war leicht zu merken, dass der Kerl verärgert war. Doch er seufzte nur kurz und sprach mit ruhiger Stimme weiter: „Sicher gibt es geeignetere Orte als diesen, um an Wissen zu gelangen."

„Aber ...", versuchte nun auch Svenja die Ketten des Schweigens zu brechen, wurde aber sogleich mit folgenden Worten zurechtgestutzt: „Es gibt hier nichts für euch Herumtreiber, also haut endlich ab."

Die Blonde spürte, wie Levan ihr seine Hand auf die Schulter legte. Was wohl soviel bedeutete wie "Hier wird kein Funke die Nacht namens Gigantos erhellen". Er hatte recht ... Schade eigentlich, ihr hatte dieser Ort gefallen.

Als die beiden sich gerade umdrehten, tauchte plötzlich eine weitere Männerstimme wie aus dem Nichts auf.

„Was herrscht hier für ein Radau, Professor Peer?" Ein ebenfalls alter Kerl in schwarzer Robe näherte sich dem Ort, an dem sie gerade noch nicht willkommen gewesen waren. Das Pochen des Gehstocks des Mannes erinnerte Svenja an ein altes Spiel, das sie sich einst in jugendlichen Jahren hatte einfallen lassen. Unzählige dunkle Flecke in seinem Gesicht waren Zeugen, dass der Mann sehr alt war. Selbst um die Augen hatten sich bereits viele tiefe Falten gebildet.

„Professor Marlox ... es ist ..." Der motzende Kerl verstummte. Hatte er etwa Respekt vor dem Alten? Es musste sich bei ihm wohl um den Vorgesetzen handeln, schlussfolgerte Svenja.

„Wer seid ihr beide?", wandte sich der Faltenmann den Reisenden zu.

„Verzeiht, wir sind Wanderer, die einer persönlichen Mission hinterherjagen. Ich bin Svenja und das ist Levan." Sie zeigte mit der kompletten Hand flach auf den Krieger, der nur kurz nickte. Die Blauäugige spürte, dass eine große magische Macht von dem Mann ausging.

„Wanderer auf persönlicher Mission, sagt ihr?" wiederholte Marlox die Worte Svenjas, während er sein Ziegenbärtchen streichelte.

„Uns ist zu Ohren gekommen, dass sich ein spezieller, unglaublich starker Mob in dieser Gegend herumtreiben soll", sprach Levan. Die beiden Robenträger waren wie versteinert, als das Wort "starker Mob" fiel. Von da an war es klar gewesen, dass die beiden Magier etwas darüber wussten.

„Seid ihr lebensmüde? Erwähnt hier nicht diese Ausgeburt der Hölle." Der, der Professor Peer genannt wurde und die zwei Reisenden zuerst in Empfang genommen hatte, spuckte in das Gras, als könne er damit den Zorn der Bestie zügeln. Svenja und Levan waren überrascht. War Gigantos etwa auch auf diesem Kontinent so gefürchtet?

Marlox fragte, was sie von dem Mob wollten, da es besser sei, man ginge ihm völlig aus dem Weg.

„Ich will ihn endgültig von dieser Welt löschen", antwortete Svenja eisern.

Professor Peer lachte ungezügelt. „Zwei einfache Menschen wollen eine Bestie töten, was nicht mal von drei Keimen der Hoffnung geschafft wird? Lächerlich." Der Ergraute wischte sich eine Lachträne aus den schwarzen Augen. Nur Marlox schien nachdenklich.

„Seid Ihr etwa die Tochter Torans?", fragte der Weiße. Die Frage kam unerwartet. Nach kurzem Zögern nickte die Blonde.

„Professor Peer, bitte geleitet unsere Gäste in mein Kontor. Wir müssen uns dringend unterhalten."

„Aber ...", versuchte Peer seinen Vorgesetzten umzustimmen. Doch nach einem scharfen Blick schwieg er. „Und bringt bitte die Kleinen ebenfalls!"

„Das geht nicht ...", meckerte der Motzer. „Niemand darf erfahren, dass sie hier sind. Wollen Sie sie wirklich dieser Gefahr aussetzen?" Ein kleiner Streit entbrannte zwischen den Robenträgern. „Mit ein wenig Glück kann dieses Mädchen ...", er zeigte auf die Himmelblauäugige, „ ... die Welt von allem befreien. Sie ist die Auserwählte." Auf einmal war Peer ruhig und willigte schließlich ein. Was meinte er mit Auserwählte? Svenja traute sich aber nicht zu fragen, da sie befürchtete, der Zorn der beiden Magier würde auf sie übergehen.

Nach dem Wortgefecht ging Marlox ohne Weiteres zu sagen zu einer kleinen Gruppe Schüler, die das Geschehen aus sicherer Entfernung verfolgt hatten.

Ein weiterer Seufzer entrann der Kehle des Motzers. „Tretet ein", sagte er gelangweilt. Als der neue Boden betreten war, lief Peer als Führer den kleinen Kieselweg in Richtung Mammutbaum empor. Die feinen Kiesel waren so akkurat angeordnet, dass Svenja Angst bekam, sie könnte alles durcheinanderbringen. Kein einziger Grashalm fand ein Schlupfloch zwischen den Steinchen und beschmutzte den makellos reinen Kies. Ebenfalls waren auch keine Fußspuren zu erkennen, die das Gewicht des darüber schreitenden Wanderers aufnahmen. Svenja wusste zwar, dass es möglich war, mit Windmagie kurzzeitig etwas sein Gewicht zu reduzieren, aber bei solch einer Anzahl an Personen, die hier leben mussten, schien auch dies weit hergeholt zu sein.

Niemand wagte es, auch nur ein Wort zu sagen. Es waren einzig Befehle, die wohl von Lehrern stammen mussten, und Vogelgezwitscher zu hören. Als die kleine Gruppe schließlich den Hügel erklomm, war erst zu sehen, wie gigantisch dieses Gewächs war. Svenja glaubte sogar winzige Affen in dem Geflecht aus Ästen und Blättern gesehen zu haben. Auch war nun das Geheimnis gelöst, warum das edle Gewächs in der Abenddämmerung erstrahlte. Unzählige, von Mosaik gesprenkelte Steinplatten waren im Kreis rund um den Baum in die Erde eingearbeitet worden. Diese kleinen Splitter gaben ein warmes Licht ab, das aber nicht blendete und trotz ihrer geringen Größe weit empor reichte. Die Rinde des Gewächses befand sich in einem schlechten Zustand. Tiefe, breite Risse zierten die wellenartige Rinde. Das Einzige, das noch mehr ins Auge fiel, waren die dreieckigen Fenster, die wie ein unzähliger Schwarm Tiere aussahen. Ob das alles Zimmer waren? Svenja wagte es allerdings nicht, den unfreundlichen Kerl zu fragen. Sie gingen zu dritt ein kleines Stück um den

Baum herum und gelangten so zu dem großen Loch, das wohl der Eingang war. Haufenweise Schüler gingen hinaus und hinein. Das ganze Spektakel erinnerte die junge Frau eher an eine Ameisenkolonie.

„Wieso ist dort kein Tor, das euch vor Feinden oder Kälte schützt?", schoss es aus Levan heraus. Svenja musste sich eingestehen, dass es sie ebenfalls brennend interessierte. Der mürrische Kerl genoss weiterhin das Schweigen. Doch zeigte er kurze Zeit später mit der Rechten nach oben. Die junge Frau und der Krieger folgten mit ihren Blicken seinem Finger, konnten jedoch nichts außer der Baumkrone entdecken. Halt! Nein, dort oben war noch etwas. Svenja erkannte es zwar nicht, aber irgendetwas, das immer zwischen verschiedenen Farben zu wechseln schien, schwebte dort.

„Was ist das?" Svenja war überrascht, dass sie das, was sie gerade noch im Kopf hatte, leise aussprach.

„Was denn? Ich seh nichts."

„Na, dort drüben über der Krone schwebt etwas."

Es dauerte wenige Herzschläge, bis auch die Augen des Kriegers dieses für sie unbekannte Objekt erblickten. „Das ist ja eine Sphäre", sagte der braunhaarige Mann. Svenja war wieder einmal nicht klar, was Levan damit meinte. War sie so dumm? Oder hatte ihr Allgemeinwissen nur einen kleinen Teil dieser Welt verstanden? Svenja war zwar jenseits der Städte aufgewachsen, dachte aber, ihr Vater habe ihr einiges aus dieser Welt beigebracht. Die meiste Zeit hatte er ihr beigebracht, nicht zu verrecken. Einige Male mussten sie ... naja, eher wohl Vater ... gegen Mobs kämpfen. Svenja hatte sich, wenn der Angriff eines Ein-Sterne-Gegners bevorstand, immer mit Holzkelle und einem umgedrehten, viel zu großen Topf auf ihrem Haupt bewaffnet. Sie war damals sehr jung gewesen.

„Hast du schon jemals eine gesehen?" Svenja schreckte aus ihren Gedanken. Ohne zu wissen, von was der junge Krieger sprach, verneinte es die strohblonde Frau.

„Die Dinger sind schweineteuer, man muss schon eine ordentliche Stange Schotter für solche Sphären bezahlen." Achso, es ging also immer noch um die Sphäre. Sollte sie fragen, wofür sie gut war?

„Was bewirkt man denn damit?" Levan sah überrascht herüber.

„Das weißt du nicht? Diese Sphären dienen als Schutz vor Mobs, die in der weiten Welt umherirren. Nach dem Kauf wird ein spezieller Magier eine Flüssigkeit in den Kern der Sphäre geben und sie schließlich mit einem besonderen Rezept in einem Kristall, so wie du ihn dort oben siehst, zusammen verschmelzen. Dies können aber nur sehr wenige Leute. Wenn alle Gegebenheiten erfolgreich waren, platziert man die Sphäre am höchsten Punkt des zu schützenden Ortes. Solange sie nicht zerstört oder ihre Magie verbraucht wurde, gelingt es keinem Mob so leicht, sich Eintritt in solch ein Gebiet zu verschaffen."

Faszinierend, was man mit Magie alles erreichen konnte, dachte sich Svenja.

„Nun, da das geklärt ist, können wir ja endlich weiter", drängte der Alte. Sie schritten also weiter dem riesigen Tor ... oder eher dem nicht vorhandenen Tor entgegen, bis sie schließlich staunend davor stehen blieben. Dort, wo eigentlich der Eingang des Baumes sein sollte, war eine sich vertikal bewegende, lila-schwarze, geleeartige Wand. Als dem Alten aufgefallen war, dass ihm seine beiden Begleiter nicht mehr folgten, blieb auch er stehen. „Worauf wartet ihr?" Wie sollten sie denn bitte da durchkommen? Dann schien es der Alte kapiert zu haben. „Ach, das ... es ist auch nur ..." Bevor er seinen Satz zu Ende sprechen konnte, schwappte das Gelee an zwei Stellen stark und heraus kamen zwei lachende Jungen, die wohl Schüler hier waren. Das war also eine Art Portal. Jetzt, da Svenja etwas klüger war, sah sie hinter dem Gelee leichte Umrisse. Ob das auch als Schutz diente? Die beiden Männer schlüpften mit Leichtigkeit hindurch, doch bei Svenja war es anders. Ihr war etwas flau im Magen. Die Frau nahm ihren ganzen Mut zusammen und sprang mit einem Satz und geschlossenen

Augen hindurch. Sie hatte sogar die Luft angehalten, so als würde sie darin ertrinken können. Das Gelee fühlte sich etwas wässrig und kalt auf der Haut an. Doch ihre Kleidung war komplett trocken. Eine angenehme Brise blies Svenja ins Gesicht.

„Wo warst du?", fragte Levan, der gemeinsam mit Professor Peer wartete.

„Hab das Glibberzeug studiert", meinte sie und zog leise die Nase hoch, damit nicht auffiel, dass es an ihrer Angst gelegen hatte.

Als die junge Frau wahrnahm, in welchem Umfeld sie sich befanden, riss sie erstaunt den Mund auf. Das Innere des Baumes war wunderschön. Am Fuß des Baumes, an dem sich Svenja, Levan und der Professor befanden, maß der Raum von der Tür bis zur gegenüberliegenden Wand mindestens fünfhundert Schritt. Ein länglicher, grüner Teppich schmückte den Boden, der an einem Schalter, der wohl als Empfang diente, endete. Dahinter war ein magerer, schwarzhaariger Mann, der einen dicken Stapel Papier in seiner Hand sortierte. Er erlaubte sich einen kurzen, uninteressierten Blick, bevor er sich wieder der Arbeit zuwandte.

Links, etwa zehn Pferdelängen neben ihnen, war eine lange Wendeltreppe, aus dem Holz des Gewächses gefertigt, die den Umfang des Baumes in die Höhe verfolgte. Als Svenja nach oben blickte, sah sie, dass die Treppe etliche Stockwerke miteinander verband. Auf jeder Ebene war ein hüfthohes Geländer am Rand aufgebaut, das vor dem Herunterfallen schützte. Doch das war nicht alles. Alle paar Meter erkannte sie Türen, die gegenüber des Geländers herausgesägt waren. Wofür die wohl alle waren? Es kam Svenja merkwürdig vor, dass das alles Klassenzimmer sein sollten. Selbst hier waren diese merkwürdigen Mosaiksteinchen, die auch bereits schon außen für Aufsehen gesorgt hatten, immer im selben Abstand zu den jeweiligen anderen in der Wand gegenüber eingebettet worden.

Als schließlich Professor Peer schweigend weiterging und somit Svenja keine Chance mehr gab, weitere Geheimnisse innerhalb des Gewächses zu erkunden, folgte die kleine Truppe der gerade begutachteten Wendeltreppe. Um noch weiter emporsteigen zu können, musste die kleine Gruppe den Kreis, der den ersten Stock bildete, halb umrunden. Sie kamen an einigen schweren Türen vorbei; einige davon waren sogar offen. Svenja sah, dass sich hinter den meisten wirklich Klassenzimmer befanden. In manchen saßen Schüler an den Tischen, jeder mit anderen Tätigkeiten beschäftigt.

Manche Zimmer wurden auch nur als Abstellkammer benutzt. Als die kleine Gruppe an drei weiteren Stockwerken vorbeigelaufen war, drehte sich Professor Peer nach links um und schaute direkt auf eine große Doppeltüre. Er brauchte beide Hände, um die knatternde Türe stöhnend zu öffnen. Ein Duft, der an frisch geschlagenes Holz erinnerte, schlug der blonden Frau entgegen, als das Arbeitszimmer offen vor ihnen lag. Mit neugierigen Blicken betraten die beiden Gefährten den Raum. Dieses Mobiliar passte dort hinein. Ein großer, langgezogener Tisch, der horizontal fast von der linken bis zur rechten Wand reichte, dahinter ein Sessel, dessen Lehne die übrigen Möbelstücke mindestens um das Doppelte überragte. Vor dem Tisch befanden sich ebenfalls zwei Sessel, nicht ganz so prunkvoll gehalten, aber ebenso zum Sitzen einladend. Mehrere Bücherregale und ein grüner Teppich auf dem Boden zierten den Raum. Was das wohl alles gekostet hatte? Bestimmt eine Summe, von der die Blauäugige noch nicht mal geträumt hatte.

„Nehmt auf den beiden Sesseln Platz, bis Professor Marlox bei Euch ist." Peer zeigte auf die beiden Sessel vor dem Tisch. Svenja näherte sich dem Linken. Sie fasste ihn an und fuhr mit beiden Händen das glatte Holz des Rahmens entlang. Fast so, als würde die junge Frau deren Existenz bezweifeln. Sie war angetan von der guten Verarbeitung des Materials. Bewundernd ging sie um den ganzen Sessel herum und ließ sich auf dessen weiche Polsterung plumpsen. War das Wolle? ... Unmöglich. So bequem und weich wie dieses Kissen war, musste es etwas anderes sein. Vielleicht Seide ... Während Svenja grübelte, um welchen Stoff es sich bei der Polsterung des Sessels handelte, fand auch Levan Platz auf seiner Sitzgelegenheit ... jedoch unspektakulärer als Svenja es getan hatte. Was für ein Banause ...

Hinter den beiden wurde die Türe wieder von Peer geschlossen und es kehrte Stille in das Zimmer. Die Blonde blickte zurück, doch der Professor war nicht mehr anwesend. Sie war froh, die dunkle Aura dieses Miesepeters nicht mehr spüren zu müssen, die das zarte Schild ihres neu gewonnenen Selbstvertrauens Stück für Stück zerbersten ließ. Dieses Schild war für Svenja wie Lalahyas magischer Buff, der einen Kameraden vor den Attacken feindlicher Mobs schützen konnte. Sie wusste genau, wie das war. Denn auch diese Art von Magie wollte Vater die heranwachsenden Frau einst lehren ... jedoch war das vergebene Mühe gewesen.

Svenja musste schmunzeln, als die Erinnerung an die Kindheit kam. Wenige Tage vor dem Ereignis mit der Kreatur, die sich Wattwurm nannte, lagerte die Familiengruppe an einem unbestellten Ackerkomplex, um die Nacht zu überdauern. Alles war perfekt. Eine sternenklare Nacht mit in allerlei Farben schimmernden Himmelskörpern. Das Feuer, das sich durch die Holzscheite fraß und knisternd, schmatzend danke sagte. An diesem späten Abend wollte Toran dem kleinen Mädchen seine allererste Magie beibringen. Es handelte sich um einen Schutzzauber, der Angriffe eines Gegners abschwächen sollte. Lange, bis weit in die Nacht hinein, strengte sich das Kind an, es so zu machen, wie Vater es wollte. Doch es war ihr nie gelungen, diesen Zauber zu lernen. Svenja verstand bis heute nicht, warum der Mann so versessen darauf gewesen war, sie diese Magie zu lehren ... Es sollte eben nicht sein. Die Blauäugige machte sich da keinen Vorwurf. Aber andererseits war es schon deprimierend, bis zum heutigen Zeitpunkt nur eine Feuermagie zu beherrschen ... und nicht mal die konnte sie perfekt. Svenja lachte herablassend über sich. Aber vielleicht konnte sie ihre vor Kurzem neu gewonnene Freundin dazu überreden, ihr den Buffzauber noch einmal zu zeigen. Bei Lalahya sah es so einfach aus ...

Sie spürte, wie Levan sie von der Seite ansah. In diesem Moment öffnete sich die Türe und der alte Mann, den sie am Tor kennengelernt hatten, betrat den Raum. Mit einem Lächeln und kurzem Nicken begrüßte der Magier in Schwarz seine Gäste, bevor er auf dem Sessel hinter dem Arbeitstisch Platz nahm. Einen kurzen Augenblick wechselten seine Augen zwischen Svenja und Levan hin und her. Er schien seine Worte weise wählen zu wollen.

„Nun denn", legte Marlox los. „Du bist also die Tochter von Toran!" Ohne die Antwort der Blonden abzuwarten sprach der Mann weiter. „Er war ein guter Freund seit Kindertagen. Was für ein Jammer, dass diese Kreatur ihn verschlang."

„Ja, dabei wollte er mir noch so viel Zauber beibringen. Deshalb will ich dieses Monster töten, um Vaters Tod zu rächen!" Die letzten Worte platzten wütend aus dem Mädchen heraus. Alle Wut auf die Kreatur kam wieder.

„Tod?", fragte Marlox. „Dein Vater ist damals nicht gestorben."

„Was??" Svenjas Blick fing an, sich ins Leere zu verirren, als diese Worte aus dem Mund Marlox' kamen. Vater lebte? Aber?... Sie hatte definitiv gesehen, wie Gigantos den Mann in seinem Schlund hatte verschwinden lassen.

„Doch auch leben wird er nicht."

Wie war das gemeint? Eine Existenz zwischen Leben und Tod? „Wie meint Ihr das?", fragte Svenja nun laut.

Bevor Marlox antwortete, rieb er sich das linke Auge. „Stellt es euch als eine Art andere Welt vor, aus der es kein Entkommen gibt."

Eine Welt, aus der man nicht mehr fliehen konnte?

„Nun aber mal langsam ..." Es war Levan, der den Professor wie ein wildes Tier anfauchte. „Woher wollt Ihr das wissen? Also für mich klingt das wie ein Hirngespinst. Selbst wenn die Geschichte wahr sein sollte, würde es mich interessieren, woher Ihr das wisst."

Da war etwas dran. Wie konnte sich der Mann so sicher sein?

„Junger Mann ... ich wandle inzwischen schon seit fast neunzig Wintern auf dieser Welt. Glaubt mir, meine Informationsquellen sind sicher ... ihr werdet noch alles erfahren."

Da klopfte es erneut an die Türe. Als der Alte den Eintritt gewährte, stand plötzlich Peer mit zwei jugendlichen Kindern im Zimmer, ohne dass die schwere Türe geöffnet wurde. Svenja und Levan sahen mit großen Augen zu den Kindern. Es waren zwei weiß Pigmentierte mit roten Augen ... genauso wie bei Lalahya. Und genauso wie bei Lalahya lag auch in diesen Augen eine geheimnisvolle Geschichte. Was war hier nur los? Ebenso diese vermummten Gestalten in Tarantha, denen der Kopf abgeschlagen worden war. Svenja war sich sicher, es hatte sich ebenfalls um ... Weißmenschen gehandelt. Die Blonde entschied sich, sie so zu nennen. Warum wusste sie nicht. Und nun diese zwei.

„Kennt ihr die Geschichte der ursprünglichen Welt?", fragte Marlox, während die Jugendlichen und Peer näher an sie herantraten.

„Die Geschichte der ursprünglichen Welt?", wiederholte Svenja nachdenklich.

Marlox nickte und fuhr fort: „Vor etwa eintausend Jahren, als sich der Mensch die Magie der Götter einverleibte, lebten zwei große Stämme auf diesem Planeten. Die Nashifs und die Quaren ..."

„Nashifs? Dieses Wort hab ich irgendwo schon mal gehört ..." Svenja überlegte, doch es wollte ihr partout nicht einfallen.

„Du meinst das in Tarantha. Kurz bevor die Menschen hingerichtet wurden.", sagte Levan kühl und half Svenja somit auf die Sprünge. Stimmt, als sie fast von den Soldaten erwischt worden waren ... Keine Regung zeigte sich in Levans Gesicht. Doch als sich die blauen Augen etwas nach unten bewegten, sah sie, dass der Krieger seine Finger fest in die Hand bohrte. War er wütend? Was war nur los mit ihm?

„Was hast du?", fragte Svenja. Als der Schwertkämpfer bemerkte, dass er beobachtet wurde, löste sich sein Krallengriff. Er sagte, dass alles in Ordnung sei, doch Svenja glaubte ihm nicht.

„Über viele Generationen herrschte Krieg zwischen den beiden Völkern, der sich über weitere viele Generationen bei einigen Menschen noch immer tief ins Herz eingenistet hat und sie kontrolliert. Auch diese zwei sind Nachfahren der Nashifs ..." Die beiden Jugendlichen waren zusammen mit Peer hinter Marlox gegangen.

„Ihr wollt also sagen, dass es da draußen irgendwo Krieg gibt?" Die Blonde wusste nicht, ob es schockierend oder grausam war, da sie glücklicherweise nie deren Ereignisse miterleben musste ... doch schon die Vorstellung, dass Menschen andere Menschen töten, machte der Blonden Gänsehaut. Sie stellte es sich wie bei einem Kampf gegen Mobs vor.

„Nein, es ist eher ein verschleierter Krieg. Nur noch wenige Menschen wissen um die Existenz der Nashifs."

Was? Aber wie? „Ihr sagtet doch, dass vor langer Zeit Gefechte zwischen beiden Seiten existierten. Wie war es dann möglich, den Menschen die Erinnerung an sie zu nehmen?"

Kurz lag Schweigen in der Luft. Doch dann offenbarte Levan etwas, was Svenja einen dicken Kloß im Hals versetzte. „Es gab einen Massenmord."

Selbst Marlox schien überrascht zu sein, dass der Krieger Informationen darüber besaß. „So ist es", sprach der Alte weiter. „Nachdem die Quaren damals siegreich aus dem Krieg heimgekehrt waren und die Nashifs bis auf wenige hundert Menschen ausgerottet hatten, wurden diese alle auf lange Zeit in Käfigen gehalten. Es waren menschenunwürdige Zeiten. Sie lebten wie das niederträchtigste Vieh. Bis eines Tages von den Herrschern beschlossen wurde, die Nashifs auf ewig zu verbannen."

Sie lebten also noch immer, dachte Svenja.

„Deshalb wurden alle Nashifs zusammengetrommelt und mit Augenbinden, Mundknebel und Ketten eng zusammengepfercht auf Wagen gestapelt und zum südlichen Rand des Mittleren Kontinents gebracht. Mit Schiffen folgte die Überfahrt zum Südlichen Kontinent, den die meisten jedoch nicht lebend erreichten. Ein paar wenige allerdings schafften es und damit sie keine Möglichkeit zur Umkehr hatten, wurde eine unüberwindbare Barriere von den stärksten vier Magiern der Länder errichtet, die weit über den Himmel emporreicht. Jedoch hatte man nicht alle Nashifs verbannt, einigen gelang die Flucht oder sie fanden gute Verstecke. Deshalb lebt noch immer eine unbekannte Zahl da draußen. Ihnen droht nun der Tod..." Es war unglaublich, wie grausam Menschen doch sein konnten.

„Nachdem die Quaren wieder nach Hause gereist waren, feierten sie sieben Tage, der Legende nach. Am Morgen des achten Tages waren alle Soldaten tot. Die vier Herrscher, die zuvor die Barriere errichtet hatten, ließen das Essen, den Met und das Wasser vergiften, das die Soldaten aßen und tranken. Somit wussten nur noch die Thronfolger und deren Gefolgschaft um die Existenz der Nashifs. Selbst die Bücher, in denen auch nur das Wort der Verbannten stand, verfielen dem Feuer. Nachfolgenden Generationen sollte es auf ewig verschwiegen bleiben."

„Warum wurden die Nashifs gejagt? Was war der Grund, dass die Quaren sie so sehr hassten?" Svenja schüttelte leicht den Kopf. Schauer liefen ihr über den Rücken.

„Blutmagie. Die Nashifs beherrschten diesen Fluch. Aus Angst davor begannen die Quaren diesen Krieg. Blutmagie ist seitdem strengstens verboten."

Svenja war am Grübeln. Diese Informationen brauchten eine Weile, um im Kopf der Blonden zu sacken. Doch eine Frage, die der Blauäugigen immer wieder, seit Levan damit angefangen hatte, im Kopf herumging, ließ ihr keine Ruhe. „Woher wisst Ihr davon? Müsste es nicht bedeuten, dass auch Ihr von königlichem Blut abstammt?" Sie wiederholte fast dieselben Worte des Schwertkämpfers, der sich übrigens seit Kurzem sehr merkwürdig verhielt. Was war hier nur los?

„Nein, nein. Es gab ..." Ein ohrenbetäubender Schlag, der nur weniger als einen Herzschlag andauerte und alle Anwesenden innehalten ließ, übertönte die letzten Worte des Mannes. Alle im

Raum fragten sich, was das war. Es klang so, als würde etwas unfassbar Schweres auf den Boden aufschlagen. Vögel, die in der Krone des alten Baumes ihr Nest errichtet hatten, flogen panisch in die Lüfte. Svenja hatte ein ganz mulmiges Gefühl. Als dann im wechselnden Ton große Schritte näherkamen, bahnten sich schlimme Vorahnungen an.

„Ist es etwa ..." Svenja presste sich aus dem Sessel und stürmte durch den Raum in Richtung Türe. Die beiden Professoren schrien ihr unverständliche Worte hinterher, die sie aber völlig ignorierte. Während sie überstürzt die weite Treppe hinunter polterte, fanden die Gedanken Einklang mit dem nun schlagenden Geräusch. War er es? Er musste es sein. Viele Schüler, die in Panik geraten waren, stürmten wie ein durcheinandergeratener Ameisenhaufen durch die Schule in Richtung Natur. Svenja verstand einige Male die Worte "durchsichtiges Wesen, Riese, Mob ..." Es musste sich um Gigantos handeln. Nun würde er für alles bezahlen. Szenarien der Vernichtung der Kreatur setzten sich im Kopf der Blonden fest, während sie zwei Schüler auf die Seite drückte, um durch das wabbelnde Tor zu gelangen. Die Furcht des Erstickens, die sie das erste Mal beim Durchtreten geplagt hatte, war gänzlich verschwunden. Sie hatte nur noch Sinne für das Monster. Eilig sah sie sich um, als die weite Natur offen lag, doch hier war nichts zu sehen ... Die andere Seite ... Im Laufschritt umrundete Svenja den großen Baum, stets mit ausgestrecktem Kopf, um schnellstmöglichst den Angreifer ausfindig zu machen. Und da war er. Sie sollte recht mit ihrer Annahme behalten. Vor der blonden jungen Frau offenbarte sich die Kreatur, die Vater vor sechs Jahren gefressen hatte. Der Blauäugigen fielen die Worte von Marlox wieder ein. Vater war möglicherweise gar nicht tot. Umso mehr freute sich Svenja sogar etwas, endlich dem Vieh in den Arsch treten zu können.

Gigantos hatte sich etwas verändert, jedoch nicht so sehr, dass man ihn nicht erkannte. Sein länglicher, massiver Körper, auf dem ein echsenähnlicher Kopf saß, schlug gleichmäßig gegen die

Barriere, die den Baum und deren Einwohner schützte. Es hatten sich mehr tropfenförmige Dornen am Körper der Kreatur gebildet. Das war die einzige sichtbare Veränderung. Ansonsten war alles gleich. Noch immer der widerliche Anblick der schwimmenden Organe in seinem Leib.

Svenja rannte zu der Traube aus Schüler und Lehrern, die sich am Rande der Schutzkuppe angesammelt hatten und den gigantischen Mob wie kleine Ameisen aus der Nähe beäugten. Einige lachten, da es unmöglich sein würde, die Barriere zu überwinden. Andere weinten verzweifelt. Es war ohrenbetäubend laut, wenn er dagegen schlug, so sehr, dass Svenja befürchtete, ihr Trommelfell würde jeden Moment platzen. Immer und immer weiter gingen die Attacken, bis ein neues Geräusch zu hören war. Es klang, als ob etwas splitterte. Feiner Staub rieselte wie Nieselregen dem Erdboden entgegen. Plötzlich endeten die Verspottungen der Kinder und es wurde totenstill. Nur das Krachen, als würde Glas zerspringen, blieb. Plötzlich durchzogen meterlange Risse die Barriere, die die Schüler und Lehrer für unzerstörbar gehalten hatten.

„Die Kuppel ... sie zerbricht!", schrie eine männliche Stimme. Wieder hämmerte der Mob auf die Barriere, woraufhin ein großes Stück herausbrach und einige der Menschen unter sich begrub. Von einem Herzschlag auf den nächsten wurden die vor Schreck gelähmten Menschen kreidebleich und rannten schreiend in alle Himmelsrichtungen davon.

„Der Schutz zerbricht!" Nackte Angst stand in den Gesichtern. Leute wurden von der Masse panischer Menschen niedergetrampelt. Egoismus war nun der einzige Weg des Entkommens. Egal, ob Klassenkameraden, Lehrer oder Freunde, alles fand sich unter hunderten von Beinen wieder.

Svenja lief erst zurück zum Baum, um Schutz vor den Fliehenden und der nun komplett zerbröselten Barriere, die aussah wie feiner Schnee, zu finden. Der Baum lag nun für jeden Mob offen.

Die Traube aus Menschen löste sich nach und nach auf. Als es dann etwas ruhiger wurde, löste Svenja ihr Magiebuch von den Hüften, während Gigantos näher auf den Baum zustampfte. Svenja versuchte ein Stück die Anhöhe zu erklimmen. Als sie mit dem Kopf des Monsters auf Augenhöhe war, ließ sie gleich zwei Feuerbälle kurz hintereinander auf die langgezogene Geisterfratze fliegen. Rauch vernebelte die Sicht, jedoch war an den Bewegungen des Vierbeiners zu erkennen, dass es nichts gebracht hatte. Gigantos hob seine linke Pranke und trat genau auf die Stelle, an der sich Svenja befand. In letzter Sekunde konnte sich die blauäugige Frau mit mehreren Purzelbäumen den Hügel hinabrollend retten. Stöhnend blieb sie auf dem Rücken liegen. Wie machte Levan das nur? Fluchend kam sie wieder auf die Beine, während die beiden Hinterpranken der Kreatur an ihr vorbei stampften. Duckend musste sich die Frau schützen, um nicht von dem langen Schwanz durch die Lüfte geschleudert zu werden.

Unsicher sah sie zurück. Gigantos ignorierte sie und ihre Attacken völlig.

„Mistvieh", schrie die Frau der Kreatur hinterher. Kurz, nur wenige Meter vor dem Baum, blieb der Mob still stehen. Da witterte Svenja ihre Chance. Auch wenn sie von ihrer Angst beherrscht wurde, griff sie in die durchsichtige Haut des Schwanzes und zog sich so nach oben. Es fühlte sich, wie damals, sehr kalt an, fast so, als würde die Frau eine Leiche berühren. Woran sie sich da genau festklammerte, vermochte sie nicht zu sagen. Ob sie es überhaupt wissen wollte? Ein merkwürdiges Zischen ertönte, als sie den Rücken erklommen hatte. Es kam vom Maul. Eine immer größer werdende Kugel bildete sich davor. Svenja sah ihre einzige Möglichkeit darin, eine Feuerkugel in die Augen des Mobs zu schießen. Vielleicht half das? Sie rannte so schnell es auf dem Tier möglich war, mit ausgebreiteten Armen, um nicht das Gleichgewicht zu verlieren. Sollte es Gigantos gelingen, die Kugel abzufeuern, würde der naturelle Blickfang wohl nicht mehr lange existieren. Schneller ... viel schneller, ermahnte sie sich. Nicht mehr weit und ... Plötzlich spürte die Blonde etwas Weiches unter ihrem Fuß, das sie stürzen ließ. Was war das? Da war ein Loch, so groß wie eine zusammengeballte Faust in der Haut von Gigantos. Ohne den nächsten Schritt zu überlegen stieß Svenja ihren kompletten rechten Arm in das Loch und beschwor so viele Feuerbälle wie möglich... und nach vier abgeschossenen Magien wurde alles um sie herum weiß. Es erschienen Bilder. Bilder der Vergangenheit und Gegenwart ... Aber da waren noch mehr ... War das die Zukunft? Es waren so viele, die an ihr vorbei rasten. Bilder von ihr und Vater. Die Nacht, als Toran gegen den Wattwurm gekämpft hatte. Vater und eine blonde Frau, mit einem Säugling in den Armen ... Bilder von ihr und Levan ... und zuletzt noch von einem pechschwarzen Turm, der sich bis zum Himmel erstreckte. Danach kam nur noch Dunkelheit, die Svenja immer tiefer und stärker in ihr Inneres zog. *Hilfe! Lalahya, Abendblau, helft mir!* Ein lautes Knallen war das letzte Geräusch der Außenwelt, bevor sie ohnmächtig wurde.

Engelstafel Nr. 10

Schutzsphäre:

Ein Kristall, der, wie der Name bereits vermuten lässt, dem Schutz der Bürger diente. Es handelte sich hierbei um ein Rezeptitem, das auf den Märkten einen hohen Gewinn erzielte. Hatte man fünf Diamanten, zwei Waldnymphenherzen und eine Handvoll Sonnensand zusammen, konnte man mit Hilfe des Rezepts, das von Wurzelgolems (einem Sechs-Sterne.Mob) gedroppt wird, eine Schutzsphäre herstellen. War das erledigt, benötigte man viel

Magie, um ihn zu befüllen. Danach platzierte man ihn auf den höchstgelegenenPunkt, den es zu beschützen galt. Er schwebte dann völlig selbständig an diesem Platz, dessen darunterliegender Ort ihn unter einer kaum sichtbaren Kuppel verschloss. Die maximal zu schützende Reichweite lag bei einem Durchmesser von eintausend Schritt.

Verbannung

Sie war so unglaublich müde. Das Geschehen der letzten Zeit lastete schwer im Herzen des Kindes. Was sollte sie nun tun? Sie hatte nichts mehr auf dieser Welt. Depressionen machten sich in dem jungen Kinderkopf breit und gaben Syrenia die schlimmsten Selbstmordgedanken ein. Syrenia musste jedoch lachen. Auch wenn die momentane Situation aussichtslos erschien und sie Gedanken an den Tod hegte, würde das purpurne Mädchen niemals so eine Dummheit begehen – auch da sie den Mut dazu niemals aufbringen würde.

Nach einer Weile des ziellosen Umherwanderns in der nahen Region Dannads war das Tief des Handelns unter Menschen ein wenig überwunden. Nahe eines einzelnen Baumes in der Wildnis war das erschöpfte Kind am Ende ihrer Kräfte. Sie wollte sich nur ein wenig ausruhen. Um nicht einem Mob in die hungrigen Klauen zu fallen, entschied das purpurhaarige Mädchen, Schutz in dem sicheren Geäst in der Höhe des Gehölzes zu suchen. Nur gut, dass sie so eine gute Kletterin war. Das Mädchen stellte sich vor, sie sei ein kleines Äffchen, das sich gekonnt und mit Schwung in die Höhe begab. Es war sehr einfach für sie. Eine kleine Amsel stieg empor, als das Mädchen ihren schmalen Körper das letzte Stück hinaufzog.

„Aua!" *Dieser scheiß Leinensack!* Wie gerne wollte Syrenia endlich dieses blöde Ding loswerden. Aber nackt herumlaufen? Nein, unmöglich. War hier jemand in der Nähe? Als sich Syrenia wie ein Adler umsah und sich vergewisserte, dass sich wirklich niemand in der Nähe befand, rückte sie den einzigen Ast, der mit wenigen Blättern vor neugierigen Blicken schützte, näher. Um nicht wie auf dem Präsentierteller zu sitzen, falls sich doch eine verirrte Seele hier einfinden sollte, versuchte Syrenia sich so klein wie möglich zu machen. Als sie sich entschied, ihre Wunden anzusehen, streifte sie endlich das kratzende Kleidungsstück über den Kopf ab. Wenigstens einige Herzschläge lang sollte es wohl gehen. Jeder Fleck der jungen Haut wurde begutachtet. Es war sogar noch schlimmer als Syrenia gedacht hatte. Der Großteil ihrer Haut war entweder aufgeschürft oder rot geworden. Das tat so weh. Mit eng umschlungenen Armen und angezogenen Beinen, fast so, als würde das den Schmerz lindern können, versuchte Syrenia Herr über die Schmerzen zu werden.

„Hätte ich doch nur Gold", flüsterte das Mädchen zu sich selbst. Denn dann wäre es kein großes Problem, einen Heiler aufzusuchen, um die Verletzungen regenerieren zu lassen. Nur der permanente seelische Schmerz konnte ihr nicht abgenommen werden. Jetzt, da Syrenia so darüber nachdachte, vermisste sie die nicht wiederkehrende Zeit mit ihren Eltern. Syrenia vergrub traurig das Gesicht tief in die Arme. Den Rücken gegen den massiven Stamm des Baumes gedrückt, verharrte das Kind eine Weile, bevor die Müdigkeit siegreich aus diesem Kampf hervorging. Dann fingen die Träume mit ihrer geliebten Schwester an ...

„Papa komm schnell, Mamas Fruchtblase ist geplatzt." Das purpurhaarige Mädchen erschrak, als Leonie wie von einem Schwarm Bienen gejagt in das kleine Wohnhaus ihrer Familie hereinstürmte. Die kalte Luft des frostigen Winters war der stumme, nicht sichtbare Begleiter des Kindes gewesen. Es war bitterkalt. Syrenia hatte heute Morgen extra noch mit ihrer Schwester den kleinen Kamin entzündet, da Papa meinte, es dauere nicht mehr lange, bis das Kind zur Welt komme.

Als der schwarzhaarige Mann begriff, was seine Tochter da sagte, rumpelte er ebenfalls eilig von seinem Stuhl empor und hetzte zur Türe. Dort drehte er sich noch einmal um und befahl den kleinen Mädchen, hier zu warten. Es herrschte Stille; nur der surrende Wind und das Knistern des brennenden Holzes störten die Ruhe. Schneewehen zogen an den Fenstern vorbei. Syrenia war an die Seite ihrer etwas größeren Schwester getreten, die geistesabwesend auf die massive Tür blickte. Das purpurne Mädchen zog an dem Rockzipfel des weißen Kleides von Leonie, um deren Aufmerksamkeit zu bekommen. Fragend wurde Syrenia angesehen.

„Du Leonie, bekommen wir wirklich ein Geschwisterchen?"

Leonie lächelte. „Natürlich. Nicht mehr lange und wir bekommen jemanden zum Spielen."

Syrenia war froh gewesen, noch jemanden zum Spielen zu bekommen. Sie hatte ja keine Freunde, außer Leonie. Nein, das war nicht ganz richtig. Sie hatte die Tiere vergessen. Jedesmal, wenn ein neues Tier geboren wurde, bekam sie neue Freunde dazu. Da fiel ihr eine weitere Frage für Leonie ein: „Wie entstehen Kinder eigentlich?"

Die ältere Schwester sah sie verdutzt an. „Hm, gute Frage."

Einige Mal schon hatte Syrenia bei den Tieren gesehen, dass der Hahn auf Hühner sprang und wild mit den Flügeln schlug. In der darauffolgenden Zeit saßen diese Hühner nur noch auf ihren Eiern, bis eines Tages piepsende Küken herum liefen. War das bei Menschen auch so? Fast so, als würde Leonie ihre Gedanken lesen, fing sie mit ihrer Theorie an.

„Also, Hühner legen Eier. Vielleicht ja auch Mama?"

Syrenia stellte sich vor, wie Papa auf Mama stand und wild mit den Armen ruderte. „Lass uns später Mama fragen", schlug Syrenia vor.

„Hmm, ich glaube kaum, dass sie es uns erzählt." Leonie verschränkte nachdenklich die Arme vor der Brust. „Letztes Jahr fragte ich das Papa schon, und da hat er gesagt, mit fünf sei ich noch zu jung. Da du ein Jahr jünger bist, als ich werden sie es dir erst recht nicht sagen."

Syrenia war beleidigt gewesen und streckte Leonie die Zunge – so weit wie sie nur konnte – heraus. Auch Leonie tat es ihr gleich. Schmerzliche Schreie störten das kindische Treiben.

„War das Mama?", wollte Syrenia wissen.

Ihre Schwester nickte. „Lass uns nachsehen", warf Leonie plötzlich ein.

„Aber Vater sagte doch, wir sollen hier bleiben", konterte die junge Schwester.

„Sei nicht so ein feiges Huhn, du willst doch auch wissen, wie Kinder geboren werden, oder nicht?"

„Ja, aber ..." Syrenias Stimme versagte.

Ohne eine klare Antwort vom Schwesterherz abzuwarten, marschierte die Ältere zu der dicken Türe und schob sie mit aller Kraft ein wenig auf, um festzustellen, ob Papa in der Nähe war. Als die Luft rein war, winkte sie Syrenia, bevor das schwarzhaarige Mädchen schließlich im Freien verschwand.

„Hey, warte auf mich!", brüllte die Purpurne ihrer geliebten Schwester hinterher und lief ebenfalls hinaus. Feines Schneegestöber peitschte dem Mädchen in das warme Gesicht und verwandelte es schon nach wenigen Herzschlägen in ein Meer aus Kälte. Verdammt, war das kalt. Sollte sie zurück und einen Mantel holen? Nein. Ansonsten würde sie vielleicht verpassen, was geschah, und Leonie würde ihr eine lange Predigt halten.

Zitternd setzte das Mädchen einen Schritt nach dem anderen durch den hohen Schnee, der bei jeder Bewegung unter ihren Füßen knarzte. Es war schon stockdunkel gewesen. Nur die bereits existierenden Fußstapfen von Schwester und Vater verrieten die Richtung, in der sich der Stall befand. Syrenia versuchte in genau diese Stapfen zu treten, um schneller voranzukommen.

Beim Stall angekommen war Leonie bereits an eins der Fenster getreten, durch das flackerndes Licht schien und ihre Schwester zu erkennen gab.

„Hier bin ich", flüsterte sie, nur so laut, dass man es gerade noch hören konnte. Das letzte Stück beeilte sich Syrenia und trat neben sie.

„Wieso sehen wir nicht durch das Tor?"

Ein wütender Blick war die Reaktion darauf. „Bist du bescheuert? Man würde uns sofort entdecken."

Schweigend streckte sich Syrenia, um in das etwas über ihr gelegene Fenster zu sehen. Zwei kleine Öllampen waren neben Mama gestellt worden, um ihr ein wenig Wärme zu spenden. Die silberhaarige Frau lehnte an den Holzstreben des Gatters, in dem das junge Fohlen namens Wolkenreiter lebte. Ein Korb mit zerbrochenen Eiern, die Mama für das Abendessen holen wollte, lag umgekippt neben ihr. Mama liefen Schweiß und Tränen das Gesicht herunter. Sie schien starke Schmerzen zu haben. Doch was genau dort drin vor sich ging, konnte Syrenia nicht schlussfolgern, da Vater vor der Frau kniete und somit die Sicht vor den beiden Mädchen verbarg,

„Schau mal dort", weckte Leonie das Interesse ihrer kleinen Schwester. Das schwarzhaarige Mädchen zeigte auf das Stroh, das vor Mama auf den Boden ausgebreitet war. Eine Welle aus roter Flüssigkeit machte sich auf dem Boden breit und tauchte immer mehr Stroh in eine dunkle Farbe. Sie hörten Vater fluchen.

„Mama blutet", sagte Syrenia ängstlich. Doch ihre Schwester antwortete nicht darauf. Fragend ging ihr Blick hinüber, nur um festzustellen, dass diese wie gebannt in den Raum spähte. Die Panik in Syrenia wuchs mit jeder verstrichenen Sekunde weiter und weiter.

„Sag doch was", sagte die Purpurhaarige, während das Kind an dem Kleid der Schwester zog. Erst dann reagierte die Ältere. Es war nicht zu übersehen, dass das Kind ebenfalls Angst hatte.

„Stirbt Mama nun?" Doch ihre Frage blieb unbeantwortet. Syrenia konnte ihre Tränen nicht länger unterdrücken und das Gesicht des Kindes verwandelte sich in ein Meer aus Tränen.

Auch Vaters Bewegungen wurden hastiger. Es war definitiv irgendetwas faul.

„Bitte, Schwester, Mama darf nicht sterben." Nun fand der Tunnelblick Leonies endlich ein jähes Ende. Ihr Gesicht war kreidebleich, sie nickte jedoch.

Plötzlich erhob sich Vater und das ganze Ausmaß des Desasters wurde auf einmal bewusst. Zwischen dem geweiteten Muttermund schob sich irgendetwas Schädelförmiges, umgeben von Blut und anderen Flüssigkeiten, hindurch. Syrenia wurde mit einem Mal übel und auch Leonie würgte einige Male. Vater war derweil zu einem Eimer mit Wasser gegangen und tauchte einen dünnen Lappen mehrmals darin ein. Unerwartet riss Leonie beide Hände in Richtung Mama, als sie sich wieder gefangen hatte, und murmelte unverständliche Worte. Was hatte sie vor? War das ein Zauber? Die Handflächen waren direkt auf Mutter gerichtet, als die Schmerzensschreie der schwangeren Frau intensiver wurden.

„Was tust du da?", schrie sie die große Schwester an.

„Halt die Klappe, ich verhindere, dass Mama zu viel Blut verliert." Was? Wie war so etwas möglich?

„Ich bin zu weit entfernt", flüsterte die Große und rannte um die Ecke, wo sich das Tor zum Stall befand.

„Warte auf mich", versuchte Syrenia der Schwarzhaarigen hinterherzurufen. Als die Kleine ebenfalls in den Stall lief, war Leonie schon vor Mama und hatte ihre Magie mit erhobenen Händen fortgesetzt.

„Was zum Teufel macht ihr hier?", schrie der Mann, der am Eimer war. Leonie ignorierte ihn völlig, darum versuchte Syrenia die passenden Worte zu finden.

„Es war ... keine Absicht. Wir sorgten uns nur um ..." Ihre Stimme versagte, als Vater Tränen über das Gesicht liefen. Ab diesem Moment war klar, dass mit Mama etwas war. Ein weiterer und noch lauterer Schmerzensschrei der Frau lenkte die volle Aufmerksamkeit auf Mama.

„Was tust du, Leonie?" brüllte der Vater. Auch die Tiere, die sich in dem Stall befanden, waren unruhig.

„Ich beherrsche Blutmagie, um Mama zu retten." Als diese Worte aus Leonies Mund kamen, war Papa wie versteinert. Blutmagie? Noch nie hatte Syrenia davon gehört. Papa stürmte zu der Schwarzhaarigen hinüber und schubste sie zu Boden. In diesem Moment kam der komplette Leib des Kindes und fiel vor der Mutter ins Stroh. War es geschafft? Syrenia blickte lächelnd zu Leonie, die es ihr gleich tat. Sie hatten ein Geschwisterchen. Endlich.

„Mein Kleines ... mein Kind". Verzweifelt schluchzte und weinte Mama. Warum weinte sie? Auch Vater war wie paralysiert gewesen. Es war doch alles gut ... oder etwa nicht?

„Du Monster! Weißt du eigentlich, was du getan hast?" Der Mann explodierte fast. Seine beiden Töchter verstanden die Welt nicht mehr. Erst als Syrenia und anschließend Leonie zu dem Neugeborenen blickten, war ihnen klar, was passiert war. Der Leib des Kindes war in eine Farbe aus Graublau getaucht und bewegte sich nicht. War es ... tot? Aber ... wie? Beide Kinder verstanden es nicht. Bis Vater das Weinen der Frau mit brüllenden Worten an Leonie überbot.

„Blutmagie ist eine in jedem Land verbotene Magie. Dieser Zauber bringt nichts außer Leid, du Dummkopf." Das purpurhaarige Kind musste sich die Ohren zuhalten, so laut schrie Vater. Leonies Farbe verschwand aus dem Gesicht, bevor auch sie weinte.

„Wir hätten beide retten können!" Und er trat seiner älteren Tochter in den Magen.

Sofort eilte Syrenia auf Vater zu und hinderte ihn zum Glück daran, noch ein weiteres Mal zuzutreten.

„Hör auf!" Noch nie hatte sie ihn so wütend erlebt. Naja, bis zu dem einen Mal mit den Hühnern und dem Fuchs.

Es sah für Syrenia so aus, als würde der schwarzhaarige Mann seine Tat bereuen, da er sich ängstlich umblickte und hoffte, eine Lösung zu finden. Was passierte hier nur? Das purpurne Mädchen schlotterte nur so vor Angst. Sie war wie versteinert, während ihre Hände auf dem zierlichen Leib Leonies ruhten.

„Bitte hör auf, Vater", sprach die jüngere Schwester zitternd, doch weder die Frau, noch der Mann, der ihr Schöpfer war, reagierten darauf. Einzig das Weinen, Schluchzen und gelegentlich ein Tierlaut waren Beweis dafür, dass die Zeiger der Zeit weiter voranschritten. Als wieder Bewegung in den Mann kam, packte er einen metallenen Käfig, in dem ein Huhn darauf warten musste, dass ein kaltes Stück Eisen den dünnen Hals des Tieres vom Rest des Körpers trennte. Er stellte das Gefängnis mit dem Braten von morgen vor den Kindern ab und öffnete ihn. Ein leises, langgezogenes Quietschen erfüllte dem Huhn den Traum von Freiheit. Gackernd trat es hinaus. Was sollte das? Doch als es Syrenia verstand, bohrte sich die Hand des Vaters schon in das dicke braune Haar ihrer Schwester. Es war ihm anzusehen, dass nicht viel Kraft benötigt wurde, um den Kinderkörper in das metallene Rechteck zu befördern. Mit lautem Scheppern landete Leonie darin. Der Wurf war sogar so stark, dass der Käfig auf die Seite fiel.

„Lass mich bitte raus, Papa." Die Stimme der Älteren bestand inzwischen nur noch aus Angst und Verzweiflung. Ein Rinnsal aus rotem Blut lief der Brünetten von der Stirn, während sie an der Türe, die von Vaters festen Händen tonlos und mit eisigem Blick zugehalten wurde, wild und panisch rüttelte. Heiße Tränen liefen wie Wasserfälle aus ihren Augen.

„Bitte Vater ..."

„Halt endlich deine Fresse. Du bist nicht mehr unser Kind", unterbrach der schwarzhaarige Mann die Kleine.

Ich muss etwas unternehmen ... doch Syrenia hatte zu große Angst, um sich dem für sie riesigen Hünen entgegenzustellen.

Mit etwas nicht Definierbaren wurde der Käfig schließlich endgültig verschlossen. War das ein Hanfseil? Das purpurhaarige Mädchen verstand nichts. Alles spielte sich nur noch wie ein Schauspiel vor ihrem geistigen Auge ab.

„Vater...", begann das Mädchen ihren Satz, vermochte aber nicht, ihn zu beenden. Der Mann kam zu ihr und kniete sich weinend vor seiner einzigen Tochter ins Stroh. Wollte er sie nun auch einsperren? Paranoia mit den schlimmsten Vorstellungen machte sich in Syrenias Kopf breit.

„Wusstest du irgendetwas von Leonies Magie?" Vater sagte es mit solch ruhiger Stimme, dass man glatt vergessen konnte, was gerade geschehen war.

Syrenia brachte dennoch keinen Laut heraus, darum schüttelte sie nur ihr Haupt.

„Gut." Er legte seine Hände auf ihre Schultern und sprach mit derselben ruhigen Stimme weiter. „Hör zu, ab dem heutigen Tag hast du keine Schwester mehr. Es wird auch mit niemandem darüber geredet, was hier geschehen ist. Hast du verstanden?" Seine schwarzen Augen sprachen die Worte der Angst.

„Aber ..."

„Nein, Syrenia, Blutmagie muss hart bestraft werden, da sie zwar ein Leben retten kann, man jedoch ein anderes als Tribut zahlen muss. Hätte Leonie nicht eingegriffen, hätten beide überlebt." Eiseskälte ging von den letzten Worten aus. Danach befahl er Syrenia zurück ins Haus zu gehen, bevor er wieder den Weg zu Mama einschlug. Keines Blickes würdigte der Mann die Verurteilte, die ihre Beine eng an den Körper gepresst hatte. Es machte Syrenia traurig, das Mädchen so zu sehen. Doch sie hatte nicht den Mut, Vater zu widersprechen.

Das purpurne Mädchen begann langsam auf das große Tor zuzugehen. Vor dem metallenen Käfig blieb sie stehen. Sie wollte sich offiziell bei Leonie entschuldigen. Doch es blieben nur lose Worte in ihrem Kopf.

Das war das letzte Mal, dass sie ihre Schwester gesehen hatte. Am nächsten Morgen war der Käfig von Vater leer aufgefunden worden. Das Hanfseil war mit etwas Scharfem durchgeschnitten worden und somit das letzte Indiz von Leonie ...

Mit heiserem Stöhnen, als würde ein Schlafgeist Kreide in den Hals der schlafenden Menschen verteilen, wachte das Kind mit schwerem Kopf auf. Sie war tatsächlich eingeschlafen ...
Es dauerte einen kurzen Augenblick, bis die vom Traum geraubte Vergangenheit Syrenia einholte. Alles war wieder da ... Mutters Tod, die beiden Sklavenhändler und die Versteigerung. Warum wollten die Götter sie nicht endlich zu sich holen? Ihr Blick schweifte in die Ferne ... Ob das Schicksal auch noch "schöne" Tage für sie bereithielt? Das Blattwerk, in dem sie saß, raschelte etwas, als Syrenia plötzlich ein Räuspern vom Boden vernahm. Ein braunhaariger Mann mit Stirnband stand dort und blickte mit einem künstlichen Lächeln zu ihr empor. Das war der Kerl, der bei der blonden Frau gewesen war und sie ersteigert hatte. Verdammt, ging die Schmach nun weiter?
Syrenia sprang auf, um verschwinden zu können, als sie bemerkte, dass sie vergessen hatte, den Stoff über ihren nackten Leib zu ziehen. Schreiend vor Peinlichkeit duckte sich die Purpurne wieder in das Grün zurück. Mist, wo war nur der Sack? Er war doch nicht heruntergefallen? Doch so war es leider. Syrenia hätte heulen können. Dann blieb sie eben hier oben. Falls der Kerl auf die Idee kam, hochzuklettern, würde sie ihn eben treten, genauso wie letztes Mal.
Ihr Blick ging wieder zu dem Mann, der auf etwas hinter sich blickte. Da lag noch jemand ... Es war die Blonde! Doch sie rührte sich nicht. War sie tot?
„Syrenia", sprach plötzlich der Mann. Woher kannte er ihren Namen? Vorsichtig wollte sie ihn fragen, woher er ihn wusste. Oder sollte sie ihn belügen und einen falschen Namen nennen?

Doch das Kind war sich sicher, ihm mit ihrer Miene bereits seine Richtigkeit bestätigt zu haben.

„Woher kennst du meinen Namen?"

Er sah wieder zurück zu der Frau. „Das spielt gerade keine Rolle. Sie wird dir alles erklären, sobald sie aufwacht." Die Blonde war also nicht tot. „Lass uns kurz reden", sprach der Mann, woraufhin er auf dem Boden Platz nahm.

Engelstafel Nr. 11

Blutmagie:

Eine der verbotenen Magien, deren Ursprung von vielen als geheim bezeichnet wurde. Bei diesem Zauber handelte es sich um die Kontrolle einer oder mehrerer Personen. Der Anwender übernahm, wie ein Marionettenspieler, den Körper des Opfers. Er konnte das Blut im Leib des Opfers so lenken, dass ihm die völlige Übernahme seines Körpers unterstand. Da diese Magie so gefährlich war, wurde sie vor langer Zeit als verboten erklärt. Mit ihr war es zwar möglich, Verletzungen zu heilen, jedoch musste ein anderes Leben als Tribut abgegeben werden. In unbegabten Händen vermochte diese Magie nichts als Trauer und Gefahr zu hinterlassen. Die Anwendung wurde bei Entdeckung durch Soldaten oder Spitzel der Regierung mit dem sofortigen Tod bestraft.

Epilog

Der alte Professor hatte tatsächlich seine wahre Herkunft herausgefunden. Levan bezweifelte, dass sie nicht ganz unschuldig daran gewesen war.

„Bald ist es also wieder soweit", flüsterte sich der Schwertkämpfer selbst zu. Er würde also nach kurzer Zeit erneut mit seiner Vergangenheit konfrontiert werden ... Scheiße! Seine Gedanken schweiften ab zur Blumenverkäuferin, die auf dem Nördlichen Kontinent zusammen mit ihrem Bruder auf ihn wartete. Es zog ihm das Herz zusammen. *Es tut mir leid, Lizzi, aber du wirst noch eine Weile warten müssen.* Es hätte hier schon enden können. Wäre Svenja nicht auf eigene Faust in die Schlacht gesaust, hätten sie das Wesen mit der Kraft aller hier lebenden Magier vernichten können ... Er musste Svenja schnellstmöglich finden. Alleine war es unmöglich zu gewinnen. Sie war laut Professor Marlox nicht bereit für diesen Kampf ... zumindest noch nicht.

In den wenigen Minuten, die Levan alleine mit den beiden Professoren war, hatte Marlox seinen ursprünglichen Plan offenbart. Sie hätten von ihm trainiert werden sollen ... Marlox und Toran waren seit Jahrzehnten Freunde gewesen ... und nicht nur das ... Nein. Sie waren viele Jahre vor Svenjas Geburt Reisegefährten gewesen. Svenja hatte laut Marlox Potential dazu, ein starker Pitback zu werden. Doch dieses egoistische Weib hatte alles zunichte gemacht. Sie war zu wichtig ... Die Frau durfte nicht sterben. Levan war stinksauer. Wer wusste schon, wie es nun um Marlox und Peer stehen würde. Peer hatte von seinem Vorgesetzten die Mission erhalten, die versprengten Flüchtlinge zu finden und in Sicherheit zu bringen.

Als Levan durch das wabbelige Torfeld des Baumes ging, erschrak er bei dem Anblick von Hunderten Leichen, die den Boden befleckten. So viele waren gestorben ... verdammt, Svenja ...

Er musste sie finden. Wild sah er sich um, doch nichts als panische Menschen und der Geruch des Todes waren anwesend. Der Krieger umrundete das alte Gewächs, als er Tritte, so schwer wie Drachenstampfen hörte. Auf der anderen Seite angekommen sah er das Ungetüm, namens Gigantos, zum ersten Mal. „Was ist das?" fragte er. Gigantos bereitete gerade eine Attacke mit seinem Maul vor. Eine immer größer werdende Kugel bildete sich vor seinem Schlund. Levan rannte weiter. Er durfte keine Zeit verlieren. *Verdammt Svenja, wo bist du ...?* In dem Moment sah er sie auf dem Rücken der Bestie kniend. Ihre Hand steckte in irgendetwas. Dann begann sie auf die Seite zu kippen und über die Rippen der Bestie nach unten zu rutschen. Levan eilte wie ein Bote, der den Befehl hatte, einen Krieg ins Leben zu rufen. Wenn Svenja mit dem Kopf aufprallte, war es das ... Sie hatte nun die Haftung verloren und befand sich im freien Fall ...

Plötzlich gab es einen Knall, der so laut war wie tausende Explosionen, gefolgt von hölzernen Splittern. Doch Levan ignorierte es. Er hatte nur Augen für die fallende Svenja. Sie schlug gleich auf. Im letzten Moment hechtete er ihr entgegen und verhinderte so schwere Verletzungen oder gar ihren Tod. Erleichtert schrie er die Anspannung aus seinem Leib.

„Was ist mit dir?" Er schlug ihr einige Male auf die Wangen, doch sie reagierte nicht. Sie war ohnmächtig. Verdammt, es war keine Zeit mehr da. Ein weiteres Knallen folgte. Er packte sie Huckepack und lief in Richtung Tarantha. Es war schwer, sie die ganze Zeit zu tragen, aber es ging nicht anders. Erst als er etwas entfernt war, wagte es der Krieger, zurückzublicken. Der massive Baum war umgekippt. Das war das Knarzen und der Knall gewesen. Auch die Kugel war weg. Gigantos schien gegen einen hell leuchtenden Menschen zu kämpfen. Dieser war Gigantos ebenbürtig. Es musste sich um Marlox handeln. Levan musste an den Befehl des Mannes denken und Svenja auf den Östlichen Kontinent bringen. Es nervte den Krieger, seine alte Bekannte wieder zu treffen. Doch dieses Mal führte kein Weg daran vorbei...

Fortsetzung folgt …

Begriffserkärungen

Anschlagtafeln:
Dort werden Streckbriefe oder Arbeitsaufträge aller Art ausgehangen. Zu finden sind diese Tafeln in jeder größeren Stadt.

Gilde:
Ein dauerhafter Zusammenschluss aus Magiern und Kriegern.
Bestehend aus dem Gildenmeister, dem zweiten Gildenmeister
und mindestens drei Mitgliedern/members.

Item:
Manchmal hinterlassen getötete Mobs Gegenstände, die in einer
Rosenblüte, die sich langsam öffnet, lagern. Dies können allerlei
Dinge sein, wie z.b. Gold, Waffen, Rüstungen, Rezepte usw.
Doch darf man mit dem Entnehmen der Gegenstände nicht zu
lange warten, sonst lösen sich diese mitsamt der Rose in nichts
auf.

Keim der Hoffnung:
Ein kurzfristiger Zusammenschluss aus Magiern und Kriegern,
um gegen Mobs zu kämpfen. Er kann aus maximal sechs Personen bestehen.

Mob:
bezeichnet die Wesen, die urplötzlich aufgetaucht sind und den
Menschen größtenteils feindlich gesinnt sind. Sie fanden ihren
Platz auf dieser Welt außerhalb der Städte, weshalb die Menschen
hohe Mauern und Schutzbarrieren errichtet haben, um den Monstern ein Eindringen unmöglich zu machen. Sie werden in Stufen
von eins bis zehn eingeordnet. Je höher die Stufe, umso stärker
ist der Mob.

<u>Supportmagier:</u>
Magier, die sich auf Heil- und Unterstützungsmagie spezialisiert haben (z.B. Abwehr erhöhen, entgiften, Fluche lösen usw.)

Personen

Svenja:
Ein blondes, schüchternes Mädchen, das in der nördlichen Wildnis des Mittleren Kontinents von ihrem Vater aufgezogen wurde. Ein paar Jahre nach dessen Tod beschloss die blauäugige Frau, Rache an dem Mob zu nehmen, der ihren Vater gefressen hatte. Ihre Mutter lernte sie nie kennen.

Levan:
Ein geheimnisumwobener Mann, der sich Svenja anschloss, um Gigantos zu töten. Seine Stärke liegt im Kampf mit Doppelschwertern.

Syrenia:
Das purpurhaarige Mädchen wuchs auf einem kleinen Bauernhof im Westen des Westlichen Kontinents auf. Nachdem eine Bande Menschenhändler ihre Eltern ermordet und das Mädchen verschleppt hatten, fing der Albtraum für das Kind erst an.

Leonie:
Die einzige Schwester von Syrenia. Auch sie lebte auf dem Bauernhof, bis sie durch eine verhängnisvolle Tat aus der Familie verbannt wurde. Niemand weiß, ob sie noch lebt oder wo sie sich befindet.

Skax:
Gildenmeister von Abendblau. Er und Ramold waren schon seit Kindertagen Freunde und verbrachten ihre Kindheit gemeinsam in einem Dorf im Süden des Mittleren Kontinents. Nach einer schweren Tragödie suchte Skax seinen alten Freund auf und zusammen gründeten sie mit drei weiteren Personen die Gilde Abendblau.

Ramold:
Zweiter Gildenmeister von Abendblau und Kindheitsfreund von Skax. Er erkannte sich in jungen Jahren als metrosexuell und lebte seitdem nach diesem Schema. Er beherrscht Magie, womit er Barrieren entstehen lassen kann.

Lalahya:
Eine jugendliche Frau, die als Kind plötzlich blutüberströmt bei der überall bekannten Gilde Abendblau auftauchte, und von dieser schließlich zum Schutz aufgenommen wurde. Sie wurde daraufhin zu einer der besten Magierinnen der Gilde. Ihre Spezialität liegt im Supportzauber. Geborene Nashif.

Rosiane:
Die einzige Frau, die über einen Kontinent herrscht. Sie ist die Befehlshaberin über den Osten, auch bekannt als die Blumenfrau. Ihre egoistischen Meinungen gegen das Land stehen stets im Vordergrund, selbst über dem Leben ihres eigenen Sohnes.

Mein besonderer Dank gehört unter anderem:

Heidrun, Uli, Christa, Reinhold, Gerd

Zeitfracht Medien GmbH
Ferdinand-Jühlke-Straße 7
99095 Erfurt, Deutschland
produktsicherheit@kolibri360.de